Klarant Verlag

Emily Frederiksson *lebt mit ihrer Familie an der Schleswig-Holsteinischen Ostseeküste. Die Autorin liebt das Meer, die Menschen und die langen Spaziergänge am Strand. Daher liegt es auf der Hand, dass sie sich bei der Wahl der Schauplätze für die Küste entschieden hat. Emily schreibt ihre romantischen Liebesromane mit Witz, Herz und viel Gefühl – mal mit Musik, mal ohne. Ihre Leser sollen sich über ein Happy-End freuen und wundervolle Lesestunden genießen!*

Emily Frederiksson

Verlangen nach Meer

Dünenträume

Klarant Verlag

6.24

Klarant Verlag, www.klarant.de
ISBN: 978-3-95573-898-3
1. Auflage 2019
Umschlagabbildung: Klarant Verlag

Printed in the EU

1. Kapitel

Normalerweise hätte Janne sich über den verfrühten Feierabend an diesem sonnigen Nachmittag, noch dazu am letzten Arbeitstag der Woche, gefreut. Doch nach überschwänglicher Ausgelassenheit, von der offenkundig all ihre Kollegen infiziert waren, stand ihr ebenso wenig der Sinn, wie dem Drang nachzugeben, sich in aller Öffentlichkeit aufreizend in Szene zu setzen.

Aber ihr Vorhaben, ihren Entschluss, die antrainierte Zurückhaltung beiseitezuschieben, mutig zu sein und für nur einen Abend nicht daran zu denken, welche Folgen ihr Auftreten haben könnte, wollte sie unter keinen Umständen aufgeben. Zu lange hatte sie mit sich gerungen und die Unbekümmertheit ihrer Kollegen beneidet, sobald diese von ihren Erlebnissen auf wilden Partys schwärmten.

Seit sie den Job in der Agentur angenommen hatte, hatte sie sich kein einziges Mal getraut, über ihren eigenen Schatten zu springen. Immer wieder wurde sie von den anderen Assistentinnen Helena, Brit und Emma eingeladen, sich ihnen anzuschließen und jedes Mal hatte sie eine fadenscheinige Ausrede gefunden, um abzusagen. Ein frustriertes Seufzen entschlüpfte ihrer Kehle. *Verdammt, ich bin vierundzwanzig und nicht vierzig*, schalt sie sich gedanklich und vergrub ihr Gesicht in beiden Händen.

Nichtsdestotrotz verfluchte sie zum wiederholten Male an diesem Nachmittag die unerwartet hohen Temperaturen in diesem Sommer, haderte mit der Wahl ihres Kostüms für die Mottoparty im Restaurant *Strandgut* am Abend und suchte verzweifelt nach einem Argument, um der dort stattfindenden Abschiedsfeier, zu der ihre Chefin eingeladen hatte, fernbleiben zu können. Die Angst vor der eigenen Courage blockierte ihr rationales Denken.

Aber was soll denn schon groß passieren?, fragte sie sich lautlos und von einem Kopfschütteln begleitet. Die Veranstaltung war öffentlich und die kleine Belegschaft der *Werbeagentur Jacobsen* würde in der Menge der Besucher wohl kaum ins Gewicht fallen. Die Eintrittskarten waren innerhalb weniger Tage vergriffen. Also kamen demnach um die einhundertfünfzig Gäste zu der Sommerparty am Strand. Janne wusste das so genau, weil die Agentur seinerzeit mit der Plakat-Werbung beauftragt wurde und die abschließenden Statistiken für den Kunden von ihr selbst erstellt wurden.

Niemand würde die Janne, die sich am Abend mit neuem und für sie absolut untypischem Outfit präsentieren wollte, mit der Janne in

Verbindung bringen, die hier und jetzt gerade Gefahr lief, durchzudrehen.

„Janne, mach Schluss für heute." Ihre Chefin, Nele Sanders, blieb an Jannes Schreibtisch stehen und riss sie aus ihrem stummen Selbstgespräch. „Ich habe euch nicht umsonst den halben Nachmittag freigegeben. Alle anderen sind schon los."

An die Gepflogenheit, dass sich in der Agentur alle mit Vornamen und du anredeten, hatte sie sich auch nach einem knappen Jahr noch nicht gewöhnt. Doch in einer Werbeagentur lief der Hase anders als in der Anwaltskanzlei, in der sie zuvor ihre Ausbildung absolviert hatte. Der lockere Ton, das fast schon familiäre Miteinander, wirkte auf sie immer noch fremd. Allerdings vermisste sie den strengen Umgang, den ihr ehemaliger Boss seinen Angestellten gegenüber immer angeschlagen hatte, nun auch wieder nicht.

„Ich bin gleich so weit. Ich erwarte nur noch die Antwort einer Mail, die ich am Vormittag rausgeschickt habe", erklärte sie hastig, als sie wahrnahm, dass Nele geduldig auf eine Reaktion wartete und schenkte ihr ein zurückhaltendes Lächeln.

„Die Agentur wird nicht gleich zusammenbrechen, wenn du übers Wochenende auch mal was liegen lässt", mahnte sie mit einem Augenzwinkern, woraufhin Wärme in Jannes Wangen schoss. „Also, Feierabend. Wir sehen uns später. In welcher Verkleidung wirst du übrigens kommen?" Janne zeigte ein geheimnisvolles Lächeln, das Nele mit hochgezogenen Augenbrauen quittierte.

„Ist es nicht der Sinn solcher Veranstaltungen, dass das Kostüm ein Geheimnis bleibt und den ganzen Abend über gerätselt wird, wer hinter der Maskerade steckt?", gab Janne zu bedenken.

„Da hast du auch wieder recht. In meinem Fall …", Nele streichelte sich liebevoll über den kugelrunden Babybauch, „wird es sehr offensichtlich sein, wer als schwangere Nonne angewatschelt kommt." Die beiden Frauen lachten ausgelassen und Janne fragte sich, ob das Arbeitsklima zukünftig ebenso entspannt sein würde.

Ihre Chefin würde ab Montag ihren Mutterschutz antreten und den Nachfolger hatte die Belegschaft noch nicht zu Gesicht bekommen. Sie wussten lediglich, dass der Neue ein Cousin des Agenturinhabers war und bisher ein Marketingunternehmen in Düsseldorf geleitet hatte. Doch in der Kieler Dependance, der Zweigniederlassung der Hamburger Hauptagentur, wurde er persönlich noch nicht vorgestellt.

„Wie passt ein Nonnenkostüm zum Motto: Jugendidole?" Die Frage lag Janne auf der Zunge. Doch wie üblich verkniff sie sich ein

Nachbohren. Daher sagte sie einfach nur: „Ist in deinem Zustand ein perfektes Kostüm und sicher bequem.“

„Das auf jeden Fall. Ich liebe den Film *Sisters Act* und fand es toll, was die Nonnen auf die Beine gestellt haben.“ Nele schob ihre Handtasche zurecht. „Also los, Janne. Feierabend.“

~~~~~

Als das Taxi vor dem *Strandgut* hielt, atmete Janne tief durch. Gleichzeitig warf ihr der Taxifahrer durch den Rückspiegel zum x-ten Mal einen Blick zu, den sie partout nicht deuten konnte – abschätzend, angewidert, nachdenklich?

„Macht zwölf vierzig“, murmelte er und drehte sich abwartend zu ihr um.

Janne kramte aus ihrer Tasche fünfzehn Euro hervor und vermied es, ihm direkt in die Augen zu sehen, als sie zahlte. Mit ungeschickten Bewegungen verließ sie den Wagen und vernahm ein leises Lachen des Fahrers, das sie geflissentlich ignorierte. In dem ungewohnten Outfit wirkten ihre Bewegungen wahrscheinlich steif und wenig galant. Aus diesem Grund hatte sie sich für den Weg, den sie normalerweise in zwanzig Minuten zu Fuß hinter sich gebracht hätte, auch das Taxi genommen.

Im Laufe des Abends wird es schon besser werden, sprach sie sich selbst Mut zu, straffte die Schultern und versuchte, sich in die Rolle der *Vivian Ward* zu versetzen. Mit einem Lächeln, das dem der Schauspielerin zwar um einiges nachstand, aber trotzdem ihre Entschlossenheit widerspiegelte, trat sie auf die Partylocation zu.

Wahlweise konnten die Gäste unter freiem Himmel oder im Inneren einer traumhaft restaurierten alten Reetdachkate feiern.

Als sie den Eingang passierte und ihre Eintrittskarte vorzeigte, wurde ihr im Gegenzug ein Glas Sekt gereicht und einen schönen Abend gewünscht. Auf den hoffte sie auch. Ungewohnte Vorfreude erfasste sie, obwohl größere Menschenansammlungen sie normalerweise abschreckten.

„Heißer Fummel“, rief ihr ein Typ entgegen, der Captain Jack Sparrow sehr ähnlich sah, und prostete ihr mit seinem halb vollen Bierglas zu.

„Danke, Du siehst auch nicht schlecht aus.“ Sich hinter ihrer Maskerade sicher fühlend, drehte Janne sich um ihre eigene Achse und suchte dann die Menge nach bekannten Gesichtern ab. Sie hoffte, wenigstens Nele auf Anhieb erkennen zu können. Hochschwangere Nonnen würde es am heutigen Abend wohl kaum mehrere geben.
~~~~~

Während sie sich durch die zahlreichen bekannten und weniger bekannten in Anführungszeichen prominenten Gesichter schlängelte, wuchs Jannes Mut mit jedem anerkennenden Blick, der sie traf. Ihr Vorhaben, nur einmal, aus ihrer Sicht betrachtet, etwas Verbotenes anzustellen, führte dazu, dass sich ihr Magen anfühlte, als würde er vibrieren. Für gewöhnlich wurde sie von den Kollegen regelmäßig, jedoch auf eine liebevolle Art und Weise, damit aufgezogen, dass sie mit ihren vierundzwanzig Jahren viel zu unscheinbar, leicht zum Erröten zu bringen und unanständig anständig war.

Heute wollte sie in eine Rolle schlüpfen, die das genaue Gegenteil von dem darstellte. Entsprechend selbstbewusst drückte sie den Rücken durch, als sie um einen einige Meter entfernten Stehtisch eine in eine Kutte gehüllte Nonne, eine durchgeknallt wirkende Rockerin, die sie im ersten Moment keiner bestimmten Person zuordnen konnte, und als Zwillinge verkleidete, brav aussehende Mädchen stehen sah. Bei dem Anblick entschlüpfte ihr ein spontanes Kichern, das sie mit vorgehaltener Hand zu kaschieren versuchte. Brit und Helena waren alles andere als unschuldige Mädchen. Die Zwei mischten regelmäßig die gesamte Firma mit ihrem Temperament auf und sorgten mit ihren Zusammenfassungen der Ereignisse vom Wochenende am Montagmorgen für Erheiterung unter den Kollegen. Man konnte sie wahrhaftig als *Spaß auf zwei Beinen* betiteln.

Mit einem *Hallo*, das vielleicht ein wenig schrill klang, begrüßte Janne die kleine Runde. Vier Köpfe drehten sich in ihre Richtung, reagierten jedoch vollkommen unerwartet zurückhaltend und wechselten fragende Blicke.

„Ihr seht toll aus", begann sie zögerlich und rutschte mit jeder Sekunde, die ohne Antwort verstrich, zurück in ihr übliches Verhaltensmuster – sich ihrer Wirkung unsicher und in ihr Schneckenhaus verkriechend.

„Kann ich nur zurückgeben. Und du bist?", fragte Brit als Erste und fügte mit hochgezogenen Augenbrauen hinzu: „Außer eine sexy Verführerin, natürlich."

„Ähm … Ich?" Offenkundig verriet sie ihr Gestammel, denn plötzlich setzte bei allen Vieren die gleiche Reaktion ein: weit aufgerissene Augen und heruntergeklappte Kiefer.

„Oh mein Gott, Janne!", schrie Helena so laut, dass sich die Gäste der benachbarten Tische zu ihnen umsahen. Augenblicklich schoss Hitze in Jannes Wangen und ihr Mund fühlte sich vollkommen ausgedorrt an.

„Ich fasse es nicht. Unser Mauerblümchen in einem Fummel, der den Männern unter Garantie einige Probleme verschaffen wird." Brit ließ das Glas nach ihrer Feststellung gegen Neles klingen, als würde diese Geste das Gesagte noch unterstreichen.

Mit einem zögerlichen Grinsen sah Janne an sich hinab: *eng anliegendes* Kleid in verschiedenen Grüntönen und einem unverschämt tiefen Ausschnitt, der ihr Dekolletee gebührend zur Geltung brachte und gerade so ihren Po bedeckte, sowie kniehohe Stiefel.

„Die Perücke ist der Knaller“, redete sich Brit in Ekstase und zupfte sacht an einer der Strähnen. „Wie hast du deine tollen langen Haare nur darunter bekommen?“

Mit viel Geduld, dachte Janne an die Mühe zurück, die sie hatte, ihre haselnussbraune Pracht unter dem wasserstoffblonden Pagenschnitt zu verbergen. Als Antwort für die anderen zuckte sie allerdings nur mit den Schultern. Die Frage war sicher nur rhetorischer Natur und niemand erwartete wirklich eine Antwort.

„Der Wahnsinn, dreh dich mal“, bat die Rockerin und unterstrich ihre Aufforderung mit einer eindeutigen Handbewegung. Diese rauchige Stimme gehörte unverkennbar zu Emma, Neles Assistentin oder besser gesagt, ehemaliger Assistentin. Ab Montag übernahm ja Mr. Unbekannt, wie Janne den neuen Boss insgeheim nannte, das Regime.

Der Aufforderung nachkommend, zeigte sie sich in verschiedenen Posen und erntete zustimmendes Raunen, das selbst von den umliegenden Tischen herüberwehte.

„Ja, ja. Jetzt reicht es“, murmelte sie verlegen und leerte ihr Glas in einem Zug. „Also, welchem Film bist du entsprungen?“ Mit der Frage versuchte sie, die Aufmerksamkeit von sich abzuwenden.

„*Ricki*, kein doller Film und wahrscheinlich kennt ihn niemand, aber ich wollte schon immer einmal in die Rolle einer Rockerbraut schlüpfen.“ Emma grinste breit.

Noch jemand, der sein wollte, wer er im normalen Leben nicht war, dachte Janne und erwiderte Emmas durchaus zufriedene Miene.

„Wie genau bist du denn nun auf diese Location gestoßen, Nele? Das Ambiente ist der Wahnsinn“, begann Helena und griff offenbar das Gespräch wieder auf, dass durch Jannes Auftauchen unterbrochen wurde.

„Das erste Mal haben wir hier mit Freunden Silvester gefeiert und weil uns das Restaurant, die Küche und der Standort so gut gefallen haben, haben Oliver und ich hier auch geheiratet. Außerdem sind genügend Hotels, Pensionen und Appartementhäuser fußläufig zu erreichen, sodass unsere Gäste einen sehr kurzen Weg zur Feier hatten.“

„Die Kate ist nach dem Umbau wunderschön geworden. Ich kenne sie noch, da sah sie ein bisschen vernachlässigt aus und wirkte, als läge sie im Dornröschenschlaf." Janne hatte beim Joggen am Strand über Monate beobachtet, wie sich die unscheinbare Kate in einen wahren Blickfang verwandelte.

„Alles in Ordnung bei Ihnen?", fragte ein groß gewachsener Mann, lächelte fröhlich in die Runde und blieb mit seinem Blick an Nele hängen. „Ach, Nele, wie schön, dass Sie auch hier sind." Er verkniff sich offensichtlich einen belustigten Kommentar zu ihrem Outfit, indem er seine Lippen fest aufeinanderpresste.

„Achtung, Enno. Schwangere Frauen sind mit Vorsicht zu genießen, schwangere Nonnen hingegen sind unberechenbar." Nele zwinkerte ihm zu, woraufhin plötzliches Gelächter ertönte.

„Ich werde es mir merken. Haben Sie einen schönen Abend, Ladys." Er nickte kurz, trat zum Nachbartisch und sammelte etliche leere Gläser ein.

„Enno ist der Lebensgefährte der Besitzerin. Er hat den ganzen Umbau gemanagt. Außerdem haben beide hier einen Neuanfang gewagt. Isa stammt aus einer angesehenen Hamburger Hoteliersfamilie und er wortwörtlich von der Straße." Nele schlürfte mithilfe eines Strohhalms an ihrem, wie Janne annahm, alkoholfreien Cocktail und linste über den Rand des Glases zu den anderen hinüber. „Die beiden sind ein so tolles Paar", schwärmte sie und es hätte nur noch gefehlt, dass alle kollektiv aufgeseufzt hätten.

Wenige Minuten später hatten sich immer mehr Mitarbeiter aus der Agentur in witzigen, vereinzelt aber auch schlichten Kostümen zu ihnen gesellt. Diese Mottoparty brachte so allerlei Unerwartetes zum Vorschein. Wer hätte gedacht, dass Martin aus der Grafikabteilung ein Faible für die Sesamstraße besaß. Er trug ein weißes Shirt mit einem Aufdruck vom Krümelmonster und trug dazu eine passend blaue Perücke mit Fransenhaaren. Kevin und Pascal kamen in bunten Hawaiihemden und trugen dunkle Sonnenbrillen. Welche Figuren sie damit nachahmen wollten, erschloss sich Janne nicht. Doch letztlich war es ja auch egal. Hauptsache alle hatten Spaß und genossen den gemeinsamen Sommerabend.

„Hey, weshalb stehst du hier so an der Seite?" Erschrocken fuhr Janne zusammen. Emma hatte sich unbemerkt neben sie gestellt und ließ ihren Blick jetzt ebenfalls zur Tanzfläche wandern.

„Ich wollte in Ruhe essen. Na ja, und es hilft niemandem, wenn ich im Weg stehe, angerempelt werde und mein Nudelsalat im Sand landet." Um die Tatsache abzumildern, beim Beobachten der Menge ertappt worden zu sein, zuckte sie mit den Schultern und hielt den Blick jetzt auf ihren Teller gesenkt, als wäre der Nudelsalat irre faszinierend anzusehen.

„Hm. Für mich sieht es so aus, als würdest du nach jemandem Ausschau halten.“ Emma kicherte. „Hast du noch Pläne für den weiteren Abend? In deinem Aufzug wäre es sicher ein leichtes Unterfangen, dir einen Mann zu angeln – nur für den Fall, dass du nicht allein nach Hause oder wo auch immer hingehen möchtest.“

Janne spürte, wie Hitze in ihre Wangen schoss.

Himmel noch mal. Stand es ihr etwa auf der Stirn geschrieben, welche Absichten in ihrem Kopf herumspukten? Mit einem leicht hysterischen Lächeln begegnete sie dem wissenden Funkeln in Emmas Augen.

„Ich …“ Resigniert schüttelte sie den Kopf. Wozu hatte sie sich in dieses Kleid gezwängt, stundenlang vor dem Spiegel gestanden, bis das Make-up ihr zusagte und die Perücke saß. „Vielleicht gefällt mir der eine oder andere Typ“, gestand sie und biss sich abwartend auf die Unterlippe, weil sie nicht abschätzen konnte, wie ihre Kollegin auf ihr Eingeständnis reagierte. Zu offenbaren, was in ihr vorging, kam nicht allzu oft vor.

„Na dann los“, entschied Emma voller Entschlossenheit. „Essen kannst du später immer noch. Schließlich wird dich hier im Halbdunkeln niemand zur Kenntnis nehmen, heißer Fummel hin oder her. Lass uns die Tanzfläche rocken. Die Kerle werden keine Chance haben, sich uns zu entziehen.“

Lachend folgte Janne einer mit wiegenden Hüften vorausgehenden Emma. Womöglich war es ganz gut, wenn sie jemanden an ihrer Seite hatte, der ihr den entscheidenden Schubs gab, um das Ziel im Auge zu behalten: Nicht an morgen denken und die *Was wäre wenn*? Frage ignorieren.

Während die ersten Klänge des dritten Songs über den Deich hallten, spürte Janne, wie sich der Großteil ihrer Anspannung, die sich den Tag über aufgebaut hatte, verflüchtigte. Außerdem bewirkten die drei Gläser Sekt, noch dazu in Kombination mit der Wärme des Sommerabends, dass ihre Hemmschwelle mehr und mehr sank. Mit ausgelassenen Bewegungen, geschlossenen Augen und reichlich Adrenalin im Blut gab sie sich dem Rhythmus der Musik hin. Für ein paar Stunden wollte sie die Stimme im Kopf ignorieren, die unaufhörlich zur Vernunft mahnte. Also tanzte sie ohne Pause, bis Emma ihr ein Zeichen gab, dass sie kurz für kleine Rockerinnen verschwand. Sie selbst nutzte die Gelegenheit, um sich am Rand der Tanzfläche an die Holzabsperrung zu lehnen. Janne hatte das Gefühl, als würde sie verglühen. Der leichte Wind kitzelte auf ihrer vom Tanzen feuchten Haut und brachte auf eine angenehme Weise ein wenig Abkühlung mit sich.

„Darf ich dich an die Bar einladen?“ Erschrocken zuckte sie zusammen, als eine tiefe Stimme an ihr Ohr drang. Automatisch kehrte die Anspannung zurück. Langsam drehte sie ihren Kopf nach links, um zu sehen, wer sich unbemerkt an ihre Seite gesellt hatte.

Peter Lustig, schoss es ihr in den Sinn. Mit unverhohlener Neugier taxierte sie sein Outfit – etliche Zentimeter größer als sie selbst, Jeanslatzhose, Karohemd, gestutzter Bart, Nickelbrille und einen grauen Haarkranz, der hoffentlich ebenso nur durch eine Perücke zur Schau getragen wurde. Alles andere wäre eine Sünde. Seine grünen Augen faszinierten Janne ungemein. Wie ein Fisch auf dem Trockenen öffnete sie ihren Mund und schloss ihn wieder. Einmal. Zweimal. Wie alt mochte er wohl sein? In dem Aufzug konnte sie ihn schlecht schätzen. Aber ungeachtet dessen sah er einfach nur *Wow* aus. Ein qualifizierteres Urteil fiel ihr nicht ein, weil in ihrem Kopf zwei Stimmen lautstark miteinander diskutierten und sämtliche Hirnaktivität für sich beanspruchten. Mitgehen oder ablehnen? Für welche Option würde sie sich entscheiden?

Reiß dich verdammt noch mal zusammen, mahnte sie sich.

Mit einem teuflischen Grinsen, das ihr zeigte, dass er offenbar ahnte, wie sie mit sich rang, bestärkte er unwissend ihren Entschluss, an diesem Abend alle Vorsicht beiseitezuschieben. Also erwiderte sie sein Grinsen.

„Sehr gerne“, beantwortete sie seine Frage, die er bereits vor einer gefühlten Stunde gestellt hatte. Doch keine Spur von Ungeduld zeigte sich in seiner Miene. Im Gegenteil. Das Grün seiner Augen begann regelrecht zu leuchten und seine Mundwinkel zogen sich noch ein Stückchen weiter nach oben.

„Nach dir.“ Er legte eine Hand auf ihren unteren Rücken, nicht zu tief, aber immerhin so, dass sich von dieser Stelle ein aufgeregtes Kribbeln auf ihrer Haut ausbreitete.

„Ich heiße Louisa“, schlüpfte es aus ihrem Mund.

Louisa?

Dies war offenkundig der letzte Versuch ihres Gehirns, einen gewissen Rest an Selbstschutz zu wahren. Ihren Zweitnamen zu nennen, schützte ihre Identität, egal was in dieser Nacht alles passieren würde.

Würde überhaupt etwas passieren?

Sie fühlte sich auf einmal gehemmt und doch voller Vorfreude, schließlich hatte sie sich extra in dieses Outfit gezwängt, um der Absicht nachzugehen, einen Mann zu verführen. Aber konnte sie das überhaupt?

Innerlich schüttelte Janne den Kopf. *Er hat dich lediglich zu einem Getränk eingeladen*, erklärte sie sich in einem gedanklichen Selbstgespräch. *Kein Grund schon vier Schritte vorauszudenken und durchzudrehen.*

„Ich heiße Patrick. Schön, dich kennenzulernen, Louisa." Seine Worte, dieses dunkle Timbre seiner Stimme … Die Sehnsucht in ihr erwachte und ihr Herz begann wie wild in ihrer Brust zu klopfen.

„Bist du allein hier?" Die Frage laut auszusprechen kostete Janne einiges an Mut. Ihre offensive Seite herauszukehren, musste sie definitiv noch mehr trainieren, denn eine nur allzu bekannte Nervosität erstickte fast das Fünkchen Hoffnung, das gerade im Begriff war, aufzuflammen.

„Ich bin allein hergekommen, ja. Aber muss ich deswegen den Abend ohne Gesellschaft verbringen?" Bildete sich Janne nur ein, dass in seiner Frage mehr mitschwang, als es im ersten Moment den Eindruck erweckte? Sie entschied sich spontan, den Faden weiter zu spinnen.

„Auf keinen Fall. Ich kann mir vorstellen, wie du dich fühlst. Wir können gerne gemeinsam etwas trinken, damit du nicht allein an der Bar sitzen musst", erwiderte sie und legte eine Hand auf seinen Unterarm. Ihre Geste überraschte Janne in derselben Sekunde, als sie seine kräftigen Muskeln unter ihren Fingern spürte. Innerlich stöhnte sie auf. Was zur Hölle veranstaltete sie nur? War das wirklich sie? Der Namenswechsel bescherte ihr offenkundig ein neues oder besser gesagt nie da gewesenes Selbstbewusstsein. Was sie hier tat, war doch verrückt. Doch er schien nichts von ihrem inneren Disput mitzubekommen.

„Zu gütig." Er zwinkerte ihr zu und sie hatte das Gefühl, ihr Magen würde sich für einige Sekunden wie verrückt im Kreis drehen.

Gemeinsam schlängelten sie sich durch die Gästeschar, ohne dass jemand tatsächlich Notiz von ihnen nahm. An der Bar angekommen, setzten sie sich auf zwei der Hocker.

„Was darf ich dir spendieren?"

„Einen Cocktail?" Ein Anflug an Unsicherheit erfasste Janne und automatisch senkte sie den Blick. Zwei Finger legten sich unter ihr Kinn und drückten es nach oben, sodass sie ihrem Gegenüber in die Augen sehen musste. Glücklicherweise sah er nicht genervt, sondern amüsiert aus.

„Deine Entscheidung. Du kannst trinken, was du magst."

Als der Barkeeper wenige Augenblicke später zu ihnen kam, bestellte Patrick ein großes Bier für sich.

„Also Louisa, welcher Cocktail darf es sein?" Er schmunzelte immer noch.

„Ein grüner“, antwortete sie, wie aus der Pistole geschossen und wandte ihre Aufmerksamkeit zum Barkeeper hinüber.

„Dann werde ich meiner Fantasie mal freien Lauf lassen“, sagte er und schnappte sich eines der großbäuchigen Gläser. „Irgendetwas, dass nicht mit hineindarf?“

„Warum?“ Die Verwirrtheit stand ihr offenbar ins Gesicht geschrieben, weil Patrick sich zu ihr lehnte und anstelle ihres Gegenübers antwortete.

„Allergien“, raunte er dicht an ihrem Ohr und löste damit ein Kribbeln aus, das sich wie eine Welle über ihrem Körper ausbreitete.

„Nein, ich vertrage alles“, erklärte Janne, wobei sie nach jedem Wort ins Stocken geriet, als müsse sie die einzelnen Buchstaben erst mühsam miteinander verbinden. Ein flüssig vorgetragener Satz klang bei Weitem anders.

„Gut zu wissen.“ Patrick zwinkerte ihr zu und sie fühlte sich wie das sprichwörtliche Kaninchen vor der Schlange.

Die Zweideutigkeit in seiner Aussage führte dazu, dass sie sich mit beiden Händen am Hocker festkrallte, um nicht ins Schwanken zu geraten. Patrick beherrschte das Spiel des Flirtens, ohne Zweifel. Sie hingegen benahm sich wie ein Backfisch. Der Mann war ihr um Längen überlegen, gestand sie sich ein. Aber vielleicht war er genau aus diesem Grund der richtige Kandidat, um unter dem Deckmantel der verborgenen Identität alle Vernunft über Bord zu werfen. Ein scheues Lächeln schlich sich auf ihre Lippen und zog fast im selben Augenblick Patricks Aufmerksamkeit auf sich.

Er schluckte, wobei sein Adamsapfel sich einmal hob und langsam wieder senkte.

Oh ja, das Interesse bestand definitiv auf beiden Seiten, das konnte selbst Janne mit ihrem begrenzten Erfahrungsschatz erkennen.

2. Kapitel

Die Mischung aus Unschuld vom Lande und verführerischer, heißer Braut faszinierte Patrick. Oberflächlich betrachtet hätte man davon ausgehen können, dass Louisa einem lockeren Flirt mit einer Option auf mehr vielleicht nicht abgeneigt wäre. Die Art, in der sie ihre Vorzüge in ihrem heißen Outfit zur Geltung brachte, sprach für sich. Seit er das *Strandgut* betreten hatte, konnte er sich ihrem Anblick nicht entziehen. Doch ihre Bewegungen auf der Tanzfläche standen im krassen Gegensatz zu ihren Äußerungen, auch wenn sie zugegebenermaßen noch nicht allzu viel miteinander geredet hatten.

„Magst du es, jemand anderes zu sein, in eine andere Rolle zu schlüpfen“, versuchte er einen ersten Anlauf, mehr über die geheimnisvolle Louisa herauszufinden. Er wollte ausloten, ob er mit seiner Einschätzung richtig lag. Normalerweise führte ihn sein Bauchgefühl nicht aufs Glatteis.

„Vielleicht“, gab sie zögerlich zu. „Wurden Mottopartys nicht für diesen Zweck erfunden?“

Die Getränke wurden vor ihnen abgestellt, wobei der Barkeeper Louisa einen schelmischen Blick zuwarf. Was hatte er in diesen Cocktail gemixt? Aber ehe Patrick nachfragen konnte, hatte dieser sich bereits anderen Gästen zugewandt, denn an der Bar steppte sprichwörtlich der Bär. Wenn sich die Jungs hinter dem Tresen ewig mit einem Gast befassen würden, bestünde durchaus die Gefahr, dass einige andere mit verdorrten Kehlen nach Hause zurückkehren mussten.

„Auf einen netten Abend.“ Patrick erhob sein Glas und prostete Louisa zu, die sich nach einem verführerisch wirkenden Augenaufschlag sogleich über ihren Cocktail hermachte. Diese Frau versprühte einen derart liebreizenden Charme und war sich dessen offenkundig nicht mal bewusst.

„Sehr lecker, irgendwas mit Kiwi.“ Sie setzte eine zufriedene Miene auf, während sie die Flüssigkeit durch den Strohhalm saugte, was Patrick wiederum als gutes Zeichen deutete. Dem Barkeeper, der ihnen einen neugierigen Blick zuwarf und gleichzeitig ein neues Glas mit einem Schirmchen verzierte, streckte er als positives Zeichen den Daumen nach oben.

„Dann bin ich ja zufrieden. Nicht auszudenken, wenn du dich gleich verabschiedet hättest, nur weil das Getränk eine Fehlentscheidung gewesen war.“ Er wollte unbedingt mehr Zeit mit ihr verbringen. Louisa war das komplette Gegenteil von den Frauen, mit denen er gewöhnlich Zeit verbrachte. Ihr aufreizendes Äußeres, ihre zur Schau gestellten

Vorzüge waren lediglich eine Hülle. Doch *was* oder besser gesagt *wer* verbarg sich darunter?

„Ich kann nicht sehr lange bleiben. Meine Kollegen werden sich schon fragen, wo ich abgeblieben bin.“ Entschuldigend zuckte sie mit den Schultern. Im selben Moment erstarrte Patrick.

Kollegen?

„Du bist mit deinen Kollegen unterwegs?“, hakte er nach und eine ungute Vorahnung erfasste ihn. Sein Bier schmeckte plötzlich ganz schal.

„Wir feiern den Ausstand meiner Chefin. Sie geht in den Mutterschutz. Die Idee, den Abend hier zu verbringen, kam, als wir die Werbemaßnahme zu der Veranstaltung erstellt haben.“ Ihre Lippen verzogen sich zu einem so süßen Lächeln, das Patrick automatisch erwiderte, obwohl ihm der Sinn nach etwas ganz anderem Stand.

„Du arbeitest in der Werbebranche?“, hakte er nach, auch wenn die Bestätigung kaum noch erforderlich gewesen war. Verdammt! Weshalb musste er sich ausgerechnet eine von Neles Mitarbeitern als Gesellschaft für den Abend aussuchen? Wollte ihm das Universum mit dieser Begegnung einen Wink geben? Wenn ja, verstand er ihn nicht.

„Ich bin Assistentin. Klingt toll oder? Aber im Grunde bin ich Mädchen für alles.“ Bei diesem Geständnis senkte sie den Blick und gab Patrick unbewusst die Möglichkeit, unbeobachtet seine Optionen abzuwägen. Er war gekommen, um unter dem Deckmantel der Verkleidung ein wenig zu spionieren, wie Nele ihm bei ihrem Telefonat, das sie vor wenigen Tagen geführt hatten, belustigt vorgeworfen hatte. Seine offizielle Vorstellung würde erst am Montag erfolgen. Aber er wollte seine Mitarbeiter in ausgelassener Stimmung kennenlernen. Im Büro würden bekanntermaßen alle nur nicken und keinen Pieps von sich geben. In der Branche galt er als Workaholic, holte immer das Effizienteste aus der Firma heraus und forderte von der Belegschaft den gleichen Einsatz, den auch er an den Tag legte.

„Jedes Zahnrad hat seine Bedeutung und ohne den Einzelnen würde das System nicht funktionieren.“ Seine Aussage veranlasste Louisa, ihren Blick vom Tresen zu lösen und ihn wieder anzusehen. *Viel besser*, dachte Patrick und schenkte ihr ein aufrichtiges Lächeln. „Der Boss ist immer nur so gut wie seine Mitarbeiter“, setzte er hinzu und nahm einen großen Schluck von seinem Bier. „Schluss damit, von der Arbeit zu reden. Erzähl mir ein bisschen von dir. Was machst du normalerweise am Wochenende, wenn du deinen Körper nicht in ein so heißes Outfit steckst und die Männer verrückt werden lässt?“

Sofort begannen ihre Wangen zu glühen. Genau die Reaktion, die er erwartet hatte. Er wollte sie aus der Deckung locken, ausloten wie weit er sie necken konnte, ohne dass er sie verschreckte. Wer sich auf einer Veranstaltung wie dieser äußerlich so präsentierte wie Louisa, verbarg absichtlich sein alltägliches Ich. Patrick besaß ein Faible dafür, herauszufinden, was in den Köpfen der Menschen vor sich ging und er hatte nur wenig Zeit, um einen Blick auf die wahre Louisa erhaschen zu können.

„Ähm, ich …“ Louisa zupfte an ihrer Perücke und Patrick fragte sich, wie ihr natürliches Haar wohl aussehen mochte. Es zuckte in seinen Fingern, ihr die Kopfbedeckung abzunehmen. „Also ich bin gerne am Strand unterwegs. Ich jogge jeden Abend nach der Arbeit, am Wochenende sehr gern am Morgen, wenn die Sonne aufgeht. Außerdem mag ich Bücher. Und du?“ Sie umschloss ihren Strohhalm mit diesen verführerisch vollen Lippen und saugte daran. Das Glas hatte sie zum Glück fast ausgetrunken.

Patrick konnte ein verlegendes Räuspern kaum zurückhalten und strich sich mit der Hand mehrmals über den Nacken. *Nur nicht auf diesen süßen Mund schauen*, sandte er eine ernst gemeinte Mahnung an sich selbst.

„Meine große Leidenschaft ist das Segeln. Ich verbringe jede freie Minute auf dem Wasser.“ Jetzt wo das Meer direkt vor seiner Haustür auf ihn wartete, konnte er hoffentlich viel häufiger mit seinem Boot hinaussegeln und den Alltag hinter sich lassen. Umständliches Hin- und Herfahren entfiel. Die gewonnene Zeit würde er ab sofort an der Reling oder dem Steuer verbringen. Der Standort der Hamburger Außenstelle hatte den Ausschlag gegeben und genau aus diesem Grund hatte er ohne zu zögern das Angebot von seinem Cousin angenommen.

„Du hast ein eigenes Boot? Das ist ja traumhaft.“ Jetzt zeigte Louisa zum ersten Mal die Reaktion, die er von anderen Frauen kannte. Ihre Augen begannen zu leuchten, regelrecht zu strahlen. Doch er vermutete bei ihr einen ganz anderen Auslöser.

„Bist du schon mal gesegelt?“

„Noch nie. Leider. Ich bin eher die, die vom Ufer aus der Besatzung beim Ein- oder Auslaufen zuwinkt.“ Bedauern legte sich wie ein Schatten über ihr Gesicht und fast hätte Patrick sie zu einem Segeltörn eingeladen, nur um ihre Augen wieder erstrahlen zu lassen.

„Hm“, gab er unverbindlich von sich. Doch auch jetzt reagierte sie entgegen üblicher Verhaltensweisen – keine Enttäuschung ihrerseits, dass er keine direkte Einladung ausgesprochen hatte, ihn auf seinem Boot zu besuchen.

„Meinst du, wir könnten noch eine zweite Runde bestellen?", fragte sie stattdessen mit einem vorsichtigen Blick auf ihr jetzt leeres Glas.

„Sicher. Noch mal das Gleiche?", fragte er und deutete auf das vor ihr stehende Glas.

„Wie gesagt, der war sehr lecker." Sie leckte sich über ihre Lippen.

Was zur Hölle tat sie denn da?

Wollte sie ihn foltern?

Zu wissen, dass er in zwei Tagen als ihr neu ernannter Boss auftreten würde, ließ ihn innerlich aufstöhnen. Jetzt traf er endlich eine Frau, die ihn wirklich interessierte und er durfte ihr nicht zu nahe kommen. Ein intimes Verhältnis zu seinen weiblichen Angestellten stand ganz oben auf seiner No-Go-Liste. Ein bisschen flirten – okay, aber mehr würde er auf keinen Fall zulassen.

Dieser Runde folgten zwei weitere. Patrick bekam den Eindruck, dass sie mit jedem Schluck ein wenig von ihrer Zurückhaltung verloren hatte. Er jedoch auch. Allmählich revidierte er sein ursprüngliches Vorhaben, inkognito die neue Belegschaft kennenzulernen. Die Gesellschaft dieser einen Mitarbeiterin genoss er viel zu sehr.

„Hast du Lust, zu tanzen?" Die Frage entschlüpfte Patrick, noch ehe er sich zurückhalten konnte. Tanzen bedeutete Nähe. Doch der Alkohol ließ ihn die Warnzeichen, die sein Hirn ihm zu vermitteln versuchte, ignorieren.

„Sehr gerne. Nach dem langen Sitzen ist Bewegung eine gute Idee." Kaum hatte Louisa zu Ende gesprochen, hüpfte sie auch schon von ihrem Hocker und musste sich spontan an Patrick festklammern, damit sie nicht zu Boden fiel. Eine gefühlte Ewigkeit sahen sie sich an, wobei keiner der beiden ein Wort verlor, und ließen einander nicht los.

„Werden die Plätze frei?", fragte ein schmächtiger Typ mit einem Wikingerhut auf dem Kopf, der so gar nicht zu seiner Statur passte. Patrick und Louisa nickten wie auf Kommando und unterdrückten ein aufkommendes Gelächter. Ohne groß darüber nachzudenken, nahm er ihre Hand in seine und zog sie mit sich auf die Tanzfläche.

Wie zufällig trafen sich immer wieder ihre Blicke, berührten sich ihre Hände oder streiften ihre Hüften die des anderen, wenn das Gedränge der Tanzenden zu groß wurde. Patrick genoss die wachsende Ausgelassenheit, die sich nicht nur in ihm ausbreitete. Auch Louisa ließ sich vom Strudel der lockeren Stimmung mitreißen, was ihm zunehmend gefiel. Hin und wieder konnte er sich des Eindrucks nicht erwehren, dass sie absichtlich seine Nähe suchte, ihn berührte. Und er mochte diese vorsichtigen Versuche, die Distanz zwischen ihnen zu überbrücken. Sie zeigten ihm, dass Louisa vielleicht mehr wollte, als sich nur mit ihm auf der Tanzfläche zu vergnügen. Doch irgendetwas bremste sie aus, ließ es nicht zu, dass sie den letzten Schritt tat und sich in seine Arme warf.

Zum Teufel noch mal mit seinen Vorsätzen. Nach dem vierten Bier änderte sich sein Blick auf die Dinge. Der Ausdruck in Louisas Gesicht, das unschuldige Lächeln auf ihren Lippen und der sehnsüchtige Glanz in ihren Augen, ergaben in der Summe genügend Munition gegen seine Selbstbeherrschung, sodass sie ohne Vorwarnung vom Wind auf und davon getragen wurde. Zu allem Überfluss hatte der DJ auch noch eine Ballade aufgelegt. Natürlich. Ausgerechnet jetzt.

Und was tat Louisa? Ohne ihn aus den Augen zu lassen, machte sie diesen einen, entscheidenden Schritt auf ihn zu. Zögerlich legte sie ihre Arme um seinen Hals und schmiegte sich mit ihren verführerischen Kurven an seinen von jetzt auf gleich angespannten Körper. Trotz dieses eindeutigen Warnsignals ließ Patrick ihre Annäherung wortlos geschehen, doch seine Bewegungen fühlten sich plötzlich hölzern an. Alle Gelassenheit war verflogen.

„Louisa“, flüsterte er mit rauer Stimme, ohne zu wissen, was er eigentlich sagen wollte. Mit einem Ruck, der seine Entschlossenheit widerspiegeln sollte, zog er sie dichter an sich, wiegte sich mit ihr im Rhythmus der Musik.

Jeder weitere Takt des langsamen Liedes, jede weitere Annäherung ihrer Körper weckte das Verlangen in Patrick, mit Louisa allein sein zu können.

Nur ein einziges Mal.

Nur diese eine Nacht.

Er redete sich ein, dass sie ihn unmöglich mit dem anzugtragenden, sehr auf sein Äußeres bedachten Mann in Verbindung bringen würde.

Ab Montag wäre er ihr Boss.

Aber heute … Heute stand er ihr als Privatmann gegenüber.

Scheiß drauf.

Niemand müsste von dieser einen Nacht erfahren. Er war sich absolut sicher, bei ihrer nächsten Begegnung nichts anderes in Louisa zu sehen, als eine der Assistentinnen in seiner Werbeagentur. Er konnte sein Privatleben und das Leben als Boss der Agentur trennen.

„Lass uns von hier verschwinden“, murmelte er dicht an ihrem Ohr, zog sich zurück und wartete angespannt auf ihre Reaktion.

Wie würde sie sich entscheiden?

„Was?“ Abrupt hielt sie in ihrer Bewegung inne und starrte ihn mit weit aufgerissenen Augen an. Selbst im schwachen Licht der Tanzflächenbeleuchtung konnte er die Überraschung, aber auch

Neugierde erkennen, die in ihnen aufflackerte. Sie wollte diese eine Nacht genauso sehr wie er, daran bestand seiner Ansicht nach keinerlei Zweifel. Ihre gesamte Ausstrahlung schrie praktisch *ja*, seit sie sich an der Bar begegnet waren.

Louisa war ganz sicher kein Mädchen, das regelmäßig Zerstreuung in lockeren Bekanntschaften suchte, das erklärte sich in ihrem ganzen Wesen. Aber die Verkleidung, mit der sie die Vorzüge ihres traumhaften Körpers am heutigen Abend zur Schau gestellt hatte, sprach eine komplett andere Sprache. Vielleicht versuchte sie tatsächlich, den Alltag für ein paar Stunden hinter sich zu lassen und darauf legte Patrick all seine Hoffnung. Er wollte sie. Bis zum nächsten Morgen. Danach würden sie sich nur noch beruflich begegnen.

„Nur du und ich." Ohne eine weitere Erklärung nahm er ihre Hand in seine. Doch fast im selben Augenblick entriss sie sich ihm. Verwirrt starrte er sie an.

„Entschuldige. Aber vielleicht sollte ich mich von meinen Kollegen verabschieden." Das schüchterne Lächeln, das ihre Mundwinkel umspielte, verzauberte ihn auf ein Neues. Sie wirkte so unschuldig und gleichzeitig verführerisch. Genau diese Eigenschaften warfen die Frage auf, wie sie sich verhalten würde, wenn sie endlich allein sein würden. Zurückhaltend oder offensiv? Gehemmt oder stürmisch? Patrick hatte keine Ahnung und genau das stellte für ihn den Reiz dar.

„Meinst du, dass das nötig ist?" Zu dieser vorgerückten Stunde registrierte wahrscheinlich kaum noch einer der Anwesenden, was außerhalb seines Wohlfühlbereiches passierte. Die wenigen Gäste, die noch anwesend waren, bekamen aufgrund ihres Alkoholpegels kaum noch etwas von ihrer Umwelt mit oder waren mit Dingen beschäftigt, bei denen sie mit an Sicherheit grenzender Wahrscheinlichkeit nicht gestört werden wollten.

Louisa sah sich um und entdeckte offenbar niemanden, den sie kannte. „Wo sind denn alle hin?"

„Baby", begann Patrick mit sanfter Stimme zu erklären und unterdrückte ein Lachen. „Wir sind seit Stunden abwechselnd auf der Tanzfläche oder an der Bar gewesen. In der Zwischenzeit sind deine Kollegen wahrscheinlich alle gegangen."

„Ohne sich von mir zu verabschieden?" Ihre glücklicherweise leise Stimme kletterte eine Oktave zu hoch, verhinderte aber vielleicht gerade deswegen ein Aufkreischen.

„Womöglich wollten sie diskret sein, weil du dich so angeregt mit mir unterhalten hast?" Fragend zog er seine Brauen nach oben und hoffte, sie würde jetzt nicht in Panik verfallen, weil sie sich ihrer Situation bewusst wurde.

„Oh. Klar.“ Eine kleine Falte bildete sich zwischen ihren Augen und Patrick fragte sich, was in ihren Kopf vor sich ging. Erneut griff er nach ihrer Hand und diesmal ließ sie es zu.

„Lass mich dich entführen“, bat er, ließ sie nicht aus den Augen und beobachtete fasziniert, wie der nachdenkliche Schleier in ihrem Blick verschwand und einem aufgeregten Glitzern wich.

~~~~~

Das Innehalten einiger Gäste ignorierend, durchquerten sie die Eingangshalle eines First-Class-Hotels, das sich in direkter Nähe zum *Strandgut* befand. Louisa hatte nicht gefragt, wohin sie gingen und er wollte nur eines: schnell mit ihr allein sein. Also hatte er, ihre Zustimmung vorausgesetzt, noch von unterwegs online ein Zimmer gebucht. Nun, da sie vor dem Aufzug standen und Louisa bis zum jetzigen Zeitpunkt keine Einwände erhoben hatte, ging er davon aus, dass die Anonymität, die ein Haus dieser Klasse bot, auch ihr zusagte.

„Alles in Ordnung?“, fragte er sicherheitshalber nach und legte seine Hand an ihre Taille.

„Mehr als in Ordnung.“ Ihr Flüstern ging in einem leisen Kichern unter, das ihn stutzen ließ.

„Was ist?“ Verwandelte sie sich nun doch in eines der Mädchen, die auf alles mit einem nervtötenden Kichern reagierten? Gott bewahre.

„Wir werden beobachtet. Vermutlich denken alle, wir kommen von einer Karnevalsveranstaltung und das mitten im Sommer, noch dazu an der Küste.“

„Nur zu deiner Info: Wir kommen tatsächlich von einer Mottoparty. Unser Äußeres ist also, ähnlich wie beim Karneval, für alle Außenstehenden etwas gewöhnungsbedürftig.“ Er zwinkerte ihr zu und zog sie dichter an sich.

Als die Aufzugtüren sich öffneten, schob er sie sanft hinein, drückte den Etagenknopf und stellte vergnügt fest, dass Louisa erleichtert ausatmete, als niemand sich zu ihnen gesellte. Für ihn vollkommen überraschend ergriff sie die Initiative, sobald die Türen sich geschlossen hatten, schlang die Arme um seinen Hals und zog ihn zu sich hinunter. Diese Steilvorlage ließ er sich nicht entgehen. Binnen Sekunden übernahm er die Führung und küsste sie auf eine Art, die ihr unmissverständlich klarmachen sollte, wie das Spiel in den nächsten Stunden laufen würde.
~~~~~

Vergnügt verzog Patrick die Lippen, nachdem er sich von ihr gelöst und sie daraufhin einen frustrierten Laut von sich gegeben hatte. „Keine Sorge Baby, du bekommst gleich mehr davon. Aber lass uns doch erst mal in unser Zimmer gehen."

Sie blinzelte, mehrfach.

Das Ping des Aufzuges und das Öffnen der Türen hatte sie augenscheinlich nicht bemerkt, so verblüfft wie sie schaute, nachdem sich ihr Blick etwas geklärt hatte. Patrick schüttelte den Kopf. Wenn sie schon bei einem, seinem Verständnis nach harmlosen Kuss so reagierte, war er gespannt darauf, herauszufinden, in welcher Form ihr Körper auf weitere sinnliche Reize antworten würde.

„Wahnsinn." Ehrfurcht und Staunen lagen in ihrer Stimme. „Sieh dir das mal an", forderte Louisa ihn auf, nachdem sie das Zimmer betreten hatten. Doch für den fantastischen Ausblick über die in fast vollkommener Dunkelheit daliegende Ostsee, stand Patrick gerade nicht der Sinn. Zwar flackerte das Licht des Leuchtturms in regelmäßigen Abständen auf und etliche Schiffe, in Form kleiner Lichtpunkte, bewegten sich durch die Nacht, aber er musste sich viel mehr dazu zwingen, die Kontrolle über seine Hände zu behalten. Nichts würde er lieber tun, als Louisas Körper zu erkunden, und zwar mit allem, was ihm zur Verfügung stand. Für all die Reize außerhalb dieses Zimmers war er derzeit nicht empfänglich, auch wenn ein wolkenloser Himmel mit seinen funkelnden Sternen lockte.

„Du bist der Wahnsinn." Er stellte sich ganz dicht hinter sie, umfasste mit beiden Armen ihre Mitte und begann, die Haut an ihrem Hals mit hauchzarten Küssen zu übersäen. „Gott. Du schmeckst nach Himbeeren. Ich liebe diesen Geschmack." Ihre Atmung beschleunigte sich bei jeder weiteren Berührung. Ihre unterdrückten Laute stachelten ihn an, weiterzumachen, mehr aus ihr herauszukitzeln. „Lass dich gehen, Louisa. Zeig mir, wie sehr du es magst, dass ich dich hier berühre." Seine Hände wanderten zu ihren Rippen und entlockten ihr ein wohliges Seufzen. „Genau so, Baby."

„Können wir das Licht auslassen?", fragte sie plötzlich und drehte ihren Kopf ein wenig zur Seite, sodass sie sich in die Augen sehen konnten. Ihr Körper hatte sich bei ihren Worten verkrampft, was Patrick ein wenig irritierte.

„Wenn du es willst."

Sie nickte energisch.

„Dann bleibt es aus."

Augenblicklich entspannte sie sich wieder. Patrick für seinen Teil genügte das schwache Licht des Mondscheins, wenn dieses

Zugeständnis bedeutete, dass Louisa alles um sie herum ausblenden konnte.

Langsam drehte er sie in seinen Armen um. Die Tatsache, dass sie sich an ihn schmiegte, verursachte in seinem Magen ein seltsames Gefühl, als würde er sich im freien Fall befinden. Diese Frau besaß wahrlich eine komplett andere Wirkung auf ihn, als all seine Bekanntschaften zuvor.

„Meinst du, wir finden in der Minibar noch etwas zu trinken?“, fragte sie vorsichtig. Das musste sie sich unbedingt abgewöhnen. In dieser Nacht gab es nichts, was jegliche Form von Zurückhaltung erforderlich machte.

„Was hättest du denn gerne?“

„Vielleicht einen Wein.“

„Hast du nicht schon genug Cocktails gehabt?“ Sie schüttelte den Kopf und im selben Moment wurde ihm bewusst, dass sie beide noch ihre Perücken trugen. „Lass uns diese Dinger abnehmen.“ Seine Bitte ignorierend, löste sie sich aus seiner Umarmung und inspizierte die Minibar. Er hingegen riss sich im Schutz der Dunkelheit die mittlerweile juckende Kopfbedeckung von den Haaren und fuhr sich mit den Fingern mehrmals hindurch. Was für eine Wohltat, befand er erleichtert.

„Sie haben sogar Bier. Möchtest du eines?“ Seufzend nahm er ihr die Flasche ab, die sie ihm hinhielt und verfolgte, wie sie sich anschließend abmühte, den Wein zu öffnen.

„Zeig mal her.“ Patrick streckte auffordernd seinen Arm aus und entfernte in Nullkommanichts den Verschluss.

„Eigentlich trinke ich gar nicht so viel. Aber ich gehe selten aus und noch seltener treffe ich mich mit einem Mann im Hotel“, gestand Louisa und wieder legte sich diese entzückende Zurückhaltung in ihre Stimme.

Patrick konnte sich nicht beherrschen und strich mit den Fingerkuppen sacht über ihre zarte Haut. „Gut zu wissen. Ich fände es nämlich äußerst befremdlich, wenn das, was wir gleich miteinander teilen werden, zu deinem Alltag gehören würde.“ Tatsächlich machte ihn die Vorstellung, dass Louisa häufiger Männern auf Hotelzimmern oder wohin auch immer folgte, wütend, obwohl er nicht einmal genau sagen konnte, weshalb. Er spülte mit einem ausgiebigen Schluck seines kühlen Gebräus die Gedanken hinunter.

Sie hingegen trank den Wein so hastig, dass einige Tropfen an ihrem Kinn nach unten liefen. Ein wenig undamenhaft wischte sie mit ihrem Handrücken darüber und senkte verlegen den Kopf.

Ohne Eile stellte Patrick seine Flasche auf dem nahe stehenden Couchtisch ab, nahm Louisa das Weinglas aus der Hand und zog sie wieder an sich.

„Nur für den Fall, dass du das Gefühl haben solltest, dir Mut antrinken zu müssen, lass dir eines gesagt sein: Es ist nicht nötig.“ Dann verschloss er ihren Mund mit seinem und zeigte ihr, wie sehr er sie begehrte.

Keine Ablenkung mehr, keine Verzögerung.

Er wollte sie.

Jetzt.

3. Kapitel

Der Kuss, mit dem er eine Erwiderung aus ihrem Mund verhindert hatte, legte den sprichwörtlichen Schalter in ihr um. Sie hatte keinerlei Erfahrung, was One-Night-Stands betraf und überließ ihm nur zu gern die Führung, folgte seinem Drehbuch für die heutige Nacht. Der Alkohol, der ihr bereits die nötige Lockerheit verschafft hatte, sich auf diesen Traum von einem Mann einzulassen, stieg ihr mit jeder Minute, die verstrich, mehr und mehr zu Kopf. Offenbar vertrug er sich nicht mit dem Verlangen, das mit jeder seiner Berührungen wuchs und wirbelte jetzt wie verrückt durch jede einzelne Zelle ihres Körpers. Fast hatte Janne das Gefühl, kurz davor zu sein, abzuheben.

„Wenn wir jetzt weitermachen, wird es kein Zurück mehr geben.“ Patrick brachte seine halbherzige Warnung, begleitet von einem abgehackten Keuchen hervor, ohne die Berührung ihrer Lippen mit seinen zu unterbrechen. Ganz allmählich ließ er seine Hand zu ihrem Rücken gleiten und stoppte abwartend am Reißverschluss ihres Kleides.

So wie es aussah, lag der Ball nun unbestritten bei Janne und sie war am Zug. Spielte sie den Ball zurück oder klemmte sie ihn sich unter den Arm und verschwand mit fliegenden Fahnen aus diesem Zimmer, aus dem Hotel? Die Entscheidung lag ohne Zweifel bei ihr.

„Sind wir nicht hergekommen, um zu sehen, wohin uns das hier führt?“, fragte sie und wich seinem bohrenden Blick aus. Sein leises Lachen ließ sie frustriert aufstöhnen.

„Oh, ich weiß genau, wohin uns das hier führt, Baby, glaube mir.“ Er umfasste ihr Kinn, zog es nach oben und drückte ihr einen schnellen Kuss auf die noch immer kribbelnden Lippen. „Die Frage, die sich jedoch stellt, ist die, Louisa.“ So wie er ihren Namen aussprach, war es kein Wunder, dass ihr gesamter Körper bebte. „Willst du diese *eine* Nacht mit mir?“ Mit hochgezogenen Augenbrauen sah er sie eindringlich an und sie verstand die versteckte Botschaft.

Eine Nacht, nicht mehr und nicht weniger.

Sie nickte und ein sexy Lächeln breitete sich auf seinem Gesicht aus. Spätestens in diesem Moment hätte sie zu allem ja und amen gesagt.

„Ich will“, flüsterte sie. Janne hatte das Gefühl, die Worte aussprechen zu müssen, damit das, was sich anbahnte, tatsächlich wahr wurde.

Der Kuss, der daraufhin folgte, glich einem Angriff auf ihre Sinne, einer Eroberung ihres Körpers, einer kompletten Übernahme ihrer Gefühlswelt. Ergeben schmiegte sie sich an seinen Körper, wobei ihre Finger einen eigenen Willen entwickelten und sich wie von selbst in seinen kurzen Haaren vergruben. Sie mussten blond sein, so viel konnte

Janne im schwachen Schein des Mondes gerade erkennen. Auf jeden Fall fühlten sie sich voll und angenehm weich an. Als sie leicht an ihnen zupfte, stöhnte er in ihrem Mund und intensivierte den ohnehin schon leidenschaftlichen Kuss.

Sein männlich herber Duft nebelte sie ein und steigerte ihre kaum noch zu bändigende Lust. Ein Zittern, dass einem Erdbeben gleichkam, erfasste ihre Muskeln, die nur noch aus Gelee zu bestehen schienen. Himmel noch mal! Was stellte dieser Kerl nur mit ihr an?

Stunden später erlaubte sie sich einen letzten, intimen Moment, musterte den Mann auf der anderen Seite des Bettes. Ein Bartschatten zeichnete sich ab, verstärkte den markanten Zug um seine Mundwinkel. Oh, dieser Mund. Wenn Janne nur daran dachte, was er allein mit seinen Lippen alles angestellt hatte, schoss ihr noch jetzt das Blut in die Wangen. Sie hatten ein aus ihrer Sicht unvergleichliches, erotisches Erlebnis miteinander geteilt. Aber die Botschaft des vergangenen Abends stand unwiderruflich fest.

Eine einzige, dafür aber intensive und leidenschaftliche Nacht.

Die hatte sie zweifelsohne bekommen. Mit einem zufriedenen Grinsen auf den Lippen entfernte sie sich Zentimeter für Zentimeter von dem Mann, der nach wie vor splitterfasernackt unter der Decke lag und offenkundig äußerst entspannt weiterschlief. Sie wollte auf keinen Fall, dass er aufwachte. Also bewegte sie sich ebenso vorsichtig zum Rand des Bettes, wie eine Katze auf dem Dach. Das zerwühlte Laken streichelte über ihre immer noch empfindliche Haut und Janne musste ein aufsteigendes Wimmern unterdrücken.

Während sie sich hastig ihre Kleidung überstreifte, notdürftig die Haare bändigte, die sich wild über ihre Schultern gelegt hatten, warf sie dem immer noch schlafenden Patrick verstohlene Blicke zu. Im Halbdunkel konnte sie aus der Entfernung kaum etwas von ihm erkennen. Außerdem wurde sein Gesicht jetzt von seinem Arm verdeckt, weil er sich umgedreht hatte. Eigentlich schade, dass sie ihn nicht ausgiebig und mit mehr Beleuchtung betrachten konnte. Doch aufgrund ihrer Befangenheit war es ja ihr eigener Wunsch gewesen, die Lichter aus zu lassen. Also musste sie sich mit der Erinnerung zufriedengeben, wie seine Küsse geschmeckt und seine Haut sich unter ihren Fingern angefühlt hatte.

Es nutzte nichts. Zeit zu gehen und sich die Peinlichkeit ersparen, sich verabschieden zu müssen. Mit der Perücke, die Patrick ihr kurzerhand vom Kopf gezogen hatte, bevor sie übereinander hergefallen waren, in der einen Hand und den Stiefeln in der anderen, verließ sie auf leisen Sohlen das Hotelzimmer.

Vor der Tür lehnte sie sich an die gegenüberliegende Wand und schloss für einige Sekunden die Augen. Kein Laut drang an ihr Ohr, was Louisa angesichts dieser frühen Morgenstunde auch nicht weiter wunderte. Wahrscheinlich hatte sich ihre innere Uhr nur gemeldet, weil sie üblicherweise um diese Zeit zum Joggen aufbrach.

Nachdem Janne sich von einem Taxi hatte nach Hause fahren lassen, war sie kurz entschlossen in ihre Laufsachen geschlüpft. Mit lauter Musik auf den Ohren, einem breiten Grinsen im Gesicht und unerwartet entspannter Muskulatur lief sie Kilometer um Kilometer am menschenleeren Strand entlang. Hier und da scheuchte sie einige Möwen auf oder umrundete angeschwemmten Seetang. Sie liebte diese Zeit, an dem der Morgen erwachte und der Tag noch vor ihr lag.

Trotz ihrer Unbeschwertheit schlichen sich immer wieder Erinnerungsfetzen des letzten Abends und vor allem der darauf folgenden Nacht in ihren Fokus, was ihren Körper erneut zum Summen brachte. Doch mit aller Entschlossenheit verdrängte sie die Bilder.

Eine Nacht.

Punkt.

Patrick hatte ihr gezeigt, was es hieß, begehrenswert zu sein und sie hatte jede einzelne Minute ihres Beisammenseins genossen. Als sie am Strandabschnitt vorbeilief, hinter dem sich das *Strandgut* befand, spürte sie ein aufkommendes Brennen in ihren Wangen, das rein gar nichts mit den Auswirkungen ihres morgendlichen Laufs zu tun hatte. Vermutlich sollte sie in der nächsten Zeit eine andere Route wählen, um nicht ständig an diese eine Nacht erinnert zu werden. Amüsiert schüttelte sie den Kopf über ihre verqueren Gedanken, erhöhte das Tempo und zwang sich auf ihre Atmung zu konzentrieren. Das Letzte, was sie jetzt gebrauchen konnte, waren Seitenstiche, denn dann müsste sie stehen bleiben und der Rausch, den der Lauf verursacht hatte, würde verpuffen.

~~~~

Sonnenstrahlen erhellten das Zimmer. Patrick zog sich das Kissen über den Kopf und gab einen mürrischen Laut von sich. Die Nacht war viel zu schnell vorübergegangen und der fehlende Schlaf würde heute einiges an Tribut von ihm fordern. Doch sein Ruf, keinerlei Schwäche zu zeigen eilte ihm keinesfalls grundlos voraus. Wer feiern kann, kann auch arbeiten, selbst an einem Samstag. Und er hatte jede Menge
~~~~

unerledigter Aufgaben auf dem Schreibtisch liegen, den er offiziell erst am Montag in Beschlag nehmen würde.

Bei dem Gedanken an die Agentur blitzen Bilder der vergangenen Stunden vor seinem inneren Auge auf und er musste unwillkürlich grinsen.

Louisa. Diese kleine Person in ihrem Wahnsinnskleid, hatte sein Kopfkino dermaßen angekurbelt, dass er tatsächlich all seine Prinzipien über Bord geschmissen hatte. Mit ihrer Gegenwart hatte sie ihm sein Hirn komplett vernebelt.

Und jetzt war sie auf und davon, ohne sich von ihm zu verabschieden. Doch so, wie er sie kennengelernt hatte, verwunderte ihn ihr stiller Rückzug keineswegs. Forderungen zu stellen, entsprach keinem ihrer Charakterzüge, das hatte er in den wenigen Stunden ihres Zusammenseins schnell herausgefunden. Außerdem fehlte es ihr wahrscheinlich an genügend Mut zu warten, bis er wach geworden war, um sich vis-à-vis voneinander zu verabschieden.

Obwohl? Mit ihm mitzugehen und die Nacht mit ihm zu verbringen, wenngleich sie sich nicht kannten, zeugte aus ihrer Perspektive von unglaublich viel Mut.

Doch Patrick plagten, was seinen Wissensvorsprung ihre Person betreffend anging, mit einem Mal Gewissensbisse.

„Scheiße." Der Fluch rutschte ihm ungehalten über seine Lippen, während er sich in die Senkrechte bewegte und das Kissen auf den leeren Teil des Bettes neben sich pfefferte. „Was habe ich mir nur dabei gedacht?"

Wahrscheinlich gar nichts, beantwortete er stumm seine eigene Frage.

Schwerfällig bewegte er sich aus dem Bett und sammelte die Überreste der Nacht zusammen, die er achtlos auf den Boden hatte fallen lassen. An Verhütung hatte ihn sein hormongesteuertes Gehirn offenkundig noch erinnert. Aber wenn er es sich recht überlegte … Zwei in Papiertaschentücher verknüllte, benutzte Kondome sowie die dazugehörigen leeren Verpackungen warf er in den Müllbehälter, eine unversehrte fand er noch in seiner Geldbörse.

Er hätte schwören können …

Nein.

Sah nicht so aus, als würde seine Erinnerung mit der Wirklichkeit übereinstimmen. Sie hatten den ersten Sex, bevor sie das Bett überhaupt erreicht hatten und später zwischen den Laken, als Louisa rittlings auf ihm saß. Stellte sich nur die Frage, wie die sehr real wirkenden Bilder in seinen Kopf entstehen konnten und eine im tranceähnlichen Zustand befindliche Louisa zeigten, – die langen Haare in weichen Wellen auf dem Kissen ausgebreitet und sich unter ihm windend.

Der Gedankenwirrwarr brachte seinen Schädel zum Pulsieren. Gott. Er hatte definitiv zu viel getrunken und es nicht einmal bemerkt. Eine ausgiebige Dusche würde hoffentlich helfen, die Wirklichkeit ins rechte Licht zu rücken und sich wieder auf das Wesentliche zu konzentrieren. Die Vorbereitung auf die kommende Woche erledigte sich schließlich nicht von selbst.

„Hatten Sie einen angenehmen Aufenthalt?“ Der Hotelangestellte an der Rezeption schob ihm die Kreditkarte über den Tresen und musterte Patricks Aufmachung mit kritischem Blick. Zwar hatte er die Perücke und die Nickelbrille im Müll entsorgt, stand aber in Jeanslatzhosen und Karohemd beim Auschecken.

„Ja, danke.“ Seine knappe Antwort wurde vom Hotelangestellten mit einem Nicken quittiert. „Ich war gestern Abend auf einer Mottoparty und fand, es wäre besser, den Wagen stehenzulassen.“ Weshalb er sich rechtfertigte, wusste Patrick selbst nicht so genau.

„Ah, davon habe ich gehört. Enno und Isa vom *Strandgut* organisieren immer mal wieder Events, die ein junges Publikum anziehen.“

Patrick lächelte unverbindlich. Dass er mit seinen zweiunddreißig Jahren zum jungen Publikum gezählt wurde, schmeichelte seinem Ego.

„Dann wünsche ich Ihnen noch einen angenehmen Tag.“ Der Hotelangestellte nahm die Zimmerkarte entgegen.

„Ebenso.“ Patrick steckte seine Kreditkarte ein, verließ das Hotel und lief mit gemächlichen Schritten zum Parkplatz, das zum *Strandgut* gehörte. Eine frische Brise wehte ihm um die Nase und weckte seine Lebensgeister nun endgültig. Zu schade, dass er an diesem Wochenende keine Zeit fand, um mit der *Ventus* hinauf aufs Wasser zu segeln. Aber vielleicht war dies auch gut so, denn die Arbeit würde ihn ablenken und die Gedanken an die letzte Nacht verdrängen.

Nach einem kurzen Abstecher in sein Appartement fuhr er direkt ins Büro. In frischen Klamotten und einer ordentlichen Rasur fühlte er sich augenblicklich wie er selbst. Die Verwirrung in seinen Gedanken war verschwunden und die feste Entschlossenheit in seinem Ausdruck zurück. Er hatte eine Agentur zu leiten, die Verantwortung für die Mitarbeiter und das Ziel, im gesamten Norden die Nummer eins zu werden. An der *Werbeagentur Jacobsen* sollte niemand mehr vorbeikommen.

Am Sonntagnachmittag lagen auf seinem Schreibtisch nur noch wenige Memos, die Nele ihm hinterlassen hatte. Seit einer halben

Stunde telefonierte er bereits mit seinem Cousin und ließ sich von ihm mit den letzten Informationen versehen, die für einen reibungslosen Start von Belang waren.

„Nele hat es mir wirklich leicht gemacht. Ihre akribisch geführten Listen zu allen Projekten haben mir eine Menge Zeit erspart. Ich denke, ich bin jetzt auf dem aktuellen Stand. Nächste Woche sollte es keine bösen Überraschungen geben. Ich brenne echt drauf, dass es endlich losgeht." Patrick lehnte sich in seinem Schreibtischsessel entspannt zurück. Mit Volker zu plaudern, denn als etwas anderes konnte man dieses freundschaftlich geführte Telefonat wirklich nicht betiteln, hatte er vermisst. Mit ihm zusammen die Agentur zu führen, Volker in Hamburg und Patrick hier in Kiel, war ein lange gehegter Traum beider Cousins.

„Du weißt, dass du das alles schon früher hättest haben können. Aber der Herr musste sich ja erst anderweitig austoben. Der Umweg über Düsseldorf war unnötig gewesen. Den Einstieg in Deutschland hättest du auch so geschafft." Volker lachte. Ganz ernst gemeint waren seine Worte wohl nicht.

„Und du weißt, dass mir meine Eltern es nicht so einfach hätten durchgehen lassen, wenn ich nach dem Uniabschluss sofort das Weite gesucht hätte. Anfangs in Boston zu bleiben und einen Zwischenstopp in Düsseldorf einzulegen, halte ich immer noch für eine gute Entscheidung."

„Hm. Wie du meinst. Ich hätte eben gern von Anfang an das Ding direkt mit dir aufgezogen. Wie geht es Peter und Nora?" Volkers plötzlicher Themenschwenk zeigte, dass er nach wie vor kein Verständnis zeigte, was Patricks Zeit zwischen Uni und offiziellem Einstieg in die Agentur anging. Doch direkt nach der Uni Verantwortung zu übernehmen, behagte ihm damals nicht besonders und das war ein offenes Geheimnis.

„Meinen Eltern geht es so weit gut. Ich musste nach meinem Weggang versprechen, mich mindestens einmal monatlich bei ihnen zu melden und zu Weihnachten nach Boston zu fliegen. Und das bekomme ich hin."

„Bereust du die Entscheidung, nach Deutschland zurückgekommen zu sein? Ich meine, du hast in den Staaten alles hinter dir gelassen."

Nein, er bereute nicht eine Minute. Mit seinen zweiunddreißig lag der komplette Fokus seiner Eltern auf ihm, weil er das einzige Kind der beiden war. Doch irgendwann, wollte er nicht mehr der kleine Junge sein, über den die Eltern immer und ewig die schützende Hand halten.

Er liebte Peter und Nora, keine Frage, aber manchmal konnte die Liebe der Eltern einen auch erdrücken.

„Es war immer abgemacht, dass du in Hamburg Fuß fasst und ich mich anderweitig mit den Strukturen in der Branche vertraut mache. Vor ein paar Jahren waren wir die Newcomer und haben es bis heute weit nach oben geschafft. Dass ich als stiller Teilhaber der Agentur agiert habe, war eine gute Entscheidung. Lass uns das noch eine Weile so handhaben, bis ich hier richtig angekommen bin. Alles andere würde wahrscheinlich nur für Unruhe sorgen. Der Wechsel wird sowieso mit Argusaugen beobachtet, nicht nur von den Mitarbeitern."

„Wie du meinst. Für das Tagesgeschäft ist es außerdem unerheblich. Ändern wird sich ja nur, dass du im Gegensatz zu Nele in deiner Position nicht jeden Schritt mit mir abstimmen musst. Und diese Tatsache betrifft lediglich uns beide."

„So ist es. Wenn du nichts dagegen hast, werde ich mir jetzt noch die Akten der einzelnen Mitarbeiter ansehen, damit ich weiß, mit wem ich es zu tun haben werde. Vielleicht landet ja der eine oder andere gleich auf der Abschussliste." Patrick hörte, wie Volker entsetzt nach Luft schnappte.

„Bist du bescheuert? Das Team, das Nele zusammengestellt hat, ist erstklassig. Sieh sie dir doch erst mal an und fälle dann dein Urteil", warf Volker aufgebracht ein.

„Mann, das war ein Witz. Der Erfolg hier kommt ja nicht von ungefähr, also beruhig dich, Alter." Weil es ihn amüsierte, wie schnell er Volker aufs Glatteis führen konnte, gab er sich keine Mühe, sein breites Grinsen zu unterdrücken.

„Blödmann", grummelte sein Cousin mit einem Anflug von Belustigung in der Stimme. „Du wirst irgendwann dafür verantwortlich sein, dass ich einen Herzinfarkt bekomme."

„Ich und die Unmengen an Currywurst, die du vertilgst."

„Wir telefonieren in ein paar Tagen wieder und wenn etwas ist …"

„… weiß ich, wie ich dich erreichen kann", beendete Patrick den Satz.

Weitere zwei Stunden später hatte Patrick die letzte Personalakte vor sich liegen und starrte abwechselnd auf das Foto und die Stammdaten von Janne Perholm. Es gab in der Agentur genau drei Mitarbeiterinnen in der nicht kreativen Abteilung und zusätzlich Emma, seine persönliche Assistentin. Die einzige Person, die optisch an Louisa erinnerte, war eben diese Janne. Allein den Namen zu denken, fühlte sich merkwürdig an. Nachdenklich fuhr er sich über sein stoppeliges Kinn und betrachtete erneut das Foto. Die anderen drei sahen Louisa nicht mal im Ansatz ähnlich. Janne musste Louisa sein oder umgekehrt. Das Durcheinander in seinem Kopf nahm Ausmaße an, die dem verwirrten Zustand am Samstagmorgen glich.

Was hatte diese Frau nur an sich, dass sie ein dermaßen ungewohntes Chaos in seinen Gedanken verursachte? Genervt schlug er die Akte zu, verfrachtete sie in die oberste Schublade seines Schreibtisches und stand auf.

Ruhelos tigerte er in seinem neuen Büro hin und her, sah minutenlang aus dem Fenster ohne tatsächlich etwas von der traumhaften Aussicht auf den Kieler Hafen wahrzunehmen.

„Wozu diese Geheimniskrämerei?“, fragte er in die Stille des Raumes. Eine Antwort würde er höchstwahrscheinlich erst in den kommenden Tagen erhalten. Für den morgigen Vormittag hatte er bereits eine Vollversammlung anberaumt, um sich allen Mitarbeitern vorzustellen. Die Aussicht darauf, Janne / Louisa wiederzusehen, löste ein unbekanntes Kribbeln in seinem Nacken aus. Ob er dies als ein gutes oder schlechtes Zeichen betrachten sollte, konnte Patrick zum jetzigen Zeitpunkt noch nicht einschätzen. Aber allein die Tatsache, dass ihn sein One-Night-Stand im Nachhinein mehr beschäftigte, als ihm lieb war, bereitete ihm Sorge.

~~~~~

Am Montagmorgen stellte sich bei Janne dann doch noch so etwas wie der Kater am Tag danach ein. Das Hoch vom Wochenende hatte seine aufputschende Wirkung verloren. Sie betrat mit gesenktem Kopf das Bürogebäude in der Kieler Innenstadt und wappnete sich innerlich auf das, was sie heute erwarten würde.

Den ganzen Weg von ihrer Wohnung bis zum Büro fragte sie sich nun schon, wie die Kollegen auf ihre ungewohnt offensive Art am letzten Freitag reagieren würden. Doch ehe sie sich von weiteren Grübeleien verrückt machen ließ, erfasste sie eine aufgeregte Betriebsamkeit in den Räumen der Werbeagentur.

Der neue Boss hatte seinen ersten Arbeitstag und genau wie alle anderen, war auch Janne mehr als gespannt auf den Mann, der in Zukunft die Zügel der Agentur in seinen Händen halten würde.

„Da bist du ja.“ Helena tanzte förmlich um Janne herum. Doch entgegen der Befürchtung, nun Rede und Antwort stehen zu müssen, ließ ihre Kollegin die Bombe platzen: „Herr Gudegast ist schon seit über einer Stunde im Haus und will, dass sich alle Mitarbeiter in zehn Minuten im großen Konferenzraum versammeln.“
~~~~~

„Wie bitte? Aber ich bin doch gerade erst rein und noch gar nicht richtig angekommen“, beschwerte sich Janne halbherzig, startete den Computer auf ihrem Schreibtisch und verstaute ihre Jacke und Tasche im Schrank neben der Tür.

„Wie dem auch sei. Wir sehen uns gleich.“ Und schon verschwand Helena aus dem Raum.

Begleitet von einem tiefen Seufzer ließ Janne sich auf den Schreibtischstuhl plumpsen, loggte sich auf ihrem Rechner ein und warf einen Blick auf die Zeitanzeige. Noch sieben Minuten. Wunderbar. Normalerweise begann ihr Morgen im Büro immer mit einer bewährten Routine. Mails sichten, Tagesplan erstellen, kurzes, zwangloses Meeting mit Nele und den anderen Kollegen von der nicht kreativen Ebene.

In der Vergangenheit zu schwelgen, brachte sie gerade nicht weiter. Außerdem musste sie los. Nicht auszudenken, wenn sie gleich bei der ersten Begegnung mit Mr. Unbekannt einen schlechten Eindruck hinterlassen würde, weil sie zu spät kam.

Auf dem Weg in die obere Etage traf sie auf Emma. Wahrscheinlich hatte sie bereits mit dem neuen Boss Bekanntschaft gemacht, überlegte Janne, schließlich war sie seine persönliche Assistentin.

„Wie ist er denn so“, wollte sie nach einer kurzen Begrüßung wissen und Emma zwinkerte ihr zu.

„Die Frage müsste ich dir in Vergangenheitsform stellen.“

Vermutlich standen Janne die Fragezeichen mitten ins Gesicht geschrieben, denn Emma lachte belustigt auf. „Dein Unbekannter von Freitag – da lief doch noch was zwischen euch, oder?“ Sie bedachte Janne mit einem frechen Funkeln in den Augen.

Verlegen senkte Janne den Blick, konnte bei der Erinnerung an die Stunden im Hotel jedoch ein bedeutungsschweres Grinsen nicht unterdrücken. „Sagen wir mal so: Ich habe die Nacht in vollen Zügen genossen.“ Emma blieb der Mund offen stehen, wobei Janne nicht einschätzen konnte, ob die Reaktion wegen ihrer Offenherzigkeit oder der Tatsache an sich entsprechend ausfiel.

„Du kleines Luder.“ Emma stupste sie leicht mit der Schulter an, öffnete die Tür zur Kreativabteilung und ließ Janne den Vortritt.

„Also, wie ist der Neue“, verlangte Janne mit gesenkter Stimme erneut zu wissen. Auf keinen Fall wollte sie die Aufmerksamkeit der bereits Anwesenden auf sich ziehen.

Doch die Gelegenheit, sich auszutauschen, war vertan. Im Konferenzraum ging es bereits zu wie in einem Bienenstock. Erst

Emmas energische Aufforderung, die Plätze einzunehmen, beendete das muntere Durcheinander.

„Herr Gudegast wird jeden Augenblick eintreffen. Bis dahin sollte jeder einen Platz gefunden haben."

Janne suchte sich einen Stuhl in der hintersten Ecke. Von dort aus konnte sie einerseits das Geschehen beobachten und andererseits saß sie nicht direkt im Fokus. Unter den Versammelten gab es genügend, die sich gleich in der ersten Minute hervortun und einen guten Eindruck hinterlassen wollten. Nicht das Janne schlecht dastehen wollte. Keinesfalls. Aber sich anfangs in einer unscheinbaren Position zu befinden, setzte sie weniger unter Stress, als im Rampenlicht zu stehen. Aus der zweiten Reihe konnte sie wunderbar beobachten und sich ihre Meinung bilden.

Ein entschlossenes „Guten Morgen" drang plötzlich durch den Raum. Leises Räuspern und letztes Stühlerücken war zu hören. Dann herrschte erwartungsvolle Stille und Jannes Herz setzte für einen Moment aus.

4. Kapitel

Patrick blieb am Kopfende des Konferenztisches stehen, ließ seinen Blick über die anwesenden Mitarbeiter schweifen und setzte eine neutrale Miene auf. Im Raum hing eine deutlich spürbare Mischung aus gespannter Erwartung auf das, was kommen würde, unverhohlenem Interesse und natürlicher Skepsis dem Neuen gegenüber. Nichts anderes hatte er erwartet.

„Ich bin froh, dass der Großteil der Belegschaft seine Arbeit unterbrechen konnte. Wie Sie sicher wissen, halte ich ab heute meinen Kopf für diese Agentur hin. Ich hoffe, Sie werden alles daransetzen, dass ich ihn nicht verlieren werde.“ Der Anflug eines Lächelns zeichnete sich auf seinem Gesicht ab, verschwand jedoch schnell wieder.

Janne musste beim Klang seiner Stimme schlucken und starrte den neuen Boss für ihre Verhältnisse ein paar Sekunden zu lange an. Das Erste, das ihr durch den Kopf wirbelte, war ein ganz simples *Wow*. Und obwohl seine Stimme mit wesentlich mehr Autorität ausgestattet war, weckte die Ähnlichkeit eine Erinnerung an Freitagnacht. Fast wäre ihr ein hysterisches Kichern entschlüpft. Was für ein Zufall, dass der Mann, der mit selbstbewusster Haltung vor ihr stand und ihre Partybekanntschaft den gleichen Namen trugen.

Schnell senkte sie den Kopf und betrachtete eingehend ihre Finger, als wären sie in diesem Moment unfassbar wichtig. *Was für ein Quatsch*, schalt sie sich. Weshalb sollte der neue Boss sich denn auf eine Mottoparty am Strand verlaufen. Sicher hatte er Besseres zu tun. Außerdem hätte Nele ihnen gesagt, wenn sie auch ihn eingeladen hätte.

Trotzdem.

Die Ähnlichkeit was die Statur anbetraf, ließ sich nicht von der Hand weisen. Jannes Bemühungen, sich den neuen Boss mit Latzhose, Nickelbrille und Halbglatze vorzustellen misslang. Verglich sie gerade Mr. Unbekannt in diesem Raum mit Mr. Latzhose vom letzten Freitag? Es stand unwiderruflich fest: Sie hatte einen Knall, und zwar einen gewaltigen.

Oh Gott, was ging ihr nur durch den Kopf?

Allein wenn sie sich das Szenario von Freitagnacht noch mal vor Augen rief: Das Hotelzimmer. Der Sex. Die hemmungslose Leidenschaft. Ein *Oh Gott* lag ihr schon auf der Zunge, doch glücklicherweise konnte sie die Worte in letzter Sekunde, und von einem leisen Grummeln begleitet, herunterschlucken. Wie konnte der Mann, mit dem sie eine Nacht verbracht hatte, sich so hartnäckig in ihren Gedanken tummeln?

„Alles in Ordnung?“, fragte Brit im Flüsterton und zog die Brauen zusammen.

„Ja, alles gut.“ Jannes Standardantwort entlockte ihrer Kollegin ein undefinierbares *Hmmm*, bevor Brit ihre Aufmerksamkeit wieder nach vorn richtete.

Reiß dich zusammen, mahnte sich Janne. Doch ihre Neugierde setzte sich gegen die Zurückhaltung durch und sie hob vorsichtig den Blick. Mr. Unbekannt stand in einem perfekt sitzenden Anzug vor versammelter Mannschaft.

Aus den Augenwinkeln ließ Janne ihren Blick länger über seine groß gewachsene Gestalt streifen, als nötig gewesen wäre. Die Geschicke der Agentur wird also ab sofort ein Mann leiten, der durchaus das Potenzial hatte, selbst als Werbefigur seinen Lebensunterhalt zu verdienen. Seine kurzen, blonden Haare sahen aus, als wäre gerade ein Windstoß hindurchgefegt. Offenbar führten sie ein Eigenleben und ließen sich schlecht bändigen, schlussfolgerte Janne. Sein übriges Äußeres hingegen deutete auf einen akkuraten Businesstypen hin – klassischer Anzug, schlichte Krawatte, selbstbewusste Haltung.

Nochmals *Wow*.

„Nele hat mir in etlichen Telefonaten zu verstehen gegeben, dass ich hier einen gut laufenden Laden übernehme. Nun ja, wollen wir sie nicht enttäuschen und hoffen, dass das so bleibt. Ich werde anfangs keine großartigen Änderungen vornehmen und beobachte erst mal die Dynamik des Teams.“ Ein erleichtertes Aufatmen aller Anwesenden ließ Mr. Unbekannt kurz innehalten.

Janne musste sich angewöhnen, ihn nun langsam mal beim richtigen Namen zu nennen.

Patrick Gudegast.

„Ich werde in den nächsten Tagen etwas Hilfe bei der Einarbeitung in die Abläufe benötigen. Emma hat genügend andere Verpflichtungen und kann diesen Job unmöglich auch noch in ihren Tagesablauf integrieren. Deswegen haben wir uns überlegt, dass ich in den ersten zwei Wochen mit zwei Assistentinnen zusammenarbeiten werde.“ Bei dieser Ankündigung musste Janne schlucken und sie rutschte auf ihrem Stuhl instinktiv nach unten, als könnte sie sich so aus dem Kreis der Kandidatinnen schleichen. Doch im Grunde kamen nur Helena und Brit in Frage. Beide arbeiteten seit ihrer Ausbildung in der Agentur und kannten alle Abläufe aus dem *Effeff*. Trotzdem wurde ihr mit jeder weiteren Sekunde, die verstrich, mulmiger zu Mute.

„Da Frau Wegener“, er nickte Helena zu, „ab nächster Woche Urlaub hat, wird Frau Michelsen den Job übernehmen.“ Brit strahlte über das ganze Gesicht, während Helena ein wenig enttäuscht in die Runde schaute. Janne hingegen atmete erleichtert aus. Sie war froh, wenn sie an ihrem Schreibtisch sitzen, E-Mails beantworten und Telefonate entgegennehmen konnte.

„Also gut, genug geredet. Ich denke, wir können uns über die derzeitige Auftragslage nicht beklagen und damit dies so bleibt, entlasse ich Sie jetzt wieder an Ihre Arbeit.“ Ohne sich noch einmal umzudrehen, verließ der neue Boss den Konferenzraum und fast im selben Augenblick setzte aufgeregtes Geschnatter ein.

Janne erhob sich von ihrem Stuhl, lächelte Brit zu und schlängelte sich an den Kollegen vorbei, die in Grüppchen stehend die kurze Vorstellung des neuen Bosses Revue passieren ließen.

„Patrick hat genau gesehen, dass du am liebsten unter den Tisch gekrochen wärst“, flüsterte Emma ihr im Vorbeigehen zu.

Patrick?

„Wie bitte?“ Janne blieb wie erstarrt stehen und zwang sich, ihre Stimme ruhig klingen zu lassen. „Du redest ihn schon mit seinem Vornamen an?“

„Klar. Schließlich arbeiten wir eng zusammen. Er hat es mir sozusagen als erste Amtshandlung angeboten.“ Beide Frauen verließen nebeneinander hergehend den Raum. Auf Umstehende wirkten sie wahrscheinlich wie Vertraute, so dicht, wie sie ihre Köpfe zusammensteckten. „Außerdem ist es in der Branche üblich, also tu nicht so verblüfft.“

„Das stimmt natürlich.“ Erneut musste Janne sich in Erinnerung rufen, dass das Miteinander in der Agentur nicht mal im Ansatz mit den Gepflogenheiten in der Kanzlei zu vergleichen war.

„Zurück zu den eigentlich interessanten Entwicklungen.“ Emmas diabolisches Grinsen ließ Janne Böses erahnen. „Wenn dein Blick nicht die ganze Zeit an deinen Händen geklebt hätte, hättest du vielleicht mitbekommen, wie er jeden einzelnen hier im Raum ins Visier genommen hat. Aber als er verkündet hat, wer in den kommenden zwei Wochen seinen Schatten spielen darf, hat er zuerst dich und dann Brit einen Tick länger angesehen. Fast als wollte er abwägen, wen er sich an seiner Seite vorstellen kann. Aber sicher hatte er die Entscheidung im Vorfeld gut überlegt und nicht spontan gefällt.“

Jannes kontrollierter Gesichtsausdruck verrutschte.

„Verstecken ist nicht, Frau Perholm. Er hat dich trotzdem auf dem Schirm. Das konnte man deutlich erkennen.“ Emma zwinkerte ihr zu, als wüsste sie genau, was sie mit ihren Worten in Janne anrichtete.

Er hatte sie angesehen? Oh Gott! Welchen Eindruck hatte sie bei ihm hinterlassen? Hatte er ihre Nervosität registriert und warum kümmerte es sie überhaupt? Die Fragen schossen in ihrem Kopf wild durcheinander, fast so, als würden ihre Gedanken in einem Mixer auf Hochtouren durcheinandergewirbelt.

„Ich verstecke mich nicht", konterte sie halbherzig, fühlte aber gleichzeitig eine gewisse Freude in sich aufsteigen. Natürlich wollte sie den bestmöglichen Eindruck hinterlassen, schließlich konnte die erste Begegnung entscheidend sein, oder etwa nicht? Wer wusste denn schon, was die Zukunft bringen würde. Janne spielte sich vielleicht nicht in den Vordergrund, aber nahezu unsichtbar zu sein, galt nun auch nicht unbedingt als ihr erklärtes Ziel.

„Du hast viel mehr auf dem Kasten, als du uns weismachen willst, das hat selbst Nele immer schon vermutet." Emmas Aussage entlockte Janne ein undefinierbares Schnauben.

„Ich muss los." Ihr abrupter Rückzug blieb von Emma unkommentiert. „Die Arbeit erledigt sich nicht von selbst", schob sie schnell nach, als könnte sie so ihre Ansage erklären. Natürlich erkannte selbst ein blinder Ignorant, dass die unerledigte Arbeit nur als vorgeschobenes Argument herhalten musste, um flüchten zu können.

Emma erkannte das offenkundig genau, denn sie schmunzelte in sich hinein, entließ Janne jedoch zu ihrer Erleichterung aus ihren Fängen.

An ihrem Schreibtisch angekommen, begann Janne routiniert mit dem Abarbeiten der Post in ihrem E-Mail-Postfach. Damit würde sie hoffentlich die kommenden ein bis zwei Stunden beschäftigt und bis dahin die allgemeine Aufregung um Mr. Unbekannt Gudegast abgeflaut sein.

Ihre Konzentration lag so sehr auf den Bildschirm gerichtet, dass sie viel zu spät bemerkte, wie sich jemand von hinten an sie herangeschlichen hatte. Vielleicht war dieser Jemand auch ganz normal gegangen und sie hatte es nur nicht bemerkt. Wie auch immer. Jedenfalls zuckte sie bei der Erwähnung ihres Namens so heftig zusammen, dass ihr Herz für ein paar Sekunden wie wild raste. Allmählich hob sie ihren Blick und atmete zur Beruhigung lange aus.

„Es gibt keinen Grund, derart schreckhaft zu sein. Sie befinden sich mit mehreren anderen Personen gemeinsam in diesem Büro. Demnach kann es durchaus vorkommen, dass ihr Wohlfühlbereich durchkreuzt wird." Meinte er das ernst oder witzig?

Verdammt.

Sie konnte ihn nicht einschätzen. Doch seine Mundwinkel wurden weder von einem angedeuteten Lächeln umspielt, noch funkelten seine

Augen belustigt. Im Gegenteil. Seine Lippen bildeten eine harte Linie und die Stirn lag in Falten.

„Herr Gudegast, ich habe sie nicht kommen hören", beeilte sie sich entschuldigend zu erklären und löste ihre verkrampften Finger von der Maus.

„Wie dem auch sei. Ich benötige in einer halben Stunde eine Auflistung zum aktuellen Stand sämtlicher Projekte, die von der Agentur betreut werden. Bekommen Sie das hin?", fragte er mit einem strengen Ton, der keine negative Antwort zuließ.

Erster Eindruck, ermahnte sich Janne, nickte jedoch nur, ohne einen halbwegs qualifizierten Satz zustande zu bekommen. Auf eine ihr unerklärliche Weise wurde sie von seinen moosgrünen Augen abgelenkt. „Kommen Sie mit den Unterlagen dann direkt in mein Büro." Kaum hatte er seine Ansage verkündet, drehte er sich auf dem Absatz um und hielt auf die Aufzüge zu.

„Natürlich. Sehr gerne." Jannes gemurmelte Worte erreichten ihn wohl nicht mehr, so schnell, wie ihn seine Schritte durch den Raum trugen.

Tolle Reaktion, Janne, ganz wunderbar, zog sie sich im Stillen selbst auf. Wahrscheinlich war er in diesem Moment äußerst froh darüber, dass ihm Brit die Abläufe in der Agentur erklären würde. Mit einer Mitarbeiterin, die wie ein aufgescheuchtes Huhn reagierte, konnte selbst der nachsichtigste Boss schnell die Geduld verlieren. Was er brauchte, war eine Mitarbeiterin, die ihm souverän gegenüberstand.

Leider spielten Jannes Nerven in so einer Situation selten mit. Souverän und Janne? Das war in etwa das Gleiche wie weinen und lachen. Oder Strand und Berge. Heiß und kalt. Die Liste konnte sie endlos fortsetzen. Am Ende stand immer eines fest. Es passte nicht zusammen.

Aber eine Übersicht zu erstellen, in der die einzelnen Projekte aufgeführt und mittels Zeitleiste der aktuelle Fortschritt dargestellt wurde, kostete Janne nur ein paar Tastenbefehle, diverse Mausklicks und ein müdes Lächeln. Keine allzu große Herausforderung, falls der neue Boss sie mit dieser Aufgabe testen wollte. Auf ihrem Rechner herrschte eine akribische Ordnung – eine unverzichtbare Eigenschaft, die ihr in den drei Jahren bei den Anwälten das Leben deutlich erleichtert hatte.

Mit den Ausdrucken in der Hand hielt sie genau siebenundzwanzig Minuten nach der Anforderung der Übersicht auf das Büro zu, in dem ein Mann saß, bei dem sie Schwierigkeiten hatte, ihn in irgendeine Schublade zu stecken. Gab es überhaupt die passende Schublade für einen Mann wie ihn? Janne fragte sich, was er für ein Typ sein mochte.

Auf jeden Fall ehrgeizig, zielstrebig und durchsetzungsfähig. So viel konnte sie nach den zwei Begegnungen bereits feststellen. Alle anderen Charakterzüge hielt er bisher gut verborgen.

„Nicht träumen, Janne. Der Boss hasst es, wenn er auf etwas oder jemanden warten muss, glaube mir." Brits sonst so fröhliche Miene wies einen dezenten Hauch an Stress auf. Offenbar forderte Mr. Nicht-mehr-ganz-so-unbekannt seinem Schatten schon jetzt einiges ab.

„Klopfen oder reingehen?", erkundigte sich Janne sicherheitshalber.

„Immer Klopfen. Bis zwei zählen. Reingehen."

Neue Regeln gab es also doch schon. Gut, dass sie gefragt hatte. Bei Nele hatte die Tür immer offen gestanden, weil sie erstens ihre Meetings grundsätzlich in einem der Konferenzräume abgehalten und sie sich zweitens in ihrem Büro allein gefühlt hatte. Anteil daran zu nehmen, was in der Agentur vor sich ging, war ihr immer sehr wichtig gewesen.

„Sonst noch irgendwelche Tipps?" Brit zuckte nur mit den Schultern. Wahrscheinlich musste sie selbst erst mal ausloten, wie der neue Boss tickte.

Mit klopfendem Herzen, aber der Gewissheit, ihre Arbeit zufriedenstellend erledigt zu haben, tat Janne, was Brit ihr aufgetragen hatte.

Klopfen.

In Gedanken bis zwei zählen.

Lächeln aufsetzen.

Türklinke herunterdrücken.

Eintreten.

Im Grunde eine ganz simple Angelegenheit. Bis ihr nach dem ersten Schritt ein gereiztes *Was?* um die Ohren geschleudert wurde.

Automatisch zog sie den Kopf ein. Eben dieses hitzige Benehmen den Mitarbeitern gegenüber hatte sie seinerzeit die Entscheidung fällen lassen, nach Beendigung der Ausbildungszeit den Arbeitsplatz zu wechseln. Ihr damaliger Boss konnte in stressigen Situationen richtiggehend ausfallend werden. Von derartigen Auftritten hatte sie mehr als genug erlebt. Ohne den Blick vom beigefarbenen Bodenbelag zu heben, setzte Janne einen Fuß vor den anderen, bis sie in der Mitte des Büros stehen blieb. Da sie keine Anweisung erhielt, wie sie sich nun verhalten sollte, reckte sie das Kinn und schaute sich unschlüssig um.

Hinter dem Schreibtisch saß niemand. Patrick stand seitlich neben der Tür und hielt sich sein Handy ans Ohr. Offenkundig war er gerade in ein Gespräch vertieft gewesen, als sie den Raum betreten hatte.

Vielleicht hatte der kurze Ausbruch gar nicht ihr gegolten? Für den Bruchteil einer Sekunde schöpfte Janne Hoffnung, insbesondere, weil sich seine Lippen augenscheinlich zu einem Lächeln verziehen wollten. Doch stattdessen presste er sie wieder fest aufeinander, sodass sich eine strenge Linie bildete.

Zu schade.

Diesen Mann durchschauen zu können, würde noch einige Anstrengungen erforderlich machen, stellte Janne fest. Die Frage, die sich allerdings fast im selben Moment stellte, war die: Wollte sie sein unverständliches Verhalten überhaupt verstehen und wenn ja – wozu? Sich fernzuhalten, sich am Rand des Geschehens zu bewegen, war doch um so vieles bequemer.

Eines Tages, schwor sich Patrick, würde er Steven all seine Sticheleien mit Zins und Zinseszins zurückzahlen. Sein bester Freund aus Studientagen liebte es, ihn auf die Palme zu bringen. Auch über den Großen Teich hinweg schaffte es der Bostoner Anwalt für Medienrecht, dass Patricks Blutdruck binnen kürzester Zeit in die Höhe schoss.

„Steve, verdammt! Lass es einfach. Ich war, bin und werde niemals an Audrey interessiert sein. Also lass deine erbärmlichen Versuche, den Kuppler zu spielen.“ Patrick ärgerte sich bereits, das private Telefonat während der Bürozeit angenommen zu haben. Doch für einen Rückzieher war es nun zu spät und Steve voll und ganz in seinem Element.

„Ich habe ihr deine neue Handynummer gegeben, damit ihr zwei das Thema unter euch klären könnt.“ Patrick konnte sich das freche Grinsen seines Freundes nur zu gut vorstellen.

„Was?“ War der Mann irre? Wenn diese verrückte Stalkerin jetzt seine Nummer hatte, konnte er sein Handy gleich ins Meer werfen.

Audrey – eine Frau, die genau wusste, was sie wollte und vor allem, wie sie es bekommen würde. Es war ihr egal, welche Kollateralschäden sie auf ihrem Weg zum Ziel hinterließ. Als Patrick sie auf einer Party der Studentenverbindung kennengelernt hatte, hatte er unmöglich ahnen können, wie weit diese Frau bereit war, zu gehen. Sich in sein Bett zu legen, splitterfasernackt wohlgemerkt, und darauf zu warten, dass er nach einer durchzechten Nacht nach Hause kam, war nur eine von zahllosen Aktionen. Dass er in Begleitung einer anderen Frau gewesen war, schien sie damals nicht gestört zu haben. Seine Begleitung allerdings schon. Das Geschrei und Gezeter der Frauen hallte bei der Erinnerung nach wie vor schmerzhaft in seinem Kopf wider. Die peinliche Szene war noch Tage später Thema auf dem Campus gewesen. Während er vor sich hin sinnierte, trat eine eingeschüchtert wirkende, großgewachsene, braunhaarige Schönheit in sein Blickfeld.

Louisa. Nein. Janne. Bei dem Gedanken daran, dass sie ihm einen falschen Namen genannt hatte, verblasste seine kurz aufgeflackerte Freude. Eine Freude – hervorgerufen allein durch ihr Erscheinen. Welcher Beweggrund hatte sie dazu veranlasst, ein falsches Spiel zu spielen? Als er am Sonntag im Büro gesessen und die Personalakten aller Mitarbeiter durchgearbeitet hatte, wollte er nur eines: am Montagmorgen vorbereitet sein. Er wollte nichts dem Zufall überlassen, und herauszufinden, wer Louisa / Janne war, hatte ihn zweifellos motiviert, länger im Büro zu sitzen, als ursprünglich geplant war. Wie hatte sie ihn nur so hinters Licht führen und eine andere Identität vortäuschen können? Andersherum … Hatte er im umgekehrten Fall nicht die gleiche Strategie angewandt? Aber im Gegensatz zu Janne hatte er ihr immerhin den Vornamen verraten, den alle kannten. Bis zum jetzigen Zeitpunkt ging er jedoch fest davon aus, dass sie seine wahre Identität nicht kannte. Alles andere wäre eine Katastrophe.

„Hey, Kumpel. Hörst du mir überhaupt noch zu?“

Steve.

Dass er ihn in der Leitung hatte, hatte er bei Jannes Auftauchen total vergessen.

„Ja, ich bin noch dran, muss jetzt aber Schluss machen.“ Patrick beobachtete, wie Janne zögernd ihren gesenkten Kopf hob und seinen Blick einfing. Ohne sie aus den Augen zu lassen, fügte er schnell hinzu: „Eins noch Steven. Aus der Nummer bist du lange nicht raus. Sei froh, dass tausende Meilen und ein ganzer Ozean zwischen uns liegen …“ Den Rest seiner Drohung ließ er bewusst offen und drückte das Gespräch weg. Sollte dieser Idiot sich selbst ausmalen, was ihm blühen könnte, wenn er den Kinderkram nicht endlich nachlassen würde. Aber aller Wahrscheinlichkeit nach lachte sich der hoch dotierte Herr Staranwalt im fernen Boston gerade kaputt.

Doch Patricks Interesse lag längst nicht mehr bei seinem Freund. Vielmehr interessierte ihn, welche Ergebnisse Janne ihm vorlegen würde. Sicher, seine Frist war äußerst knapp bemessen, das wusste er. Nichtsdestotrotz wollte er herausfinden, wie die einzelnen Mitarbeiter unter Druck agierten und welche Ergebnisse dabei herauskamen.

Janne war bei dieser Herangehensweise sein erstes Opfer gewesen. Absichtlich. Er hatte beim Vorstellungsmeeting genau registriert, wie sie bei seiner Ankündigung, eine zusätzliche Hilfe an seine Seite zu holen, ihren Kopf eingezogen hatte und auf dem Stuhl immer weiter nach vorn gerutscht war – fast so, als wollte sie so unter dem Tisch und damit aus seinem Fokus verschwinden. Sie zu überrumpeln, schien ihm die beste Option zu sein, wenn er ihr Potenzial ausloten wollte.

„Sie sind pünktlich. Das gefällt mir. Meine Zeit ist knapp bemessen, also zeigen sie mir mal, was sie zustande gebracht haben.“

Angesichts seines Befehlstons blinzelte Janne mehrmals.

Konnte er sie so einfach ins Wanken bringen? Die unscheinbar gekleidete Frau vor ihm stand im krassen Gegensatz zu der experimentierfreudigen Schönheit vom Wochenende. Also sie sah hinreißend aus mit den geröteten Wangen und den vor Aufregung glänzenden Augen. Dazu diese wunderschönen, hellbraunen Haare mit ihren karamellfarbenen Facetten. Himmel, er schweifte ab und das bei der ersten Begegnung unter vier Augen.

„Ich … ja also… hier ist die Auflistung, die sie angefordert haben, Herr Gudegast.“ Mit ausgestrecktem Arm reichte sie ihm mehrere Seiten mit Tabellen, ohne ihn direkt anzusehen.

Auf eine seltsame Weise störte ihn erstens, dass sie so hochoffiziell mit ihm redete und zweitens, dass die Frau, mit der er fantastische Stunden erlebt hatte, nicht mehr zu existieren schien. Wo war Louisa und wer zur Hölle war Janne? Wie konnten die beiden ein und dieselbe Person sein?

„Danke.“ Er nahm ihr die Papiere ab und überflog die Aufstellung. Schnell stellte Patrick fest, wie effizient und überaus korrekt sie gearbeitet hatte. Die Angaben deckten sich mit dem, was er als Übergabedatei von Nele erhalten hatte. Die Aufgabe diente wahrhaftig nur einem Zweck: Herauszufinden, ob Nele mit ihrer Einschätzung über Janne Perholm richtig gelegen hatte. Und das tat sie zu hundert Prozent. Das stille Mäuschen war offenkundig alles andere als unscheinbar, solange man sie in Ruhe arbeiten ließ und in keine Position drängte, in der sie sich nicht wohlfühlte.

„Wenn Sie mich nicht mehr brauchen, würde ich gerne zurück an meinen Schreibtisch gehen.“ Janne trat einen Schritt nach hinten, offenkundig im Begriff, sich umzudrehen und das Büro zu verlassen.

„Nicht so schnell.“ Patrick legte extra viel Autorität in seine Stimme und sah sie mit strengem Blick an. Sie sollte nicht denken, dass er sie anders behandeln würde, als den Rest der Mannschaft, nur weil sie eine gemeinsame Nacht miteinander verbracht hatten. Auch wenn sie den Patrick von Freitagnacht offensichtlich nicht mit dem Patrick in Verbindung brachte, der unmittelbar vor ihr stand. Allein die Tatsache, dass *er* Bescheid wusste, genügte. „Wer hat gesagt, dass Sie gehen können?“

Vielleicht, ganz vielleicht wollte er sich mit seinem Auftreten selbst beweisen, dass er problemlos Privates und Geschäftliches trennen konnte. Doch wollte er sich das eingestehen? Wohl kaum. Missgestimmt aufgrund seines eigenen Verhaltens presste er die Kiefer fest aufeinander.

„Ähm …“ Mit einem verwirrten Gesichtsausdruck musterte Janne ihren neuen Boss. Zeit, die Situation zu analysieren, blieb ihr allerdings nicht.

Patrick begann, eine Salve an Fragen bezüglich ihrer Aufstellung abzufeuern und Janne kam mehr und mehr ins Schwimmen.

„Janne, konzentrieren Sie sich. Wir sind gleich durch.“

„Entschuldigung.“ Sie wischte sich mit dem Handrücken eine lose Haarsträhne aus dem Gesicht. „Je näher der Abgabetermin rückt, desto engmaschiger werden die internen Meetings angesetzt. Aus diesem Grund gibt es zum Ende hin mehr Zeitfenster für Absprachen als zu Beginn der Projekte. Anfangs arbeiten die Teams erst mal nur separat.“ Aus grauen Augen blickte sie wachsam in sein Gesicht.

„Vielen Dank. Sie können dann gehen.“

Ruckartig stand Janne auf. Sie hatte das Ende der Besprechung wohl kaum erwarten können. Ohne ein weiteres Wort verließ sie das Büro.

Erst als Patrick die Frauen vor der Tür leise tuscheln hörte, gönnte er sich einen Moment, um durchzuatmen. So dicht neben ihr zu sitzen, zu wissen, wie sie sich anfühlte, ihr Duft seine Sinne vernebeln konnte, hatte auch seine Konzentration gefordert. Doch im Gegensatz zu Janne konnte er besser mit Stresssituationen umgehen.

In Anbetracht dessen, dass er mit Janne weiterhin zusammenarbeiten musste, beschloss Patrick, die gemeinsamen Schnittpunkte so stark wie möglich einzugrenzen.

5. Kapitel

Am Ende der ersten Woche herrschte eine unterschwellige Unruhe in der Agentur. Patrick hatte diverse Unterredungen mit den Mitarbeitern geführt. Bei dem einen oder anderen hatte er direkt im Gespräch konstruktive Kritik geäußert, weil er eine umgehende Veränderung des Arbeitsverhaltens als unerlässlich ansah, ansonsten jedoch jegliche Einschätzungen zunächst für sich behalten. Patrick versuchte seit jeher zu vermeiden, impulsiv zu reagieren, was ihm in den meisten Fällen auch gut gelang. Die Erfahrung hatte ihn gelehrt, dass sich die Dinge, mit etwas Abstand betrachtet, häufig ganz anders darstellten.

„Was genau hat er denn zu dir gesagt, bevor er das Gespräch beendet hat?“, fragte Helena an ihrem letzten Arbeitstag vor ihrem Urlaub und strich einer aufgelösten Brit über die Schulter.

„Meine Kleidung ist unangemessen, an meiner Pünktlichkeit muss ich arbeiten und mehr Professionalität an den Tag legen.“ Sie grummelte an ihrem Schreibtisch sitzend aufgebracht vor sich hin.

„Hat er es genau so gesagt?“, hakte nun Emma nach und zog nachdenklich ihre Stirn in Falten. „Normalerweise gibt er doch sehr präzise Anweisungen, wie er sich die Änderungen vorstellt.“

Auch wenn Janne seit ihrem Aufeinandertreffen am Montag keinen direkten Kontakt mehr mit dem Boss gehabt hatte, bekam sie doch einiges mit und konnte Emma gedanklich nur zustimmen.

„Na ja“, begann Brit zögerlich. „Er meinte, auch wenn wir eine Werbeagentur sind und Kreativität unser Geschäft sei, müsste ich mich an die Kleiderordnung halten.“

„Irgendwie hat er schon recht.“ Helena deutete auf Brits Bluse, die mehr als einen Knopf weit offenstand. „Deine Freizügigkeit ist vielleicht ein bisschen *zu* freizügig.“ Zur Untermalung ihrer Aussage legte sie die Spitzen von Daumen und Zeigefinger eng zusammen, woraufhin Brit genervt schnaubte.

„Aber er ist so sexy und irgendwie muss ich ja auf mich aufmerksam machen. Er redet die ganze Zeit immer nur über das Geschäft oder stellt Fragen zu Projekten, die ich ihm erklären muss“, jammerte sie jetzt und sah mit übertrieben schwärmerischem Ausdruck in Richtung des Büros, in dem der Boss saß. „Außerdem habe ich ihn noch nie von einer Freundin oder Frau reden hören.“

Als würde eine solche Tatsache die großzügige Darbietung ihres Dekolletees rechtfertigen, dachte Janne. Aber wie üblich lauschte sie lediglich der Unterhaltung und hielt sich mit Kommentaren zurück. Nach und nach klinkte sie sich jedoch aus dem Gespräch zwischen

Helena, Emma und einer beratungsresistenten Brit aus. Ein Wort ergab das andere, ohne dass sich dadurch ein brauchbares Ergebnis erzielen ließ, denn wenn Brit sich in etwas verrannt hatte, ließ sie sich nur schwer davon abbringen, ihr Ziel weiterzuverfolgen. Offenbar galt der neue Boss als aktuelles Objekt ihrer Begierde und auf eine unerklärliche Weise störte Janne diese Tatsache ungemein.

Das Summen ihres Smartphones lenkte die Aufmerksamkeit auf sich und riss sie aus ihren Gedanken. Jannes Mutter Christine schickte, wie so häufig, ein Foto, woraufhin sie nur genervt mit den Augen rollte.

du weißt genau, dass ich lieber live in den Genuss der Kochkünste komme, von deinen Bildern werde ich nicht satt

dann komm am Sonntag zum Brunchen, Jan und Elli kommen auch

Jannes um drei Jahre älterer Bruder und Elli waren gefühlt seit dem Kindergarten ein Paar. Eine richtige Sandkastenliebe, wie ihre Mutter immer so schön zu sagen pflegte. Aber in ihrer Nähe fühlte Janne sich jedes Mal allein, auch wenn die ganze Familie versammelt war. Den Grund konnte sie gar nicht genau benennen. Es war einfach ein Gefühl, das sie vereinnahmte, egal wie sehr Janne sich bemühte, dagegen anzukämpfen. In Gegenwart der zwei Turteltauben zog sie sich noch mehr als üblich zurück, was total widersinnig war, denn damit verstärkte sich ihre Isolation nur noch mehr.

ich kann noch nicht sagen, ob es klappt

Papa und ich würden uns aber sehr freuen, euch gemeinsam hier zu haben

Janne wusste, dass sich ihre Eltern nichts mehr wünschten, als ein harmonisches Familienleben. Also riss sie sich zusammen und sagte zu. Die paar Stunden würde sie schon überleben und sich danach am Strand den Frust aus dem Leib rennen. Wie immer, denn auch wenn ihre Eltern ihren Schwur regelmäßig erneuerten, sie genauso lieb zu haben, wie ihren Bruder, zweifelte sie mangels Selbstvertrauen an diesem Fakt.

Eine gute halbe Stunde später lief sie, tief in Gedanken versunken und mit einigen Aktenordnern, über den Flur Richtung Archiv, das sich eine Etage höher, in der Kreativabteilung befand.

Ungeduldig wippte sie auf den Ballen, weil sich der Aufzug mal wieder ganz besonders viel Zeit ließ. Vielleicht sollte sie lieber die Treppenstufen erklimmen, um in die darüberliegende Etage zu gelangen, als herumzustehen und unnötig Zeit mit Warten zu vertrödeln? Die Überlegung wurde just in dem Moment hinfällig, als sich kaum einen Wimpernschlag später die Türen öffneten und sie die leere Kabine betrat. Zumindest dachte sie, dass sie allein wäre, bis eine Person sich zwischen die schließende Tür drängte, dessen Präsenz den gesamten Aufzug ausfüllte.

Patrick.

Janne sah schnell zu dem feinen Stoff der eleganten Anzughose und seinen Schuhspitzen. Angestrengt hielt sie den Blick gesenkt, um einem eventuellen Gespräch auszuweichen. Sie hoffte inständig, dass ihr Mitfahrer diese Geste verstand. Ihr Verlangen über belangloses Zeug zu reden, das in solchen Situationen gern hervorgekramt wurde, hielt sich in Grenzen. Doch ihr Gegenüber schwieg ebenso beharrlich, wie sie selbst. Vielleicht verstand er tatsächlich ihre Körpersprache und ließ sie einfach in Ruhe. Die wenigen Sekunden der Fahrt vergingen wie unendlich lange Minuten und als der Aufzug hielt, beeilte Janne sich, möglichst schnell die Kabine zu verlassen.

„Langsam!“

Leider kam der Hinweis zu spät.

Im Eifer des Gefechtes streifte sie seinen Oberarm, der, wie sie, die Etage offenkundig im selben Moment betreten wollte, und geriet ins Straucheln.

„Verdammt“, fluchte Janne ungehalten. Zwei der Ordner lagen nach dem unfreiwilligen Stopp aufgeklappt zu ihren Füßen. Hastig ging sie in die Hocke und griff nach den Unterlagen. Statt ihr zu helfen, das kleine Chaos zu beseitigen, trat Patrick an Janne vorbei und gab einen mürrischen Laut von sich.

Was für ein Blödmann, dachte sie. Doch er schien sich im letzten Moment an seine Manieren zu erinnern, denn plötzlich trafen sie sich auf Augenhöhe. Für wenige Sekunden verharrten sie in der gleichen Position und Janne hielt seinem forschenden Blick seltsamerweise stand. Eine für sie durchaus übliche Reaktion wäre gewesen, wenn sie irgendeinen Punkt über seiner Schulter gemustert hätte, nur um ihn nicht ansehen zu müssen.

Dieses Grün, schoss es ihr durch den Kopf, als sie ihn auch schon energisch schüttelte, als würde sie so die unangebrachte Erinnerung an Freitagnacht verjagen können, die sie auf ein mal überkam.

Fragend hob er eine seiner Augenbrauen, als wollte er wissen, welche Gedanken ihr gerade durch den Kopf gingen.

„Was für ein Tollpatsch", hörte sie ihn murmeln und presste die Lippen sicherheitshalber fest aufeinander, damit ihr keine unschöne Erwiderung entschlüpfte. Ohne auf seine Bemerkung einzugehen, stapelte sie die Ordner wieder ordentlich übereinander und stand in der Hoffnung auf, dass die Bewegung nicht allzu ungelenk wirkte.

Auch Patrick erhob sich wieder. Seine stattliche Erscheinung konnte eine weniger selbstbewusste Persönlichkeit wie Janne, durchaus einschüchtern. „Passen Sie in Zukunft besser auf, Janne."

Bildete sie es sich nur ein oder sprach er ihren Namen merkwürdig betont aus?

„Entschuldigung, war keine Absicht", nuschelte sie verlegen, wobei sie ihre Aussage absichtlich ein wenig trotzig klingen ließ. Irgendwie musste sie ja versuchen, ihm aufzuzeigen, dass das Malheur im Grunde nicht ihre alleinige Schuld gewesen war. Schließlich hatte er unverhofft einen Schritt nach vorn getan, statt ihr den Vortritt zu lassen. Aber als Boss brauchte man sich wohl nicht an Benimmregeln zu halten. Die Argumente ratterten in ihrem Kopf durcheinander und nährten mühelos ihren aufkommenden Groll.

„Keine Absicht, soso." Über Patricks Lippen huschte ein Lächeln, doch es verflog so schnell wieder, dass Janne an ihrer Wahrnehmung zweifelte. Vermutlich täuschten sie ihre Sinne. Ganz sicher sogar.

Ohne ein weiteres Wort entfernte sich Patrick und ließ eine innerlich wütende, nach außen hin jedoch hoffentlich gefasst wirkende Janne zurück.

„Ich glaube, ich esse heute nur einen Salat." Über Helenas Entscheidung mussten die anderen Vier der Mittagsrunde schmunzeln. Seit Tagen versuchte sie, sozusagen last minute, einige ihrer Meinung nach überflüssigen Pfunde loszuwerden, um im Urlaub mit einer tadellosen Bikinifigur aufwarten zu können.

„Zum Glück müssen wir deine ernährungsbedingte schlechte Laune nur noch bis Punkt sechzehn Uhr ertragen", witzelte Brit und stupste Helena mit der Schulter an. „Ich nehme zur Feier des Tages ein Tomaten-Mozzarella-Sandwich und einen Café au Lait." Mit einem gemein wirkenden Lächeln schwenkte sie den Teller vor Helenas Nase.

„Macht euch nur lustig über mich. Ich werde mir alles merken und euch bei passender Gelegenheit zurückzahlen." Dass Helena bei ihrer Erwiderung grinste, ließ auch die anderen auflachen.

Die vier Assistentinnen der Agentur hatten Glück und ergatterten einen freien Tisch im Außenbereich des Cafés. Janne setzte sich wie immer neben Emma, Brit und Helena saßen ihnen gegenüber. Die ersten Minuten aßen sie in angenehm schweigender Runde, bis Emma ihren Kopf zur Seite drehte und Janne mit einem aufgeregten Funkeln in den Augen musterte.

„Da dies nun vorerst die letzte Mittagspause ist, in der wir komplett hier sitzen, kannst du uns nun endlich verraten, was am letzten Freitag zwischen dir und dem Latzhosenmann gelaufen ist."

Janne verschluckte sich bei dem Ausdruck *Latzhosenmann* so dermaßen, dass sie das Gefühl hatte, nie wieder richtig atmen zu können.

„Latzhosenmann?", fragte sie nach einer gefühlten Ewigkeit, weil sie nicht wusste, ob überhaupt und wenn ja, welche Details sie ihren Kolleginnen verraten wollte.

„Na ja, einen Namen kennen wir ja noch nicht, also haben wir ihn *Latzhosenmann* getauft." Brit trank einen Schluck ihres Café au Lait und lehnte sich nach ihrer Erklärung abwartend zurück.

„Sein Name ist Patrick", erklärte Janne und zupfte beiläufig die Petersilie von ihrem Käsebaguette, weil sie das Grünzeug nicht mochte.

„Wie unser neuer Boss." Sofort bekam Brit diesen schwärmerischen Blick und die anderen drei stöhnten unisono.

„Also jetzt lass dir doch nicht alles aus der Nase ziehen", maulte Emma und überging Brits Einwurf.

Doch Janne wusste immer noch nicht, welche Einzelheiten sie preisgeben und welche sie für sich behalten sollte. Nach einem letzten Bissen von ihrem Baguette entschloss sie sich, nur so viel zu erzählen, dass die drei Neugierigen besänftigt wurden. Die Salamitaktik funktionierte anderswo auch, weshalb also sollte sie bei ihr versagen?

„Wir haben getanzt, uns unterhalten und der Alkohol tat sein Übriges. Als es Zeit wurde, zu gehen, haben wir beschlossen, den Abend in einem Hotel in der Nähe ausklingen zu lassen. Am nächsten Morgen bin ich nach Hause, bevor er wach wurde. Ende der Geschichte."

„Wie *Ende der Geschichte*? Keine schmutzigen Details?" Enttäuscht zog Helena eine Schnute. „Seht ihr euch wieder oder war es ein einmaliges Vergnügen?"

Als Janne nicht sofort antwortete, hakte sie nach. „Er hat doch keine perversen Dinge mit dir angestellt?"

Ohne nachzudenken, seufzte Janne. „Nein, natürlich nicht. Er hat mich fühlen lassen, wie ich noch nie gefühlt habe, wenn ich mit einem Mann zusammen gewesen bin." Allmählich spürte sie, wie ihre Wangen anfingen zu glühen.

„Aha." Mehr sagte Helena nicht, sondern grinste nur. Die anderen beiden tauschten wissende Blicke. „Warum wollt ihr euch nicht wiedersehen, wenn es so gut gelaufen ist?"

Weil es von vornherein abgemacht war, weil ich mich nicht so hätte darauf einlassen können, dachte Janne, behielt ihre Argumente aber für sich.

„Wir haben keine Nummern getauscht und seinen vollständigen Namen kenne ich auch nicht", gab sie zur Antwort, was Emma offenbar nicht genügte.

„Aber du würdest ihn wiedersehen *wollen*, wenn du die Chance hättest?"

Ein angenehm warmes Gefühl breitete sich in ihrem Bauch aus, so als hätte sie gerade eine große Tasse heißen Tee getrunken. Wollte sie, dass eine Option auf eine Wiederholung bestehen könnte? Ja, natürlich wollte sie. Aber ihr Verstand signalisierte ihr, dass sie sich keine Hoffnungen zu machen brauchte. Patrick hatte sich diesbezüglich klar ausgedrückt und sie bei vollem Bewusstsein eingewilligt. Na ja … das mit dem Bewusstsein galt nur eingeschränkt, schließlich hatte sie über ihr normales Maß hinaus Alkohol getrunken. Trotzdem. All diese Tatsachen konnten sie nicht davon abhalten, sich seit dem letzten Wochenende auszumalen, wie es hätte sein können, wenn, und die Betonung lag auf *wenn*, Patrick sie angerufen und nach einem Date gefragt hätte. „Da die Möglichkeit nicht besteht, ist es müßig, sich darüber Gedanken zu machen."

„Hm. Wo du recht hast … Genauso utopisch ist es, dem Boss hinterherzujagen." Emma rührte mit dem Löffel in ihrem Milchkaffee herum und fixierte Brit mit einem durchdringenden Blick. „Irgendwann wird ihm der Kragen platzen und dann will ich nicht in der Nähe sein."

Für ihr geschicktes Ablenkungsmanöver hätte Janne Emma küssen können. Dadurch, dass sie den Faden mit der vertrackten Bossanhimmelei noch mal aufnahm, war sie selbst vorerst aus der Schusslinie.

„Ich finde auch, du solltest es gut sein lassen. Wenn er gewollt hätte, wäre er längst auf deine Avancen angesprungen."

Brits mehr als offensichtlichen Anstrengungen, dem Boss schöne Augen zu machen, gingen selbst in Jannes Augen zu weit.

„Er ist einfach ein Traum von einem Mann. Diese grünen Augen, der verwuschelte Look seiner Haare, seine ganze Statur …"

„Lass es einfach", sagte Emma noch mal mit Nachdruck. „Patrick wird sich das nicht mehr lange mit ansehen."

„Was soll ich denn tun?“ Mit hochgezogenen Brauen sah sie ihre Kolleginnen auffordernd an.

„Dich von ihm fernhalten, deine Arbeit erledigen, fertig.“ Helenas nüchterner Kommentar führte dazu, dass Brit wie ein uneinsichtiges Kleinkind mit den Schultern zuckte. Bei diesem Thema würden sie kein annehmbares Ergebnis erlangen, jedenfalls heute nicht.

Janne beschloss nun ihrerseits, die Aufmerksamkeit von Brit abzuwenden. „Was macht ihr denn am Wochenende, außer Koffer packen natürlich?“ Sie sah zu Helena hinüber, die über das ganze Gesicht strahlte. Das allein war Antwort genug, denn auf den Urlaub mit ihrem Freund freute sie sich schon seit Wochen.

„Das Wetter soll gut werden. Ich gehe ganz sicher an den Strand. Kommst du auch vorbei?“ Emma drehte den Kopf zu Janne und sah sie fragend an.

„Vielleicht. Ich bin zum Brunchen bei meinen Eltern eingeladen. Wenn mir hinterher nicht der Kopf schwirrt …“ Sie verzog ihre Lippen zu einem aufgesetzten Lächeln. Dass der Besuch bei ihren Eltern nur als Vorwand galt, konnten sich ihre Kollegen sicher denken. Sie wussten, dass Janne in ihrer Freizeit lieber für sich blieb, gaben aber nicht auf, sie immer wieder einzuladen, mitzugehen – egal ob es ein Besuch im Restaurant, in einer Bar oder im Kino war.

„Was ist mit dir?“ Emma wandte sich Brit zu. Doch die schmollte noch. „Jetzt sei nicht beleidigt, sondern froh, dass wir dich vor einer Peinlichkeit bewahren, die du dein restliches Leben nicht mehr vergessen würdest.

„Ich komme mit“, willigte sie nach kurzem Zögern ein. „Andere Mütter haben auch schöne Söhne.“ Emma schüttelte aufgrund des Nachsatzes amüsiert den Kopf.

„Du bist unverbesserlich.“

„Ich bin jung und darf experimentierfreudig sein“, gab Brit zum Besten.

„Ja, so kann man es natürlich auch bezeichnen.“ Mit diesen Worten beendete Emma den kleinen verbalen Schlagabtausch, stellte das Geschirr auf das Tablett und läutete damit das Ende der Mittagspause ein.

~~~~~

Es gab genau einen Ort, an dem Patrick sich frei fühlte, wie nirgends sonst. Sein Segelboot, die *Ventus,* glitt fast lautlos über das seichte Wasser der Ostsee und er genoss den ungestörten Blick bis hin zum
~~~~~

Horizont. Das helle, klare Blau des wolkenlosen Himmels ging in eine blaugrau-grüne Mischung des Meeres über, ließ die zwei Elemente Luft und Wasser auf einer perfekten Linie aufeinandertreffen. Patrick liebte diesen einsamen, ruhigen Ort, an dem er seinen Verpflichtungen für einige Stunden entfliehen konnte. Der Luxus, seine knapp bemessene Freizeit auf dem Wasser genießen zu können, war ihm bisher nur selten vergönnt gewesen. Der Fahrweg von seinem bisherigen Wohnort hatte ihm schlichtweg keine großen Alternativen zugelassen. Durch den Umzug an die Küste hoffte er, diesen Umstand ändern zu können. Zumindest war das sein Plan gewesen.

Die erste Woche im neuen Job hatte jedoch, wie erwartet, seine volle Konzentration gefordert und ihm wenig Schlaf beschert. Morgens saß er früher als die meisten Angestellten hinter seinem Schreibtisch und verließ als einer der Letzten das Büro. Lediglich zum Mittagessen ging er in eines der vielen Cafés an der Innenförde, immer darauf bedacht zu vermeiden, dort zu landen, wo es seine weiblichen Mitarbeiter hinzog.

In seinem direkten Umfeld gab es diese eine Person, die ihm Tag für Tag aufzeigte, was er am vergangenen Wochenende für einen blöden Fehler begangen hatte. Wie hatte er sich nur auf eine Angestellte einlassen können, in Kenntnis dessen, dass sie auf beruflicher Ebene weiterhin miteinander zu tun haben würden? In einem kleinen Team war es schier unmöglich, sich für längere Zeit aus dem Weg zu gehen. Jede zufällige Begegnung erinnerte ihn an die eine, wahnsinnig intensive Nacht, die er mit Janne verbracht hatte.

Doch statt sie sich aus dem Kopf zu schlagen und die gemeinsamen Stunden zu vergessen, blitzten immer wieder Erinnerungsfetzen auf – an ihre seidenweiche Haut, die er mit Küssen übersät, die sinnlichen Geräusche, die sie von sich gegeben und vor allem die Empfindungen, die sie in ihm geweckt hatte.

Ihre scheue Art faszinierte ihn auf eine Weise, die er sich selbst kaum erklären konnte. Wahrscheinlich wäre sie von ihrem Wesen her die bessere Wahl gewesen, ihm die Abläufe in der Agentur näher zu bringen. Aber hätte er ihre stete Präsenz mit nüchterner Professionalität begegnen können? Vermutlich nicht. Es hätte ihn zusätzliche Kraft gekostet, die er zum derzeitigen Zeitpunkt nicht hatte aufbringen können. Sein Start in der Agentur hatte ihm alles abverlangt. Deswegen war seine Wahl, wenn er diese denn als solche bezeichnen wollte, auf Brit gefallen und er fragte sich langsam, was das kleinere Übel gewesen wäre. Sie verkörperte das komplette Gegenteil von Janne. Wenn Janne ihre körperlichen Vorzüge gekonnt versteckte, zeigte Brit sie umso deutlicher. Hielt Janne einen angemessen höflichen Abstand zu ihren

Kollegen, insbesondere zu ihm, reduzierte Brit die körperliche Distanz auf ein gerade noch erträgliches Maß. An die verbalen Entgleisungen, die Brit sich regelmäßig leistete, wollte er gar nicht denken. Jannes allzu häufiges Schweigen hingegen frustrierte ihn zeitweilig, weil er nie wusste, was in ihrem Kopf vor sich ging. Bereits nach zwei Tagen hatte er es nicht mehr ausgehalten und seine zweite Assistentin, auch wenn dies nur ein Übergangszustand sein sollte, zurechtgestutzt. Glücklicherweise hatte er von vornherein klargestellt, dass Emmas Position als seine Assistentin nicht zur Debatte stand und er sie nur für ein klar definiertes Zeitfenster durch Brit entlasten wollte.

Als könnte er seine Gedanken wegwischen, fuhr er sich mit den Handflächen über das Gesicht, sah zum Himmel hinauf und entschloss sich, das Tempo der *Ventus* zu drosseln.

Patrick holte eines der Segel ein, verringerte die Geschwindigkeit und ließ das Boot vom leichten Wind treiben. Rings um ihn herum gab es nichts außer endloses Wasser, einige Möwen und das seichte Plätschern der Wellen gegen den Bootsrumpf. Er legte sich mit ausgestreckten Beinen auf eine von zwei Bänken, die er zum Sonnenbaden am Heck aufgestellt hatte, verschränkte die Arme unter dem Kopf und sah zum Himmel hinauf.

Welch angenehme Stille, stellte Patrick zufrieden fest. Er hätte ewig hier liegen können und für den Moment schien seine Welt perfekt zu sein.

„Das entspricht nicht meinen Vorstellungen. Ich brauche die überarbeitete Version noch heute auf meinem Tisch." Mit diesen Worten reichte Patrick Janne die elfseitige Zusammenfassung der Rohloff-Akte, die im Grunde nur noch archiviert werden sollte, und eliminierte somit Jannes Arbeit. Den gesamten Vormittag hatte sie über den Papieren gebrütet und war felsenfest überzeugt, eine überdurchschnittlich solide Arbeit abgeliefert zu haben. Mit offenem Mund starrte sie ihrem Boss hinterher. Doch ehe er aus ihrem Sichtfeld verschwinden konnte, riss sie sich zusammen und befreite sich aus ihrer Schockstarre.

„Herr Gudegast, warten Sie!" Janne sprang auf und hielt dabei den Ordner mit den feinsäuberlich abgehefteten Ausdrucken krampfhaft vor den Oberkörper gepresst. Erfreulicherweise stoppte Patrick in seiner Bewegung. Als sie allerdings seinen Gesichtsausdruck sah, konnte Janne sich gar nicht mehr so sicher sein, ob es eine gute Entscheidung gewesen war, ihn aufzuhalten. Mit hochgezogenen Brauen und aufeinandergepressten Lippen wandte er sich um. Irgendwie wirkte er auf Janne … sauer? Auf jeden Fall blitzten seine Augen, die sich immer in ein intensives, dunkles Grün zu verwandeln schienen, genervt auf. Verteufelt noch mal. Sie wusste es nicht einzuordnen.

„Was noch?", fragte er, wobei ihr sein schneidender Ton zusetzte. Gegenüber allen anderen Mitarbeitern in der Agentur zeigte er sich, was die Arbeit betraf, interessiert, abwartend und kompromissbereit. Ja, er verlangte ihnen mit Sicherheit einiges ab, legte aber, was die Arbeitseinstellung betraf, selbst auch in bemerkenswerter Weise vor. Er kam früh und ging spät. Fast hätte man denken können, er besaß kein Privatleben. Weshalb er ausgerechnet in ihrer Gegenwart immer eine gemeine Art an den Tag legte, fast so, als könne er ihre Anwesenheit nicht ertragen, erschloss sich ihr partout nicht.

„Welche Punkte genau soll ich denn überarbeiten?" Janne spürte, wie Unsicherheit in ihrer Frage mitschwang. Im selben Moment ärgerte sie sich, dass sie diese Schwäche so offen zeigte. Der Mann brachte sie dazu, an sich zu zweifeln, wieder einmal und das konnte auf Dauer nicht gut für sie enden.

„Wenn Sie einen Blick in die Unterlagen geworfen hätten, Frau Perholm …" Er betonte ihren Namen besonders abfällig, befand Janne und musste angesichts der Geringschätzung ihrer Person schlucken. „… statt hinter mir hinterher zu brüllen, als wäre ich einer ihrer Feierabendbekanntschaften, hätten Sie die entsprechenden Informationen gefunden." Er beantwortete ihre Frage mit einer dermaßen kühlen Distanziertheit, dass Janne nur unter Aufbringung letzter Kraftreserven ein Zusammenzucken verbergen konnte. „Und jetzt würde ich gerne zurück in mein Büro gehen, falls Sie das erlauben." Ohne eine Erwiderung abzuwarten, wandte er ihr erneut den Rücken zu und verließ mit entschlossenen Schritten den Raum.

Etliche Sekunden verstrichen, ehe Janne die Schultern straffte, sich zurück an ihren Schreibtisch setzte und sich die Akte erneut vornahm. Einen pünktlichen Feierabend konnte sie vergessen. Es war bereits kurz nach drei und die Einarbeitung der Abänderungen würde unter Garantie einige Zeit in Anspruch nehmen.

„Es besteht wohl kaum die Gefahr, dass der Strand in der Zwischenzeit davon geschwemmt wird", murmelte sie verdrossen vor sich hin. Außerdem konnte es durchaus sehr reizvoll sein, in den Sonnenuntergang zu laufen. Genau. Die Bewegung würde ihr helfen, die angestaute Wut abzubauen und im Gegenzug positive Energie freizusetzen. Und davon musste sie so viel abspeichern, wie ihr Akku gewillt war, aufzunehmen. Janne hatte sie insbesondere nach den heutigen Ereignissen *bitter nötig.*

„Was hat er nur immer an deiner Arbeit auszusetzen?" Brit verzog mitfühlend ihr Gesicht. „Ich kenne kaum jemanden, der seine Arbeit so überkorrekt erledigt wie du."

„Ehrlich?"

Brit nickte.

„Ich habe keine Ahnung. Wahrscheinlich passe ich in seinen Augen nicht ins Team. Vielleicht will er mich rausekeln." Tatsächlich beschlich sie dieser Gedanke zum wiederholten Mal, ohne dass sie etwas dagegen tun konnte.

„So ein Quatsch. Du bist genau richtig, so wie du bist. Lass dir nichts anderes einreden."

Erstaunt sah Janne zu Brit auf. So viel Einfühlungsvermögen hatte sie ihrer Kollegin gar nicht zugetraut, denn normalerweise dachte Brit sich nicht allzu tief in die Dinge hinein und lebte von hier bis zu ihrem nächsten Date.

„Er macht es mir nicht gerade leicht, über seine Bemerkungen hinwegzusehen."

„Versuch doch mal, das Ganze ein wenig lockerer zu betrachten, und denke nicht so viel darüber nach, was andere von dir halten oder wie sie dich wahrnehmen."

Janne schenkte Brit ein angestrengtes Lächeln, woraufhin diese ihr über die Schulter strich.

„Das wird schon, glaube mir." Mit einem aufmunternden Zwinkern ließ sie Janne zurück und ging zu ihrem eigenen Schreibtisch hinüber.

Nur allzu gern hätte Janne den Optimismus, den Brit an den Tag legte, mit ihr geteilt. Aber es fiel ihr ungemein schwer, eine ebensolche Unbekümmertheit zu entfalten.

~~~~~~

Nach der Standpauke, die er Janne gerade gehalten hatte, hielt ihn das schlechte Gewissen fest im Griff. Er war definitiv zu hart mit ihr umgesprungen, das war ihm durchaus bewusst und ihre Reaktion hatte ihn fast einknicken lassen. Aber er konnte es sich nicht leisten, eine Angriffsfläche zu bieten, auch wenn ihre wunderschönen grauen Augen von einer Traurigkeit überschattet waren, die seinen Beschützerinstinkt auf den Plan riefen. Je eher er es geschafft hatte, sie aus seinem Kopf zu verbannen, desto besser. Am Wochenende hatte er sich geschworen, ihre gemeinsame Nacht zu vergessen, Janne einzig und allein als das zu sehen, was sie war: eine Mitarbeiterin. Und er würde es schaffen – mit Strenge und Entschlossenheit.

Allmählich neigte sich der Nachmittag seinem Ende entgegen und Patricks Magen meldete sich mit einer Vehemenz, die ihn in der Arbeit innehalten ließ. Wann hatte er das letzte Mal etwas gegessen? An das belegte Brötchen, das ihm Emma mittags vom Café mitgebracht hatte, konnte er sich kaum erinnern.

Er steckte mitten in den Berechnungen für einen neuen Auftrag. Jetzt aufzuhören, wäre mehr als unsinnig und absolut kontraproduktiv. Morgen müsste er sich erst wieder in die Materie einarbeiten und den Faden neu aufnehmen. Dieser Umstand würde ihn viel zu viel Zeit kosten, die er an anderer Stelle sinnvoller einsetzen konnte. Also wählte er kurzerhand die Nummer des Pizzadienstes, der ihm schon des Öfteren vor dem Verhungern gerettet hatte, und bestellte eine große Pizza mit Schinken, Champignon und extra viel Käse.

Als es zwanzig Minuten später klopfte, ging er davon aus, dass sein Essen geliefert wurde.

„Ja." Üblicherweise ging an dieser Stelle die Tür auf und der Spruch *Sie hatten eine Pizza bestellt* oder so ähnlich brachte seinen Magen dazu, sich in freudiger Erwartung zusammenzuziehen.

Doch nichts dergleichen geschah.

Stattdessen stand Janne in der geöffneten Tür, bedachte ihn mit einem vorsichtigen Blick, trat näher und überreichte ihm die geforderten Unterlagen.
~~~~~~

„Entschuldigen Sie die Störung, Herr Gudegast, aber ich wollte Ihnen nur die Änderungen bringen, bevor ich gehe.“ Ihre leise, reserviert klingende Stimme traf ihn mit unvorhersehbarer Wucht.

Verdammt.

„Legen Sie sie hier hin.“ Er deutete auf einen freien Platz auf seinem Schreibtisch. „Ich sehe es mir morgen an. Schönen Feierabend.“ Bei seiner knapp lautenden Ansage weiteten sich ihre Augen. Darauf zu achten, dass seine sorgsam aufgesetzte Maske nicht verrutschte, kostete ihn alle Konzentration, die er aufbringen konnte.

„Aber …“

Natürlich konnte er sich denken, welche Worte ihren süßen Mund verlassen wollten und genau aus diesem Grund unterbrach er sie harsch. Er hatte die Unterlagen für heute angefordert, sie Überstunden machen lassen und wollte doch erst morgen einen Blick darauf werfen.

„Legen Sie den Ordner einfach hier ab, Janne. Ist das so schwer zu verstehen?“ Sie zögerte eine Sekunde. Dann knallte sie den Ordner auf den Tisch, drehte sich um und verschwand. Patrick hätte schwören können, ein gemurmeltes *Blödmann* zu hören, als sie ging und musste unwillkürlich schmunzeln. In ihr brodelte es gewaltig und dass sie Feuer besaß, wusste er nur zu gut. Stellte sich die Frage, wer das Katz- und Mausspiel besser beherrschte, wobei er der Einzige war, der wusste, dass sie es überhaupt spielten. Patrick lehnte sich zurück, verschränkte die Hände hinter dem Kopf und sah mit einem breiten Grinsen zu der offen stehenden Tür hinüber. In diesem Moment musste er seinen inneren Konflikt vor niemandem verbergen und genoss diese Freiheit ungemein.

Leider setzte das Summen seines Handys dem Ganzen ein Ende. Widerwillig streckte Patrick seine Hand aus, um nach dem kleinen Störenfried zu greifen. Kaum hatte er gelesen, von wem die Nachricht kam, fluchte er ungehalten und pfefferte das Handy zurück auf den Schreibtisch.

Das durfte doch jetzt nicht wahr sein! Hastig beugte er sich vor, griff erneut nach dem Handy und tippte eine Nachricht an seinen Bostoner Freund.

> *bist du komplett verrückt geworden? warum zur Hölle gibst du meine Nummer an Audrey weiter, ich dachte, das Thema hätten wir geklärt?*

Vor Wut schäumend warf er das Teil zum zweiten Mal von sich. Der Kerl hatte sie doch nicht mehr alle.

Janne zog sich ihre Jacke über, riss ihre Handtasche regelrecht aus dem Schrank und verließ fast in derselben Minute mit eiligen Schritten das Büro. Sie wollte nur noch eines: weg. Weg von ihm, Mr. Nicht-mehr-ganz-so-unbekannt, seinen dämlichen Arbeitsaufträgen, seiner selbstgerechten Art und dem eisigen Blick aus diesen grünen Augen.

In dieser einen Nacht, die sie noch immer nicht vergessen konnte, war sie in ebensolchen versunken. Heute hasste sie sie. Hieß es nicht immer, die Farbe der Augen ließ Rückschlüsse auf den Charakter zu?

Mitnichten!

Menschen mit grünen Augen sollten intelligente, lebensfrohe und glückliche Menschen sein. Das hatte sie jedenfalls kürzlich in einer Illustrierten gelesen, während sie ihre kostbare Freizeit in einem Wartezimmer verbracht hatte. Wer schrieb nur solche desaströsen Artikel?

Mit einer gehörigen Portion Wut im Bauch stieg sie in ihren Wagen, schnallte sich an und drehte die Musikanlage fast bis zum Anschlag auf. Bisher hatte diese Maßnahme immer geholfen, weil die Musik sie ruhiger werden ließ. Und so war es auch heute. Als sie den Stadtkern verlassen und sich Richtung Umgehungsstraße eingefädelt hatte, konnte sie spüren, wie der Adrenalinspiegel langsam aber sicher sank.

Zu Hause angekommen, wechselte sie in Rekordgeschwindigkeit die Kleidung, schlüpfte in Laufshorts, T-Shirt und Sportschuhe und konnte nicht schnell genug an den Strand kommen. Beim Geräusch der sich brechenden Wellen, dem Gefühl, wie der leichte Wind über ihre Haut streichelte und dem weichen Sand unter ihren Füßen, entspannte sie allmählich. Nachdem sie die ersten Buhnen hinter sich gelassen hatte, löste sich die Verkrampfung in ihren Gesichtsmuskeln und ein kleines Lächeln schlich sich auf ihre Lippen. Diesen Zustand hatte sie seit Stunden herbeigesehnt. Eine angenehme Wärme breitete sich in ihrem Körper aus, die nichts mit der positiven Energie zu tun hatte, die durch das Laufen freigesetzt wurde.

Janne beschloss spontan, einen kurzen Abstecher, vorbei an einer Vielzahl von verschiedenen Segelbooten und kleineren Yachten, Richtung Hafeneinfahrt zu machen. Aufgrund der vorgerückten Stunde stand die Sonne bereits sehr niedrig und verwandelte den Himmel in ein purpurrotes Flammenmeer. Sie liebte dieses Farbenspiel, das viel zu schnell dem nachtblauen Himmel Platz machen musste. An der äußersten Spitze der Hafeneinfahrt stoppte sie ihren Lauf. Sie freute sich auf den magischen Moment, wenn die tiefrote Sonne im heute spiegelglatten Meer versank. Völlig fasziniert setzte sie sich auf einen der riesigen Natursteine, die als Begrenzung der Einfahrt dienten. An genau diesem Ort, in genau dieser Sekunde verschwanden alle quälenden Gedanken aus ihrem Kopf. Sie seufzte leise, als sie eine friedliche Ruhe erfasste. Keinerlei Erregung störte ihr seelisches Gleichgewicht. Kein Unfrieden. Kein Streit. Keine boshaften Angriffe. Wie oft sehnte sie sich tagsüber dieser Gelassenheit entgegen? In den letzten Tagen und in der Gegenwart ihres Bosses definitiv zu häufig.

„Dieser Anblick könnte einen fast glauben lassen, dass nichts auf der Welt diesen Frieden stören könnte.“

Oh bitte nicht!

Der Klang einer nur all zu bekannten Stimme, riss Janne aus ihrer Traumblase. Das konnte doch nicht wahr sein. Das Universum wollte sie offenkundig auf eine besonders harte Probe stellen. Zum wiederholten Male fragte sie sich, was sie angestellt hatte, um das Los zu verdienen, das, wer auch immer, ihr zugeteilt hatte. Sie blinzelte mehrmals, um sich einerseits auf das Hier und Jetzt konzentrieren zu können und sich andererseits zu wappnen. Wogegen wusste sie noch nicht genau. Aber es würde unter Garantie irgendein gemeiner Vorstoß erfolgen, der ihre Selbstbeherrschung herausfordern würde. Doch zu ihrer Verwunderung blieb ein verbaler Seitenhieb aus.

„Können Sie mich nicht mal in meiner Freizeit in Ruhe lassen“, gab Janne, ohne aufzusehen und mit mürrischem Unterton, zu verstehen. Als sie Patricks amüsiertes Lachen vernahm, drehte sie den Kopf schließlich doch zur Seite und sah ihn aus zusammengekniffenen Augen an.

~~~~~

Kaum zehn Minuten, nachdem Janne sein Büro verlassen hatte und die unsägliche Nachricht von Audrey eingegangen war, war Patricks Essen geliefert worden. Während er die letzten Mails gelesen hatte, hatte er seine Pizza vertilgt und sich kurz darauf aus dem System ausgeloggt. Ein Blick aus dem Fenster hatte genügt, um einen Entschluss zu fassen. Der wolkenlose Himmel versprach einen Sonnenuntergang wie im Bilderbuch. Also hatte er sich seine Wagenschlüssel geschnappt, war mit dem Aufzug in die Tiefgarage des Bürokomplexes gefahren und hatte sich in seinem Wagen auf den Weg zu seiner *Ventus* gemacht. Diese Auszeit hatte er unbedingt benötigt, weil er nicht den Hauch einer Ahnung hatte, was Audrey mit ihrer unverhofften Kontaktaufnahme bezwecken wollte.

„Ich erfreue mich ebenso wie Sie an der Schönheit der Natur.“ Hier draußen verschwendete Patrick keinen Gedanken an die Einhaltung eines gewissen Abstandes, der zwischen ihm und einer seiner
~~~~~

Mitarbeiterinnen bestehen sollte. Ohne nachzufragen, ob es Janne recht war, setzte er sich auf einen benachbarten Stein und sah in dieselbe Richtung wie sie.

„Vielleicht könnte Ihnen die Aussicht an einem anderen Ort Freude bereiten?“ Ihr Versuch, ihn dazu zu bewegen, aufzustehen und zu gehen, entlockte ihm ein Seufzen.

„Ich bin privat hier. Kein Grund, verärgert zu sein.“ Seine Erwiderung stieß auf unangenehmes Schweigen. Patrick konnte Janne verstehen, sich andererseits aber auch nicht von ihr fernhalten. Als er sie hier hatte sitzen sehen, zog es ihn automatisch an ihre Seite.

„Im Büro halten Sie es keine fünf Minuten in meiner Nähe aus, ohne mich niederzumachen, fordern von mir weitaus mehr, als von den anderen Assistentinnen und finden das vermutlich vollkommen normal. Und jetzt drängen Sie mir plötzlich Ihre Gesellschaft auf? Entschuldigung, dass mich Ihr Verhalten verwundert.“

Perfekt zusammengefasst, dachte er und schwieg nun seinerseits.

Als Janne sich erhob, in ihren knappen Laufshorts, die ihre Beine zu seinem Leidwesen und vor allem aus seiner Perspektive, sehr gut zur Geltung brachten, zwang er sich, sitzen zu bleiben. Er vermied es, die Antwort auf die Frage, weshalb er nicht besser auf seinem Boot geblieben war, zu suchen. Sie würde ihm unter Garantie nicht gefallen.

Ohne ein Wort des Abschieds lief Janne davon, bevor die Sonne ins Meer tauchen konnte.

Patrick verschwendete keinen weiteren Gedanken daran, was seine Handlung für einen Eindruck hinterlassen würde, sprang auf und hastete Janne hinterher. Wenige Meter vor dem Verlassen des Bootssteges hatte er sie eingeholt und versperrte ihr den Weg, was ihm einen finsteren Blick ihrerseits einbrachte.

„Mein Segelboot liegt dort hinten im Hafen und ich habe Sie hier sitzen sehen. Es tut mir leid, Sie von ihrem Platz vertrieben zu haben.“ Er bekam keine Antwort. „Janne, bitte …“ Worum er sie genau bat, wusste Patrick selbst nicht so genau. Ohne sie aus den Augen zu lassen, nahm er ihre zu Fäusten geballten Hände in seine.

Sie rührte sich nicht, sondern starrte ihn nur an. Nach und nach löste er die Verkrampfung ihrer Finger. Bevor er seine Hände jedoch vernünftigerweise wieder sinken ließ, um auf Abstand zu gehen, strich er mit dem Daumen über die zarte Haut ihrer Hände. Leider erinnerte ihn die Berührung allerdings daran, wie weich sie sich auch an anderen Stellen anfühlte. Nach dieser Grenzüberschreitung hätte er sich am liebsten selbst einen gehörigen Tritt vor das Schienbein verpasst. Er musste wirklich lernen, sich ernsthaft zurückzuhalten.

Das hier war ein verdammter Fehler. Die Alarmglocken in seinem Kopf läuteten in besorgniserregender Lautstärke. Er ging zu weit, viel, viel zu weit und überforderte sie mit seinem Vorstoß. Außerdem schoss er gerade seine eigenen Regeln in den Wind. Wieder einmal.

„Verzeihung“, flüsterte er und erhielt erneut keine Antwort. Was hatte er auch anderes erwartet?

Jannes Mund hatte sich wenige Millimeter geöffnet und Patrick musste bei dem Anblick schlucken. Es blieb ihm nichts anderes übrig, als sich einzugestehen, dass er sie nicht einfach gehen lassen konnte. Tief in seinem Inneren suchte er die Frau, von der er in nur einer Nacht nicht annähernd genug bekommen hatte. Bei der Erkenntnis verspannten sich seine Muskeln. Doch dann zogen sich ihre Brauen in klar erkennbarer Verwirrung zusammen.

„Was …?“ Ganz langsam schüttelte sie den Kopf und schlängelte sich hastig an ihm vorbei, ohne dabei ein weiteres Wort zu verlieren. Natürlich konnte sie nicht nachvollziehen, was hier gerade vor sich ging. Wie sollte sie auch? Ihr fehlten die entscheidenden Puzzleteile, um das Bild zu vervollständigen, das er schon seit knapp einer Woche besaß.

Mit in den Hosentaschen vergrabenen Händen blickte er ihr hinterher, zwang sich, stehen zu bleiben. Sein Handy vibrierte an seinen Fingern, doch er ignorierte es, solange Janne noch nicht außer Sichtweite war. Vielleicht war es eine kluge Entscheidung, wenn er sie in Ruhe ließ. Ab sofort galt der Grundsatz: Keine Extraaufgaben für Janne, die mehr von ihr abverlangten, als nötig. Keine Orte, an denen er sich in seiner Freizeit aufhalten würde, wenn der Hauch einer Chance bestand, dass sie ebenfalls dort sein könnte. Sein Beschluss stand fest, jetzt galt es nur noch, ihn auszuführen.

Langsam wandte er sich um, zog sein Handy aus der Hosentasche und las Stevens kurze Antwort:

ich habe keinen Schimmer, wovon du redest, wo auch immer sie deine Nummer herhat, ich habe sie nicht weitergegeben, Ehrenwort

Stirnrunzelnd las er die Nachricht erneut. Unbehagen stieg in ihm auf. Sie hatte seine Nummer und dieser Umstand passte ihm überhaupt nicht. Er wusste, zu welchen hinterlistigen Taten sie fähig sein konnte. Doch offenbar wusste sie nicht, dass ein ganzer Ozean zwischen ihnen lag. Denn warum sonst hätte sie angedeutet, dass sie sich schon sehr bald wiedersehen würden?

Das Farbenspiel am Himmel ignorierend lief Janne auf direktem Weg nach Hause. Immer zwei Stufen auf einmal nehmend, hastete sie nach oben, öffnete mit zittrigen Fingern die Tür und lehnte sich mit dem Rücken dagegen, kaum dass sie ins Schloss gefallen war.

„Das kann doch unmöglich passiert sein?“, murmelte sie in die Stille der Wohnung hinein. Im Schutz ihrer eigenen vier Wände erlaubte sie sich, durchzuatmen. Die Begegnung mit ihrem Boss hatte sie mehr als nur verwirrt. Sie konnte seine Absichten nicht erkennen. Man hätte meinen können, von ihm gab es zwei Versionen – eine charmante und eine durchsetzungsstarke, bisweilen überlegene. Bisher hatte sie nur mit der letzteren Bekanntschaft gemacht. Doch diese Stimme, mit der er zu ihr gesprochen hatte … Bei der Erinnerung, mit welcher Sanftheit die Worte über seine Lippen gekommen waren, überlief sie ein Kribbeln. Das durfte doch alles nicht wahr sein. Zwei Begegnungen mit der männlichen Spezies innerhalb kürzester Zeit, die sie nachhaltig beeindruckt hatten. Zur Krönung trugen beide Männer auch noch den gleichen Vornamen. Das Universum wollte sie doch auf den Arm nehmen. Ganz ehrlich.

Kopfschüttelnd ging sie ins Bad, streifte ihre Laufsachen ab, stellte die Dusche an und ließ lauwarmes Wasser minutenlang über ihre erhitzte Haut rinnen. Ganz allmählich entspannte sie sich und ihre Gedanken klarten sich auf.

Was das Aufeinandertreffen mit ihrem Boss betraf … Eine Schwalbe macht noch keinen Sommer und eine einzige freundliche Begegnung mit Patrick bedeutete nicht, dass er sich ihr gegenüber anders verhalten würde – weniger streng, dann wäre Janne schon zufrieden. Bei ihrem Glück hatte er ihr Aufeinandertreffen allerdings morgen schon wieder vergessen.

~~~~

Bereits am nächsten Tag setzte Patrick sein Vorhaben in die Tat um. Wie üblich fand man ihn zu früher Stunde hinter seinem Schreibtisch. Er überflog die Termine, die für den Vormittag auf dem Programm standen. Als er Janne an seinem Büro vorbeilaufen sah, rief er sie kurz entschlossen zu sich.

„Janne, haben Sie einen Moment?“ Er registrierte, wie sie stehen blieb und unschlüssig in seine Richtung sah. Verständlich. Vermutlich dachte sie an eine weitere Zurechtweisung.
~~~~

„Sicher, Herr Gudegast." Mit einer langsamen Drehung wandte sie sich ihm zu und betrat sein Büro. Ihre gesamte Ausstrahlung signalisierte ihm, dass sie sich wappnete.

Er konnte förmlich erkennen, wie sie ihre Schutzmauern hochfuhr.

„Die Überarbeitung, die sie mir gestern geliefert haben, ist erstklassig."

Janne starrte ihn voller Unglauben an.

„Wie bitte?"

Ja, sie hatte ihn richtig verstanden und mit der Anerkennung ihrer Leistung zweifelsohne nicht gerechnet.

„Gut gemacht. Vielen Dank, dass sie die Unterlagen so schnell fertiggestellt haben. Damit können wir die Akte schließen." Patrick nickte ihr zu und versuchte bei ihrem Gesichtsausdruck nicht loszulachen. Ihr Misstrauen konnte er absolut nachvollziehen.

„Oh. Okay. Ich habe nur meinen Job erledigt." Die Falte auf ihrer Stirn hatte sich noch nicht geglättet, als sie sein Büro verließ. Mit der Zeit würden sich die Wogen schon glätten und ihre Zusammenarbeit würde sich auf ein normales Miteinander einpendeln, hoffte Patrick. Sie hatten einen schlechten Start gehabt, den er allein zu verantworten hatte. Er kannte das Geheimnis ihrer ersten Begegnung und sie hatte offenkundig keinen blassen Schimmer, wer ihr das Leben in den letzten Tagen verdammt schwer gemacht hatte. Wenn es nach ihm ginge, musste sich an dieser Tatsache auch nichts ändern.

Aber wie hieß es so schön – Warum einfach, wenn es auch kompliziert geht? Eine leise Sorge beschlich ihn, dass sie doch noch herausfinden würde, *wer* er war und *was* sie geteilt hatten. Und er hoffte inständig, dass sie nie dahinterkommen würde.

Nachdem sie sein Büro verlassen hatte, ließ Patrick seinen Kopf hängen und atmete lang gezogen aus. Wenn ihn jemand fragte, konnte ihre Zusammenarbeit in Zukunft weniger ereignisreich verlaufen. Auf *kompliziert* verspürte er wahrlich kein Verlangen.

7. Kapitel

Die kurze Unterredung am frühen Morgen beeinträchtigte Jannes Arbeit in Laufe des gesamten Vormittags. Kurz gesagt: Sie war komplett durch den Wind. Der Stapel unerledigter Dinge wuchs in besorgniserregende Höhen. Mails warteten darauf, beantwortet zu werden, die Post hatte sie weder geöffnet noch vorsortiert und die Bestellungen neuer Büromaterialien hatte sie noch nicht mal aufgelistet.

„Bist du am Kopierer gewesen?“ Emma hielt Janne ein Blatt vor die Nase, dessen Ursprung offensichtlich ihr zuzuordnen war, denn in der oberen rechten Ecke stand ihr persönliches Kürzel.

„Hm?“ Erschrocken hob Janne den Blick vom Bildschirm.

„Das lag noch im Kopierer. Ich dachte mir, du könntest eventuell noch Verwendung dafür finden.“ Emma reichte ihr das vergessene Blatt und sah sie nachdenklich an.

„Oh, hab ich wohl vergessen.“

„Sieht ganz so aus. Was ist denn los mit dir? Denkst du immer noch an den *Latzhosenmann*?“ Das Kichern ihrer Kollegin erwiderte Janne mit einem Augenverdrehen.

„Haha. Ist irgendwie nicht mein Tag heute.“ Die Ausrede klang selbst in ihren Ohren lahm. Aber was soll's. Glücklicherweise ging Emma weiter, ohne sich länger an ihrem Schreibtisch aufzuhalten. Auch bei ihr schien sich die Arbeit zu häufen, insbesondere, weil sie heute Mittag Feierabend machen wollte, um einen Arzttermin wahrnehmen zu können.

Dass der Tag tatsächlich am besten aus dem Kalender gestrichen werden sollte, zeigte sich keine zwei Stunden später, als Patrick unverhofft hinter ihr auftauchte.

„Janne, kann es sein, dass sie hier die Mailadressen vertauscht haben?“ Alarmiert zuckte sie zusammen.

„Was? Wieso?“ Patrick hielt ihr kommentarlos einen Ausdruck vor die Nase, auf dem unmissverständlich der Name einer Brauerei stand, die dummerweise den gleichen Namenszug beinhaltete, wie die Tourismusagentur, deren Werbekampagne sie aktuell betreuten. „Mist. Verzeihung.“ Jannes Wangen begannen zu glühen. „Es tut mir leid, Herr Gudegast, ehrlich, ich weiß nicht …“

„Janne. Das darf zwar nicht passieren, ist aber in diesem Fall kein Drama.“ Der nachsichtige Blick, mit dem Patrick sie bedachte, lenkte sie von ihrem Ausrutscher ab.

Sie hätte Anschuldigungen und Zurechtweisungen aus seinem Mund erwartet, die vollkommen legitim gewesen wären, nebenbei erwähnt.

„Ich verstehe nicht." Das tat sie tatsächlich nicht. Warum nur erfasste sie in seiner Gegenwart immer diese grenzenlose Verwirrung? Das musste sie dringend in den Griff bekommen.

„Wahrscheinlich sind Sie in der Kontaktliste um eine Zeile verrutscht. Der Mitarbeiter der Brauerei ist ein Segelfreund von mir und hat mich nach dem Erhalt der Mail direkt angerufen. Er hatte sich im Übrigen sehr über die Einladung zum Essen gefreut. Nur leider musste ich ihm absagen, weil er bei der Abschlussbesprechung nicht wirklich von Nutzen gewesen wäre." Patrick zwinkerte ihr zu, woraufhin Jannes Mund aufklappte. „Ich kann Ihnen sagen, der Mann versteht etwas von Bier, hat aber von Tourismus null Ahnung. Demzufolge hätte er uns zu keinem produktiven Abschluss verholfen."

Janne wäre am liebsten im Erdboden versunken. Fehler zu begehen, war das eine. Vom Boss darauf aufmerksam gemacht zu werden, das andere. Aber vom mit starker Hand agierenden Boss nach so einer Nummer angegrinst zu werden, bevor er sich von ihrem Arbeitsplatz entfernt hatte, lag meilenweit außerhalb ihrer Vorstellungskraft.

Was genau passierte hier?

Janne benötigte dringend einen Tapetenwechsel und entschied sich, ihre Mittagspause ein paar Minuten früher zu beginnen. Emma musste sowieso gleich zum Arzt, Brit wollte durcharbeiten und eine Stunde früher Feierabend machen, na ja und Helena erholte sich auf irgendeiner Insel im sonnigen Süden. Demzufolge blieb niemand, nach dem sie sich zeitlich richten musste.

„Ich gehe zum Essen", flüsterte sie Brit zu, die ihr mit Hörer am Ohr signalisierte, dass sie verstanden hatte.

Ihr Stammcafé war um diese Zeit wie gewohnt gut besucht. Trotzdem fühlte sich Janne ohne die Mädels allein. Hätte sie gestern bereits gewusst, dass die anderen beiden heute nicht mit von der Partie sein würden, wäre sie während der Pause höchstwahrscheinlich im Büro geblieben. Sie hätte sich ein ungesundes Fertiggericht in die Mikrowelle gestellt und wäre im Gemeinschaftsraum wenigstens durch die Mitarbeiter der Kreativabteilung in den Genuss von ein wenig Gesellschaft gekommen. Die Kollegen bestellten sich mittags fast immer Pizza per Lieferservice.

„Ich nehme ein Eibaguette mit Remoulade und einen Milchkaffee." Zum Glück wurden die Bestellungen immer recht zügig abgearbeitet, sodass Janne hoffentlich nicht allzu lange warten musste. Sie kramte in ihrer Tasche, um das Geld hervorzuholen, als sie eine ungute Vorahnung erfasste.

Bitte, bitte, lass es nicht wahr sein, flehte sie stumm. Warum hatte sie heute Morgen in aller Eile die Geldbörse auf dem Couchtisch liegenlassen?

„Verdammt", stieß sie fluchend und gleichzeitig verzweifelt hervor. „Es tut mir leid, aber ich habe kein Geld dabei." Hitze kroch ihr ins Gesicht und zu all ihrem Unglück hörte sie hinter sich genervtes Gemurmel. Das machte die Sache nicht gerade angenehmer.

„Jetzt läuft der Kaffee schon durch", maulte die Cafémitarbeiterin und sah fragend in die Schlange der Wartenden. „Möchte jemand einen Milchkaffee? Ist gerade fertig."

Niemand reagierte. Bis sich plötzlich eine nur allzu bekannte Stimme aus dem Hintergrund meldete und Janne sich wünschte, der Boden unter ihren Füßen würde sich auftun.

Jetzt. Sofort.

„Wenn sie noch einen doppelten Espresso und ein Fischfrikadellenbrötchen dazulegen, übernehme ich die Bestellung."

„Das müssen Sie nicht tun, ehrlich." Ohne sich umzudrehen, spürte Janne Patrick dicht hinter sich stehen. Viel zu dicht. Sie wagte es nicht, ihn anzusehen. Die Situation war auch so peinlich genug.

„Muss ich nicht, möchte ich aber." Sein Atem kitzelte über die Haut an ihrem Hals und Janne hielt automatisch die Luft an. Sie reagierte komplett irrational auf die Anwesenheit ihres Bosses. Das Räuspern der Cafémitarbeiterin lenkte die Aufmerksamkeit zurück auf die Geschehnisse auf der anderen Seite des Tresens.

Mit einem beschämt klingenden *Danke* nahm Janne die Tüte mit ihrem Baguette und die Tasse mit dem Milchkaffee entgegen. „Sie bekommen das Geld morgen, versprochen." Jetzt musste sie Patrick doch ansehen. Seinem Blick weiter auszuweichen würde die ganze Sache noch lächerlicher erscheinen lassen.

„Ich lade Sie ein, wenn Sie mir beim Essen Gesellschaft leisten." Ein weiteres Mal an diesem Tag zwinkerte Patrick ihr zu und Jannes Magen zog sich in aufgeregter Erwartung zusammen.

„Das ist wohl das Mindeste, was ich tun kann, nachdem Sie mich aus dieser peinlichen Situation gerettet haben." Gott sei dank, hatte Janne sich wieder gesammelt und fühlte sich einigermaßen in der Lage, eine halbwegs vernünftige Konversation zu betreiben.

„Lassen Sie uns dort drüben einen Tisch nehmen, dann bekommen wir heute sogar noch was von der Sonne ab." Er warf Janne einen undefinierbaren Blick zu.

Was hatte der nun zu bedeuten?

Doch ehe sie sich bemühen konnte, zwischen den Zeilen zu lesen, was ihr äußerst selten bis gar nicht gelang, redete er schon weiter.

„Und Janne, nennen Sie mich Patrick wie alle anderen auch. Wir hatten vielleicht nicht den allerbesten Start, sind doch aber mittlerweile auf einer Ebene angekommen, wo wir problemlos miteinander reden können, oder?“

Sie brachte lediglich ein Nicken zustande.

In den ersten Minuten aßen sie schweigend, was Janne sehr entgegenkam. Einerseits wusste sie nicht, welches Thema sie anschneiden sollte, andererseits gehörte sie eher zur Kategorie *Zuhörer*. Das Stühlerücken, den Verkehr oder die Gespräche der anderen Gäste nahm Janne kaum wahr. Aus den Augenwinkeln beobachtete sie ihren Boss, in seinem wie immer akkurat sitzenden Anzug, den blonden Haaren und der gebräunten Haut. Da er mehr Zeit in der Agentur verbrachte als alle anderen, fragte sie sich, wann er die Zeit aufbrachte, um die Vorzüge der Sonne zu genießen. Vielleicht war er ja aber auch einer jener Typen, die nur einmal in die Sonne blinzeln müssen und schon schimmerte ihre Haut in einem gesunden Braunton.

„Wieso sehen Sie aus, als kämen Sie gerade von einem Urlaub in der Südsee?“

Die Tatsache, dass Patrick mitten in der Kaubewegung innehielt und sie mit seinem Blick fixierte, ließ darauf schließen, dass sie ihre Frage laut ausgesprochen hatte.

Mist. Mist. Mist.

„Entschuldigung, vergessen Sie, was ich gesagt habe. Es geht mich überhaupt nichts an.“ Sie starrte auf die Reste ihres Baguettes und hielt sich krampfhaft an der bauchigen Tasse fest.

Er antwortete nicht.

Janne trank den letzten Schluck ihres Kaffees, betupfte sich unnötig lange die Mundwinkel mit einer der Papierservietten und wünschte sich überall anders zu sein, nur nicht hier, in diesem Café, in seiner Gesellschaft.

„Ich habe ein Segelboot im alten Hafen von Rysförde liegen. Erinnern Sie sich. Ich hatte es gestern erwähnt.“

„Tut mir leid, ich wurde durch die Gegenwart meines Bosses, der überraschend freundlich zu mir gewesen war, etwas abgelenkt“, gab sie missmutig zu verstehen.

Er überging ihre Spitze. „Wann immer ich die Zeit finde, fahre ich raus aufs Wasser. Im Moment schaffe ich es leider nur an den Wochenenden. Reicht das als Erklärung?“ Sein Schmunzeln ließ seine Züge weicher wirken und das Grün seiner Augen leuchtete in einem ausdrucksstarken Ton.

Janne musste mehrmals blinzeln, um sich konzentrieren zu können.

„Das ist ja gleich bei mir um die Ecke“, schoss es dennoch aus ihr heraus. Langsam fragte sie sich, weshalb es keinen Filter zwischen Verstand und Zunge gab und wenn doch, ob ihrer eventuell defekt sein könnte. „Entschuldigung, ich glaube, ich sollte das Reden für den Rest des Tages sein lassen.“ Sie hielt sich die Hände vor das Gesicht und atmete tief ein. Zeit zu gehen, beschloss sie. Außerdem neigte sich die Mittagspause sowieso dem Ende entgegen, so brauchte sie wenigstens keine Ausrede erfinden.

Ehe sie den Gedanken zum Abschluss bringen konnte, zog Patrick ihre Hände nach unten und lächelte sie nachsichtig an.

„Hören Sie auf, sich ständig zu entschuldigen.“ Ihre Hände hielt er nach wie vor in seinen. „Außerdem gibt es keinen Grund, sich zu verstecken.“ Der Klang seiner Stimme verebbte mehr und mehr zu einem Flüstern. Und dann passierte etwas, mit dem Janne niemals gerechnet hätte – die Erde hörte auf, sich zu drehen, die Geräusche ringsherum verstummten und der Rand ihres Sichtfeldes verschwamm. Sie sah nur noch Patrick, der sie mit einem intensiven Blick gefangen hielt.

Wow.

„Ich denke wir sollten aufbrechen.“ Auch wenn die Worte leise gesprochen waren, zerriss Patricks unüberhörbar harscher Ton die Blase, die sich eben noch schützend über sie gelegt hatte, just in dem Moment, in den er ihre Hand losließ. Sein plötzlicher Stimmungswechsel irritierte Janne.

„Natürlich. Vielen Dank für die Einladung.“ Sie schnappte sich eiligst das Tablett, lud ihr eigenes und Patricks Geschirr auf und brachte es zu Rückgabestation. Auf dem Weg zur Agentur wechselten sie kein weiteres Wort miteinander. Patrick hatte seine Hände in den Hosentaschen seines Anzugs vergraben und hielt den Blick stur geradeaus gerichtet.

Was war jetzt schon wieder vorgefallen? Was entging ihr ständig? Die Unwissenheit zermürbte sie allmählich.

Janne versuchte ihrem Boss für den Rest des Nachmittags aus dem Weg zu gehen. Zum Glück gelang ihr das bis auf eine winzige Ausnahme, die jedoch kaum ins Gewicht fiel, da sie in einem der Flure in entgegengesetzte Richtungen wortlos aneinander vorbeiliefen.

~~~~
~~~~

Auch wenn Janne es womöglich nicht bemerken sollte: Patrick hatte sie nach wie vor im Auge. Allerdings legte er großen Wert darauf, weder allein mit ihr in einem Raum zu sein, noch sie in irgendeiner Weise zu bevorzugen. Seit ihrer außer Kontrolle geratenen Begegnung vor mehr als fünf Wochen schenkte er ihr nach außen hin die gleiche Beachtung wie den anderen Assistentinnen – freundlich, aber dennoch mit einer höflichen Distanz.

In vereinzelten Momenten, wenn sie zum Beispiel gemeinsam in Meetings saßen und seine volle Konzentration dem Redner gelten sollte, beobachtete er sie verstohlen. Er mochte es, wenn sie ihre haselnussbraunen Haare offen trug, sehnte sich nach dem Lächeln, das viel zu selten ihre Mundwinkel umspielte und verbat sich gleichzeitig jeden Gedanken an die gemeinsame Zeit. Seinem Empfinden nach war sie für eine junge Frau ihres Alters viel zu ernst. Doch scheinbar gehörte diese Eigenschaft zu ihrem Charakter, wie er feststellen musste. Sie war nicht so ausgelassen, weniger offen und verhielt sich in den meisten Situationen zurückhaltender als ihre Kolleginnen. Hin und wieder schnappte er Gesprächsfetzen auf, wenn Emma und Brit oder Helena sich unterhielten, hörte heraus, wo sie ihre Freizeit verbrachten und mied diese Orte, obwohl Janne die anderen drei offenbar nur sehr selten begleitete. Warum dies so war, erschloss sich ihm nicht. Bei ihrem ersten Aufeinandertreffen, auf der Mottoparty, hatte er das Gefühl gehabt, dass sie sehr wohl Spaß haben konnte und den Abend genossen hatte.

Aber was wusste er schon von der Frau, die ihn wie keine Mitarbeiterin je zuvor so auf die Probe gestellt hatte? Hatte er anfangs nahezu täglich zwischen dem, was sein brillanter Verstand ihm riet und dem, was sein verrücktes Herz ihm weiß machen wollte, geschwankt, wurde das Einhalten seiner goldenen Regel, nichts mit einer Kollegin anzufangen, allmählich leichter, der Umgang mit Janne entspannter. Er setzte in dieser Sache auf Zeit. Irgendwann würde sich diese seltsame Spannung zwischen ihnen schon in Luft auflösen.

Nach etlichen Wochen der Einarbeitung traf Patrick sich am Sonntagabend zum ersten Mal mit Volker, seinem Cousin und Leiter der Hamburger Agentur. Auf der Rückreise von einem Kurztrip nach Dänemark legte Volker einen Zwischenstopp in Rysförde ein, um mit ihm zu Abend zu essen. Patrick wollte ihm einen Überblick geben, wie sich die geschäftlichen Dinge nach dem Wechsel an der Spitze der Kieler Agentur entwickelt hatten. Aus seiner Position heraus musste er sich sicherlich nicht rechtfertigen, er war ebenso gleichberechtigter Partner wie Volker. Aber sein Cousin hatte vor etwa vier Jahren die Idee, einige ihrer Sparten auszulagern, weil die Kunden auf diese Weise besser betreut werden konnten. Vor Ort zu sein, hatte trotz moderner Kommunikationswege eben doch seine Vorteile – ein kurzfristiges Treffen zum Mittag hier oder die Teilnahme an einer Veranstaltung da, zeigten dem Kunden, dass die Agentur, oder besser gesagt die Mitarbeiter, ihnen die nötige Aufmerksamkeit schenkte. Entsprechend groß war Volkers Interesse, wie die Agentur sich aktuell am Markt behaupten konnte.

„Die Übersicht neu akquirierter Kunden liest sich wirklich gut." Volker schob sich eine weitere Portion Scholle in den Mund. Das kleine Fischrestaurant direkt am Hafen hatte kürzlich eröffnet und sich seinerzeit von der Agentur ein Marketingkonzept erstellen lassen. Seit dem ersten Treffen mit dem Besitzer, einem ehemaligen Hamburger Sternekoch, der genau wie Patrick der Großstadt entfliehen wollte, war er hier Stammgast.

„Die Agentur hat mittlerweile einen hervorragenden Ruf in der Branche. Die Mitarbeiter sind hoch motiviert und die Leistungen sprechen für sich. Ich denke wir können in den nächsten Monaten weiter expandieren. Unsere Kapazitäten stoßen allmählich an ihre Grenzen." Projekte aufzuschieben oder gar abzulehnen, kam für Patrick nicht in Frage. Glücklicherweise sahen die Teams in der Agentur diese Entwicklung genauso. Außerdem wurden die Überstunden gut honoriert, was die Bereitschaft Überstunden zu machen, zusätzlich angekurbelt hatte.

„Das würde aber auch bedeuten, dass wir Änderungen bezüglich der Räumlichkeiten in Betracht ziehen müssen", gab Volker zu bedenken.

Doch Patricks Aufmerksamkeit wurde von einer Person, besser gesagt zwei Personen gestört, die soeben, das Lokal betreten hatten. Janne kam in Begleitung eines Mannes, der gut einen Kopf größer war als sie. Zu Patricks Missfallen, umgab die beiden eine gewisse Vertrautheit, die ihm sauer aufstieß.

„Warum sollte sie es mir auch einfach machen?", murmelte Patrick ungehalten, nahm sein Bierglas und spülte seinen Frust mit einem großen Schluck hinunter. Diese Situation dürfte ihm längst nicht so zusetzen, wie sie es tat. Sollte sie doch mit anderen Männern ausgehen, na und? Leider war ihm die Tatsache, dass Janne sich verabredete und diesen Typen dann auch noch vor seinen Augen datete, eben nicht egal. Im Gegenteil.

„Was?“ Verblüfft drehte Volker seinen Kopf in die Richtung, in die Patrick gerade mit finsterer Miene schaute. Seine Frage musste für seinen Cousin logischerweise vollkommen aus dem Zusammenhang gerissen klingen. „Wo starrst du denn hin?“

„Ach nichts, habe jemanden verwechselt“, gab er mit einem Brummen zu verstehen, das seine Antwort mehr als unglaubwürdig klingen ließ.

„Aha.“ Volker lehnte sich zurück und nahm ebenfalls einen ordentlichen Schluck aus seinem Glas, in dem sich allerdings Wasser befand. Nach dem Essen wollte er zurück nach Hamburg fahren – eine Tatsache, die sich auf seine Getränkewahl auswirkte.

„Also: Lass uns entscheiden, was in puncto Büroräume sinnvoll wäre“, begann Patrick den Faden des Gespräches wieder aufzunehmen. „Ich denke auch, dass wir uns vergrößern müssen. Vielleicht sollte ich in den nächsten Tagen mal jemanden darauf ansetzen?“ Obwohl er sich wieder verstärkt der Unterhaltung mit Volker widmete, linste er mehr als einmal zum gegenüberliegenden Teil des Restaurants.

„In Ordnung, mach das. Wenn ich dich unterstützen kann, melde dich. Aber du bekommst das ganz gut ohne mich geregelt. Kiel ist dein Part. Lass das Baby wachsen.“ Volkers Grinsen war ansteckend. Direkt beteiligt zu sein, wenn das Unternehmen expandierte, war eben doch etwas anderes, als in weiter Ferne lediglich den stillen Teilhaber zu mimen.

„Worauf du dich verlassen kannst, mein Freund.“

Einige Tische weiter musste Janne unzählige Fragen über sich ergehen lassen. Wie sie es hasste, derart im Fokus zu stehen. Doch ihr Bruder nutzte die Gelegenheit, ungestört mit seiner Schwester reden zu können, schamlos aus. Dabei hatte sie diesem Essen nur zugestimmt, weil sie es als ihre Pflicht ansah. Des lieben Familienfriedens willen sozusagen. Janne wusste, dass ihre Mutter sehr viel Wert darauf legte, dass sich die Geschwister verstanden und Zeit miteinander verbrachten. Doch man konnte ein inniges Verhältnis zueinander nicht erzwingen. Es gab Momente, da stellte Janne sich insgeheim die Frage, ob sie und ihr Bruder nur durch das Band der Familie zusammengehalten wurden. Wären sie sich unter alltäglichen Begebenheiten je begegnet oder hätten auf irgendeine Weise miteinander zu tun gehabt? Eher nicht, gestand sie sich jedes Mal von Neuem ein.

„Also Schwesterchen. Wann hast du Urlaub und wohin willst du verreisen?“

Urlaub. Janne verdrehte innerlich die Augen.

„Dauert noch und wenn es so weit ist, werde ich meine freie Zeit zu Hause genießen.“ Jetzt war es an Jan, mit den Augen zu rollen. Dass ihr Bruder einen ähnlichen Namen wie sie selbst trug, verdankten beide der grenzenlosen Kreativität ihrer Eltern. Jan und Janne. Nur Jan und Jana wären noch schlimmer gewesen.

„Du musst mal wegfliegen, was von der Welt sehen. Hier versauerst du doch nur.“ Ihre Ansichten waren schon immer von Grund her verschieden.

„Ich bin sehr wohl schon über die Grenzen des Landes hinaus unterwegs gewesen. Aber um am Strand zu liegen und zu entspannen muss ich nicht tausende Kilometer weit wegfahren.“

„Wie auch immer. Was willst du essen?“ Sein plötzlicher Themenumschwung zeigte ihr, dass er sich nicht wirklich dafür interessierte, was in Janne vorging. Aber diese Verhaltensweise kannte sie zur Genüge.

Wie immer ging ihnen schnell der Gesprächsstoff aus und die Antworten wurden einsilbiger. Irgendwann zwischen Hauptgericht und Nachspeise waren sie an dem Punkt angekommen, dass Jan ihr erklärte, was er alles richtig gemacht hatte und wie dumm sich andere in ihrem Leben anstellten. Wahrscheinlich schloss er sie in den Kreis derer, die in seinen Augen nur mitleidig belächelt wurden, ein.

Egal.

Am Montagmorgen lief sie als erstes Patrick über den Weg. Entgegen seiner in letzter Zeit freundlichen Art, nickte er ihr im Vorübergehen nur achtlos zu und nuschelte unverständliches Zeug.

Was ist dem denn über die Leber gelaufen, fragte sich Janne und blieb bei Emma am Schreibtisch stehen.

„Wie ist es mit deinem Bruder gestern gelaufen?“, wollte Emma wissen, bevor Janne ihr überhaupt einen guten Morgen wünschen konnte.

„Ich würde lügen, wenn ich behaupten würde, dass es ein harmonischer Abend gewesen war. Fazit: Er ist die Sonne und alle anderen kreisen nur um ihn.“ Sie verzog das Gesicht zu einer Grimasse. „Hat er schlechte Laune?“ Mit *er* meinte Janne natürlich Patrick. Doch kaum hatte sie ihre Frage an Emma gerichtet, rauschte Patrick aus seinem Büro und blieb mit grimmiger Miene vor den beiden Assistentinnen stehen.

„Ich störe die Damen ja ungern bei ihrem Plausch, aber die Arbeit erledigt sich nicht von allein.“ Sein Blick huschte zwischen Janne und Emma hin und her, bevor er mit ausgestrecktem Arm auf Janne deutete. „Oder sind Sie nicht ausgelastet? Dann können wir in Zukunft ja problemlos auf ein eine von Ihnen verzichten.“ Nach dieser ruppigen Ansage verschwand er ebenso schnell in seinem Büro, wie er aufgetaucht war. Emma starrte Janne mit offenem Mund an.

„Jetzt verstehe ich deine Frage. Aber du hast recht. Irgendetwas scheint ihm total gegen den Strich zu gehen. Seit er heute Morgen das Büro betreten hat, haben wir nur das Nötigste miteinander geredet. Der gereizte Ton ist aber neu. Ich habe keinen blassen Schimmer.“ Emma zuckte mit den Schultern und lugte zur hab offenstehenden Tür hinüber.

„Ich werde dann lieber an meinen Schreibtisch gehen. Wir reden heute Mittag in Ruhe.“ Auch Janne drehte ihren Kopf zu der Tür, hinter der Patrick verschwunden war, bevor sie Emma vor der Höhle des Löwen allein zurückließ.

8. Kapitel

Nachdem Patrick sich gestern von Volker verabschiedet hatte, war er auf sein Boot gegangen, um den Abend ausklingen zu lassen. Eigentlich hatte er gehofft, dass ihm die Ruhe und das Alleinsein helfen würden, um die unverhoffte Begegnung mit Janne zu verdauen. Auch wenn sie ihn wahrscheinlich gar nicht bemerkt hatte, sie war ihm sofort aufgefallen und viel schlimmer noch: Sie spukte in seinem Kopf herum und er hatte keinen Plan, wie er sie aus seinem System verbannen konnte.

Er ärgerte sich darüber, dass ihm die Tatsache, sie mit einem anderen Mann gesehen zu haben, etwas ausmachte. Und diesem Unmut hatte er gerade in einem unverhältnismäßig scharfem Ton Luft verschafft.

Verdammt noch mal!

Hatte er tatsächlich geglaubt, nach all den Wochen immun gegen Jannes Wirkung auf ihn zu sein? Ihre eine gemeinsame Nacht hatte ihn angefixt und seitdem kämpfte er dagegen an, ihrer magischen Anziehung zu erliegen. Mal klappte es, mal weniger. Und wenn es ihm nicht gelang, seine Gefühle zu kontrollieren, reagierte er ungehalten. Er projizierte seinen Frust auf die Ursache all des Übels: Janne.

Keine Beziehung mit einer seiner Angestellten, so lautete seine Devise. Daran hatte sich nichts geändert. Der Einstieg in die aktiven Geschäfte der Agentur verlangte seine volle Konzentration. Sich ablenken zu lassen, kam für ihn nicht in Frage.

Er hatte sich mit der Tatsache arrangiert, dass es ein Fehler gewesen war, mit dem Feuer zu spielen und für eine Nacht zu vergessen, mit wem er sich eingelassen hatte. Aber das Verhältnis zu Janne hatte sich nach ihrer abendlichen Begegnung am Hafen merklich entspannt. Bis jetzt. Ein kleiner Funken und er explodierte unkontrolliert.

Frustriert über seine eigene Dummheit, betätigte Patrick den Schalter für die Wechselsprechanlage.

„Emma, Janne soll in mein Büro kommen." Vielleicht half es, sie für den Rest des Tages mit Aufträgen außerhalb der Agentur zu beschäftigen. Wenn er Gefahr lief, ihr heute noch einmal über den Weg zu laufen, wusste er nicht, was geschehen würde. Also musste er vorsorgen – frei nach dem Motto: aus den Augen – aus dem Sinn.

„Sie ist sicher noch eine halbe Stunde mit dem Sichten der Ausschreibungen für die kommende Woche beschäftigt …" Weiter kam Emma nicht.

„Jetzt!", blaffte Patrick und spürte, wie sein Puls sich beschleunigte.

„Ich werde sehen, was ich machen kann."

„Richten Sie ihr einfach aus, dass ich sie in fünf Minuten sprechen will."

Wie er nicht anders erwartet hatte, stand Janne nach vier Minuten in seiner Tür. Fast hätte er geschmunzelt, weil sie, egal was gerade passierte, stets die Formen wahrte, und Pünktlichkeit gehörte eben dazu.

„Sie müssen diese Unterlagen heute bei den jeweiligen Auftraggebern vorbeibringen und sich die Übergabe quittieren lassen." Patrick schob ihr einen Stapel Papiere entgegen und vermied einen direkten Blickkontakt.

Nichtsdestotrotz bemerkte er ihre gerunzelte Stirn, als sie an seinen Schreibtisch herantrat. Mit zusammengepressten Lippen blätterte sie durch die fertig ausgearbeiteten Angebote. „Warum verschicken wir die denn nicht mit dem Botenservice, so wie immer?"

Weil es die einzige Chance ist, dass du aus meiner Reichweite verschwindest und ich mich auf meine Arbeit konzentrieren kann. „Damit sichergestellt wird, dass wir fristgerecht abliefern." Diese Argumentation klang selbst in seinen Ohren schwammig, aber was soll's. Eine andere Strategie fiel ihm auf die Schnelle nicht ein.

„Ich …" Offenkundig fehlten ihr die Worte.

Patrick erkannte die Verwirrung in Jannes Gesichtszügen und beschloss, sich auf keine weitere Diskussion einzulassen. Je eher sie den Bürokomplex und somit die Agentur verließ, desto besser.

„Janne. Machen Sie einfach, was Ihnen gesagt wird, dafür werden Sie schließlich bezahlt." Mit einer auffordernden Handbewegung signalisierte er ihr, den Raum zu verlassen. So wie sie ihn ansah, konnte sie offenkundig nicht nachvollziehen, was hier gerade vor sich ging. Kein Wunder. Er verstand es ja selbst kaum.

„Natürlich." Mit gesenktem Kopf und hastigen Schritten verließ sie sein Büro.

Nachdem die Tür leise ins Schloss gefallen war, lehnte Patrick sich in seinem Schreibtischsessel zurück und schloss für einen Herzschlag die Augen. Doch wenn er dachte, sich jetzt in Ruhe seiner Arbeit widmen zu können, hatte er seinen Plan ohne Emma gemacht. Keine zwei Minuten nachdem Janne aus dem Büro getreten war, stand Emma in der Tür.

„Was haben Sie mit ihr gemacht? Janne sah aus, als würde sie gleich zusammenbrechen."

Beim Tonfall seiner persönlichen Assistentin regte sich das schlechte Gewissen in Patrick. Außerdem setzte ihm der Umstand, dass sie nach ihrem Gespräch mitgenommen wirkte, unerwartet zu. „Ich konnte kein

Wort aus ihr herausbekommen. Sie hat lediglich was von fristgerechter Zustellung gefaselt und dann die Hände zu Fäusten geballt, bevor sie davongeeilt ist, als wäre der Leibhaftige hinter ihr her."

„Was soll ich denn getan haben? Es ist wohl kaum verboten, seinen Mitarbeitern Aufgaben zu übertragen." Seine Verteidigung prallte an Emma ab, wie Wassertropfen von einem Lotusblatt.

„Patrick, haben Sie ihr allen Ernstes Botengänge übertragen? Was hat sie denn angestellt?"

Die Frage musste ja zwangsläufig kommen.

Da ihm keine vernünftige Antwort in den Sinn kam, jedenfalls keine, die die Wahrheit verschleiern könnte, schmetterte er die Frage kurzerhand ab. „Noch bin ich hier derjenige, der das Sagen hat. Meine Agentur. Meine Entscheidung. Und jetzt würde ich es sehr begrüßen, wenn Sie an ihren Arbeitsplatz zurückkehren. Ich habe zu tun." Für einen Moment dachte Patrick, Emma würde noch etwas erwidern.

Doch dann schüttelte sie nur leicht den Kopf und ließ ihn allein.

Kurz nach vier hatte Janne den Firmenmarathon beendet. Da sie zufälligerweise schon den halben Weg Richtung Heisterwohlt hinter sich gebracht hatte, entschied sie sich, nicht noch einmal in die Agentur zu fahren, sondern den direkten Heimweg anzutreten. Wie es aussah, legte man im Büro sowieso keinen großen Wert auf ihre Anwesenheit. Jedenfalls schien das ihrer Ansicht nach die Einstellung ihres Bosses zu sein.

Um sich ein wenig abzulenken und vor allem ihren knurrenden Magen zu besänftigen, stattete sie ihrem Lieblingscafé an der Promenade einen spontanen Besuch ab.

„Janne, was für eine Überraschung!" Mareike, die Inhaberin des Cafés begrüßte sie mit einer freudigen Umarmung auf der Terrasse unterhalb des Deiches.

„Mir stand der Sinn nach etwas Süßem und einem Milchkaffee", gestand sie und setzte sich auf einen der freien Plätze.

„Stress bei der Arbeit? Normalerweise bist du doch unter der Woche immer erst zu Hause, wenn ich längst geschlossen habe." Durch ihre verständnisvolle, herzliche Art schaffte Mareike es, selbst Janne aus ihrem Schneckenhaus herauszulocken und das sollte schon was heißen. Janne fiel es bekanntermaßen nicht leicht, sich anderen gegenüber zu öffnen, doch in Mareikes Gesellschaft kamen ihr wie von selbst die Worte über die Lippen.

„Mein Boss hat mich heute kreuz und quer in der Gegend herumgejagt. Ich bin komplett erledigt und mein Zuckerspiegel nimmt einen Platz ein, der jenseits von Gut und Böse rangiert."

„Bei Letzterem kann ich Abhilfe schaffen." Mareike zwinkerte ihr zu. „Wir haben gedeckten Apfelkuchen, kommt gerade aus dem Ofen, wenn du magst."

„Sehr gerne."

„Und was deinen Boss angeht. Ich kenne ihn zwar nicht, aber im Moment ist nicht so viel los. Also könnte ich mich ein paar Minuten zu dir setzen, wenn du reden willst."

„Das wäre toll." Vielleicht half es ja, mit jemanden zu reden, der nichts mit der Agentur zu tun hatte und das Ganze aus einem anderen Blickwinkel betrachtete.

Keine fünf Minuten später saßen sich die beiden Frauen gegenüber. Auf dem Tisch vor ihnen standen zwei Teller mit Apfelkuchen und je eine Kaffeespezialität – Milchkaffe für Janne, Cappuccino für Mareike.

„Schieß los. Womit hat dein Boss dich geärgert?"

Janne überlegte kurz, ob und wie viel sie preisgeben sollte, entschied sich aber letztlich für die vollständige Zusammenfassung dessen, was in den letzten Wochen passiert war.

„Mir fällt es sowieso schon schwer, mich auf Menschen einzulassen, die ich nicht gut kenne." Bis auf eine Ausnahme – die Nacht nach der Mottoparty und die Erfahrungen, die sie gemeinsam mit Mr. Latzhose machen durfte. Diese Tatsache verschwieg sie jedoch. „Weißt du, ich kann nicht begreifen, was Neles Nachfolger mit seinem Verhalten erreichen will. Der Mann ist mir ein Rätsel. Ehrlich, ich habe keine Ahnung, wie ich es ihm recht machen soll. Es ist zum Verrücktwerden. Einerseits denke ich, er schätzt meine Arbeit und im nächsten Moment sieht er mich an, als könnte ich seinen Anweisungen nicht folgen, weil mein Intellekt seinen Ansprüchen nicht genügt. Neulich zum Beispiel: Nachmittags staucht er mich zusammen und kritisiert Dokumente, die ich erstellt habe und am Abend, als wir uns zufällig über den Weg gelaufen sind, kommt er mir unglaublich nah." Bei der Erinnerung an diese surreale Begegnung zog sich ihr Magen zusammen.

„Moment. Was bedeutet deiner Ansicht nach *unglaublich nah*?"

„Na ja. Er hat mich berührt …"

Mareikes Brauen schossen nach oben und Janne verdrehte die Augen.

„Nicht was du denkst, nur an den Händen. Aber wie er es getan hat, so … Ach, ich weiß doch auch nicht. Und am nächsten Tag hat er mich zum Mittag eingeladen und wieder hat er meine Hand festgehalten. Also nicht die ganze Zeit", schränkte Janne ein, „aber für eine Weile." Weil sie nicht wusste, wie sie mit ihrer latenten Unruhe umgehen sollte, tippte sie unaufhörlich mit der Fußspitze auf dem Boden auf.

Mareike hingegen schob sich in aller Seelenruhe ein Stück Kuchen in den Mund, kaute genüsslich und zeigte dann mit der Gabel auf Janne. „Der Mann steht auf dich."

In Anbetracht dieser kühnen Behauptung erstarrte Janne.

„Quatsch. Wir waren während der Mittagspause nur zufällig zusammen im selben Bistro. Ich hatte mein Geld vergessen und er hat mich vor einer peinlichen Situation bewahrt. Fertig."

„Und dann habt ihr gemeinsam zu Mittag gegessen und er hat deine Hand gehalten … Ich sag's ja: Er steht auf dich."

„Genau. Und deswegen meidet er auf einmal meine Gegenwart und beauftragt mich mit Aufgaben, die wir üblicherweise an andere Firmen vergeben, die sich auf so was spezialisiert haben?"

„Angeschossene Tiere verhalten sich besonders aggressiv. Vielleicht hast du ihn mitten ins Herz getroffen?"

Janne tippte sich an die Stirn. „Glaube mir, nach dem heutigen Tag bin ich mir sicher, dass dieser Mann gar kein Herz besitzt."

„Ich sage nur: angeschossenes Tier." Mareike setzte ein amüsiertes Grinsen auf und verschränkte die Arme vor der Brust, als wollte sie sagen: *Glaub mir einfach.*

„Über welches angeschossene Tier sprecht ihr?"

Angesichts der unerwarteten Frage hob Janne irritiert den Blick. Neben ihrem Tisch standen zwei Menschen, denen sie bisher zwar schon das eine oder andere Mal begegnet, mit ihnen jedoch nie ins Gespräch gekommen war.

„Enno, Isa, was für eine Überraschung!" Mareike stand auf, umarmte die Frau, deren freundlich wirkendes Gesicht von haselnussbraunen Locken eingerahmt wurde, auf eine sehr vertraute Weise.

Ihr hünenhafter Begleiter drückte Mareike einen schnellen Kuss auf die Wange und nickte Janne mit einem gewinnbringenden Lächeln zu, das sie verhalten erwiderte.

„Wir hielten es für eine gute Idee, dir mal wieder einen Besuch abzustatten. Außerdem kommen wir mit einem kleinen Anliegen", begann Isa. Ihre Augen glänzten und Janne bekam den Eindruck, als müsste die junge Frau mit aller Anstrengung ein Geheimnis zurückhalten.

„Aber wir wollten eure Unterhaltung auf keinen Fall unterbrechen." Während er sprach, legte Enno einen Arm um Isas Mitte und zog sie ein wenig dichter zu sich heran. Seine komplette Ausstrahlung strafte seine Aussage Lügen. Außerdem sprach sein Grinsen Bände.

Hier war eindeutig etwas im Busch. Janne vergaß für den Moment ihre wirren Gedanken, ihren Boss und alles, was sich in den letzten Tagen zwischen ihnen abgespielt hatte.

Mareike überging seinen Einwurf. „Setzt euch doch."

„Nur wenn es wirklich passt. Wir können auch …"

„Alles gut." Janne unterbrach Enno, nahm ihre Tasche vom Nebenplatz, sodass der den Stuhl nicht weiter blockierte, und hängte sie über die Lehne ihres Stuhls.

„Also", begann Mareike, den Faden wieder aufzunehmen, nachdem sich alle gesetzt hatten. „Ist was passiert?"

„Nein, nein." Der aufgeregte Unterton in Isas Stimme entging weder Janne noch Mareike. Beide wechselten einen schnellen Blick, der so viel ausdrückte wie *Aber klar, das kaufen wir dir ohne Weiteres ab.*

„Oh." Als würde der Umstand, dass sich nicht alle am Tisch näher kannten, ihr gerade bewusst werden, setzte Mareike sich abrupt aufrecht hin. „Oje, entschuldigt. Enno, Isa, das ist Janne. Sie hat heute den Rechner im Büro extra früher abgeschaltet und ist vor ihrem Boss geflohen, um sich den Feierabend mit Apfelkuchen zu versüßen." Mareike zwinkerte ihr zu.

Janne zog angesichts der eigenwilligen Interpretation der Sachlage perplex die Brauen hoch. Doch Mareike ignorierte diese Geste und fuhr unbeirrt fort.

„Janne – Enno und Isa, die Besitzer vom *Strandgut*."

Nach einem allgemeinen *Hallo, schön Dich kennenzulernen*, lenkte Mareike das Thema schnell wieder auf den Grund, der Enno und Isa offenbar hierhergebracht hatte.

„Also: Was treibt Euch her? Müsst ihr euch nicht um eure eigenen Gäste kümmern?"

„Ein, zwei Stunden schaffen es Henrike und Paula auch mal ohne uns. Wir stören euch beide wirklich nicht?", fragte Isa und sah zu Janne, die verneinend den Kopf schüttelte.

Sie mochte nicht neugierig erscheinen und verzichtete daher auf die Nachfrage, wer die genannten waren, vermutete jedoch, dass es sich um Mitarbeiter des Hotelrestaurants handelte.

„Wie geht es Paula?", fragte Mareike und setzte binnen eines Wimpernschlags eine besorgte Miene auf.

„Sie scheint ihre alten Kräfte nach und nach wiederzuerlangen. Die letzte Kontrolluntersuchung blieb ohne Befund." Isa drehte sich zu Janne. „Paula ist eine Ferienfreundin aus Kindertagen. Vor zwei Jahren hat man einen Tumor bei ihr entdeckt. Na ja, danach musste sie sich etlichen Therapien unterziehen. Aber die letzten

Untersuchungsergebnisse lassen uns hoffen. Seit vier Wochen hilft sie uns bei allem, was im Restaurant und Hotel so anfällt, aber nur, worauf sie wirklich Lust hat. Ihre Beschäftigung ist mehr Ablenkung als tatsächlicher Job. Sie wohnt wieder bei ihren Eltern und versucht ins Leben zurückzukehren."

„Verstehe. Das ist sicher nicht ganz einfach", sagte Janne und spürte erneut den Druck in ihrer Brust aufkommen, obwohl sie diese Paula nicht einmal kannte. Wenn sie eine Ferienfreundin war, konnte sie nicht viel älter als Isa sein und diese schätzte sie auf Mitte zwanzig.

„Ganz und gar nicht. Aber sie ist ein Kämpfer. Sie schafft das. Und wenn wir ihr helfen können, indem sie sich bei uns eine Beschäftigung sucht, die ihr das Gefühl gibt, gebraucht zu werden, machen wir das gerne." Ennos Worte ließen Janne schlucken.

Aufgefangen zu werden, wenn man es am Nötigsten hat – dieses Glück war nicht jedem vergönnt.

„Jetzt lenkt nicht ab und erzähl endlich, weshalb ihr zwei euer Schätzchen mitten in der Saison allein gelassen habt."

Mit *Schätzchen* meinte Mareike sicher das *Strandgut*, das tatsächlich wie ein Schatz inmitten der Strandpromenade wirkte. Ein echter Hingucker eben.

„Enno und ich werden heiraten", platze es aus Isa heraus und Mareike ließ einen schrillen Aufschrei folgen. Enno hingegen grinste nur von einem Ohr zum anderen, sah zu Janne und zuckte mit den Schultern.

Die Freude am Tisch war ansteckend. Auch Janne empfand plötzlich eine gewisse Hochstimmung, obwohl sie die zwei bis vor wenigen Momenten kaum kannte.

„Oh mein Gott! Das ist … Ich fasse es nicht!" Mareike schlug sich die Hand vor den Mund. Der Glanz in ihren Augen zeigte deutlich, wie gerührt sie war. „Ihr traut euch wirklich, im wahrsten Sinne des Wortes."

Isa nickte. „Henry hat einen wasserdichten Vertrag aufgesetzt, sodass uns Ennos Vergangenheit nicht in die Quere kommen kann."

„Insbesondere meine Ex-Frau", warf Enno ein und von jetzt auf gleich lag ein düsterer Schatten über seinen eben noch euphorischen Gesichtszügen.

Janne verstand zwar nur die Hälfte dessen, was hier zwischen den Zeilen gesprochen wurde, reimte sich aber die Zusammenhänge selbst zusammen. Offenbar gab es in Ennos Leben eine Zeit, die die Zukunft der beiden nachhaltig belastete.

„Ihr müsst das, was ihr euch aufgebaut habt, schützen und Henry passt ganz sicher auf, dass euch das niemand nehmen kann."

„Henry ist ein Freund und zufällig einer der brillantesten Anwälte, der in Hamburg tätig ist“, erklärte Isa an Janne gewandt. „Enno darf aufgrund eines Insolvenzverfahrens und Streitigkeiten mit seiner Ex-Frau keinen Besitz haben. Also musste ein Ehevertrag her, der uns vor unliebsamen Überraschungen schützt.“

„Klingt kompliziert“, sprach Janne ihr Überlegungen laut aus.

„Ist es. Aber dafür haben wir ja Henry.“

„Und ihr seid hier, weil ich euch die gigantischste Hochzeitstorte aller Zeiten kreieren darf?“ Mareikes Augen leuchteten aufgeregt.

„Das war der Plan.“ Enno nickte zustimmend und zum zweiten Mal an diesem Nachmittag kreischte Mareike voller Entzücken.

Bevor die drei jedoch tiefer in Absprachen und Planungen versanken, wollte Janne sich lieber auf den Rückweg machen. Sie spürte eine zunehmende Müdigkeit aufkommen und sehnte sich nach ihrer Couch. Der Knoten in ihrem Kopf würde sich ja doch nicht gänzlich lösen, aber drüber geredet zu haben, hatte ihr immerhin schon geholfen, damit sich der Druck auf ihren Brustkorb etwas linderte. Und die Ablenkung durch Enno und Isa tat sein Übriges. Trotzdem. Sie wollte los.

„Ich wünsche euch alles Gute. Aber ich sollte jetzt langsam mal los. War ein verrückter Tag.“ Janne stand auf, verabschiedete sich vom zukünftigen Brautpaar und ließ sich von Mareike in eine herzliche Umarmung ziehen. „Danke fürs Zuhören“, flüsterte sie ihr zu.

„Immer gerne, keine Frage. Weißt du was? Ich packe dir noch einen weiteren Apfelkuchen ein. Frisch schmeckt er am besten und dann hast du zu Hause noch etwas, das dich aufmuntert.“ Mareike lächelte ihr aufmunternd zu und verschwand mit wiegenden Hüften im Café.

„Ich wünsche euch alles Gute.“ Sie verabschiedete sich von Enno und Isa. Die beiden gaben ein tolles Paar ab und wirkten absolut zufrieden mit sich und der Welt, obwohl sie offenkundig einiges an Ballast mit sich herumschleppten.

„Dir auch. Tut uns leid, falls wir doch gestört haben“, sagte Isa und sah sie entschuldigend an.

„Habt ihr nicht. Im Gegenteil.“ Nach dieser für die beiden sicher kryptischen Aussage drehte Janne sich lächelnd um und ging auf den Eingang des Cafés zu. Mareike würde ihnen sicher eine Kurzzusammenfassung geben, sollten sie sie fragen. Janne für ihren Teil wollte das Fass nicht erneut aufmachen.

Auf dem Weg zu ihrer Wohnung musste sie feststellen, dass das Gespräch ihr gutgetan hatte. Die Dinge einmal beim Namen zu nennen, verringerte den Druck, der sich mittlerweile in ihrem Inneren aufgebaut hatte. Alles in sich reinzufressen, wie man so schön sagt, ist eben keine

Lösung. Und selbst wenn die Schlussfolgerungen ihrer Freundin noch so abstrus gewesen waren. Mit ein bisschen Abstand konnte Janne sogar darüber schmunzeln. Außerdem stand definitiv fest: Mareike las zu viele Liebesromane und sah überall Herzchen und rosarote Wolken. Als ihre Freundin Isa sich in ihren Enno verliebt hatte, gab es für sie wochenlang kein anderes Thema, weil sie ihre Geschichte so unglaublich romantisch fand. Janne hatte die Besitzer des *Strandguts* des Öfteren im Café gesehen, pflegte aber keinen näheren Kontakt zu ihnen. Das mochte auch der Grund sein, weshalb Enno sie auf der Mottoparty nicht erkannt hatte. Die Erinnerung an die Veranstaltung, insbesondere an die folgende Nacht, beflügelte sie für den Rest des Heimwegs. Ihr neuer Boss sollte denken, was er wollte, andere Männer schienen mit ihrer Person keine Probleme zu haben.

Am Abend saß Janne auf ihrer Couch und wünschte sich, auf eine weitere Portion Apfelkuchen verzichtet zu haben. In ihrem Magen rumorte es, zwickte und zwackte, als würden hunderte Maiskörner in einem Popkornautomaten explodieren.

„Verdammter Mist“, grummelte Janne auf dem Weg ins Bad. „Das Letzte, was ich gebrauchen kann, ist eine Magenverstimmung.“

Die nächsten Minuten verbrachte sie vornübergebeugt auf den Knien neben der Toilettenschüssel. *Was für ein krönender Abschluss des Tages*, dachte sie und stand, nachdem ihr Magen eine ganze Weile Ruhe gegeben hatte, mit zittrigen Beinen auf. Wo sie nun schon einmal hier war, duschte sie, putzte sich die Zähne und zog ihr Schlafshirt über, obwohl es gerade kurz vor halb neun war.

Zurück auf der Couch rollte sie sich zusammen. In der Küche hatte sie noch heißes Wasser in die Wärmflasche gefüllt und hielt sie sich jetzt an den Bauch gedrückt. Die Wärme tat gut, linderte die Beschwerden jedoch nur mäßig. Über die Gedanken hinweg, womit sie den heutigen Tag verdient hatte, schlief sie schlussendlich ein.

„Emma, hi. Ich muss mich für heute krankmelden. Wie es aussieht, habe ich mir den Magen verdorben." Die nächste Übelkeitswelle unterdrückend, schloss Janne die Augen und versuchte, den aufsteigenden Brechreiz wegzuatmen.

„Och Mensch, das tut mir leid. Hast du dir einen Virus eingefangen oder was Falsches gegessen?"

„Zwei Stück frischer Apfelkuchen waren wohl zu viel des Guten. Emma, entschuldige, aber es geht schon wieder los …" Janne konnte gerade noch die rote Taste auf ihrem Telefon drücken, bevor sie hastig ins Bad verschwand.

Im Büro hingegen herrschte morgendliche Betriebsamkeit. Es war kurz vor acht und nacheinander trudelten Helena und Brit ein. Patrick, seines Zeichens Frühaufsteher, saß allerdings schon seit mehr als einer Stunde an seinem Schreibtisch. Durch die offen stehende Tür schnappte er Gesprächsfetzen auf, die deutlich darauf schließen ließen, dass Emma kein Gespräch mit einem Kunden führte.

Wie oft soll ich mich noch wiederholen, bis die Damen meinen Anweisungen nachkommen und die Pflege persönlicher Kontakte auf die Zeit nach Feierabend verlegen? Missmutig schob er seinen Schreibtischsessel zurück, stand auf und knöpfte sich das Jackett zu. Mit wenigen Schritten durchquerte er den Raum und hielt auf seine persönliche Assistentin zu.

„Emma, unterlassen Sie bitte Telefonate, die nicht mit der Agentur in Verbindung stehen. Ich dachte, ich hatte mich da klar ausgedrückt!" Patrick wollte schon auf dem Absatz kehrtmachen, als ihn Emmas Erwiderung in der Bewegung innehalten ließ.

„Ich war bisher der Meinung, dass das Entgegennehmen von Krankmeldungen zu meinem Aufgabenbereich gehört." Ihre schnippisch formulierte Antwort ärgerte ihn massiv.

Was um alles in der Welt nahm sie sich ihm gegenüber raus?

„Und wer bitte erscheint heute nicht zur Arbeit – bei strahlendem Sonnenschein und sommerlichen Temperaturen?"

Typisches *Ich nehme mir einen Tag Auszeit* Wetter. Es gelang ihm nicht, seinen Ton weniger bissig klingen zu lassen. Diese Regelung, bei Krankheit zwei Tage ohne Attest vom Arzt dem Büro fernbleiben zu können, wurde zwar bisher nicht sonderlich ausgenutzt, aber Patrick hatte eben schlechte Laune. Entsprechend niedrig war sein Toleranzlevel und Emma sein Ventil.

„Janne hat sich den Magen verdorben. Besonders fit klang sie nicht, wenn ich das nebenbei bemerken darf."

Konnte sie das noch mal wiederholen?

Aber er überging bewusst ihre Einschätzung. „Wann kommt Sie wieder?" Sollte Sie nach ihrem gestrigen Außendiensteinsatz etwa die Beleidigte spielen? So hatte er sie nicht eingeschätzt und wunderte sich dementsprechend über ihr Verhalten.

„Keine Ahnung. Sie hat das Gespräch abbrechen müssen."

Für einen kurzen Moment lieferte er sich mit seiner Assistentin, die ebenso sauer zu sein schien, ein Blickduell. Um die Angelegenheit jedoch nicht eskalieren zu lassen, drehte er sich kommentarlos um, verschwand in seinem Büro und schloss die Tür geräuschvoller, als erforderlich gewesen wäre. Wunderbar. Seine Gefühle hatte er heute perfekt unter Kontrolle.

Weshalb schaffte es Janne immer wieder, ihn an seine emotionalen Grenzen zu bringen? Wieso? Er verstand es nicht. Ja, sie hatten eine leidenschaftliche Nacht miteinander geteilt. Ja, irgendetwas ging da zwischen ihnen vor. Aber all das konnte doch nicht der Grund dafür sein, dass er so extrem reagierte?

Patrick beschloss, sich in die Arbeit zu stürzen und später mit der *Ventus* bis zum Sonnenuntergang auf das Meer hinaus zu fahren. Er brauchte heute dringend die Ruhe und den Abstand.

Janne beschloss gegen Abend, dass es ein guter Test sein könnte, wenn sie noch ein bisschen an die frische Luft ging und so ihren Kreislauf ankurbelte. Seit dem frühen Nachmittag hatte sich ihr Magen ruhig verhalten und den Tee samt Zwieback nicht wieder nach oben befördert. Zwar standen ihr die unruhige Nacht und der anstrengende Morgen noch deutlich ins Gesicht geschrieben, aber sie fühlte sich kräftig genug, um an den Strand zu gehen. Wenn ihr Körper danach keine Einwände erheben würde, könnte sie morgen wieder in die Agentur fahren.

Also zog sie sich eine Jeans an, schlüpfte in einen Kapuzenpulli und band ihre Haare zu einem locker sitzenden Zopf. Bevor sie die Wohnung verließ, schaute sie in den Spiegel, verzog missmutig das Gesicht und schnappte sich die Haustürschlüssel. Sie sah aus, wie der Tod auf Latschen.

Beim Hinaustreten wurde sie von der Sonne geblendet, kniff die Augen zusammen und stöhnte. Wie konnte ein einziger Tag einen nur so dermaßen aus der Bahn werfen? Normalerweise war sie nicht so empfindlich. Entschlossen straffte sie die Schultern, setzte einen Fuß vor den anderen und spürte schon nach wenigen Schritten, dass der kleine

Ausflug ihr guttat. Zwar fühlten sich ihre Beine an, als wären ihr in den letzten vierundzwanzig Stunden die Knochen abhandengekommen, aber die Wärme der Sonne setzte dringend benötigte Energie in ihr frei.

Janne achtete kaum darauf, wohin sie lief, ihr war es gleich – Hauptsache sie konnte diesen furchtbaren Tag hinter sich lassen. Vorbei an den vielen kleinen Geschäften spazierte sie auf dem Deich entlang und sah hinaus auf das Meer. Der blaue Himmel und die seichten Wellen gaben in Kombination mit den Surfern und Segelbooten ein malerisches Bild ab. Das Gespräch mit ihrem Bruder kam ihr wieder in den Sinn. Bei dem Ausblick, den sie gerade genießen konnte, fragte sie sich, weshalb sie an einem anderen Ort Urlaub machen sollte? Später, im November, wenn die Tage dunkler und ungemütlicher wurden, wäre immer noch Zeit, die Welt zu erkunden. Mochte ja sein, dass sie in den Augen anderer langweilig erschien, weil ferne Länder sie kaum reizten. Letztlich ging es doch darum, ob sie sich wohlfühlte, oder?

Aufgrund der Tatsache, dass sie sich nicht mehr vorrangig den Kopf darüber zerbrach, wann der nächste Angriff ihres Magens über sie hereinbrechen würde, schlich sich ein kleines Lächeln auf ihre Lippen. Den überraschend über sie hereingebrochenen gesundheitlichen Sturm hatte sie wohl gut überstanden.

Der Tatsache geschuldet, dass dies ein lauer Sommerabend wie aus dem Bilderbuch war, zog es eine Vielzahl an Urlaubern, aber auch Einheimische, die hier ihren Feierabend verbringen wollten, an den Strand. Die Außenterrassen der Bistros und Bars waren gut besucht, direkt am Wasser tummelten sich Beachvolleyballer und Surfer. Auch zum Baden hatten sich um diese Zeit noch erstaunlich viele in die Fluten gestürzt.

Janne überlegte kurz, ob sie es wagen konnte, wenigstens den großen Zeh in die Ostsee zu tauchen, entschied sich dann aber dagegen. Sie war einfach nur froh, dass es ihr besser ging und sie Gelegenheit hatte, die letzten Sonnenstrahlen des Tages genießen zu können.

„Janne, was machen Sie denn hier?“ Hatte er es doch geahnt. Sonne und blaumachen. Dass sie auch noch ertappt zusammenzuckte, bestätigte Patrick in seiner Vermutung. Aufgebracht trat er einen Schritt auf sie zu, woraufhin sie einen nach hinten setzte.

„Oh … ähm … Guten Abend.“ Mit einer fahrig wirkenden Bewegung strich Janne ihre Haare zurück.

Eindeutig. Er hatte sie erwischt.

„Wenn ich Emma heute Morgen richtig verstanden habe, müssten sie eigentlich auf ihrer Couch liegen. Aber offensichtlich geht es ihnen schon wesentlich besser." Sein spöttischer Unterton war offensichtlich angekommen, denn Janne musterte ihn mit ihren grauen Augen, in denen ein wahrer Sturm an Emotionen tobte.

Getroffen, zornig, fassungslos und was? Enttäuscht?

Weshalb um alles in der Welt war sie denn enttäuscht?

„Seit meinem Beschäftigungsbeginn in der Agentur habe ich nicht einen Tag gefehlt. In meinem vorherigen Job war es nicht anders. Außerdem: Auf der Überstundenliste der Mitarbeiter finden Sie meinen Namen ziemlich weit oben, soll heißen, mein Pluskonto ist gut gefüllt", sprudelte es aus ihr heraus. „Wenn Sie also der Meinung sind, ich habe heute nur auf der faulen Haut gelegen und das schöne Wetter genossen, dann ziehen Sie mir die Stunden doch einfach ab."

Einen solchen Ausbruch hätte Patrick von der sonst so zurückhaltenden Janne gar nicht erwartet. Entsprechend überrumpelt und sprachlos stand er vor ihr. Plötzlich war ihm die Fähigkeit, in Konversationen schlagfertig reagieren zu können, abhandengekommen.

„Janne …"

Ihm fiel auf, dass sie um die Nase herum ziemlich blass aussah. War dieses Detail neu oder war es ihm zuvor schlichtweg entgangen. Die tiefen Ränder unter ihren Augen und die leise Stimme, mit der sie weitersprach, zeigten ihm schonungslos seinen Fehler auf. Er hätte sie nicht voreilig attackieren dürfen.

„Ich habe die halbe Nacht nicht geschlafen, der Vormittag verlief auch nicht besser. Dass ich jetzt ein bisschen frische Luft schnappen wollte, ist ja wohl kaum verwerflich, wenn man fast vierundzwanzig Stunden immer wieder damit kämpfen musste, den spärlichen Inhalt seines Magens nicht umgehend loszuwerden." Müde und kraftlos sank Janne am Rand der Dünen in den Sand, stützte die Ellenbogen auf die angewinkelten Knie und blickte mit fast schon verzweifeltem Ausdruck in den Augen zum Horizont.

„Sie sind wirklich krank", stellte Patrick unsinnigerweise fest, ließ sich neben Janne nieder und erntete für seine Aussage einen ungläubigen Laut. Er musste zugeben, dass er diese Reaktion verdient hatte. In Bezug auf Janne handelte er übersteigert hart.

„Ich besorge mir noch eine Krankschreibung." Aufgrund der unüberhörbaren Resignation, die in ihrer Stimme mitschwang, musste er schlucken. Das war ja dann wohl komplett daneben gegangen. In der Agentur hatte er sie schon bis an ihre Grenzen getrieben und nun tat er es wieder. Wann genau war er zu einem solchen Mistkerl mutiert?

„Ich verlange kein Attest." Er versuchte einzulenken, doch Janne starrte weiterhin geradeaus.

Am liebsten hätte er sie in seine Arme gezogen, ihr Halt gegeben. Stattdessen griff er in den Sand, nahm eine Handvoll und ließ ihn durch seine Finger rieseln.

„Was genau habe ich Ihnen eigentlich getan? Ich meine, jeder merkt, dass Sie mich nicht leiden können. Aber warum? Ich verstehe das nicht. Normalerweise bemerkt man mich nicht einmal. Ich bin weder so selbstbewusst wie Emma, noch so offensiv wie Brit. Helena ist irgendwie eine Mischung aus beiden.“ Janne runzelte die Stirn, als dachte sie über irgendetwas nach. „Ich hingegen versuche, es Ihnen irgendwie recht zu machen, was mir offenbar nicht gelingt. Also was mache ich falsch?“ Sie hatte ihren Kopf zur Seite gedreht und musterte ihn aus fragenden, wunderschönen grauen Augen.

Patrick musste den Kloß in seinem Hals erst herunterschlucken, bevor er eine Antwort zustande brachte. Nicht offensiv? Das, was sie gerade von sich gegeben hatte, war ziemlich offensiv, und ehrlich gesagt, hätte er ihr das in der Form nicht zugetraut.

Ihre kleine Rede hatte gesessen. Doch welches Argument sollte als Erwiderung herhalten? Sollte er sich an die Wahrheit halten oder sich einer Lüge bemächtigen?

Janne ihrerseits hatte kaum ihren Mund geschlossen, da wäre sie am liebsten aufgestanden und davongelaufen. Wie zur Hölle kam sie nur darauf, ihrem Boss derartige Vorhaltungen zu machen. Gut, sie waren hier nicht im Büro, aber egal. Patrick war nun mal derjenige, der in der Agentur das Sagen hatte und sie stand in der Hierarchie weit unter ihm. Die Probezeit hatte sie zwar schon hinter sich gebracht, aber die Entfristung ihres Arbeitsvertrages war laut Vereinbarung erst nach zwei Jahren vorgesehen. Bis dahin musste sie die Füße stillhalten, denn die Festanstellung galt als ihr erklärtes Ziel.

Wie sollte sie die Situation jetzt noch retten und die Wogen glätten? Das, was sie gesagt hatte, konnte sie schlecht zurücknehmen. Davonrennen kam auch nicht in Frage. Unter normalen Bedingungen hätte sie gegen ihn eventuell eine reelle Chance gehabt, schließlich lief sie fast jeden Tag mehrere Kilometer. Heute jedoch konnte sie größere körperliche Aktivitäten beim besten Willen vergessen. Also blieb ihr nichts anderes übrig, als sitzen zu bleiben und auf eine Antwort zu warten.

Und was tat Patrick?

Er schwieg. Endlos lange Momente, bis er erneut in den Sand griff und einen ganzen Schwall der winzigen Körner durch die Gegend schleuderte. Herumlaufende Möwen schreckten auf und andere Passanten schüttelten missbilligend die Köpfe.

„Was für eine Scheiße ist das hier?“ Seinen Ausruf konnte man schon fast als Brüllen bezeichnen, wenn auch mit angezogener Handbremse. Schließlich hielten sich außer ihnen weitere Besucher am Strand auf. Dass er gleich noch ein paar derbe Flüche hinterherschickte, verbesserte die Atmosphäre zwischen den beiden auch nicht unbedingt.

Janne zuckte zusammen. Einen solch unerwarteten Ausbruch hatte sie nicht provozieren wollen. Auf keinen Fall. Doch dann, ohne ein weiteres Wort zu verlieren, vergrub er sein Gesicht in beiden Händen und ließ ein hartes Lachen ertönen. Sie war erschrocken und verwirrt zugleich. Was ging in diesem Mann bloß vor? Als er seinen Kopf hob und sie eindringlich musterte, wurde ihr erneut übel. Jetzt allerdings auf eine ganz andere Art und Weise als am Vormittag. Plötzlich lag ein Flimmern in der Luft, eine unterschwellige elektrische Spannung, die Janne in Alarmbereitschaft versetzte.

„Vielleicht ist es an der Zeit“, begann er langsam und sah sie aus seinen moosgrünen Augen unschlüssig an. „Vielleicht sollte ich dich darüber aufklären, dass wir uns schon einmal begegnet sind.“ Während er sprach, unterbrach er ihren Blickkontakt nicht für eine Sekunde.

WIE BITTE?

An eine frühere Begegnung hätte sie sich ganz sicher erinnert. Hätten sich ihre Wege jemals zuvor gekreuzt, wäre dieses Aufeinandertreffen zu hundert Prozent in ihrem Gedächtnis haften geblieben. Einen solchen Mann vergaß man nicht so einfach.

Patrick ließ diese Bombe platzen und duzte sie auch noch? Janne blieb die Luft weg und hatte keine Ahnung, was er mit seiner Aussage andeuten wollte.

„Daran würde ich mich ganz sicher erinnern“, brachte sie krächzend hervor und lachte entsetzt auf. Dass Patrick seine Lippen zu einem wissenden Grinsen verzog, erleichterte es ihr ganz und gar nicht, die Situation auch nur ansatzweise zu verstehen. „Und weshalb sind wir plötzlich per *du*?“

„Weil ich eine Frau, mit der ich geschlafen habe, eigentlich nicht mit *Sie* anrede.“

Janne schnappte nach Luft wie ein Fisch auf dem Trockenen. Jetzt drehte er komplett durch. Nachdem er die erste Bombe hatte hochgehen lassen, detonierte nun eine zweite, viel gewaltigere und brachte alles um sie herum zum Beben.

„Wie kommen Sie denn darauf?“ Janne konnte einen hysterischen Aufschrei gerade noch unterdrücken. Auf einmal hielt sie nichts mehr unterhalb der Dünen. Sie sprang auf, klopfte sich den Sand von der Jeans und rannte ans Wasser. Doch das hätte sie lieber bleiben lassen sollen.

Geschwächt von der Magenverstimmung und aufgewühlt von seinen Behauptungen stand sie japsend da. Sich auf den Knien abstützend, starrte sie auf die Wellen, die unschuldig am Ufer anschlugen, als wäre ihre Welt nicht gerade aus den Angeln gehoben worden.

„Geht's?" Stützend legte er einen Arm um ihre Taille und strich mit der Hand des anderen beruhigend über ihre Schulter.

Janne fragte sich, wieso sie ihn nicht hatte kommen hören, und schüttelte über sich selbst den Kopf. Das hier passierte doch gerade nicht wirklich. Das … Ihr fehlten die Worte.

„Entschuldige, ich wollte dich mit meiner Enthüllung nicht so erschrecken", erklärte er leise. Warmer Atem kitzelte an ihrer Haut, weil er viel, viel zu nah stand und ließ sie erschaudern.

„Lassen. Sie. Mich. Sofort. Los!" Sie begann unkontrolliert zu zittern. Panik erfasste sie. Er war tatsächlich durchgeknallt. Irre. Irgendwelche entscheidenden Sicherungen waren durchgebrannt.

Zögerlich nahm Patrick seine Hand von ihrer Hüfte. Als außer Zweifel stand, dass sie sich selbst auf ihren Beinen halten konnte und nicht zu Boden ging, ließ er sie gänzlich los.

„Als ich vor ein paar Wochen hierher an die Ostsee kam", begann er vorsichtig, „besuchte ich an meinem zweiten Abend eine Party."

Ruckartig drehte Janne sich um, als schwante ihr Böses.

Ihr Gesicht war so blass, dass Patrick sich ernsthaft Sorgen machte, ob er ihr nicht vielleicht zu viel zumutete. Trotzdem redete er weiter. Auch wenn es wehtat, das Geschwür musste raus, sonst würde das zwischenmenschliche Chaos *weiter wachsen.*

„Auf einer Mottoparty ist es erklärtes Ziel, für ein paar Stunden in eine andere Rolle schlüpfen zu können. Ich traf eine Frau in einem sündhaft heißen Outfit. Der Rest *Louisa*, ist Geschichte."

Ein stummes *Nein!* lag auf ihrer Zunge und wollte einfach nicht über die Lippen gehen. Hektisch schüttelte sie den Kopf und legte sich eine Hand auf die Brust, als könnte sie so verhindern, dass ihr wild klopfendes Herz heraussprang. Das konnte nicht sein.

Einmal. Nur ein einziges verfluchtes Mal hatte sie ihre üblichen Verhaltensweisen in den Wind geschossen und getan, was alle jungen Frauen taten: Spaß haben, Bekanntschaften schließen, einen winzigen Schritt über unsichtbare Linien treten. Und was war dabei herausgekommen? Sie hatte Sex mit ihrem Boss gehabt! Unwissentlich wohlgemerkt, aber wen interessierte das schon?

Offenbar erkannte Patrick, dass ihr diese Enthüllung einen gewaltigen Schlag versetzt hatte. Sie schwankte, hatte Mühe sich aufrecht zu halten.

„Janne, einfach weiteratmen. Wir sind zwei erwachsene Menschen. Kein Grund durchzudrehen.“

Bevor sie realisierte, was er tat, hatte Patrick sie schon in seine Arme gezogen. Er hielt sie fest und strich mit beruhigenden Bewegungen über ihren Rücken.

„Seit wann wissen Sie das. Ich meine … Also …“ Konnte diese Situation noch schlimmer werden? Ohne über ihr Tun nachzudenken, legte sie ihre Stirn an seine Brust und entlockte ihm ein leises Lachen. Der Duft, *sein* Duft, beruhigte ihr aufgewühltes Gemüt.

Einatmen. Ausatmen. Einatmen. Ausatmen.

Nachdem sie das ein paar Mal wiederholt hatte, entspannte sie sich ein wenig.

„Du hast mir erzählt, dass ihr auf der Party eure Chefin in den Babyurlaub verabschiedet habt und du in der Werbebranche tätig bist. Von dem Moment an war mir klar, dass du in der Agentur arbeitest.“ Er zog seine Hand hinter ihrem Rücken hervor, streckte sie nach oben und legte zwei Finger unter ihr Kinn. Mit sanftem Druck forderte er sie auf, den Kopf anzuheben und ihn anzusehen. „Ich habe meine Vermutung natürlich überprüft, indem ich noch am Wochenende die Personalakten durchstöbert habe. Dabei ist dann auch deine Verwechslungskomödie aufgeflogen.“ Er zwinkerte ihr zu.

Janne blinzelte mehrmals und wurde von einem warmen Ausdruck in seinen Augen überrascht. Automatisch entspannte sie sich weiter, legte ihre Hände an seine Brust und fragte sich, woher sie den Mut dazu nahm.

„Glaube mir, ich habe versucht, dagegen anzukämpfen.“ Der ernste Ausdruck in seinem Gesicht und das nervöse Zucken seines Augenlides zeigte Janne, dass auch Patrick von der Welle an Emotionen, die über sie hereingebrochen war, nicht verschont blieb.

„Wogegen hast du angekämpft?“

Im Grunde war klar, worauf er hinauswollte, aber in solchen Momenten stellte man eben oftmals Fragen, die im Grunde nicht beantwortet werden mussten. Und Janne bildete keine Ausnahme.

Ein zögerliches Lächeln schlich sich auf seine Lippen.

„Wenn ich in der Agentur besonders hart zu dir gewesen bin, dann nur, weil ich dachte, ich könnte mir mit meinem Verhalten beweisen, dass unsere gemeinsame Nacht keine Auswirkungen auf den Job hat.“ Auch seine andere Hand fand den Weg nach oben. Ohne sie aus den Augen zu lassen, rahmte er mit beiden Händen ihr Gesicht ein. „Außerdem habe ich dich neulich mit einem Kerl gesehen und das hat mir nicht gefallen. Um ehrlich zu sein, hat es mich rasend gemacht.“

„Wann genau meinst du?“ Janne hatte in letzter Zeit kein Date gehabt, um genau zu sein seit Ewigkeiten nicht mehr. Sie neigte interessiert den Kopf zur Seite und wartete. Jetzt wollte sie alles wissen.

Patrick presste die Lippen aufeinander, bevor er dann noch den Mund aufmachte und fast schon anklagend herausbrachte: „Im Fischrestaurant. Ihr wirktet sehr vertraut.“

„Vorgestern?“ Janne musste sich ernsthaft zurückhalten, um ihrem Boss keinen Vogel zu zeigen, als er bestätigend nickte. „Der Kerl, sie setzte das Wort in imaginäre Gänsefüßchen, heißt Jan.“

„Das macht es nicht besser“, fiel Patrick ihr ins Wort und schaute grimmig in die Ferne.

„Ich kenne ihn schon sehr lange und wir sind so vertraut miteinander, weil das unter Geschwistern eben so ist.“

Seine Augen verdunkelten sich von einer Sekunde auf die andere. „Ehrlich?“, raunte er und trat einen Schritt näher, soweit das überhaupt noch möglich war.

„Ehrlich.“ Jannes Atmung beschleunigte sich und ihr Herz pochte so schnell, dass es, von der Geschwindigkeit her, einem Buntspecht beim Klopfen an einem Baumstamm locker Konkurrenz machen konnte.

Was passierte hier gerade?

„Eine Nacht. Nicht mehr und nicht weniger“, wiederholte sie flüsternd ihr Abkommen und erwiderte seinen mittlerweile glühenden Blick.

„Hm.“ Dann wechselte sein Ausdruck und nahm undeutbare Züge an. Ganz behutsam bewegte er seinen Mund zu ihrem, zögerte eine Sekunde, als wollte er ihr Gelegenheit verschaffen, das zu stoppen, was sich gerade anbahnte. Doch sie wich nicht zurück, als er seine Lippen auf ihre legte.

10. Kapitel

Der Kuss schmeckte nach Sehnsucht, Verlangen und so vielem mehr. Der Gefühlscocktail, der sich in Jannes Adern ausgebreitet hatte, brachte ihr Blut zum Kochen und legte das Gehirn komplett lahm. Ihr Kopf war wie *leer gefegt.* Sie spürte nur noch warme, weiche Lippen, eine neckende Zunge, die frech gegen ihre stupste und Hände, die sich in ihren Haaren vergruben.

Wahnsinn. Einfach nur Wahnsinn und das in mehrfacher Hinsicht.

Japsend löste sie sich von ihm, wollte Abstand gewinnen. „Wir sollten das nicht tun." Doch Patrick ließ sie nicht zurückweichen.

„Sagt wer?" Auch seine Atmung ging unregelmäßig und das herausfordernde Funkeln in seinen Augen verschlug ihr die Sprache. „Wir bestimmen, wo es langgeht. Wir bestimmen die Regeln."

Worauf wollte er hinaus? Ihr Gehirn hatte seine Arbeit noch nicht wieder aufgenommen. Mit leicht geöffnetem Mund sah sie zu ihm hinauf.

„Mein Plan, der Nacht, *unserer* Nacht keine Bedeutung beizumessen, ist eindeutig fehlgeschlagen. Mein Ziel, dich mit den gleichen Augen zu betrachten, wie alle anderen Mitarbeiter auch, habe ich meilenweit verfehlt. Bleib nur noch eine Option übrig."

„Welche?", hauchte Janne und begann erneut zu zittern. Das hier war doch ein verrückter Traum, oder? Ihr Boss fragte sie doch nicht allen Ernstes, ob sie bereit wäre, sich auf eine Beziehung oder was auch immer das hier werden sollte, einzulassen?

„Lass uns schauen, wohin uns ein *Wir* führt. Ich habe zwar keine Ahnung, wie wir das anstellen sollen, weil ich mich bisher strikt gegen eine Beziehung gestellt habe, in der sich Berufliches und Privates mischen. Aber es gibt ja bekanntlich immer ein erstes Mal." Er strich ihr eine Strähne hinter das Ohr, die ihr vom leichten Wind immer wieder ins Gesicht geweht wurde und ließ seine Hand anschließend an ihrer Wange liegen. „Ich weiß, du bist kein Mensch, der sich kopflos in ein Abenteuer stürzt, aber sag *ja*, Janne."

Sie drehte ihren Kopf zur Seite, blickte über das Meer zum Horizont, als stünde ganz in der Ferne die Erwiderung auf seine Bitte in Großbuchstaben an den Himmel geschrieben.

Wir klang doch gut und *ja* noch viel besser. Sie hatte schon einmal Mut zum Risiko bewiesen, in Gesellschaft genau dieses Mannes und hatte die Stunden mit ihm bis heute nicht bereut. Im Gegenteil: Sie sehnte sich nach seinen Berührungen, seinen Küssen, seinen Zärtlichkeiten. Nach einem zittrigen Seufzen gab Janne ihrer Bauchentscheidung den Vorzug, woraufhin sich ihr Verstand schmollend zurückzog.

Ein verträumtes Lächeln huschte über ihre Lippen, bevor sie ihm direkt in die Augen sah, schluckte und zwei Buchstaben seinen abwartenden Blick in einen freudig erregten verwandelten.

„Ja." Janne schlug sich eine Hand vor den Mund und unterdrückte so ein Auflachen, das ganz sicher eine hysterische Note enthielt.

„Also ja? Du und ich? Gemeinsam?", fragte er und grinste breit.

Ihre Wangen glühten. Was passierte hier gerade? Einerseits fragte sie sich, wie sie an diesen Punkt gelangt waren. Patrick und sie? Verrückt. Andererseits hätte sie einen derartigen Verlauf ihrer unverhofften Begegnung nie, niemals erwartet.

„Ich hatte ausgeschlossen, dich je wiederzusehen", gestand sie flüsternd, woraufhin er die Brauen nach oben zog und sie verwirrt anschaute. „Ich meine den *Latzhosenmann*", fügte Janne erklärend hinzu.

Jetzt wurden seine Augen riesig.

„Den *Latzhosenmann*?" Janne konnte praktisch sehen, wie es in seinem Kopf klick machte.

Patrick begann so heftig zu lachen, dass ihm einzelne Tränen aus dem Augenwinkel rollte. „*Latzhosenmann*? Ernsthaft?" Er bekam sich überhaupt nicht mehr ein.

„Die Mädels in der Agentur haben dich so getauft. Also nicht wirklich dich, sondern den Patrick von Freitagnacht … Ach egal." Mit verschränkten Armen wartete Janne, bis Patrick sich beruhigt hatte, und schmunzelte in sich hinein. Der ausgelassene Patrick gefiel ihr. Sehr sogar. „Ich weiß nicht, wie ich damit umgehen soll. Das ging jetzt doch ein bisschen schnell." Schlagartig wurde Janne ernst. „Ich habe Angst, dass es komisch werden wird." Sie zog die Unterlippe zwischen die Zähne und verknotete ihre Finger ineinander.

„Es liegt doch ganz bei uns, Baby." So hatte er sie auch bei ihrer ersten Begegnung schon genannt und Janne musste sich eingestehen, dass ihr der Kosename gefiel. „Wir müssen ja nicht gleich verkünden, dass wir heiraten und eine Familie gründen."

Sie gab ihm einen leichten Schlag gegen die Schulter, woraufhin er sie fest in seine Arme zog.

Dann wurde er unerwartet ernst. „Janne ich bin zweiunddreißig. Du Mitte zwanzig, wenn ich mich recht erinnere. Vielleicht sollest du …"

Was genau sie sollte, wollte sie gar nicht wissen. Nicht jetzt. Ohne zu zögern legte sie einen Zeigefinger auf seine Lippen und stoppte, was auch immer er sagen wollte.

„Dich hat es nicht interessiert, als du mich auf der Party angesprochen hattest, mich interessiert es jetzt nicht.“

„Zu diesem Zeitpunkt war es mir nicht bewusst“, konterte er und wirkte ungewohnt verunsichert.

„Aber nachdem du meine Akte gelesen hast, war es dir bewusst und trotzdem stehen wir jetzt hier. Ich bin es nicht gewesen, die den ersten Schritt gemacht hat“, erinnerte sie ihn an seine schonungslose Enthüllung.

„Punkt für dich.“

Für einen Moment, in dem nur das Rauschen der Wellen zu hören war, versanken sie in den Augen des anderen. Als Patrick ein Nicken andeutete und seine Mundwinkel sich hoben, atmete Janne erleichtert aus. Sie hatte gewusst, dass er einige Jahre älter war als sie. Acht, um genau zu sein. Doch bisher hatte sie nicht den Eindruck, dass eine Zahl irgendetwas geändert hätte. Sie war sie und er war er. Viel wichtiger erschien ihr der Umstand, dass er ihr Boss war. Diese Tatsache bereitete ihr wesentlich mehr Kopfschmerzen als irgendein Alter.

„Vielleicht versuchen wir, uns in der Agentur professionell zu verhalten. Was wir nach Feierabend machen, ist Privatsache. Meinst du, wir bekommen das hin. Ich meine, dir kann es ja egal sein, aber ich will kein Gerede.“ Erneut spürte sie einen Anflug von Unsicherheit.

„Mir ist es auch nicht egal und dein Vorschlag kling vernünftig. Und jetzt haben wir für den Anfang genug geredet. Ich will meine Freundin endlich wieder küssen.“

„Deine Freundin?“ Ihr ganzer Körper begann zu kribbeln. Sie legte ihre Hände in seinen Nacken und zupfte spielerisch an seinen Haaren.

„Meine mega-sexy, höllisch heiße, unwiderstehliche Freundin.“ Als er einen Kuss auf ihren Mundwinkel setzte, schob sie ihn ein paar Zentimeter von sich.

„Wir sollten das wirklich lassen. Wer weiß, was ich für einen Virus mit mir herumschleppe. Nicht auszudenken, wenn du morgen den gesamten Tag im Badezimmer verbringen musst.“

„Ich dachte, du hast nur was Falsches gegessen?“ Seine besorgte Miene wärmte ihr Herz.

„Frischer Apfelkuchen aus Mareikes Café. Aber ich bin mir nicht sicher.“

„Apfelkuchen. Na siehst du. Keine Gefahr für mich.“ Offenbar konnte er seine Finger kaum eine Minute von ihr lassen und berührte sie bei jeder sich bietenden Gelegenheit. Sein Daumen streifte über ihre Wange und wanderte am Hals hinunter bis zu ihrem Schlüsselbein. „Ist es das Café, was direkt hinter den Dünen liegt, neben dem Surferladen?“

„Genau." Bei der Art, wie er über ihre Haut strich, erwachte eine Sehnsucht in ihr. Eben diese Sehnsucht, die sie auch dazu verleitet hatte, sich auf der Party blindlings mit ihm einzulassen. „Ist mein Lieblingscafé", brachte sie stockend hervor.

„Gut zu wissen." Seine Hände wanderten tiefer, an ihren Seiten entlang, bis sie auf ihrem Po zum Liegen kamen.

„Patrick?" Janne spürte, wie der Rausch nachließ, nachdem die Endorphine in ihren Zellen Samba getanzt haben. Sie sollte sich langsam aber sicher auf den Rückweg machen.

„Hmmm. Mein Name aus deinem Mund, das klingt traumhaft." Er gab ihr noch einen kleinen Kuss – diesmal auf die Nasenspitze.

„Ich muss nach Hause."

Verständnis zeigte sich in seinem Blick.

„Ich wollte wirklich nur frische Luft schnappen. Den ganzen Tag in der Wohnung zu verbringen ist kein Spaß für mich. Viel lieber verbringe ich meine freie Zeit am Strand."

„Das kann ich gut nachvollziehen." Er legte einen Arm um ihre Schulter und dirigierte sie zum Ausgang zwischen zwei Dünenabschnitten. „Na komm. Ich bringe dich nach Hause", verkündete er und zog sie fester an seine Seite.

„Wirst du morgen in die Agentur kommen?" Sie standen vor der Eingangstür des Hauses, in der sich ihre Wohnung befand. „Ich meine … also wenn du dich nicht fit fühlst, bleib zu Hause und vergiss ganz schnell, was ich vorhin alles für dummes Zeug von mir gegeben habe."

„Wenn ich mich gleich hinlege und bis morgen durchschlafe, werde ich meine Energiereserven hoffentlich wieder aufgeladen haben." Janne schmiegte sich in seine Arme und atmete noch einmal seinen unvergleichlichen Duft ein.

Patricks Kinn ruhte auf Jannes Kopf. Keiner der beiden sagte etwas. Doch das Schweigen fühlte sich keinesfalls unangenehm an. *Im Gegenteil*, dachte Janne und gab ein zufriedenes Brummen von sich, das Patrick umgehend mit einem Lachen quittierte.

„Gib mir mal dein Handy", bat er nach einer Weile, rückte ein wenig von Janne ab und streckte auffordernd die Hand aus.

„Warum?" Zögerlich griff sie in ihre hintere Hosentasche, in der das Handy steckte, zog es aber nicht heraus.

Er verdrehte die Augen. „Du bist unglaublich misstrauisch, weißt du das? Was soll ich denn damit vorhaben, außer dir meine private Nummer einzuspeichern?"

„Oh!“ Janne beeilte sich, seiner Bitte nachzukommen. Die Situation war so neu für sie. In diesem Beziehungskram war sie einfach viel zu ungeübt, sodass ihr die einfachsten Dinge unglaublich schwerfielen. Patrick hatte recht. Ihre Zweifel bremsten sie unnötig aus. Sie musste lernen, ihm gegenüber weniger skeptisch zu sein. Er hatte ihr aufzeigen können, weshalb er in der Agentur phasenweise so harsch agiert hatte und seine Erklärung klang plausibel.

„So. Erledigt.“ Mit diesen zwei Worten riss er sie aus ihren Grübeleien. „Janne. Ich kann sehen, wie es hier drinnen arbeitet. Lass das sein.“ Er tippte zweimal mit dem Zeigefinger gegen ihre Stirn und sah sie mahnend an. In diesem Moment wirkte er ebenso streng, wie sein *Boss-Ich* in der Agentur. „Wenn etwas ist: Ruf mich sofort an.“ Seine eindringliche Musterung ließ gar keine andere Option zu, als seiner Aufforderung gegebenenfalls nachzukommen.

„Mach ich“, versprach sie und nickte zur Bekräftigung.

Er zog seine Augenbrauen nach oben, als ob er sich nicht sicher war, dass sie ihn bei Bedarf wirklich anrufen würde.

„Versprochen. Ich bin jemand, der ehrlich meint, was er sagt.“

„In Ordnung.“ Patrick atmete tief durch. „Eigentlich wollte ich nur auf mein Boot und mich von diesem Tag erholen. Die unverhoffte Abwesenheit einer gewissen Assistentin hat mir überhaupt nicht gefallen. Ich war ganz schön sauer auf dich.“

„Was du in deiner charmanten und überaus direkten Art auch zum Ausdruck gebracht hast.“

„Tut mir leid.“ Er verzog seinen Mund zu einem entschuldigenden Lächeln. „Ich habe versucht, dir zu erklären …“

Sie legte ihm einen Finger auf die Lippen, um ihm zu bedeuten, still zu sein.

„Ich weiß, und ich kann dich sogar ein bisschen verstehen.“

„Gut. Das ist gut.“ Er zog sie wieder an sich. „Was ich eigentlich sagen wollte: Ich bin hier herausgefahren, um den Abend in Ruhe ausklingen zu lassen, und jetzt habe ich plötzlich eine Freundin.“ Sein selbstgefälliges Grinsen war ansteckend.

„Und ich wollte nur ein bisschen ans Wasser, damit mir die Decke nicht auf den Kopf fällt und jetzt bin ich die Freundin von meinem Boss.“ Janne seufzte theatralisch.

„Tja. So schnell kann es kommen, wenn man nicht aufpasst.“

„Blödmann.“ Sie schlug sich mit der Hand vor den Mund und schenkte ihm einen entschuldigenden Blick.

„Vorsicht, junge Dame. So hast du mich schon einmal betitelt. Sei froh, dass ich dir das habe durchgehen lassen.“

„Das hattest du gehört?“ Hitze stieg in ihre Wangen.

„Hab ich. Und jetzt sieh zu, dass du ins Bett kommst. Du fängst an, frech zu werden.“ Dass er ihr zuzwinkerte, ließ darauf schließen, dass er über ihr kleines Geplänkel ebenso amüsiert zu sein schien, wie sie.

Nach einem langen, sehr gefühlvollen Kuss hatte Patrick sich von Janne verabschiedet. Jetzt stand sie in ihrem Bad, putzte sich die Zähne und konnte kaum glauben, in welche Richtung ihr Leben sich gerade bewegte. Sie hatte einer Beziehung zugestimmt, mit Patrick, seines Zeichens Boss der Agentur!

Konnte sie bitte mal jemand kneifen? Wahrscheinlich würde sie kein Auge zubringen und die ganze Nacht eine pro und kontra Liste erstellen. Außerdem kreiste diese eine Frage in ihrem Kopf herum: Wie sollte sie sich morgen verhalten? Sie hätte stärker nachhaken müssen. War ihre Beziehung ein großes Geheimnis oder durften die Kollegen davon wissen? Sie hatten nur davon geredet, sich professionell zu verhalten, also kein Herumgeknutsche in den Gängen und kein Sex auf dem Schreibtisch.

Janne hatte keine Ahnung. So wie es aussah, würde sie auch in dieser Nacht keinen Schlaf finden. Das war aber auch das Einzige, dessen sie sich sicher war.

~~~~~

Mit jeder Etage, die der Aufzug sich der Agentur nährte, wuchs die Beklemmung, die Janne schon den ganzen Morgen verspürte. Gestern am Strand, zusammen mit Patrick … oh Gott, allein bei dem Gedanken daran, was sie zugelassen hatte, drehte sich erneut ihr Magen um.

Diese verflixte Übelkeit. Zum Glück hatte sie nur eine Tasse Tee und eine trockene Scheibe Toast zu sich genommen.

„Guten Morgen, Janne. Alles wieder im grünen Bereich?“ Helenas Heiterkeit, worauf auch immer diese beruhte, steckte sie an und automatisch hoben sich Jannes Mundwinkel.

„Ich bin noch ein bisschen vorsichtig und verzichte heute auf Kaffee und üppige Speisen.“ Vorsichtig lugte sie in Richtung Patricks Büro. Die Tür stand sperrangelweit offen, was bedeutete, dass er nicht da war.

„Dann kommst du mittags nicht mit ins Bistro?“, fragte Helena und klang enttäuscht.

„Klar komme ich mit, das eine schließt das andere ja nicht aus.“
~~~~~

„Super. Übrigens, du musst dir keine Sorgen machen, dass du Patricks Launen heute wieder ertragen musst und er dich mit irgendeinem Scheiß drangsaliert. Die Nummer mit den Botengängen ging gar nicht."

Patrick war heute gar nicht in der Agentur? Warum hatte er diese Tatsache gestern nicht erwähnt? Ernüchterung breitete sich in ihr aus.

„Ah, dann ist ja gut", brachte sie schweren Herzens hervor.

„Ich muss nach oben, das Meeting mit den Heinis von *Plüschreisen* vorbereiten. Wir sehen uns später."

„Helena, du redest von Kunden!" Ein Grinsen unterdrückend, schüttelte Janne den Kopf. Die Verantwortlichen dieses Reisebüros waren wirklich skurril. Sie boten Reisen für Kuscheltiere an und schickten den Besitzern dann Beweisfotos. Als "Model" für diese Kampagne musste ein Eisbär herhalten, der vor den Pyramiden abgelichtet wurde. Aber Auftrag war Auftrag und den sollten sie professionell erledigen, egal wie verrückt die Geschäftsidee auch sein mochte.

Helena winkte ihr kurz zu und verschwand durch die Seitentür ins Treppenhaus.

Kaum saß Janne an ihrem Schreibtisch, summte ihr Handy. Sie hatte noch nicht mal den Rechner hochgefahren.

„Hi, alles wieder gut bei dir?", hörte sie Brit fragen, als sie in den Tiefen ihrer Handtasche nach dem Handy suchte.

„Ja, alles gut." Janne betete, dass das auch so blieb. Nicht auszudenken, wenn sie hier in der Agentur überstürzt die Damentoilette aufsuchen musste. Das wäre an Peinlichkeit kaum zu überbieten.

„Der Boss war mächtig sauer. Hoffentlich lässt er dich heute in Ruhe." Als Janne ihren Kopf hob, bemerkte sie, dass Brit sie mitleidig ansah. Auch wenn das Handeln ihrer Kollegin manchmal fragwürdige Züge annahm, sie war eine ehrliche Haut und spielte ihren Mitmenschen kein falsches Gehabe vor.

„Helena sagt, er ist gar nicht im Haus." Janne versuchte, fröhlicher zu klingen, als sie sich fühlte, setzte sich kerzengerade auf und hatte für einen kurzen Moment das Handy vergessen.

„Echt? Dann ist wohl kurzfristig ein Außentermin angesetzt worden." Schulterzuckend wandte Brit sich ab.

Das wäre zumindest eine Erklärung. Janne konzentrierte sich wieder auf den Inhalt ihrer Handtasche. Ah, da war ja das Handy. Sie hoffte, dass Patrick sich vielleicht meldete und ihr verriet, wo er sich aufhielt. Doch als sie die Nachricht aufgerufen hatte, fand sie nur eine Nachricht ihrer Mutter vor. Der Illusion beraubt, eine Erklärung für Patricks

Abwesenheit zu erhalten, ließ sie geräuschvoll die Luft aus ihrer Lunge entweichen und las:

Ich fahre heute mit unserer Frauengruppe zur Gartenschau, Jan hat mir von eurem Treffen erzählt, schön, dass ihr mal wieder gemeinsam gegessen habt, mir ist es wichtig, dass ihr euch gut versteht

viel Spaß bei eurer Tour

Auf einen Kommentar zu ihrem Bruder verzichtete sie wohlweislich. Sie konnte sich bereits vorstellen, wie Christine mit den anderen Frauen die Köpfe zusammensteckte. Geschichten aus den Familien, insbesondere Neuigkeiten über den Nachwuchs, wurden liebend gern ausgetauscht – Hochzeiten, Trennungen, Fehltritte, das volle Programm. Und ihre Mutter brannte regelrecht darauf, sich in irgendeiner Form einbringen zu können. Wenn Jan ihr neuen Stoff lieferte, umso besser. Janne würde sich zurückhalten.

Ohne besonderen Elan begann sie, die E-Mails nach Wichtigkeit zu sortieren und einen Tagesplan mit den dringendsten Arbeiten zu erstellen. Sie hatte einiges aufzuholen. Doch schon bald zeigten die vergangenen zwei Nächte ohne erholsamen Schlaf Wirkung. In allem, was Janne heute Vormittag erledigte, brauchte sie viel länger als üblich. Normalerweise war sie gegen zehn mit dem Routineprogramm durch. Jetzt zeigte die Uhr an ihrem Bildschirm kurz nach elf. Wie konnte das sein? Sie benötigte dringend einen Kaffee, traute sich jedoch nicht, von ihrem Vorhaben abzuweichen, es heute bei Tee und Toast zu belassen.

Patrick hatte sich nach wie vor nicht bei ihr gemeldet. Dieser Umstand versetzte ihr einen Stich. Zwar kannte sie sich in Beziehungen nicht gut genug aus, aber eine kurze Nachricht zu schicken, müsste doch möglich sein, oder? Wenn es ihn keinen Deut interessierte, dass sie sich heute nicht zu Gesicht bekamen, weshalb hatte er dann gestern gefragt, ob sie wieder in die Agentur kommt?

„Janne!“, schrie Brit und riss sie aus ihren Grübeleien. „Schnell, komm her!“ Die Panik, die zwischen ihren Worten mitschwang, ließ Janne ohne weitere Überlegung aufspringen und losrennen.

„Was ist passiert?“ Schon von Weitem konnte sie erkennen, dass jemand zwischen der offenstehenden Tür zum Treppenhaus eingekeilt auf dem Boden lag und vor Schmerzen wimmerte. Brit kniete davor und versuchte, die Person zu beruhigen. Doch an ihrer Stimme erkannte Janne, dass sie selbst nicht wusste, was sie tun oder sagen sollte.

„Kannst du aufstehen? Oh mein Gott, du blutest. Was soll ich denn machen? Janne!", brüllte sie erneut, doch da stand sie schon hinter Brit und stieß ein Keuchen aus, dass ihr Entsetzen widerspiegelte.

Auf dem Boden lag Emma, deren Gesichtsfarbe derer von Janne vierundzwanzig Stunden zuvor ähnelte. Ihr rechter Fuß stand in einem unnatürlichen Winkel von ihrem Bein ab. Emma hielt die Arme vor dem Bauch verschränkt und Janne wusste nicht, ob sie mit dem rechten den linken festhielt oder umgekehrt.

„Emma, um Himmels willen, sag nicht du bist die Treppe heruntergefallen."

„Stufe verfehlt", brachte sie zwischen zusammengebissenen Zähnen hervor.

Und dann sah Janne es.

Am rechten Unterarm blutete es, nicht übermäßig stark, aber ausreichend, um sowohl die Bluse, als auch den Boden stellenweise rot zu färben.

„Ich rufe den Notarzt. Bleib am besten so liegen", instruierte sie Emma, die einen schmerzverzerrten, summenden Ton von sich gab.

„Was anderes wird ihr wohl kaum übrig bleiben", kommentierte Brit trocken. Ihre Gesichtsfarbe hatte zu einem unnatürlichen Grün gewechselt und Janne erinnerte sich, dass ihre Kollegin kein Blut sehen konnte.

„Geh du besser zum Telefon, ich bleibe hier."

So schnell, wie Brit sich erhob, war es ihr offenbar nur recht, dass sie die Rollen tauschten.

„Kannst du deinen Kopf auf meinen Oberschenkel legen, dann ist es ein bisschen angenehmer für dich." Janne setzte sich auf den Boden und Emma schenkte ihr einen dankbaren Blick.

„So ein Mist, verdammter!", fluchte sie ungehalten und jammerte sofort wieder auf.

„Was ist", fragte Janne und hoffte, dass sie ihre Sorge gut genug verbarg. Der Fuß war mit Sicherheit gebrochen. Das größere Problem schien jedoch die offene Wunde am Arm darzustellen. Janne hatte zwar keine medizinische Ausbildung, aber das, was an ihrem Unterarm zwischen all dem Blut hervorlugte, konnte durchaus ein Knochen sein.

„Die Bewegung …"

Wahrscheinlich hatte sie zu all den offensichtlichen Verletzungen auch einige Prellungen davongetragen.

„Bleib einfach so liegen, der Notarzt kommt sicher gleich. Mach die Augen zu und versuche, gleichmäßig weiter zu atmen. Ein und aus." Atmeten Schwangere in den Wehen nicht auch immer den Schmerz weg? Vielleicht funktionierte das in dieser Situation genauso. „Genau, Emma. Immer schön weiteratmen.“

„Okay“, flüsterte Emma. Ihre Stimme zitterte und aus den Augen winkeln rollte eine Träne. Janne wischte sie kommentarlos weg.

„Der Rettungswagen soll gleich da sein, haben sie gesagt.“ Auch Brit sprach, entgegen ihres sonst so lebhaften Temperamentes, nur gedämpft.

Tatsächlich vergingen kaum fünf Minuten, bis das Martinshorn vor dem Haus zu hören war. Und dann ging alles furchtbar schnell. Emma wurde, nachdem man ihr ein Schmerzmittel gespritzt, die Wunde notdürftig versorgt und das Bein geschient hatte, auf eine Liege verfrachtet. Janne und Brit erhielten lediglich noch eine kurze Information, in welches Krankenhaus sie Emma brachten.

Dann kehrte plötzlich Stille im Treppenhaus ein.

Das Blut auf dem Boden und der langsam nachlassende Adrenalinspiegel sorgten dafür, dass Janne sich urplötzlich bewusst wurde, was gerade geschehen war. Bis zu diesem Moment hatte sie komplett auf Autopilot geschaltet.

„Wo ist denn überhaupt Helena?“, fragte sie im Flüsterton, obwohl dazu gar keine Notwendigkeit bestand und lehnte sich an die erstbeste freie Wandfläche in ihrer Nähe.

„Das Kuscheltiermeeting“, gab Brit in einer knappen Erklärung zu verstehen. Ihre Atmung hatte noch immer keinen normalen Rhythmus wiedererlangt und die Farbe in ihrem Gesicht konnte man auch nicht als gesund bezeichnen.

„Stimmt. Habe ich ganz vergessen.“

„Na los, lass uns hier sauber machen. Muss ja nicht sein, dass das jemand sieht.“ Brits pragmatischer Vorschlag riss Janne aus ihrer Lethargie.

Gemeinsam holten sie Eimer und Putzzeug, reinigten den Boden und setzten sich anschließend in die kleine Teeküche. Janne hatte das Gefühl, als wäre sie einen Marathon gelaufen. Die Vorstellung, es sich jetzt zu Hause auf der Couch gemütlich machen zu können, hatte etwas Reizvolles an sich.

„Ich brauche erst mal einen ordentlichen Kaffee“, sagte Brit und begann, den Automaten einzustellen. „Du auch?“

Janne nickte. „Ich brauche auch was Stärkeres. Mein Magen wird es schon überleben.“

11. Kapitel

Eine Stunde später hatten sie im Krankenhaus angerufen. Natürlich wollte man ihren keine Auskunft geben, aber die Schwester war sehr nett und hatte ihnen Mut gemacht. Außerdem hatte sie vorgeschlagen, Emma am Nachmittag oder Abend kurz zu besuchen. Da sie nicht auf der Intensivstation lag, sollte das wohl kein Problem darstellen.

Die Nachricht, dass Emma einen Unfall hatte, hatte Helena einen ordentlichen Schrecken versetzt. Jetzt saßen die drei in ihrem Stammbistro unweit der Agentur. Doch keiner hatte richtig Appetit. Janne aß entgegen ihrem Vorhaben ein bisschen Beilagengemüse. Den Kaffee hatte sie gut vertragen und wurde allmählich mutiger, was das Essen betraf. Brit stocherte in ihrer Quiche herum, von der sich noch mehr als die Hälfte auf dem Teller befand und Helena brauchte, wie immer in Stresssituationen, Süßes. Vom Schokomuffin waren nur noch letzte Krümel vorhanden.

„Was für ein Tag." Brit stieß einen tiefen Seufzer aus. „Was meint ihr, wie lange wird Emma ausfallen?"

„Ein paar Wochen bestimmt. Ich kann mir nicht vorstellen, dass sie mit dem Arm so schnell wieder arbeiten kann." Jannes Vermutung wurde von Helena mit einem zustimmenden Brummen bestätigt.

„Mädels, es nutzt alles nichts. Aber wir müssen zurück. Emmas Aufgaben teilen wir auf?" Helena sah Brit und dann Janne an. Als beide nickten, schickte sie ein abschließendes *„In Ordnung"* hinterher. „Dann lasst uns gehen."

Kaum hatten die drei den Aufzug in der Agentur verlassen, brach ein gewaltiges Donnerwetter über sie herein. Patrick stand an Emmas Schreibtisch gelehnt, die Hände auf die Hüften gestützt und das Gesicht zu einer grimmigen Miene verzogen.

„Kann mir bitte mal eine der Damen erklären, weshalb hier niemand ans Telefon geht?"

„Wir waren zum Mittag", gab Janne den Versuch einer Erklärung ab, nachdem sie sich per Blickkontakt mit Helena und Brit ein stummes Blickduell geliefert hatte.

Die anderen beiden erweckten nicht den Eindruck, als würden sie freiwillig vortreten wollen. Toll.

„Und Sie sind nicht auf die Idee gekommen, die Anrufe zur Kreativabteilung umzuleiten, wie es vorgeschrieben ist, wenn die Damen hier unten alle zur selben Zeit das Haus verlassen?"

Mist. Das hatten sie in ihrer Aufregung total vergessen.

Patrick hatte sich einen Schritt auf sie zubewegt. Bei seiner jetzt eingenommenen Körperhaltung empfand Janne eine subtile Bedrohung, nicht gegen sie speziell, aber trotzdem. Ein unangenehmer Schauer lief ihr über den Rücken und gerade jetzt konnte sie nichts von dem Patrick ausmachen, der sie gestern Abend mit seinem Geständnis überfallen hatte.

Aus den Augenwinkeln nahm Janne die erschrockenen Blicke ihrer Kolleginnen wahr.

„Das Telefon", stammelte sie unbeholfen und versuchte in seinen Augen so etwas wie Milde erkennen zu können.

Fehlanzeige, sein Blick blieb hart.

„Das muss untergegangen sein." Kaum hatten die Worte ihre Lippen verlassen, realisierte sie, dass es genau die falschen gewesen waren.

Patrick funkelte alle drei so dermaßen wütend an, dass sie innerlich zusammenzuckte. Er war ein Perfektionist, ein Workaholic. Dass anderen Fehler unterliefen, konnte er nur schwer tolerieren.

„Ich saß bei einem Kunden", schleuderte er ihnen entgegen, „und konnte meine eigenen Assistentinnen nicht erreichen, um mir dringend benötigte Fakten übermitteln zu lassen. Und weshalb? Weil sie sich zu einem Kaffeekränzchen getroffen haben." Er wurde zum Ende hin immer lauter. „Es ist verdammt noch mal Ihre Aufgabe, mir den Rücken freizuhalten, damit ich mein Job erledigen kann und damit Ihre Arbeitsplätze sichere." Als er das sagte, zeigte er anklagend auf Janne.

Patrick schien unter einem enormen Druck zu stehen, das wurde ihr gerade mehr als bewusst. Aber musste er deswegen all seinen aufgestauten Frust auf sie projizieren?

Helena und Brit hatten die Köpfe eingezogen, während sie ihn mit offenem Mund anstarrte. Eigentlich hatte sie gehofft, dass Patricks Wutausbruch sie weniger hart treffen würde. Nur aus diesem Grund hatte sie sich vorgewagt, obwohl sie kein übertrieben ehrgeiziger Mensch war, der danach strebte, sich in die erste Reihe zu stellen.

„Es gab einen kleinen Zwischenfall am späten Vormittag, der hat uns offenbar von der Routine abgelenkt." Janne startete einen schwachen Versuch, sich zu rechtfertigen.

Dass Patrick kurz blinzelte, ließ sie hoffen, dass sie den richtigen Ton getroffen hatte und zumindest ansatzweise zu ihm durchgedrungen war. Doch kaum hatte der Optimismus einen Fuß über die Schwelle gesetzt, veränderte sich seine Miene und glich erneut einer harten Maske.

„Janne. In mein Büro. Jetzt." Nach der Ansage drehte er sich um und ließ die drei wie begossene Pudel stehen.

„Oje, nun bist wieder die diejenige, die es abbekommt.“ Brit legte ihr entschuldigend eine Hand auf den Unterarm.

„Versuche ihm gleich von Emma zu erzählen, vielleicht wird es dann nur halb so schlimm.“ Die Empfehlung hätte Helena sich sparen können.

So wie Patrick drauf war, würde sie überhaupt nicht zu Wort kommen. Außerdem: Wenn sie das für einen guten Tipp hielt, weshalb hatte sie dann gerade nicht selbst den Mund aufgemacht und von Emmas Unfall erzählt?

Janne blähte die Wangen auf, ließ die Luft geräuschvoll entweichen und richtete ihre Kleidung. Na dann: auf in die Höhle des Löwen. Die erste Begegnung nach ihrem gemeinsamen Abend und dem Entschluss, es als Paar miteinander zu versuchen, hatte sie sich wahrlich anders vorgestellt. Irgendwie harmonischer, mit dem einen oder anderen gestohlenen Kuss oder einer zärtlichen Berührung, wenn niemand hinsah. Doch nun musste sie versuchen, einen aufgebrachten Löwen zu bändigen, und hatte keine Ahnung, wie sie das anstellen sollte.

Patrick saß hinter seinem Schreibtisch und hoffte, dass dieser als Schutzlinie taugen würde. Er brauchte jetzt eine physische Grenze. Der Vormittag war zu einem einzigen Desaster mutiert und er wollte Janne nicht dafür büßen lassen, obwohl er einen so unbändigen Zorn in sich verspürte.

Die Verhandlungen mit einer ortsansässigen, aber bundesweit agierenden Baufirma, entwickelten sich zu einem unplanmäßigen Wettbewerb mit einer konkurrierenden Agentur. Die Vorgespräche waren bereits abgeschlossen. Das Gespräch wurde heute Morgen kurzfristig angesetzt und entpuppte sich als Überrumplungsstrategie des Bauunternehmers.

Patrick hatte sich gefühlt wie ein kleiner dummer Junge, vorgeführt und mit einer Arroganz behandelt, die er sich auf keinen Fall ein zweites Mal bieten lassen wollte. Er war schließlich nicht irgendwer.

Ein zaghaftes Klopfen beendete seine kurze Auszeit. Er hatte die paar Minuten gebraucht, um einen Gang runterschalten zu können. Doch sein Gedankenkarussell drehte sich munter weiter.

„Ja.“ Sein Ton hatte noch nicht an Schärfe verloren. Er musste sich dringend zusammenreißen. Den verletzten Ausdruck in Jannes Gesicht, wollte er kein weiteres Mal zu verantworten haben.

Sie trat ein, schloss mit dem Rücken zu ihm gewandt leise die Tür und verharrte für einige Sekunden mit gesenktem Kopf in der Position.

Er seufzte. Das hatte er unglaublich toll hinbekommen. Kurz flackerte das Argument, warum er es bisher für keine gute Idee gehalten hatte, sich mit einer Angestellten einzulassen, in seinem Kopf auf. Er ignorierte es und beschloss, ihr eine Verhandlungsposition zu verschaffen, in der sie die Chance bekam, sich verteidigen zu können. Er war schließlich kein arroganter Mistkerl, der ohne Rücksicht auf Verluste um sich schlug und andere mit seinen verbalen Attacken verletzte. Reizen, Potenzial herauskitzeln, auf eine gesunde Art fordern – ja, verletzen – niemals.

„Ich bin auf deine Erklärung, was diese kryptische Andeutung in puncto *Zwischenfall* zu bedeuten hatte, sehr gespannt.“ Er lehnte sich zurück und zwang sich, sitzen zu bleiben. Noch brauchte er den Abstand, weil er keine Ahnung hatte, was sie ihm gleich auftischen wollte und noch weniger, wie er darauf reagieren würde.

„Wir sind noch beim *Du*, das beruhigt mich etwas.“ Während sie sprach, drehte sie sich um. Die Unsicherheit, die sie umgab, kannte er schon von den ersten Tagen in der Agentur. Er hatte gehofft, dass sich dieser Mangel an Sicherheit allmählich verflüchtigt hätte. Aber ihre Finger waren so fest ineinander verhakt, dass er selbst auf die Entfernung hin erkennen konnte, dass die Knöchel weiß hervortraten.

„Natürlich sind wir das. Das eine hat mit dem anderen nichts zu tun, Janne.“ Und trotzdem bewegten sie sich auf sehr dünnem Eis. Langsam, ohne sie aus den Augen zu lassen, stand er auf und überbrückte den Abstand zwischen ihnen, der ihm plötzlich viel zu groß erschien.

Ihre Anspannung stieg sichtlich, mit jedem Schritt, den er tat, ein Level höher. Nichtsdestotrotz stoppte er seinen Vorwärtsdrang erst, als sich ihre Fußspitzen fast berührten.

„Was tust du?“ Ihre Lider flatterten vor Nervosität. Genau aus dem Grund hatte er seinen ursprünglichen Plan, sich erst mal anzuhören, was sie zu sagen hatte, aufgegeben. Er wollte ihr die Anspannung wegküssen, mit seinen Berührungen vertreiben.

„Vergiss für einen Moment, dass ich auch dein Boss bin, okay? Entspann dich Janne. Ich habe mich im Griff.“ Allem Anschein nach hatte er gar keinen Abstand gebraucht, um runterzukommen, sondern schlichtweg ihre unmittelbare Nähe. Interessante Erkenntnis, stellte er fest. Um den Effekt, den sie auf ihn ausübte noch intensiver zu spüren, zog er sie in eine feste Umarmung.

„Es tut mir leid.“ Ihre Stimme bebte. Patrick gab ihr einen Kuss auf den Scheitel und schloss die Augen.

„Ich weiß. Erzähl du mir, was hier los war und ich erkläre dir, warum ich so heftig reagiert habe. Einverstanden?“ Er schob sie gerade soweit von sich, dass er ihr in die Augen sehen konnte. Als sie zustimmend nickte, konnte er zu seinem eigenen Erstaunen sogar ein wenig Lächeln. „Lass uns zur Couch rübergehen."

„Ich halte das für keine gute Idee. Was, wenn jemand reinkommt?"

„Ich glaube kaum, dass sich jemand, wer auch immer es sein mag, ohne vorher anzuklopfen hereinwagt. Und von den beiden Damen vor der Tür betritt nach meinem Auftritt wohl kaum eine freiwillig diesen Raum. Wahrscheinlich sind sie sogar heilfroh, dass ich es mal wieder auf dich abgesehen habe." Er setzte ein entschuldigendes Lächeln auf.

Janne machte wieder diese Sache mit ihrer Unterlippe, die sie zwischen ihre Zähne zog. Dabei sah sie unfassbar süß aus.

„Lass das." Er tippte mit seinem Zeigefinger auf besagte Lippe. „Bisher hatte ich eigentlich keine schmutzigen Gedanken." Die Röte, die ihr in die Wangen geschossen war, erinnerten ihn daran, dass er sie noch gar nicht nach ihrem Befinden erkundigt hatte. Die Blässe war jedenfalls verschwunden. „Wie geht's deinem Magen?"

Aufgrund des abrupten Themenwechsels bildeten sich einige Falten auf ihrer Stirn. „Besser. Gegen den Kaffee am Vormittag und das Gemüse, das ich gerade im Bistro gegessen habe, hatte er jedenfalls nichts einzuwenden."

„Das ist gut. Wenigstens eine positive Nachricht." Was ihn wieder an den Grund erinnerte, weshalb Janne hier bei ihm war. „Setzen wir uns." Er nahm ihre Hand und wollte mit ihr zur Sitzgruppe hinüber gehen. Doch wiedererwartend sträubte sie sich, blieb abwartend stehen. Hatte er irgendwelche Anzeichen übersehen, dass Janne ihr *Wir* von gestern Abend bereute?

„Patrick?" Ihre von tiefer Sehnsucht erfüllte, geflüsterte Frage berührte sein Herz und beim weichen Klang seines Namens verflog der letzte Rest seines Zorns. Die eben noch vorherrschenden Zweifel lösten sich in Wohlgefallen auf. Er war immer noch sauer über das Vorgehen dieses Idioten von Bauunternehmer. Natürlich war er das. Aber ein Blick in die funkelnden Augen der Frau, die ihn auf eine Weise berührte, die süchtig machend war, hatte zur Folge, dass sich seine Prioritäten massiv verschoben.

„Sag mir, was du möchtest, Baby", forderte er sie auf, obwohl er die Antwort längst kannte. Janne brauchte ihn genauso wie er sie, brauchte die Bestätigung, dass zwischen ihnen alles gut war.

„Küss mich." Ihre Hände wanderten an seinen Armen hinauf, streiften die Haut an seinem Hals und legten sich auf eine verführerische Art in seinen Nacken.

Nichts lieber als das. Er umfasste ihre Taille und verwarf hastig den Gedanken, dass sie sich hier in seinem Büro befanden, er seine eigenen

Spielregeln missachtete. Aber wer konnte dieser Frau schon widerstehen? Er senkte seinen Kopf, bis sich ihre Münder fast berührten. Für einen Wimpernschlag hielt er inne. Der Moment vor einem Kuss konnte manchmal ein noch viel intensiveres Gefühl auslösen als das Aufeinandertreffen der Lippen. Ihrer beider Atem vermischte sich.

„Du wirfst mich komplett aus der Bahn", gestand Patrick und senkte seinen Mund auf ihren. Der Kuss entlockte beiden ein erleichtertes Seufzen. Oh ja, das hatte er jetzt gebraucht. Ihr Duft nach Rosen hüllte ihn ein und ließ ihn kurzzeitig alles vergessen. In diesem Moment gab es nur Janne und ihn.

Bis ein Stimmengewirr auf der anderen Seite der Tür sie aus ihrer Blase riss und kurz innehalten ließ. Patrick lehnte seine Stirn gegen Jannes, die ihre Lider nach wie vor geschlossen hielt. Er berührte mit seinen Lippen nacheinander die zarte Haut, die ihre Augen bedeckte. Gott, was gäbe er dafür, jetzt irgendwo anders mit ihr zu sein.

„Na komm." Ihr schüchternes Lächeln wirkte unfassbar sexy. „Lass uns das tun, weswegen ich dich hergerufen habe." Es wurde Zeit, auf die berufliche Ebene zurückzukehren.

Bleib professionell, mahnte er sich. Auch wenn sie beide diese kleine Bestätigung dringend benötigt hatten, die Probleme lösten sich in der Zwischenzeit nicht in Luft auf. Leider. Er trat einen Schritt nach hinten, richtete sich zu seiner vollen Größe auf und reichte ihr erneut die Hand.

Diesmal ließ Janne sich anstandslos von ihm durch den Raum zur Sitzgruppe vor der großen Fensterfront führen.

Sie setzten sich nebeneinander, achteten aber darauf, einen kleinen Abstand zwischen sich zu lassen. Patrick drehte sich so, dass er Janne betrachten konnte, legte einen Arm auf die Lehne der Couch und schlug ein Bein unter das andere. Im Gegensatz zu seiner eher lockeren Sitzhaltung saß Janne an der vorderen Kante und presste mit den Knien die aneinandergelegten Hände zusammen.

„Erzähl", bat er und wunderte sich nach wie vor, wie schnell er sich von wütenden hundertachtzig auf ein Normalmaß beruhigt hatte – allein aufgrund der Tatsache, dass Janne sich mit ihm im selben Raum aufhielt.

„Emma hatte einen Unfall." In einer knappen Zusammenfassung schilderte Janne, was sich am Vormittag ereignet hatte und vor allem, wie sehr das Geschehen Brit und natürlich sie selbst mitgenommen hatte. „Ich meine …" Sie holte tief Luft. „Das ganze Blut und die Schmerzen, die sie hatte. Es war furchtbar, weißt du?"

Patrick strich ihr mitfühlend über die Schulter. „Das konnte ja keiner ahnen. Tut mir leid, dass ich euch so angefahren habe." Und das tat es wirklich. Zwar änderte die Erklärung, weshalb in der Agentur zwischenzeitlich das übliche Prozedere außer Kraft gesetzt wurde, nichts an dem Umstand, dass er während des Meetings in der Luft gehangen und gegenüber dem Bauunternehmer entsprechend dumm dagestanden hatte. Aber die Erklärung klang logisch und war durchaus nachvollziehbar. Dass die Damen in einer solchen Situation den Kopf verloren hatten, konnte Patrick durchaus verstehen. „Wohin haben sie Emma gebracht?“, fragte er in einem sachlichen Ton, obwohl die Vorstellung dessen, was hier heute Morgen los gewesen war, auch an ihm nicht spurlos vorüberging. Sein Pulsschlag hatte sich bei jedem Wort, das Janne ihrer Schilderung hinzugefügt hatte, beschleunigt. Seine Mitarbeiter waren ihm schließlich nicht gleichgültig, insbesondere die, mit denen er so eng zusammenarbeitete.

„Mühlenbach-Clinicum.“ Jannes Stimme zitterte. Zu erzählen, was sie erlebt hatte, wühlte sie offenkundig erneut auf. Außerdem sah sie ihn an, als würde sie dem Frieden nicht trauen und nachdem, wie er sich bei ihrem Erscheinen aufgeführt hatte, absolut verständlich.

„Hey. Mach dir bitte keine Sorgen. Die Klinik hat meines Wissens einen guten Ruf, was die Unfallchirurgie anbelangt. Ein Freund von mir lag dort mal nach einem Segelunfall.“ Patrick streckte seine Hand aus und umschloss in einer tröstenden Geste ihre Finger mit seinen. „Ich werde mich nachher gleich mal erkundigen, wann wir zu ihr können.“ Er schenkte ihr ein aufmunterndes Lächeln, das sie mehr schlecht als recht erwiderte.

„Wir?“ Jannes Augenbrauen schossen in die Höhe, was sein Lächeln in ein amüsiertes Schmunzeln verwandelte.

„Ja wir. Sozusagen ein Betriebsausflug.“ Er räusperte sich, nicht wissend, was sie von seinem Vorschlag hielt. „Oder wolltest du nicht nach ihr sehen?“

„Schon, nur …“ Sie schüttelte ungläubig den Kopf.

„Na siehst du“, wandte er schnell ein. Gegen ein bisschen gestohlene Zeit konnte doch niemand etwas sagen. Seit gestern Abend wollte er so viel Zeit wie möglich mit Janne verbringen. Auch wenn es ihm schwerfallen würde, außerhalb des Büros, dafür allerdings in Gesellschaft der anderen beiden, seine Finger bei sich zu lassen.

„Bist du dir sicher, dass wir da beide aufkreuzen sollten? Wahrscheinlich braucht sie Ruhe und ihre Familie wird auch da sein.“ Die Skepsis in ihrer Stimme, blieb von ihm nicht unbemerkt.

„Stimmt. Das hatte ich nicht bedacht.“ Die Enttäuschung, die ihn mit voller Wucht erfasste, überraschte ihn. „Ich muss nachher noch zu einem Kunden. Was hältst du davon, wenn ich dich mitnehme, kurz bei Emma reinschaue und euch beide dann allein lasse. Ich will nur sehen, wie es ihr geht, schließlich war es ein Arbeitsunfall und ich habe so etwas wie eine Sorgfaltspflicht meinen Mitarbeitern gegenüber." Das Argument erschien ihm schlüssig und er schlug zwei Fliegen mit einer Klappe. Das nannte er mal einen genialen Schachzug.

„Sorgfaltspflicht?" Ihr Grinsen offenbarte ihm, dass sie ihn durchschaut hatte.

Er zuckte nur mit den Schultern. „Ja. Stell dir vor, ich besitze auch ein Gewissen."

„Hm."

Das kurze Schweigen, das eintrat, beendete ihr kleines Geplänkel. Es wurde Zeit, sich wieder auf das Wesentliche zu konzentrieren und auf eine professionelle Ebene zurückzukehren.

„Du solltest zurück an deinen Arbeitsplatz, damit keine Fragen aufkommen."

„Wahrscheinlich hast du recht." Janne stand sofort auf, strich über ihren Rock und wandte sich zum Gehen.

„Ganz sicher sogar. Ich bin der Boss." Auch Patrick hatte sich erhoben und stand nun unmittelbar hinter ihr.

„Dann sehen wir uns später?", fragte er dicht an ihrem Ohr, sodass seine Lippen die zarte Haut an ihrem Hals liebkosten, als er sprach.

„Auf jeden Fall." Sie lehnte sich mit ihrem Rücken an seine Brust und legte ihren Kopf an seine Schulter.

„Dann habe ich ja etwas, worauf ich mich freuen kann", prophezeite er und nutzte die Chance, um sich einen weiteren Kuss zu stehlen. Er drehte Janne zu sich um und neigte seinen Kopf, damit er einen besseren Zugang zu ihrem verführerischen Mund erhielt. Seine Zunge tanzte über ihre Lippen und forderte nachdrücklich um Einlass. Das leise Wimmern, das ihr entschlüpfte, hätte Patrick unter anderen Gegebenheiten dazu verleitet, einen Schritt weiterzugehen. Aber er rief sich in Erinnerung, wo sie sich befanden, vernebeltes Hirn hin oder her. Also löste er sich von ihr und strich ihr ein letztes Mal über die Wange.

Als Janne keine Anstalten machte, sich in Bewegung zu setzen, um Patricks Büro zu verlassen, stutzte er.

„Was ist?" Wieder suchte er Körperkontakt. Er konnte es einfach nicht lassen, sie bei jeder sich bietenden Gelegenheit zu berühren. Seit gestern Abend hatte sich irgendein Knoten gelöst, der ihn bisher, in einer von ihm selbst auferlegten starren Verhaltensweise, gefangen gehalten hatte.

„Gib mir einen Moment." Ihre Stimme klang kratzig. Er gab ihr einen Klaps auf den Po.

„Soll ich dich laut anbrüllen, damit unsere Unterhaltung nach außen hin eine entsprechende Wirkung hat und du dich gleich besser auf die Arbeit konzentrieren kannst?“

„Du bist wirklich so ein Blödmann.“

Patrick lachte.

„Ab an die Arbeit, Frau Perholm unser Meeting hat sowieso schon mehr Zeit in Anspruch genommen, als erwartet.“ Sein Zwinkern beantwortete sie mit einem bösen Blick. Er schüttelte belustigt den Kopf, ging zu seinem Schreibtisch und setzte sich.

Genug Ablenkung für den Moment.

„Du hast deinen Teil unseres Deals noch nicht erfüllt. Vielleicht erzählst du mir später, was bei dir alles schiefgelaufen ist. Vielleicht kannst du ja dein Verhalten irgendwie rechtfertigen. Ich für meinen Teil fühlte mich jedenfalls wie eine dumme Göre“. Mit der Hand am Türknauf, hatte sie noch mal innegehalten.

Ja, das sollte er unbedingt tun.

„Tut mir leid. Du bekommst deine Erklärung nachher. Versprochen.“

Als sie die Tür öffnete, konnte er sich ein: „Wir besprechen das später“, in einem autoritären Tonfall nicht verkneifen. Ihr zuckersüßes Lächeln ließ ihr Gesicht aufleuchten. So sah ganz sicher niemand aus, der gerade bei seinem Boss, nach dessen Ausraster, Rede und Antwort stehen musste.

Mit hochgezogenen Augenbrauen versuchte er ihr zu signalisieren, dass sie ihre Gesichtszüge besser unter Kontrolle halten sollte. Glücklicherweise verstand sie seine stumme Aufforderung und setzte eine betretene Miene auf, bevor sie den Raum verließ. Das war dann wohl gerade noch mal gut gegangen.

Von einem tiefen Seufzen begleitet, wendete sich Patrick seinem Rechner zu. Er musste dringend die benötigten Fakten zusammentragen, was eigentlich Emmas Aufgabe gewesen wäre. Sie war in den Fall eingearbeitet und hätte ihm in Nullkommanichts die Ergebnisse präsentiert. Damit nicht noch mehr Zeit verloren ging, erledigte er die Arbeit für den Moment selbst. In den nächsten Wochen musste er ihre Aufgaben aber an jemand anderen übertragen. Und er wusste auch schon ganz genau, wer dieser jemand war.

12. Kapitel

„Jetzt erzähl schon! War es schlimm? Was hat er gesagt?“ Janne wurde von Helena und Brit regelrecht überfallen, sobald die Tür zu Patricks Büro ins Schloss gefallen war. Janne musste sich sehr darauf konzentrieren, damit sie zumindest den Anschein wahrte und es so aussah, als hätte Patrick nach üblicher Manier ihr gegenüber den Boss raushängen lassen.

„Er hat es verstanden, war aber nicht sonderlich erfreut.“ Mehr musste sie ja nicht zum Besten geben, oder?

„Himmel. So sauer habe ich ihn lange nicht gesehen“, gestand Brit und setzte doch tatsächlich ein zerknirschtes Gesicht auf. „Dass es aber auch immer dich trifft.“ So wie sie das sagte, klangen ihre Worte nicht ganz ernst gemeint. Sie hatte ihn offenkundig noch nicht aufgegeben und das wurmte Janne. Wenn Patrick sauer auf alle Assistentinnen war, störte es Brit, weil es sie einschloss. Konzentrierte sich sein Unmut auf eine Kollegin im Speziellen, interessierte es sie wenig bis gar nicht.

„Hat er schon gesagt, wie Emmas Ausfall kompensiert werden soll?“ Helena sah Janne neugierig an.

Nach den Regeln der Betriebszugehörigkeit gehend, wäre Helena natürlich die erste Wahl.

„Darüber hat er nichts angedeutet. Wahrscheinlich muss er die Neuigkeit erst mal verdauen.“ Jannes Resümee klang offenbar auch für die anderen zwei einleuchtend, da sie gleichzeitig nickten.

„Aber ich habe ihm ja schon eine Woche lang zugearbeitet. Da wäre es doch naheliegend, wenn ich den Part übernehme.“ Das aufgeregte Funkeln, das in Brits Augen aufschimmerte, ließ erahnen, dass sich ihr Kopfkino in Gang gesetzt hatte.

Janne widerstand dem Drang, ihrer Kollegin die neuesten zwischenmenschlichen Konstellationen zu offenbaren. Es entsprach nicht ihrer Natur, einen Zickenkrieg vom Zaun zu brechen. Und was sollte sie auch schon sagen: *Hände weg, der gehört mir?* Nein, natürlich nicht. Das hier war Arbeit und diese hatten Patrick und Janne in der letzten halben Stunde genug mit persönlichem Miteinander vermischt. Genau das, so hatten sie es jedenfalls am gestrigen Abend abgesprochen, wollten sowohl Janne als auch Patrick unter allen Umständen vermeiden.

„Wir werden sehen“, gab Helena leicht verschnupft zurück und verschränkte die Arme vor der Brust.

Sah ganz so aus, als wäre der Frieden aufgekündigt – zumindest bis Patrick eine Entscheidung gefällt hatte.

„Also ich für meinen Teil habe genug eigene Arbeit auf dem Tisch", verkündete Janne und entzog sich somit geschickt der Diskussion. Während sich zwischen Helenas Augen eine kleine Furche bildete, zogen sich Brits Mundwinkel zufrieden nach oben.

Die Tür zu Patricks Büro öffnete sich und ein genervt dreinschauender, aber überaus sexy Boss musterte die drei.

„Ich habe durchaus Verständnis dafür, dass wir heute eine außergewöhnliche Situation meistern müssen."

Janne spürte, dass es bei Patrick unter der Oberfläche heftig brodelte.

„Aber die Arbeit erledigt sich nicht von allein. Also sehen Sie zu, dass die Belange der Agentur nicht zu kurz kommen. Das können wir uns nämlich nicht leisten." Seine Ansage war unmissverständlich.

„Ich hätte da mal eine Frage." Brits einschmeichelnde Stimme verriet, was gleich kommen würde.

Helena sah das offenkundig genauso, denn sie versteifte sich neben Janne und murmelte unverständliches Zeug vor sich hin.

„Was gibt es denn?" Die Ungeduld, die in Patricks Frage mitschwang, warf bei Janne die Frage auf, wie groß seine Selbstbeherrschung wohl sein möge.

„Wenn Emma jetzt längere Zeit ausfällt, greift die Vertretungslösung nicht, die im Urlaubsfall in Kraft tritt."

Da hatte sie zugegebenermaßen recht. Üblicherweise wurde dann die Arbeit von maximal zwei Wochen im Vorfeld unter den anderen aufgeteilt. Am Empfangstresen wechselten sie sich sowieso schon immer nach einem festen Rhythmus ab.

Patrick drehte seinen Kopf so, dass er Janne direkt ansehen konnte.

Erschrocken riss sie die Augen auf, denn wenn sie seinen Blick richtig deutete, hatte er sie für diesen Job im Visier. Betont beiläufig und von den anderen beiden hoffentlich unbemerkt, schüttelte sie andeutungsweise den Kopf. Diese Entscheidung konnte er auf keinen Fall ohne Rücksprache mit ihr fällen.

„Das ist nichts, was ich spontan entscheiden werde. Für heute übernimmt Helena das Kommando. Also wenn ich bitten dürfte ..." Er wies mit einer eindeutigen Armbewegung zu den Schreibtischen hinter ihnen. „Ach eins noch. Janne wird mich in drei Stunden zu Emma ins Krankenhaus begleiten. Danach fahren wir zum Bauunternehmen Mommsen, um zu sehen, was wir nach dem desaströsen Meeting heute Morgen noch geradebiegen können." Mit einem abschließenden Kopfnicken marschierte er wieder in sein Büro, ließ die Tür allerdings einen Spalt breit offen stehen. Keine Chance mehr, sich ungehört auszutauschen.

Helena ließ geräuschvoll Luft zwischen ihren Lippen entweichen. Brit machte ein Gesicht wie sieben Tage Regenwetter und Janne starrte ungläubig auf die angelehnte Tür.

Die Ansage hatte gesessen.

~~~~~

„Du bist mir noch eine Erklärung schuldig." Mit dieser Feststellung versuchte Janne das Schweigen, das zwischen ihr und Patrick herrschte, seit sie gemeinsam die Agentur verlassen hatten, zu brechen.

„Du musst dich noch einen kleinen Moment gedulden, muss ich schließlich auch." Patrick drehte den Kopf in Jannes Richtung, zwinkerte ihr zu und richtete seine Aufmerksamkeit sofort wieder auf den Verkehr.

Sie waren mit gebührlichem Abstand zueinander im Aufzug in die Tiefgarage gefahren, in Patricks Wagen gestiegen, wobei er ihr formvollendet die Tür aufgehalten hatte, und fuhren seit knapp fünf Minuten auf einer hoch frequentierten Hauptstraße durch die Kieler Innenstadt. Patrick hatte nicht einen Versuch unternommen, Janne auch nur ansatzweise zu berühren. Er hatte ihr nicht mal einen verstohlenen Blick zugeworfen. Und nun schwiegen sie, obwohl sie allein in seinem Wagen saßen, sie weder beobachtet wurden oder jemand ihre Unterhaltung belauschen konnte. Warum nur hielt er sich so dermaßen zurück?

Janne selbst war viel zu verunsichert, als dass sie selbst den ersten Schritt wagen würde. Mit einer ablehnenden Geste oder einem entsprechenden Kommentar von seiner Seite käme sie unter Garantie nicht zurecht, gestand sie sich ein.

Einzig und allein sein kleiner Hinweis, dass auch er sich beherrschen musste, ließ sie ihre Hoffnung auf mehr nicht gänzlich aufgeben. Aber weswegen musste er sich beherrschen? Alle Optionen lagen bei ihm, oder etwa nicht? Die Fragen wirbelten in ihrem Kopf herum und verursachten einen leichten Schwindel.

„Magst du Eis?", fragte Patrick plötzlich und bog in eine schmale Seitenstraße ein. Keine hundert Meter weiter, brachte er den Wagen zum Stehen und schaltete den Motor ab.

„Eis?" Janne wiederholte seine Frage und war sich sicher, mehr als dümmlich dreinzuschauen.

„Da vorn …", er deutete auf ein Ladenlokal, vor dem eine blaue Markise angebracht war, „gibt es das beste Eis der ganzen Gegend. Ich
~~~~~

habe es zufällig entdeckt, als ich mich auf dem Weg zu einer Wohnungsbesichtigung verfahren habe."

„Du besitzt ein Navi", warf Janne besserwisserisch ein und zog die Nase kraus.

„Wie scharfsinnig Sie doch sind, Frau Perholm." Er verzog seinen Mund zu einem so breiten Grinsen, dass es fast schon arrogant wirkte. Janne gab ihm einen Klaps auf die Schulter. „Wie gut, dass ich mich selbst überschätzt habe, als ich dachte, ich finde den Weg spielend leicht ohne die Hilfe meines technischen Freundes. Den Laden hätte ich sonst niemals ausfindig gemacht."

„Karamell und Mocca." Sein verwirrter Blick brachte Janne dazu, wie ein Teenager zu kichern. „Du wolltest wissen, ob ich Eis mag", ergänzte sie.

„Werde ich mir merken." Patrick zog den Schlüssel ab und öffnete seine Wagentür.

Janne tat es ihm gleich. Doch bevor sie den zweiten Fuß auf den Gehweg gesetzt hatte, stand er schon bereit, reichte ihr die Hand und half ihr beim Aussteigen.

„Danke." Ihre Stimme klang auf einmal viel zu hoch. Patrick stand so dicht vor ihr, dass kaum ein Millimeter Platz zwischen ihnen war. Sein Duft, den sie seit ihrer ersten Nacht als ihren Lieblingsduft auserkoren hatte, stieg ihr in die Nase.

„Ich weiß doch, was sich gehört." Er sah sie an, als stünde eine Person vor ihm, die er bisher nur in seinen Träumen gesehen hatte.

Janne schluckte schwer.

„Ich habe keine Ahnung, wie ich es geschafft habe, meine Selbstkontrolle so lange aufrechtzuerhalten, aber jetzt ist Schluss damit." Kaum hatte das überraschende Eingeständnis seine Lippen verlassen, lagen sie auch schon auf ihren. Er saugte an ihrer Unterlippe, biss sanft hinein und ließ anschließend seine Zunge über eben diese Stelle gleiten.

Das Prickeln, das sich daraufhin in Jannes Körper ausbreitete, ließ sie aufseufzen. Der Mann küsste, als gäbe es kein Morgen. Erst als er sich von ihr löste, bemerkte sie, dass sie ihre Finger fest in den Kragen seines Hemdes gekrallt hatte. Schnell ließ sie ihn los und strich den zerknitterten Stoff glatt. „Oh Gott, entschuldige!", brachte sie peinlich berührt hervor. Wie sah das denn jetzt aus? Sie konnte ihn doch nicht so zerzausen, wo sie doch gleich noch einen geschäftlichen Termin hatten.

„Halb so wild. Ich bin ja selbst schuld, dass ich dich so lange hingehalten habe. Jetzt muss ich eben mit den Konsequenzen leben." Er lachte auf, als sie beschämt den Blick senkte.

Was dachte er nur von ihr, dass sie sich in aller Öffentlichkeit so gehen ließ? Von einem Stöhnen begleitet, drückte sie ihre Stirn gegen seine Brust.

„Hey. Es gibt keinen Grund, sich zu verstecken." Er legte seine Hände an ihre Wangen und zwang sie, ihn anzusehen. „Hilft es dir, wenn ich dir gestehe, dass ich genauso verrückt nach dir bin?"

Hitze kroch ihr in die Wangen. Sie sah so unschuldig und gleichzeitig so verflucht verführerisch aus, dass Patrick sie am liebsten direkt zu sich nach Hause gebracht und nach allen Regeln der Kunst verführt hätte.

„Lass uns fünf Minuten unserer Zeit stehlen. Ich lade dich auf ein Eis ein. Danach fahren wir kurz zu Emma und im Anschluss zu diesem Tyrannen von Bauunternehmer. Ich brauche dich da als Ruhepol, sonst kann ich für nichts garantieren. Aber er ist nun mal der Kunde. Hilfst du mir?"

„Bekomme ich Karamell und Mocca?" Mit einem frechen Ausdruck in den Augen klimperte sie mehrmals mit den Wimpern.

Biest.

„Alles, was du willst, Baby." Er schob eine Hand an ihren Hinterkopf, vergrub seine Finger in ihren Haaren und fixierte ihren leicht geschwollenen Mund. Seine Fantasie ging mit ihm durch und er versuchte, mit aller Macht daran zu denken, wo sie sich befanden.

„Versprich nichts, was du nicht halten kannst." Das kokette Lächeln, das sich auf ihren vollen Lippen zeigte, erleichterte sein Vorhaben nicht im Geringsten.

Wenn du wüsstest, dachte Patrick und versuchte, ruhig zu atmen. Diese Frau schaffte es, ihn mit einer beängstigenden Leichtigkeit auf Touren zu bringen. Wann war ihm das zuletzt passiert?

„Okay. Ich revidiere: Für den Moment, alles was der Laden zu bieten hat." Patrick küsste sie erneut, weniger verlangend, dafür mit so viel Gefühl, dass sie in seinen Armen dahinschmolz.

Eine halbe Stunde später gingen sie gemeinsam durch den Haupteingang der Klinik, in welche man Emma nach Aussage der Rettungssanitäter eingeliefert hatte.

„Wir möchten zu Emma Thrämler." Patrick erkundigte sich am Informationsschalter der Klinik nach dem Verbleib seiner Assistentin. Neben ihm stand Janne und klammerte sich förmlich an ihm fest. Der Unfall schien ihr wesentlich näher gegangen zu sein, als er anfänglich vermutet hatte.

„Moment." Tastaturgeklapper, undeutlich gemurmelte Worte der Klinikmitarbeiterin und schließlich ein *„Ah, da haben wir sie ja"*, ließen Patricks Anspannung steigen.

Emma war ihm in der kurzen Zeit, seit er in der Agentur arbeitete, zu einer Vertrauten geworden. Ihre Erfahrung und vor allem ihre Menschenkenntnis würde er in nächster Zeit ganz bestimmt vermissen. Ihre kundenspezifischen Informationen waren Gold wert und für ihn unerlässlich. Er musste dringend eine Entscheidung bezüglich einer Vertretung treffen. Ein Punkt, den er vorher allerdings noch mit Janne besprechen wollte. Ihre Reaktion, als er das Thema in der Agentur zur Sprache gebracht hatte, hatte ihn überrascht.

„Station vier, Zimmer dreiundzwanzig." Sie wandte sich bereits den nächsten Wartenden zu.

„Danke." Er nahm Jannes Hand in seine und ging mit ihr Richtung Aufzüge.

„Hoffentlich sind ihre Schmerzen nicht mehr so heftig. Ich bekomme immer noch eine Gänsehaut, wenn ich daran denke, wie sie da im Treppenhaus gelegen hat." Janne lehnte sich gegen seinen Oberarm und schmiegte sich an seine Seite, als sie auf den Aufzug warteten.

„Sie werden ihr etwas gegen die Schmerzen gegeben haben. Mach dir keine Sorgen." Er drückte ihr einen Kuss auf die Schläfe.

Doch Patrick beschäftigte noch ein ganz anders Thema, das seiner Ansicht nach keinen Aufschub duldete. „Ich würde unser kleines Geheimnis gerne noch ein bisschen für uns behalten. Aufregung haben wir in der Agentur, denke ich, derzeit genug." Wenn er sich nicht komplett irrte, huschte ein Schatten über Jannes Gesicht, den er im ersten Moment nicht deuten konnte.

„Klar, wie du meinst. Ist bestimmt besser so." Sie ließ sofort seine Hand los und vergrößerte den Abstand zwischen ihnen auf ein normales Maß. Die Distanz passte Patrick nicht in den Kram, aber er hatte das Fass aufgemacht und musste jetzt mit den Konsequenzen leben. Vorerst zumindest.

Vor dem Krankenzimmer angekommen, blieben sie kurz stehen.

„Bist du bereit?" Patrick versuchte in Jannes Augen zu lesen, was in ihr vorging. Da sie die Lider gesenkt hielt, blieb ihm diese Option leider versagt. Er konnte sich des Eindrucks nicht erwehren, dass sie sich wieder in ihr Schneckenhaus zurückgezogen hatte. Vielleicht bildete er es sich aber auch nur ein. Heute war einfach zu viel passiert.

„Sicher." Sie deutete ein Lächeln an. Na also. Vermutlich war sie nur um Emmas Zustand besorgt.

Patrick klopfte zweimal kurz hintereinander und öffnete nach einem zaghaften *Herein* die Tür. Er schob Janne vor sich in den Raum und trat kurz hinter ihr ein. Trotz des typischen Krankenhausgeruchs registrierte er ihren Duft nach Rosen, als sie an ihm vorbeiging.

Reiß dich zusammen und halte dir vor Augen, wo du dich befindest, mahnte er sich im Stillen.

Ohne ihn weiter zu beachten, hielt Janne schnurstracks auf Emmas Bett zu.

„Emma!"

Die Augen seiner persönlichen Assistentin begannen zu leuchten, als sie sah, wer ihr einen Besuch abstattete. Gleichzeitig stand ihr die Verblüffung ins Gesicht geschrieben. Offenbar hatte sie nicht erwartet, dass ihr neuer Boss sich ins Krankenhaus bequemen würde. Patrick war eben immer für eine Überraschung gut. Und das Wohl seiner Mitarbeiter lag ihm sehr am Herzen, auch wenn er es nicht immer offen zeigen konnte.

„Oje, ich freue mich wahnsinnig und gleichzeitig ist es mir so unendlich peinlich." Emma schlug sich die Hand des nicht eingegipsten Armes vor das Gesicht.

„Es gibt keinen Grund dafür, sich schlecht zu fühlen. Ich gehe mal davon aus, dass der Sturz kein versteckter Versuch war, sich ein paar freie Tage zu erschleichen?" Patrick stand mit verschränkten Armen vor der Brust am Fußende des Bettes und sah Emma mit hochgezogenen Augenbrauen herausfordernd an.

Seine persönliche Assistentin kannte seinen Humor bestens und reagierte entsprechend.

„Und Sie allein über die Agentur herrschen lassen? Wie käme ich darauf?" Mit gespieltem Entsetzen schüttelte sie den Kopf und beide fingen zur selben Zeit an zu grinsen.

„Also erzähl: Wie geht es dir? Du hast uns einen ganz schönen Schrecken eingejagt." Jannes letzte Worte klangen anklagend und erleichtert zugleich.

In einer knappen Zusammenfassung schilderte Emma, was sich in der Zwischenzeit ereignet hatte und schloss mit dem Fazit: „Bis ich wieder einsatzfähig bin, werden einige Wochen ins Land ziehen."

„Was mich ziemlich in Bredouille bringt. Ich brauche eine Vertretung aus den eigenen Reihen. Wen schlagen Sie vor?", verlangte Patrick von seiner Assistentin zu wissen.

„Oh nein. Auf keinen Fall werde ich einen Namen in den Ring werfen. Das Übertragen von Kompetenzen ist Ihr Job, nicht meiner." Entschlossen schüttelte Emma den Kopf.

„Ich hatte an Janne gedacht."

Janne schnappte hörbar nach Luft. „Und ich hatte bereits angedeutet, dass ich es nicht machen werde." Ihr bestimmender Ton ließ Emma wachsam werden, was Patrick an ihrem misstrauischen Blick erkannte.

„Ist sie deswegen mitgekommen?" Amüsement und eine gehörige Portion Überraschung mischten sich in Emmas Frage.

„Nein. Wir müssen anschließend zu Mommsen, der spielt falsch und setzt uns die Pistole auf die Brust", erklärte Patrick mit entschlossenem Gesichtsausdruck.

„Aha." Emmas Blick wechselte von Janne zu Patrick und wieder zurück. „Sollte ich etwas wissen?"

„Nicht dass ich wüsste", antwortete Patrick trocken und rieb sich die Hände. „Also bekomme ich jetzt eine Empfehlung von Ihnen? Wenn nicht, sind sie selbst für das Chaos verantwortlich, dass Sie erwarten wird, wenn Sie aus Ihrem Sonderurlaub zurück in der Agentur sind."

„Patrick, ganz ehrlich. Ich habe einen schweren Sturz hinter mir, bin vollgepumpt mit Schmerzmitteln und darf dementsprechend weder Auto fahren noch Personalentscheidungen treffen." Ganz offensichtlich waren die zehn Minuten Geplänkel genug für Emma. Von einer Minute auf die andere wirkte sie mehr als erschöpft.

„Wir sollten dich jetzt ausruhen lassen. Darf ich dich morgen anrufen?", lenkte Janne ein.

„Ich bitte darum." Emmas müde wirkendes Lächeln veränderte auch Patricks Haltung.

„Kommen Sie bald wieder auf die Beine, Emma. Ich vermisse Sie jetzt schon."

„Ist das so?" Der Blick, den Emma erst Patrick, dann Janne zuwarf, sprach Bände. Dass Janne tiefrot anlief, bestätigte Emma offenbar in dem, was sich in Ihrem klugen Kopf gerade abspielte.

Sie ahnte etwas. Aber Patrick ließ sich nichts anmerken.

„Fishing for Compliments, Emma?" Patrick musste lachen, als sie abwinkte.

„Gute Besserung." Janne drückte die unversehrte Hand ihrer Kollegin und hatte es plötzlich sehr eilig, aus dem Zimmer zu kommen.

13. Kapitel

Auf der kurzen Autofahrt zum Bauunternehmen wechselten Patrick und Janne kaum ein Wort. Die Ungewissheit nagte an Janne. Seit Minuten starrte sie jetzt schon aus dem Fenster, ohne etwas wahrzunehmen. Der Gedanke, dass Patrick sie zwar offensichtlich mochte, aber dennoch nicht zu ihr stand, wucherte immer weiter in ihren Kopf. Seine bösen Tentakel erstickten jede Hoffnung. Schon vor der Ankunft in der Klinik hatte sie befürchtet, dass er sich mindestens eine Armlänge von ihr fernhalten würde, damit ihr Verhältnis nicht aufflog. Ihr Gespür hatte sie nicht enttäuscht. Patrick mit seinem Verhalten schon.

„Wollen wir nach dem Meeting noch eine Kleinigkeit zusammen essen?“ Seine optimistisch klingende Frage, ließ sie aus ihrer Gedankenwelt aufschrecken.

„Tut mir leid, aber ich habe bereits etwas vor.“ Die Lüge ging ihr erstaunlich leicht über die Lippen. Vielleicht lag es an dem wachsenden Ärgernis darüber, sich überhaupt auf ein *Wir* eingelassen zu haben. Was hatte sie sich nur dabei gedacht? Im Moment hatte sie nur eine Erklärung parat: der Strand, ein wundervoller Abend, seine Worte, seine Berührungen, der Kuss … Kein Wunder, dass all das in der Summe jeden Verstand alt aussehen ließ.

„Schade. Ich hatte gehofft, dass wir den Abend gemeinsam ausklingen lassen.“ Patrick zeigte offen seine Enttäuschung und seine Mundwinkel sanken nach unten. „Vielleicht ein anderes Mal?“

Janne spürte, wie sie eine Distanz zwischen sich brachte, mit voller Absicht und aus reinem Selbstschutz. Die Angst, mehr für ihn zu empfinden, als er im umgekehrten Fall für sie, bohrte sich in ihr Herz. „Vielleicht“, murmelte sie und dachte: *ganz sicher nicht.*

Aus den Augenwinkeln konnte Janne erkennen, dass sich auf Patricks Stirn grüblerische Falten gebildet hatten. Sie luden Janne förmlich dazu ein, dass sie mit ihren Fingern darüber strich, um sie zu glätten. Doch sie hielt sich mit aller Macht zurück. Ihn jetzt zu berühren, würde ihre mühsam aufgestellte Abwehr zu Fall bringen.

„Ich hätte dich nicht zu dem Meeting mitnehmen sollen. Du bist nach dem Tag heute sicher erschöpft.“ Seine Finger berührten sanft ihre Wange und sein Daumen bewegte sich auf ihrer Haut. Diese Geste zeugte von so viel Zuneigung und doch war Janne sich sicher, dass sie sich das nur einbildete. Sich davon abzuhalten, sich in seine große, kräftige Hand zu schmiegen, kostete sie jegliche Kraft.

„Es geht schon. Erzähl mir, was uns bevorsteht, damit ich eine ungefähre Vorstellung bekomme, was mich erwartet.“ Janne versuchte, von sich ab und somit das Thema in eine andere Richtung zu lenken. Sie drehte ihren Kopf nach links, um ihn ansehen zu können, nicht weil sie wollte, sondern weil die Höflichkeit es verlangte. Sie befanden sich jetzt wieder auf der beruflichen Ebene und Janne musste ihre privaten Befindlichkeiten beiseiteschieben.

Patrick räusperte sich. Offenkundig hatte ihn dieser Wechsel kalt erwischt. Doch ganz Profi fing er sich schnell. „Wir müssen Mommsen überzeugen, dass die Kampagne, die wir ausgearbeitet haben, die einzige ist, die sich für ihn wirtschaftlich bezahlt macht. Der Vorschlag der Gegenseite ist ein Witz. Die reden viel und verbreiten nur jede Menge heiße Luft. Du bist mein Joker." Er zwinkerte ihr zu und schon wackelte ihre Schutzmauer bedenklich.

„Dein Joker?", echote sie unsinnigerweise und klang selbst in ihren Ohren wie eines der Dummchen in irgendwelchen drittklassigen Shows.

„Du wirst sehen. Mommsen ist einfach gestrickt, aber wir dürfen ihn nicht unterschätzen. Er steht mit seinem Unternehmen in der Branche nicht zufällig sehr weit oben. Fachlich ist er ein Teufelskerl, aber eben ein Kerl."

Janne spürte bei der Erkenntnis, was Patrick mit seinem Nachsatz ausdrücken wollte, wie ihre Wangen warm wurden.

„Du willst mich als … als …" Ihr fehlten die Worte.

„Ich will dich an meiner Seite, damit er sieht, dass wir in der Agentur als Teamplayer agieren. Dass du noch dazu wunderschön aussiehst, ist ein zusätzlicher Pluspunkt für uns. Die Assistentin der anderen Agentur ist fachlich ein Ass, aber optisch …" Er zuckte mit den Schultern.

„Ich fasse es nicht", brachte Janne mühsam hervor und ließ den Kopf nach hinten fallen. „Du hast mich nur mitgenommen, weil ich eine Frau bin und dem Auftraggeber eventuell besser gefalle, als die Assistentin der Konkurrenz?"

„*Eventuell* kannst du streichen. Du siehst definitiv besser aus."

Sein selbstgefälliges Grinsen hätte Janne ihm nur zu gern aus dem Gesicht gewischt, doch sie konnte sich gerade noch beherrschen. War er allen Ernstes gerade dabei, sie auf ihr Äußeres zu reduzieren?

Da sie gerade auf dem Gelände der Baufirma ankamen, blieb Janne die Suche nach einer passenden Erwiderung erspart. Sie wollte nur noch diesen Termin hinter sich bringen und dann so schnell wie möglich nach Hause.

Genau wie Patrick es vorhergesehen hatte, bekam Mommsen ganz leuchtende Augen, als Janne in Erscheinung trat. Von diesem Moment an lief alles wie geschmiert, bis auf einen Verhandlungspunkt.

„Wenn ich Ihrer Agentur den Zuschlag gebe, dann verlange ich, dass mir Janne als Ansprechpartner zugeteilt wird“, verlangte Mommsen und klopfte mit seinem Stift auf die vor ihm liegende Mappe, in der sich der unterschriftsreife Vertrag befand.

„Das lässt sich einrichten.“ Patrick stimmte der Forderung, ohne mit der Wimper zu zucken zu, und Janne blieb der Mund *offen stehen.*

Plötzlich auftretende Übelkeit hinderte sie daran, Patrick einen entsprechenden Kommentar zuzischen zu können. Erst verleugnete er sie und jetzt machte er sich ihre Vorzüge zunutze. Janne konnte sich des Eindrucks nicht erwehren, dass er sie benutzte, wie es ihm gerade in den Kram passte.

Erst umgarnte er sie auf der Party, im vollen Bewusstsein dessen, dass ihm im Laufe des Abends klar geworden war, wem er gegenüberstand und zeigte ihr dann in der Agentur die kalte Schulter. Gestern Abend hatte er sie mit seinen Worten umschmeichelt, bis sie ihm die Antwort gegeben, auf die er offenbar gehofft hatte und jetzt zeigte er sich wieder als zielorientierter Mistkerl. Kein Wunder, dass ihr bei dem vielen Hin und Her schlecht wurde.

„Dann sind wir uns einig. Ich lasse Ihnen die unterschriebenen Verträge morgen per Boten zukommen.“ Mommsen gab Patrick die Hand und nickte Janne mit einem freudigen Lächeln zu, dass sie nur mühsam erwidern konnte.

Irgendjemand hätte die Aufgabe als Ansprechpartner sowieso übernehmen müssen und sie gehörte nun mal zu den Aufgaben, die in Jannes Stellenbeschreibung zu finden waren. Klar. Aber dass Patrick sie so schamlos als Köder einsetzte, schlug dem Fass den Boden aus.

„Kannst du mich direkt an der Agentur absetzen?“, fragte Janne, als sie in die Straße zur Agentur einbogen. „Mein Auto steht auf dem Mitarbeiterparkplatz.“

Patrick parkte seinen Wagen unmittelbar neben Jannes. „Bist du verabredet?“ Seit sie ihm gesagt hatte, dass ihr Abend bereits verplant war, mutmaßte er darüber, wem oder was Janne ihm vorzog.

„Nein. Ich habe meiner Mutter versprochen, Unterlagen vom Frauenverein durchzusehen.“

„Schade.“ Er schenkte ihr ein ehrliches Lächeln und strich ihr mit der Hand über die Wange. Für ein oder zwei Stunden hätte er sie gern noch für sich gehabt. Nach ihrer zufälligen Begegnung am gestrigen Abend hatten sie kaum eine Minute für sich gehabt. Patrick beschloss, einen Weg zu finden, sein Business *Ich* und ihr privates *Wir* in Einklang zu bringen.

Janne hatte sich bereits abgeschnallt und er tat es ihr gleich. Sie stiegen aus und Patrick ging um den Wagen herum. Janne stand vor der Fahrertür ihres Wagens und suchte in ihrer Handtasche offenbar nach dem Schlüssel.

„Dann wünsche ich dir einen ruhigen Abend", sagte Patrick und streifte mit den Fingerspitzen ihren Unterarm. Auch wenn er die Frau, die wie ein Wirbelwind in sein Leben geplatzt war, hier auf dem Parkplatz, direkt vor der Agentur nicht küssen konnte, so wollte er auf eine Berührung, so unscheinbar sie auch sein mochte, nicht verzichten.

Sie heftete den Blick nach wie vor auf ihre Handtasche. Patrick konnte sich sein Gefühl nicht erklären, aber Janne verhielt sich noch zurückhaltender als sonst. Irgendetwas ging in ihr vor.

„Alles in Ordnung bei dir? Geht es dir gut?" Die Sorge, die in seinen Fragen mitschwang, konnte er nicht verbergen.

„Ja." Das war alles, was er zu hören bekam.

Sie öffnete die Wagentür und schlüpfte hinein, bevor Patrick auch nur den Ansatz einer Reaktion zeigen konnte. Mit zusammengepressten Kiefern sah er dem kleinen roten Flitzer hinterher, in dem Janne vom Parkplatz fuhr.

„Ich ruf dich nachher an", murmelte er, wandte sich um und ging auf den Eingang des Agenturgebäudes zu. Er hatte noch zwei Kundenanfragen auf dem Tisch liegen, die keinen Aufschub duldeten, eine Rückrufbitte von Volker auf seiner Mailbox und eine Personalentscheidung zu fällen. Auch sein Abend war damit verplant.

Viel lieber hätte er sich später noch mit Janne am Strand getroffen. Er vermisste sie jetzt schon, den Zauber, der sie umgab und das Strahlen in ihren Augen, das viel zu selten aufleuchtete. Nach dem Besuch in der Klinik hatte er es gar nicht mehr entdecken können. Dabei hatte er gedacht, wenn er sie zu einem Kundentermin mitnahm, würde das ihr Selbstvertrauen aufbauen. Doch das Gegenteil war der Fall gewesen. Sie hatte kaum ein paar Worte herausgebracht und hin und wieder ein unverbindliches Lächeln gezeigt, das nie ihre Augen erreichte.

Auch ihre Zurückhaltung, was Emmas Vertretung anging, konnte er nicht nachvollziehen. Was hielt sie davon ab, seine persönliche Assistentin auf Zeit zu werden? Eine Vorteilsnahme aus ihrer Beziehung konnte ihr niemand vorwerfen. Ein Grund, weshalb Patrick vorgeschlagen hatte, sich vorerst bedeckt zu halten.

Ihm blieben lediglich drei Optionen, den Posten vorübergehend zu besetzen: Seine erste Wahl lag auf Janne, doch die zierte sich, Brit kam nach ihrem zügellosen Verhalten während der ersten zwei Wochen auf keinen Fall in Frage. Binnen kürzester Zeit würde er seine guten

Manieren vergessen. Also blieb noch Helena. Mit ihrer sachlichen Art und ihrem Fachwissen könnte sie durchaus Emmas Vertretung übernehmen. Doch er wollte keine Entscheidung fällen, ohne zuvor mit Janne gesprochen zu haben.

Spätestens morgen früh würde er das Thema noch mal zur Sprache bringen. Danach musste eine Entscheidung her, um die Abläufe in der Agentur nicht unnötig ins Stocken geraten zu lassen.

Tränen verschleierten Jannes Sicht, seit sie den Parkplatz verlassen hatte. Was war nur mit ihr los? Sie konnte ihr aufgewühltes Inneres schon während des Meetings mit Mommsen kaum unter Kontrolle halten und ihre Wut auf Patrick hatte sich auf der Rückfahrt zu Agentur immer weiter hochgeschaukelt.

„Was für ein Blödmann!“, fluchte sie ungehalten. Aber da sie allein in ihrem Wagen saß, konnte sie sowieso niemand hören.

„Glaube mir, ich habe versucht dagegen anzukämpfen.“ Nachdem sie seine Worte vom Vorabend wiederholt hatte, ließ sie stöhnend ihren Kopf gegen die Nackenstütze fallen.

„Wir bestimmen, wo es langgeht. Wir bestimmen die Regeln“, fuhr sie mit ihrer Schimpftirade fort. Solange sie niemand hörte, fiel es ihr leicht auszusprechen, wozu ihr sonst der Mut fehlte.

„Das ich nicht lache.“ Tatsächlich lachte sie auf, aber es war ein spöttisches Lachen.

Doch eine kleine Stimme in ihrem Kopf, die, die für das rationale Denken verantwortlich war, mahnte sie zur Zurückhaltung.

Hatte sie selbst nicht auch den Vorschlag unterbreitet, sich in der Agentur zurückzuhalten? Also weshalb war sie jetzt sauer auf ihn, nur weil er sich entsprechend ihrer Abmachung verhielt?

Janne schwirrte der Kopf und schon wieder lauerte die Übelkeit unterschwellig in ihrem Magen. Als sie zu Hause ankam, zog sie ihre Schuhe aus, fischte das Handy aus der Tasche und hängte sie an den dafür vorgesehenen Haken neben der Eingangstür.

Auf dem Weg in die Küche entsperrte sie das Display: zwei ungelesene Nachrichten – eine von Emma und eine von Patrick. Sie mussten warten. Jetzt wollte sie sich erst mal etwas zu essen machen. Tomatensuppe mit Reis schien ihr eine gute Wahl zu sein, denn offenkundig verlangte ihr Körper nicht nach einem Sternemenü, so ein flaues Gefühl, wie sie nach wie vor in ihrem Bauch verspürte.

Eine Viertelstunde später duftete es in der gesamten Küche nach Tomaten und frischen Kräutern. Der Reis kam zwar nur aus dem Kochbeutel, aber das war Janne herzlich egal. Allein die Zubereitung des Essens entspannte sie ungemein. Das Gemüseschneiden und das Verrühren der Zutaten senkten ihr Stresslevel um etliche Punkte. So war es schon immer. Kochen beruhigte ihr aufgewühltes Inneres.

Sie belud das Tablett mit einer halb voll gefüllten Schüssel Tomatensuppe, stellte eine Flasche Wasser dazu und beförderte beides ins Wohnzimmer. Nachdem sie alles auf dem kleinen Tisch vor der Couch abgestellt hatte, kuschelte sie sich auf eben diese und schlug die Beine unter. Da die Suppe noch ein wenig abkühlen musste, bevor Janne sie genießen konnte, griff sie nach dem Handy und entsperrte erneut das Display.

Emmas Nachricht schien ihr weniger knifflig zu sein, deswegen öffnete sie diese als Erstes.

> *vielen Dank für deine Hilfe nach dem Unfall und deinen Besuch in der Klinik, aber was habe ich verpasst??? wieso kommst du gemeinsam mit Patrick zu einem Anstandsbesuch vorbei??? LG Emma*

Unschlüssig, was Janne auf die Nachricht ihrer Kollegin antworten sollte, drehte sie ihr Handy in der Hand hin und her. Sie entschied sich, zwei Fliegen mit einer Klappe zu schlagen, die Suppe zu essen und währenddessen in ihrem Kopf eine neutrale Antwort zu formulieren. Mit einem Kissen im Rücken und der Suppenschale in der Hand grübelte sie vor sich hin. Einen Löffel nach dem anderen schob sie sich in den Mund und ließ ihren Blick immer wieder zum Handy gleiten. Nachdem sie den letzten Rest Suppe verspeist hatte, stellte sie die Schale auf dem Couchtisch ab und begann zu tippen:

> *er hatte die Mitfahrgelegenheit angeboten, weil wir sowieso auf dem Weg zu Mommsen waren und Emma, jeder andere hätte dir auch geholfen, gute Besserung*

Janne hatte beschlossen, nicht weiter auf die Anspielung ihrer Kollegin einzugehen, und hoffte, sie würde es damit auf sich beruhen lassen. Doch Emma war eben Emma. Entsprechend schnell trudelte eine Antwort ein:

> *erzähl mir nichts, seine Blicke in deine Richtung sprachen für sich und außerdem nimmt er nur äußerst selten eine seiner Assistentinnen mit zu einem potenziellen Auftraggeber, ich muss es schließlich wissen ;)*

du stehst unter dem Einfluss von Schmerzmitteln und bildest dir Dinge ein

:D :D :D

ich werde in den nächsten Tagen noch mal vorbeikommen

freue mich, bis dann

Mit einer Antwort auf Patricks Nachricht tat sie sich schwerer, obwohl sie seine Zeilen noch nicht einmal gelesen hatte. Nach einem großen Schluck aus der Wasserflasche nahm sie erneut das Handy in die Hand und las.

bist du gut angekommen? mache mir ein bisschen Sorgen, du bist so still gewesen, hoffentlich habe ich dich heute Nachmittag nicht überfordert, vermisse dich, P.

Sie legte das Handy weg, zog das Kissen hinter ihrem Rücken hervor und presste es sich an den Bauch. Sie hatte das Gefühl, als bräuchte sie etwas, um sich daran festzuhalten. War die Entscheidung für ein *Wir* mit Patrick klug gewesen? Ihr Herz schrie laut *ja*. Und dem konnte sie nur zustimmen – egal was heute alles passiert war, welche Gedanken ihr durch den Kopf gejagt waren und wie laut sie auf der Heimfahrt im Auto geflucht hatte. Ja, auch sie vermisste ihn. Sehr sogar.

Das war doch alles komplett verrückt. Vor einer Stunde hatte sie ihn noch zum Teufel gewünscht, und jetzt?

Sie wollte ihn bei sich haben. Die tröstende Wärme, die er ausstrahlte, fehlte ihr genau in diesem Augenblick. Janne sah auf. So gemütlich sie ihre kleine Wohnung auch eingerichtet hatte, mit all den warmen Farben, den Bildern auf dem Sideboard und den Grünpflanzen vor dem Fenster. Gerade jetzt fühlte sie sich unendlich einsam.

mir geht es gut, vermisse dich auch

Ihre Finger hatten die Nachricht an ihn schneller getippt, als ihr Verstand hätte die Tat verhindern können. Als sie fast im selben Moment die Pünktchen sah, die bedeuteten, dass er ihr ebenfalls schrieb, setzte sie sich vor Aufregung kerzengerade hin.

was macht dein Papierkram, kommst du voran?

hab noch gar nicht angefangen

Dass Janne zu einer Notlüge gegriffen hatte, weil sie sich vor einer Entscheidung drücken wollte, tat ihr jetzt leid. Es stimmte zwar, dass sie ihre Mutter unterstützen wollte, aber eben nicht, dass sie ihr eine Deadline gesetzt hatte. Doch das musste sie Patrick ja nicht auf die Nase binden. Das schlechte Gewissen hatte sie sowieso schon gepackt.

schade, hätte sonst vorsichtig gefragt, ob ich noch kurz vorbeischauen kann ...

Ein gewaltiger Schwarm Hummeln hob aus den Tiefen ihres Bauches ab und brachte jede einzelne Zelle ihres Körpers zum Vibrieren. Ihre Bedenken, ihre Wut vom Nachmittag – wie weggeblasen.

war das jetzt eine Frage?

Janne musste grinsen und drückte das Kissen vor Aufregung fester an ihren Bauch. Wieder erschienen die drei Pünktchen.

kann ich noch für ein paar Minuten vorbeikommen? ich würde dich gern noch mal in den Arm nehmen und mir einen Gute-Nacht-Kuss abholen und deinen Duft einatmen ...
ja, das war eine Frage ;)

wann kannst du hier sein?

muss noch zwei Mails abschicken, danach gehört der Abend uns

freue mich

bis gleich, Baby

Obwohl sie sich gerade noch müde und abgeschlagen gefühlt hatte, wurde sie jetzt von einer Euphorie erfasst, die neue Energie durch ihren Körper fließen ließ. Jeder Quadratzentimeter ihrer Haut begann zu kribbeln.

Patrick würde kommen.

Allein der Gedanke schickte einen Adrenalinschub durch ihre Adern. Und plötzlich wurde ihr bewusst, dass sie sich privat noch nie allein in geschlossenen Räumen aufgehalten hatten. Ihre erste gemeinsame Nacht mal außer Acht gelassen.

Hastig sprang sie auf, lief ins Bad und schlüpfte aus ihren Sachen. Unter der Dusche schamponierte sie sich die Haare, spülte sich den Tag vom Körper und konnte sich ein Dauergrinsen nicht verkneifen.

Eingehüllt in ein großes weiches Frotteetuch stand sie vor dem Spiegel im Schlafzimmer und überlegte fieberhaft, was sie anziehen sollte. Jeans oder Leggins? Bluse oder Shirt? Sie schnappte sich verschiedene Teile, hielt sie sich vor den Körper und musterte kritisch ihr eigenes Bild im großen Wandspiegel. Bei jeder Kombination dachte sie darüber nach, ob sie Patrick in diesem Outfit gefallen würde. Letztendlich entschied sie sich für eine Leggings im Leder-Look zusammen mit einer Long-Bluse. Bequem und trotzdem schick.

Was stellte sie nur wieder für blödsinnige Überlegungen an? Sie wollten weder ausgehen, noch war das ein Date. Sie genoss ihren Feierabend und dafür hatte sie genau das Richtige an. Ende der Diskussion. Janne musste, angesichts ihres inneren Zwistes, lachen. Wie gut, dass sie niemand beobachten konnte.

14. Kapitel

Patrick war für seinen Geschmack viel zu spät dran. Die digitale Zeitanzeige in seinem Wagen zeigte ihm neun Uhr elf an. So spät hatte es in der Agentur eigentlich gar nicht werden sollen. Er kannte Janne noch nicht gut genug, um zu wissen, wie lange sie abends aufblieb, beziehungsweise, wann sie ins Bett ging. Doch er hatte länger mit Volker telefoniert, als geplant. Wider Erwarten ging es nicht um geschäftliche Belange, sondern um eine Auffälligkeit, die ihm eine Gänsehaut allererster Güte bescherten. Seit Tagen gab es Anrufe aus Übersee, genauer gesagt aus Boston, und immer wurde explizit er persönlich verlangt. Die Standardauskunft der Damen von der Telefonzentrale in der Hamburger Agentur lautete in so einem Fall, dass der gewünschte Gesprächspartner nicht im Haus war. Das Prozedere galt auch für Anfragen die Kieler Kollegen betreffend. Üblicherweise wurde eine Rückrufnummer notiert oder ein Termin vereinbart. Beides kam nie zustande.

Patrick hatte eine ungefähre Ahnung, woher der Wind wehte, nicht jedoch, wo oder besser gesagt, bei wem sich Audrey die ganzen Informationen seine Person betreffend beschafft hatte.

Vorerst schob er die Gedanken beiseite, denn nach dem seltsamen Verlauf des Tages und dem noch seltsameren Verhalten, das Janne nach dem Besuch bei Emma gezeigt hatte, war er froh, sie noch einmal sehen zu können. Verdammt froh sogar. Ihn beschlich schon seit Stunden das Gefühl, dass irgendetwas nicht stimmte. So schnell der Verkehr es zuließ, fuhr Patrick durch die Stadt. Bis nach Rysförde brauchte er gewöhnlich zweiunddreißig Minuten und Heisterwohlt lag nur einen Steinwurf entfernt. Schon witzig, wie nah beieinander Janne und er wohnten. Sie liebte den Strand, er das Segeln. Eine perfekte Kombination. Vielleicht konnte er sie eines Tages dazu überreden, ihn auf einen Segeltörn zu begleiten – Dänemark wäre ein geeignetes Ziel für einen Wochenendtörn, überlegte er und grinste bei der Vorstellung, sie beide, allein auf dem Boot und ringsum nichts als Wasser.

Kurz nachdem er die Stadtgrenze hinter sich gelassen hatte, drückte er auf der Schnellstraße Richtung Küste das Gaspedal durch und flog praktisch über den Asphalt.

Das Klingeln an der Tür erlöste Janne von der Warterei. Sie konnte ein nervöses Flattern in ihrem Bauch nicht verleugnen und klopfte noch schnell die Druckspuren aus dem Kissen. Manche Menschen besaßen einen Antistressball, Janne benutzte ihr Kissen. Auch das konnte sie nach Belieben knautschen, drücken und im Notfall durchs Zimmer werfen.

Bevor sie von der Couch aufsprang, atmete sie einmal tief ein, zählte bis drei und ließ dann die Luft langsam entweichen.

An der Tür angekommen, drehte Janne energisch am Türknauf und zerrte gleichzeitig daran, sodass sie leicht ins Straucheln geriet.

„Hey." Das Patinagrün in Patricks Augen begann zu leuchten, als sie sich gegenüberstanden. Wie es aussah, freute er sich, dass es entgegen ihrer ursprünglichen Ansage, doch noch mit einem abendlichen Treffen geklappt hatte.

„Hi." Janne trat einen Schritt zur Seite und klammerte sich jetzt am Türknauf fest. Diese Situation kam ihr so surreal vor. „Komm rein."

Patrick ließ sich kein zweites Mal bitten, sondern trat entschlossenen Schrittes in Jannes Wohnung.

„Du kannst dir nicht vorstellen, wie sehr ich mich nach dir gesehnt habe." Seine Worte bestätigten sie in ihrer Entscheidung, seinen Wunsch nach einem Treffen nicht ausgeschlagen zu haben. Doch bevor sie weiter nachdenken konnte, hatte Patrick sie schon in seine Arme gezogen und der Tür mit dem Fuß einen sanften Schubs gegeben, sodass sie ins Schloss fiel.

„Und genau das habe ich vermisst", gestand Janne und kuschelte sich an seine Brust. Für eine halbe Ewigkeit standen sie einfach nur da und regten sich keinen Millimeter. Sie lauschte seinem ruhigen Herzschlag und er ließ seine Hand in steten Kreisen über ihren Rücken wandern.

„Wir sollten darüber reden, was heute Nachmittag passiert ist." Patrick schob sie ein wenig von sich und musterte ihr Gesicht aufmerksam. Sein Seufzen ließ darauf schließen, dass es ihr misslang, ihre Mimik ausreichend unter Kontrolle zu halten.

„Aber nicht hier, lass uns ins Wohnzimmer gehen." Auch wenn Janne dieses Gespräch lieber vermieden hätte, beugte sie sich seinem Vorschlag. Wenn sie in Zukunft Situationen vermeiden wollten, in denen sich mindestens einer von beiden nicht wohlfühlte, dann sollten sie tatsächlich ein paar Eckpunkte ihrer Beziehung abstimmen.

„Deine Wohnung gefällt mir. Wie lange wohnst du schon hier?" Patrick stand in der Mitte des Raums und sah sich um.

„Seit knapp einem Jahr und Danke. In Strandnähe zu wohnen war schon immer mein Wunsch. Einfach vor die Tür gehen und die salzige Luft einatmen zu können … Ich liebe das." Janne dachte darüber nach, wie ihre Worte auf Patrick wirkten.

Hielt er sie für eine Träumerin?

Schnell versuchte sie ihn abzulenken und deutete auf die Couch. „Setz dich doch. Magst du etwas trinken? Hast du überhaupt schon was gegessen?“ Den kläglichen Rest der Tomatensuppe konnte sie ihm unmöglich anbieten, aber im Kühlschrank stand noch eine ungeöffnete Packung Nudelsalat aus dem Supermarkt. Wahrscheinlich nicht das, was er normalerweise gewohnt war.

„Ich habe mir vom Lieferservice in die Agentur eine Kleinigkeit kommen lassen.“ Seine ohnehin schon dunkle Stimme klang mit einem Mal noch eine Nuance tiefer.

„Oh, verstehe“, stammelte Janne unbeholfen. Da hätte sie angesichts der Tageszeit auch allein draufkommen können.

Patrick streckte seine Hand aus und nahm ihre in seine, um sie an sich ziehen zu können. Von einem überraschten Keuchen begleitet stand sie mit einem Mal so dicht vor ihm, dass sich ihre Nasenspitzen fast berührten.

„Ich kann sehr gut nachvollziehen, warum es dich ans Wasser zieht. Mir geht es genauso.“ Er tupfte ihr einen Kuss auf die Lippen und sprach dann weiter. „Der beruhigenden Wirkung kann man sich kaum entziehen, der endlose Blick bis zum Horizont, das immer wiederkehrende Anschlagen der Wellen … Ich liebe das auch.“

Janne konnte sich bei seinem Geständnis ein Lächeln nicht verkneifen. Und dann küsste er sie. Er küsste sie um den Verstand, bis sie nach Luft rang und sich an ihm festklammern musste, weil ihre Knie den Dienst versagten. Er dirigierte sie zur Couch, ohne seine Lippen von ihren zu lösen.

Reden wurde überbewertet, befand Janne in diesem Moment. Sie wollte Patrick lieber an allen Stellen seines Körpers berühren, sein Aroma auf ihrer Zunge schmecken und seinen Geruch in sich aufnehmen.

„Seit unserer ersten Nacht stelle ich mir vor, wie es sein würde, mich noch einmal in dir zu verlieren“, raunte Patrick heiser und eroberte erneut ihren Mund. Sie lag eingekeilt unter ihm und genoss jede einzelne seiner Berührungen. Seine Finger wanderten zielstrebig unter ihre Bluse und hinterließen eine brennende Spur vom Bauchnabel bis zum Ansatz ihrer Brüste.

„Patrick!“ Ihr Flehen war unüberhörbar und entlockte ihm ein zufriedenes Grinsen.

„Was?“, fragte er mit spöttischem Unterton und wagte es tatsächlich, sich einige Zentimeter zurückzuziehen und in der Bewegung innezuhalten.

War der Mann verrückt geworden?

„Nicht aufhören!“ Ihre Haut prickelte und eine verheißungsvolle Spannung baute sich in ihr auf, allein durch den Blick, den er ihr gerade schenkte.

„Hatte ich auch nicht vor.“ Dann setzte Patrick seinen Angriff auf ihre Sinne fort, trieb ihre Lust in ungeahnte Höhen und brachte sie für gefühlte Ewigkeiten zum Schweben.

Janne lag in seinen Armen. Rosa Watte hatte ihr Hirn ersetzt und in ihren Adern floss pures Glück. Sie wollte diesen Zustand für immer festhalten und klammerte sich entsprechend an seinen Schultern fest.

Auch Patrick schien sie nicht loslassen zu wollen. Seine Atemzüge wurden allmählich ruhiger. Nach wie vor liebkoste er sie jedoch mit zärtlichen Berührungen und sie genoss jede einzelne davon.

„Ich hatte nicht vor, dich so zu überfallen.“ Er durchbrach mit seinem Eingeständnis die angenehme Stille, legte seine Stirn an ihre und sah ihr mit wachsamem Blick in die Augen. „Aber bereuen werde ich keine Sekunde davon.“

„Ich auch nicht“, gab Janne geflüstert zurück. Ihre Hände glitten über seinen warmen Rücken.

„Aber wir sollten über heute Nachmittag reden.“ Patrick löste sich von ihr und entschuldigte sich mit einem aufmunternden Lächeln. „Na komm, ich weiß, dass dir was auf der Seele brennt, also raus damit.“

Janne verzog das Gesicht, als hätte sie etwas furchtbar Widerliches gegessen. „Gibst du mir meine Bluse wieder? Ich denke angezogen fällt es mir leichter, zu reden.“

„Wenn es sein muss.“ Seine Augen blitzten auf. „Aber gut, alles, was du dir jetzt anziehst, kann ich dir nachher wieder vom Leib reißen. Die Aussicht gefällt mir.“ Er zwinkerte ihr zu.

Janne verdrehte die Augen.

„Können wir den Nachmittag nicht einfach vergessen? Ich fühle mich gerade so entspannt und zufrieden“, maulte sie und streifte sich die Bluse über, die Patrick vom Boden aufgehoben hatte.

„Wenn wir unsere Beziehung nicht auf Sex reduzieren wollen, nein.“ Sein plötzlich ernster Ton, ließ Janne in der Bewegung innehalten. „Es hilft doch niemandem, wenn einer sich nicht verstanden fühlt und der andere es ignoriert oder Unausgesprochenes zwischen uns steht.“

Dann hatte er also doch bemerkt, dass das Versteckspiel ihr nicht wirklich zusagte, egal, welchen Vorschlag sie am Strand höchstselbst gemacht hatte. Manchmal lagen Theorie und Praxis eben meilenweit auseinander.

„Stimmt wohl“, lenkte Janne ein.

Patrick hatte sich lediglich seine Hose wieder angezogen, saß mit freiem Oberkörper auf der Couch und klopfte neben sich, damit Janne sich zu ihm setzte. Für das folgende Gespräch musste er sie dicht bei sich haben, spüren, wenn ihr Körper verriet, was sie aufgrund ihrer zurückhaltenden Art nicht aussprechen wollte.

„Also erzählst du mir, womit ich dich verärgert habe, oder soll ich raten?“ Sie zog die Knie an, kuschelte sich in seine Umarmung und fuhr mit den Fingerkuppen an seinem Unterarm entlang. Aber sie mied seinen Blick. Es war zum Verrücktwerden.

„Janne? Rede mit mir.“ Zögerlich hob sie den Kopf und sah von unten zu ihm auf.

Schlechte Position, um sich endlich zu öffnen, dachte Patrick und setzte sie kurzerhand auf seinen Schoß. Jetzt thronte sie rittlings über ihm und befand sich in einer strategisch besseren Stellung. Vielleicht half das ja.

Ihr Schmunzeln verriet ihm, dass sie genau wusste, was er tat. Gut so. Dieses Gespräch sollte auf Augenhöhe stattfinden. Er war hier weder ihr Boss, noch stand sie in der Hierarchie unter ihm.

„Was bin ich für dich?“ Ihre Hände lagen in seinem Nacken und sie zupfte nervös an seinen Haaren. „Ich meine, wird es immer so laufen, dass hinter verschlossenen Türen alles möglich ist, sobald jedoch jemand in der Nähe ist, den wir kennen, ich zwei Schritte hinter dir zu gehen habe?“

Darum ging es also.

„Du bist meine Freundin. Ich habe dich gefragt, ob du dir ein *WIR* vorstellen kannst und du hast ja gesagt. Aber für mich ist das alles komplettes Neuland. Bisher habe ich mich immer gegen eine Beziehung gestellt, die Job und Privatleben vermischen. Doch du hast mich dazu gebracht, alles neu zu überdenken.“ Als Janne ansetzte, etwas zu erwidern, legte Patrick ihr schnell einen Finger auf die Lippen, um sie am Sprechen zu hindern. „Sekunde, lass mich ausreden, danach werde ich dir uneingeschränkt zuhören.“ Er wartete ihr zustimmendes Nicken ab, bevor er weiterredete. „Du hast vorgeschlagen, dass wir uns zurückhalten wollen. Dem habe ich zugestimmt. Doch offenbar wird genau das jetzt zum Problem. Also wie stellst du dir den Tag in der Agentur vor?“

„Ich will Emmas Job nicht übernehmen.“ Diesmal sah sie ihm bei ihren Worten fest in die Augen und unterstrich somit ihren Standpunkt.

„Dachte ich mir fast. Weiter …“ Über das *Warum* konnten sie später noch reden. Jetzt wollte er erst mal alle Fakten auf dem Tisch haben.

„Wir sollten während der Arbeitszeit nicht zu vertraulich miteinander umgehen. Aber vielleicht könnten wir mittags zusammen essen, wenn es bei dir zeitlich passt?“ So verführerisch, wie sie ihre Frage formulierte, konnte er gar nicht ablehnen.

„Einverstanden, wenn ich dich einladen darf.“ Janne verzog das Gesicht und Patrick lachte. „Über diesen Punkt lasse ich nicht mit mir verhandeln. Was noch?“

„Wir werden unseren Status nicht offiziell verkünden, aber wenn jemand fragt, geben wir eine ehrliche Antwort.“ Offenkundig hatte sie sich allerlei Gedanken gemacht. Schien ganz so, als würde auch ihr einiges im Kopf herumschwirren.

„Klingt, als hättest du das Szenario schon hinter dir.“ Er nahm eine ihrer Locken zwischen Daumen und Zeigefinger und wickelte sie auf, bevor er dasselbe mit einer anderen wiederholte.

„Emma.“ Janne rutschte unruhig auf seinem Schoß hin und her.

Was hatten die beiden besprochen und vor allem, wann?

„Wer sonst. Der Frau kann man nichts vorspielen.“ Er schüttelte belustigt den Kopf. „Was hast du ihr gesagt?“

„Nur, dass du mich mitgenommen hast, weil wir sowieso auf dem Weg zu Mommsen waren.“ So wie sie ihn musterte, wusste sie augenscheinlich nicht, wie er reagieren würde. Doch im Prinzip hatte sie auch nicht mehr gesagt als er.

„Damit hat sie sich abspeisen lassen?“ Fragend zog Patrick seine Brauen hoch.

„Wahrscheinlich nicht, aber sie hat das Thema fallen lassen.“ Ein zufriedener Ausdruck legte sich auf Jannes immer noch leicht gerötetes Gesicht. Sie sah einfach zauberhaft aus.

„Fragt sich nur, für wie lange.“ So wie er seine persönliche Assistentin in den letzten Wochen kennengelernt hatte, würde der Aufschub nicht ewig anhalten und war ganz sicher nur ihrem aktuellen Gesundheitszustand geschuldet.

„Dann werde ich zu den von dir genannten Punkten mal Stellung beziehen“, verkündete Patrick, woraufhin Janne sich automatisch versteifte.

„Okay.“

Fast hätte er es nicht bemerkt, aber weil sie so dicht vor ihm saß, registrierte er das minimale Zittern ihrer Unterlippe. Weshalb nur wechselte ihre Stimmungslage so rasant? Patrick nahm sich fest vor, dieses Geheimnis irgendwann zu lüften.

„Das Beste wird sein, wenn Helena weitestgehend Emmas Aufgaben übernimmt. Dass du ablehnst, habe ich angesichts deiner Reaktion bereits vermutet. Ich akzeptiere deinen Entschluss. Erklärst du mir trotzdem, warum?“

„Ich glaube in deiner Nähe würden mir viel zu viele Fehler unterlaufen, weil ich mich nicht richtig konzentrieren könnte.“

„Du könntest dich nicht konzentrieren?“, hakte er mit einem belustigten Funkeln in den Augen nach.

„Nein.“ Himmel noch mal. Jetzt wurde es langsam peinlich.

„Weshalb?“

„Weil ich immer an das denken müsste, was wir in der Nacht zuvor miteinander geteilt hatten“, flüsterte Janne und spürte die Hitze in ihren Wangen.

„Das heißt, von dem, was wir gerade *geteilt* haben, gibt es noch mehr?“ Seine Brauen schossen nach oben. Schlimmer jedoch war, dass er *geteilt* besonders betont hatte.

„Sei mal ernst.“

„Oh, ich bin absolut ernst, Baby, denn beim Thema Sex verstehe ich keinen Spaß.“ Er feixte und sie boxte ihm gegen den Oberarm, woraufhin er sie am Handgelenk packte und an sich zog.

„Blödmann.“ Ihr Murren ging in seinem lautstarken Lachen unter.

„Du scheinst mich gern so zu betiteln, Baby. Langsam gewöhne ich mich daran.“ Er zwinkerte ihr zu und beendete ihre kleine Kabbelei, indem er ihren Mund mit seinem verschloss und ihr jegliche verquere Gedanken einfach wegküsste.

Für einen Moment gaben sie sich ihrer Leidenschaft hin und Janne vergaß tatsächlich, worum es in ihrem Gespräch eigentlich ging.

„Wir müssen langsam machen“, raunte Patrick und strich mit seiner Nasenspitze an ihrem Hals entlang. „Du bist noch nicht wieder ganz fit und ich will dich auf keinen Fall überfordern.“ Stöhnend ließ er seinen Oberkörper nach hinten fallen und legte seinen Kopf auf der Rücklehne der Couch ab. „Du machst mich echt fertig.“

Janne gab ein zufriedenes Summen von sich und schmiegte sich an ihn.

„Brit rechnet sich große Chancen aus“, gab Janne leise zu bedenken und nahm somit den Faden ihres Gespräches wieder auf.

„Mag sein. Aber sie wird keine Gelegenheit auslassen, mir ihre körperlichen Vorzüge zu offenbaren, ich werde sie spätestens nach drei Tagen feuern und du wirst auch nicht länger brauchen, um deine Krallen auszufahren. Oder willst du mir weismachen, dass du ihre Avancen mir gegenüber ignorieren kannst?“

Janne musste schlucken und schüttelte den Kopf.

„Siehst du. Der Punkt ist damit vom Tisch. Ich werde die Personalie morgen früh bekannt geben.“ Er drückte ihr einen Kuss auf die Lippen, fast so, als wollte er seine Entscheidung damit besiegeln.

Janne ließ sich nur zu gern darauf ein.

„Patrick“, brachte sie japsend hervor, weil ihr wieder mal die Luft weggeblieben war.

„Mhm.“ Trotz seiner gemurmelten Bestätigung, dass er sie gehört hatte, löste er seine Lippen nicht von ihrem Hals. Im Gegenteil – er verteilte immer mehr Küsse auf ihrer erhitzten Haut, nicht bereit, von ihr abzulassen. Schon wieder.

„Ich mache so etwas normalerweise nicht.“ Sanft schob sie ihn von sich, was er mit einem widerwilligen Murren quittierte.

„Was genau meinst du?“ Er blinzelte mehrmals, um wieder klar sehen zu können.

„Mit Männern, die ich gerade ein paar Stunden kenne, auf Hotelzimmern verschwinden.“ Jetzt hatte sie seine uneingeschränkte Aufmerksamkeit.

„Das hoffe ich doch. Wenngleich ich froh bin, dass du in meinem Fall eine Ausnahme gemacht hast.“ Er tippte ihr liebevoll mit dem Zeigefinger an die Nasenspitze.

„Ich habe mich freiwillig vom *Latzhosenmann* ins Hotel entführen lassen. Hätte ich auch nur im Ansatz geahnt, dass du in dieser Hose steckst, hätte ich die Beine in die Hand genommen und wäre weggelaufen.“

„Und ich bin froh, dass du es mir nicht übel nimmst, längst über deine Identität Bescheid gewusst zu haben, bevor wir uns erneut begegnet sind.“

„Im ersten Moment war ich schon ziemlich geschockt.“ Janne funkelte Patrick böse an und lächelte gleichzeitig. Irgendetwas ging in ihrem Kopf vor, so viel stand fest.

„Ich erinnere mich“, versicherte er vorsichtig, nicht wissend, was sie im Schilde führte.

„Du kannst es wiedergutmachen.“ In ihrer Stimme schwang eine unterschwellige Aufregung mit, die Patrick in diesem Moment nicht erwartet hatte.

„Womit?“

Jannes Augen begannen zu leuchten.

„Erinnerst du dich an den Abend, an dem ich mir von der Hafeneinfahrt aus den Sonnenuntergang ansehen wollte.“ Sie spielte mit dem Saum ihrer Bluse und musterte ihn abwartend.

„Oh ja, Du bist ganz schön sauer auf mich gewesen.“ Bei der Erinnerung an den besagten Abend, musste Patrick schlucken. Er hatte sich nicht von ihr fernhalten können und sie mit seiner unverhofften Präsenz eiskalt erwischt.

„Stimmt. Im Gegensatz zu dir kannte ich die Zusammenhänge nicht." Sie warf ihm einen Blick zu, der auszudrücken schien: *Du hast mich an diesem Abend psychisch an meine Grenzen getrieben und kannst froh sein, dass ich dich nicht ins Hafenbecken geschubst habe.*

Patrick legte eine Hand an ihre Wange. „Tut mir leid." Und das meinte er absolut aufrichtig. Rückwirkend betrachtet, hätte er sich ihr schon viel eher zu erkennen geben müssen.

„Hm. Jedenfalls hattest du an dem Abend ein Segelboot erwähnt …" Den Rest des Satzes ließ Janne offen und hoffte, dass Patrick allein darauf kommen würde, was sie sich wünschte.

„Du willst, dass ich dich auf meinem Boot mitnehme?" Sein Blick wurde finster und Janne ruderte schnell zurück.

„War nur so eine Idee. Vergiss es. Ich bin nur noch nie gesegelt." Sie winkte ab und tat, als wäre ihre Bitte eine Lappalie. Mit einem gekünstelt klingenden Lachen versuchte sie, den peinlichen Moment zu überspielen, und rückte ein wenig von ihm ab.

„Janne, ich würde dich sehr gerne mit zum Segeln nehmen." Mit einer entschlossenen Bewegung zog er sie wieder an sich. Er wollte sie mit seiner Reaktion nur aufziehen und vergaß, wie leicht ihr Mut von der Unsicherheit ins Abseits gestellt wurde.

„Du bist gemein", flüsterte sie kaum hörbar und vergrub ihre Nase in seiner Halsbeuge.

Mit einer Hand strich er ihr beschwichtigend über den Hinterkopf und ließ sie zwischen ihren Schulterblättern liegen. „Ja, ich bin ein Blödmann, hast du das eine oder andere Mal bereits erwähnt." Ein Kuss auf ihren Scheitel sollte unterstreichen, dass er durchaus wusste, wie abgeklärt, fast schon kalt, er manchmal auf sein Umfeld wirken konnte. Doch in einer beruflichen Position wie seiner blieb man von solch charakterlichen Veränderungen nur selten verschont und übertrug sie gelegentlich auch auf das private Ich.

„Gut." Sie hob ihren Kopf und sah ihn hoffnungsvoll an. Offenbar hatte sie ihm seine verbale Entgleisung verziehen.

„Am Samstag und Sonntag werde ich durcharbeiten müssen. Du weißt, dass etliche Projekte abgeschlossen werden müssen. Aber das nächste freie Wochenende gehört uns und wenn das Wetter gut wird, dann haben wir ein Segeltörn-Date. Einverstanden?", fragte Patrick und entfachte mit seinem Vorschlag ein erneutes Aufleuchten in ihren Augen.

„Segeltörn-Date?" Janne richtete sich abrupt auf und legte ihre Hände auf seine Schultern.

„Genau", bekam Patrick gerade so heraus, als die sexy Frau auf seinem Schoß den Bruchteil einer Sekunde ausnutzte, in dem er Luftholen wollte. Sie fiel förmlich über ihn her und küsste ihn auf eine für sie ungewohnt stürmische Art. Doch wollte er sich beschweren? Niemals. Von ihren süßen Küssen würde er nie genug bekommen. „Baby ich muss langsam los.“ Nur widerwillig stoppte er ihren Enthusiasmus. „Es ist spät und morgen wird ein langer Tag.“

„Stimmt.“ Ihr Atem vermischte sich mit seinem. So eng wie sie beieinandersaßen, war das kaum verwunderlich. „Dann sehen wir uns morgen früh in der Agentur?“

„Ich bestehe darauf.“ Patrick stand mit Janne in seinen Armen auf. Sie hatte ihre Beine fest um seine Hüften geschlungen und sah ihn mit einem sehnsüchtigen Blick an. Ganz langsam ließ er sie nach unten gleiten, bis sie auf ihren eigenen Füßen stand. Als er sich sicher war, dass sie genügend Halt gefunden hatte, zog er sie an sich, presste seine Lippen auf ihre und holte sich einen mehr als leidenschaftlichen Gute-Nacht-Kuss.

15. Kapitel

Da war es wieder, dieses flaue Gefühl im Magen. Noch bevor Janne auch nur ein Auge geöffnet hatte, spürte sie diesen dumpfen Druck im Bauch und den Drang, schnellstmöglich den Weg vom Bett ins Bad einzuschlagen.

Entgegen dem Phänomen, dass sie sich vor zwei Tagen ständig übergeben musste, saß sie nun schon seit einer geschlagenen Viertelstunde auf der Toilette fest. Wäre der Schwindel, der diese Aktion begleitete, nicht gewesen, würde sie einfach hier sitzen bleiben, bis die Krämpfe sich gelegt hatten.

Doch allmählich erfasste sie Panik. Wenn sie sich nicht binnen weniger Augenblicke in die Waagerechte begeben würde, würde mit an Sicherheit grenzender Wahrscheinlichkeit die Schwerkraft nachhelfen. In ihrem Kopf drehte sich alles, das Blut rauschte in ihren Ohren und ein Kribbeln breitete sich von den Fingerspitzen über die Hände zu den Unterarmen aus.

Janne versuchte ihre Kräfte zu bündeln. Bis ins Schlafzimmer waren es nur wenige Meter, das könnte sie schaffen. Mühselig zog sie sich am Waschbecken neben der Toilette hoch und klammerte sich daran fest.

Offenbar konnte sie Mareikes Apfelkuchen doch keine Schuld für ihr Unwohlsein in die Schuhe schieben. Wie es aussah, hatte sie sich entgegen ihrer Vermutung eine waschechte Magen-Darm-Grippe eingefangen. Das Timing war ja geradezu perfekt. Emma fiel für mehrere Wochen aus und sie stand hier zusammengekauert in ihrem Bad.

Janne hielt den Kopf gesenkt und die Haare fielen ihr ins Gesicht. Es kümmerte sie nicht. Wenigstens entging sie so dem Bild, dem sie sich stellen müsste, sobald sie in den Spiegel schauen würde.

Für drei vier Atemzüge musste sie in dieser jämmerlichen Stellung verharren. Der Schwindel hatte sich aufgrund der neuen Position verstärkt und wahrscheinlich gab sie eine gruselige Erscheinung ab. Doch es war niemand da, der ihr in diesem unsäglichen Moment zur Seite stehen könnte.

Dieser Gedanke ließ die Panik weiter anschwellen. Ihre Atmung ging unregelmäßig und Janne musste sich darauf konzentrieren, was sie als Nächstes tun wollte. Sie schloss für zwei Sekunden die Augen, bevor sie sich Schritt für Schritt, Atemzug für Atemzug an der Wand entlang ins Schlafzimmer bewegte.

Kraftlos ließ Janne sich ins Bett fallen. Um dem Schwindel ein bisschen entgegenwirken zu können, hielt sie ihre Lider geschlossen.

Dass sie nun lag, tat sein Übriges. Sie tastete blind nach ihrem Handy, öffnete widerwillig ein Auge, um die richtige Kurzwahltaste zu drücken.

„Werbeagentur Jacobsen, Sie sprechen mit Frau …"

Janne konnte nicht warten, bis Helena ihren Text aufgesagt hatte, und unterbrach sie.

„Hey, hier ist Janne." Das Grummeln in ihrem Bauch begann schon wieder und Janne legte sich eine Hand auf den Bauch.

„Himmel, du hörst dich an, als hättest du die ganze Nacht durchgemacht." Helena kicherte.

Schön wärs, dachte Janne. „Mir ist schwindelig und mein Bauch spielt auch schon wieder verrückt."

„Ach du je." Jegliche Belustigung war aus Helenas Stimme gewichen. „Kann ich irgendetwas für dich tun?"

„Danke, aber nein. Wenn ich mich sicher genug fühle, fahre ich erst mal zum Arzt." Die Tabletten gegen Übelkeit, die sie vor zwei Tagen genommen hatte, waren leider aufgebraucht. Janne hatte nicht damit gerechnet, so schnell Nachschub zu benötigen und dementsprechend noch keinen Ersatz in der Apotheke besorgt.

„Aber du fährst doch hoffentlich nicht selbst?"

„Natürlich nicht. Ich rufe meine Mutter an. Sollte sie keine Zeit haben, bestelle ich mir ein Taxi." Ihre Mutter wäre ihr als Begleitung tatsächlich lieber. Dieser Schwindel bereitete Janne Sorgen. Was wenn sie auf offener Straße einfach umkippte?

„Gut." Im Hintergrund klingelte ein weiteres Telefon. Helena schien alle Hände voll zu tun zu haben. Dementsprechend fühlte sich Janne noch elender. Kollegen im Stich zu lassen, entsprach nicht ihrem Wesen. „Meldest du dich später noch mal?"

„Sicher." Mehr brachte sie nicht hervor. Ihr Magen zog sich krampfartig zusammen und Janne musste ein Aufstöhnen unterdrücken.

„Dann gute Besserung."

„Danke", hauchte sie und beendete das Gespräch.

Janne lag auf der Seite – den Kopf in das Kissen gedrückt und die Decke vor dem Bauch zusammengebauscht. Vor dem Fenster wiegten sich die Blätter der Linde im Wind und die morgendlichen Sonnenstrahlen blitzten zwischen ihnen hindurch. Sah ganz so aus, als würde es ein schöner, sommerlicher Tag werden, genau wie in der Wettervorhersage angekündigt worden war.

Was würde Janne dafür geben, wenn sie statt im Bett, am Strand liegen könnte. So wie sie jetzt dalag, beruhigte sich ihr Bauch allmählich und der Schwindel war fast vollständig verschwunden. Doch sie traute dem

Frieden nicht. Allein zum Arzt zu fahren wäre mehr als unvernünftig. Also rief sie ihre Mutter an.

„Guten Morgen, mein Kind. Hast du mitten in der Woche frei oder bist du schon in der Agentur?“ Wie immer redete Christine drauflos, ohne abzuwarten, was der Grund des Anrufes sein mochte. Nummernanzeige hin oder her – Janne empfand es als unhöflich, ging auf die Unart ihrer Mutter aber nicht ein.

„Ich habe mir vermutlich einen Magen-Darm-Virus eingefangen.“

„Ja, Marga Hövelbarth hat es auch erwischt. Scheint im Moment wieder herumzugehen. Du musst viel trinken. Hast du Zwieback im Haus?“

„Mama“, unterbrach Janne den Redefluss ihrer Mutter. „Hast du Zeit, mich zum Arzt zu fahren? Mir ist nicht nur übel, sondern auch schwindlig.“ Auf die Krankengeschichten aus dem Freundeskreis ihrer Mutter stand ihr gerade nicht der Sinn.

„Natürlich.“ Sie sagte das, als wäre sie pikiert darüber, dass Janne so eine Frage überhaupt stellte. „Wann soll ich vorbeikommen?“

„Je eher ich neue Medikamente bekomme, desto besser.“

„Dann bin ich in einer halben Stunde da.“

Bis dahin hatte sie sich hoffentlich einigermaßen zurechtgemacht. Eine Katzenwäsche musste genügen, denn eine Dusche, so kurz sie auch ausfallen möge, würde sie keinesfalls überstehen.

„Danke.“

„Bis gleich, mein Kind.“

Ohne es wirklich zu registrieren, schob Janne das Handy auf ihr Nachtschränkchen und schlief innerhalb von Sekunden ein.

Das Klingeln an der Haustür drang wie durch etliche Schichten Stoff an ihr Ohr. Aufgeschreckt aus dem Schlaf setzte Janne sich ruckartig auf und bereute diese Aktion in derselben Sekunde. Die Übelkeit meldete sich ebenso vehement zurück, wie der Schwindel erneut auftauchte. Eine Hand an den Bauch gepresst und die andere flach an die Stirn gedrückt, versuchte Janne zur Besinnung zu kommen.

Ganz langsam erhob sie sich aus dem Bett, schlurfte zur Wohnungstür und öffnete sie.

„Kind, du siehst furchtbar aus.“ Christine hatte einen mitleidigen Blick aufgesetzt, die elegante Handtasche hing an ihrem Unterarm und die Frisur saß tadellos.

„Ich sehe nicht nur so aus.“ Janne zupfte unbeholfen an ihrem Shirt, als ob das ihr Erscheinungsbild verbessern könnte.

„Geh ins Bad, mach dich fertig. Ich koche dir in der Zwischenzeit einen Tee.“

Knapp eine Stunde später saß Janne bei Dr. Drackes im Sprechzimmer, unterdrückte ihr Unwohlsein und stellte sich den Fragen ihres Gegenübers.

„Eine Schwangerschaft können wir ausschließen?“ Der ältere Herr mit kurzen, grauen Haaren sah sie über den Rand seiner Lesebrille fragend an.

„Was?“ Ihre Gegenfrage kam Janne so schnell über die Lippen, dass sie ihre Stimme nicht unter Kontrolle halten konnte und entsprechend schrill klang.

„Reine Routine.“ Dr. Drackes lächelte milde. „Nun ja, sieht tatsächlich ganz nach einem Virus aus.“ Er tippte auf seiner Tastatur herum, bis der Drucker ansprang und eine Bescheinigung bezüglich ihrer Arbeitsunfähigkeit ausspuckte. „Viel Trinken und Ruhe in den nächsten zwei Tagen, dann sollte es besser werden.“

Janne atmete erleichtert aus. Jetzt musste sie nur noch in die Apotheke, neben den Tabletten gegen die Übelkeit auch noch die empfohlenen Elektrolyte kaufen und dann ab auf die Couch. Ihre Energiereserven tendierten mit jeder weiteren Minute, die verstrich, gegen Null.

Glücklicherweise redete ihre Mutter beim Autofahren nur wenig und lenkte den Wagen gemächlich über die Küstenstraße. Vor ihnen fuhr ein strohbeladener Trecker und versperrte durch die aufgetürmten Ballen die Sicht nach vorn. Janne legte den Kopf gegen das Seitenfenster und konnte die Lider kaum noch offenhalten. Sie war schon wieder so unendlich müde.

Als Christine vor ihrem Wohnhaus hielt, seufzte Janne und hievte sich schwerfällig aus dem Wagen. Sie fühlte sich wie ein Greis.

„Tut mir sehr leid, aber ich muss dann wieder los. Kann ich dich allein lassen?“ Christine hatte Jannes Wohnung noch gar nicht betreten, da verabschiedete sie sich auch schon von ihrer Tochter.

„Ich will sowieso nur noch schlafen“, erwiderte sie matt.

„Ja, mach das. Wenn etwas ist, ruf an.“ Ohne die sonst übliche Umarmung blieb Janne in der offenen Tür zurück. Ihre Mutter hatte sich bereits auf den Weg gemacht.

Nachdem Janne sich in der Küche versorgt hatte, forderte ihr Körper nachdrücklich genau das, was Dr. Drackes ihr empfohlen hatte: Ruhe. Also kuschelte sie sich in eine Decke, streckte die müden Glieder aus und schloss die Augen. Schlafen konnte sie jedoch nicht, denn die Worte des Arztes schwirrten immer noch wie lästige Fliegen in ihrem Kopf herum.

Eine Schwangerschaft können wir ausschließen? Ihre Gedanken kreisten wieder und wieder um diese eine Frage.

Ein Murren entwich ihr, als sie sich nach dem Handy streckte, das auf dem Couchtisch lag. Sie entsperrte das Display und erschrak förmlich, als ihr drei verpasste Anrufe und mehrere Nachrichten angezeigt wurden.

Mist.

Während des Besuches beim Arzt hatte sie den Klingelton abgeschaltet und danach versäumt, ihn wieder zu aktivieren. Vergessen war die Kalender-App, die sie eigentlich öffnen wollte, um sich selbst zu beruhigen. Ihre letzte Periode lag niemals mehr als einen Monat zurück. Außerdem hatte sie den einzigen Sex seit ewigen Zeiten mit Patrick gehabt und der hatte verhütet, daran konnte sie sich genau erinnern.

Patrick.

Sie musste ihn beruhigen, bevor er noch alles stehen und liegen lassen und vor ihrer Tür aufkreuzen würde. Zwar hatte er keine Mailboxnachrichten hinterlassen, aber seine Nachrichten sprachen für sich:

Helena hat mir gerade gesagt, dass es dir wieder schlechter geht und ich kann dich nicht erreichen

Baby, wo bist du?

ich muss jetzt in ein Meeting, melde dich!

Die letzten beiden Nachrichten wirkten auf Janne, als wäre Patrick gestresst und gleichzeitig besorgt. Dass sich jetzt noch eine seiner Mitarbeiterinnen krankmeldete, wirkte sich sicher negativ auf den Tagesablauf in der Agentur aus. Wie sollte es anders sein. Zwar hatte die Übelkeit nach Einnahme der Medikamente nachgelassen und die Bauchkrämpfe waren nicht mehr so vordergründig zu spüren, dafür meldete sich das schlechte Gewissen mit einer Vehemenz, die Janne kaum ignorieren konnte.

Eilig tippte sie eine Antwort. Seine Nachricht war immerhin schon vor über eine Stunde eingegangen.

habe doch einen Magen-Darm-Virus, der Apfelkuchen konnte nichts dafür ;) bin heute und morgen krankgeschrieben, danach hoffe ich, bin ich wieder einsatzfähig, tut mir leid, dass ich mich erst jetzt bei dir melde, aber mein Morgen war ... telefonieren wir später? bitte komm nicht vorbei, du steckst dich nur an, vermisse dich

Janne las den Text mehrmals durch, überlegte, ob sie die letzten zwei Worte löschen sollte, und entschied sich dagegen. War doch schließlich nicht schlimm, ihm zu signalisieren, wie sehr sie ihn mochte.

Auch Helen schrieb sie eine kurze Info darüber, dass sie weitere zwei Tage ausfiel, und erhielt eine Antwort, ehe sie das Handy auf den Couchtisch zurücklegen konnte.

wir schaffen das schon, zum Glück liegen keine Terminsachen an, Patrick tigert hier zwar umher, als ginge jeden Moment eine Bombe hoch, weiß der Geier, was der schon wieder hat, aber hey, soll ich mich beschweren, er hat mich heute Morgen offiziell zu Emmas Vertretung ernannt :D

Janne wusste genau, was ihn beschäftigte, unterdrückte allerdings das Gefühl, sich Helena gegenüber erklären zu müssen.

Glückwunsch, freue mich für dich

Ihre Augenlider fühlten sich schwer an. Sie schloss die Chat-App, schaltete das Handy aus, ohne den Vibrationsalarm zu deaktivieren, und legte es beiseite. Müdigkeit überfiel sie und Janne tat nichts lieber, als dem Verlangen nachzugeben. Binnen weniger Sekunden wechselte sie ins Land der Träume.

Vor dem Aufzug stehen mehrere Personen, warten wie wir darauf, dass sich die Türen öffnen. Patrick steht so dicht hinter mir, dass ich seinen warmen Atem auf der Haut spüren kann. Um uns herum knistert die Luft. Ein Schauer der Erregung fließt in seichten Wellen durch meinen Körper, verstärkt durch die Erkenntnis, dass niemand von unserem Verhältnis weiß. Ich muss mich beherrschen, meine Hände nicht unter sein Jackett zu schieben, um ihn zu berühren.

Das Verlangen liefert sich einen erbitterten Kampf mit der Vernunft. Noch steht es unentschieden. Alles ist möglich.

Das Ping des ankommenden Aufzugs lässt mich zusammenzucken und Patrick lacht leise. Mistkerl. Er weiß genau, was er mir antut, in dem er sich verboten nah an meine Seite drückt.

Mit steifen Bewegungen trete ich in die übervolle Kabine. Scheint, als wollte jeder Mitarbeiter, der in diesem Haus ein Büro sein Eigen nennt, zur selben Zeit mit allen anderen an seinen Arbeitsplatz gelangen. Als die Türen sich schließen, spüre ich Patricks Hand tief unten auf meinem Rücken liegen. Sein Daumen bewegt sich in stetigen Kreisen über ein und demselben Punkt. Genau von dieser Stelle breitet sich eine glühende Hitze aus, die meinen gesamten Körper erfasst. Ich muss mich beherrschen, keinen Laut von mir zu geben. Langsam drehe ich mich um, stehe ihm jetzt von Angesicht zu Angesicht gegenüber. Das Zucken seines Mundwinkels beweist, dass er genau weiß, was er mit mir anstellt. Ich lehne mich an die kühle Kabinenwand und muss ein erleichtertes Aufstöhnen unterdrücken. Patrick lässt mich nicht aus den Augen.

Wieder gehen die Türen auf. Ich habe gar nicht bemerkt, dass er sich in Bewegung gesetzt hatte. Einige wenige steigen aus, aber umso mehr ein. Wie viele Personen dürfen hier überhaupt mitfahren? Hektisch suche ich nach dem Hinweisschild, kann aber außer sich angeregt unterhaltenden Mitfahrern nichts erkennen. Wenigstens werden wir nicht übergebührlich betrachtet. Das scheint auch Patrick zu bemerken, denn ohne den Blick abzuwenden, schiebt er eine Hand an meine Hüfte und stellt sich unangemessen dicht vor mich. Ich spüre seine festen Muskeln. Oh bitte ... Zwar ist der Aufzug rappelvoll, aber ein paar Zentimeter Abstand könnte er schon noch einhalten, um meine Selbstbeherrschung zu schonen. Doch offenkundig hält er das nicht für erstrebenswert. Ihm scheint das Spiel zu gefallen.

Ich hingegen habe das Gefühl, wir benötigen heute überdurchschnittlich lange, um in unsere Etage zu gelangen. Ich erinnere mich daran, wo wir uns befinden und hoffe, mich dadurch etwas beruhigen zu können.

Fehlanzeige.

Als der Aufzug erneut seine Fahrt nach oben stoppt, drängt ein schwergewichtiger Mann um die fünfzig nach vorn und schiebt alle anderen rücksichtslos zur Seite. Unmut wird laut. Patrick wird noch enger gegen mich gedrückt. Er grinst nur.

Toll.

Ich lehne mich weiter nach hinten und mahne mich zur Gelassenheit, was mir nicht gelingen will. Ein angenehmes, der Situation jedoch vollkommen unangemessenes Gefühl breitet sich in meinem Bauch aus und mein Begehren nach mehr wächst unaufhaltsam.

Aber: Der Zeitpunkt und vor allem der Ort sind äußerst unpassend, versuche ich mir mit Nachdruck klarzumachen. Vorsichtig schiele ich zu Patrick, doch seine Gesichtszüge geben keine Regung preis. Es liegen noch weitere drei Etagen zwischen uns und der Agentur, als der Aufzug zum gefühlten hundertsten Mal hält.

Mein Herz rast. Ich befreie mich aus Patricks Griff. Mit gerunzelter Stirn bringt er seine Verwirrung stumm zum Ausdruck, was ich geflissentlich ignoriere. Ich will nur noch eines: raus hier, und zwar umgehend. Hastig verlasse ich im letzten Moment den Aufzug.

Nachdem die Türen sich geschlossen haben, atme ich tief durch. Patrick ist mir nicht gefolgt. Langsam entspanne ich mich wieder und beschließe, für den restlichen Weg nach oben die Treppe zu nehmen.

Stufe für Stufe erklimme ich eine weitere Etage.

„Das geht so nicht“, murmele ich vor mich hin. „Nein, nein und nochmals nein!“

Seine Berührungen waren unschuldig, brachten aber dennoch mein Inneres in Aufruhr und das mit einer Leichtigkeit, die Angst in mir aufsteigen ließ. Je mehr ich mich emotional zu ihn hingezogen fühlte, umso verletzlicher wurde ich. Das durfte nicht passieren, auf gar keinen Fall.

Zweifel an seiner Aufrichtigkeit meldeten sich zurück. Würde er mich mit denselben Augen betrachten, wenn unsere Beziehung öffentlich wurde und die Arbeit beeinflusste? Genau dieses Szenario wollte er vermeiden. Als ich den letzten Treppenabsatz hinter mir gelassen hatte, stand mein Entschluss fest: Besser jetzt alles beenden, bevor einer von uns noch unwiderruflichen Schaden nehmen würde. Zum jetzigen Zeitpunkt waren wir noch nicht so tief in die Sache verstrickt und der Schmerz wäre hoffentlich auszuhalten, wenn auch bitter.

Was zur Hölle war das für ein Gepolter? Ein dumpfer Schlag, gefolgt von einem weiteren riss Janne aus ihrem Traum. Sie streckte ihre Beine aus, drehte sich auf den Rücken und versuchte die Orientierung wiederzuerlangen. Verschlafen blinzelte sie mehrmals, rieb sich mit den Händen über das Gesicht und gähnte herzhaft.

Wehe einer ihrer Nachbarn hatte sich in einem Onlineversandshop Sachen bestellt, die jetzt geliefert wurden. Wozu gab es den Versandbenachrichtigungen, wenn der Empfänger es nicht für nötig hielt, zum angegebenen Zeitpunkt zu Hause zu sein? Ausgerechnet heute hielt sich Jannes Bereitschaft, zuvorkommend und hilfsbereit zu sein, in Grenzen.

Auf der anderen Seite konnte sie demjenigen nicht allzu böse sein, denn auf das, was das Unterbewusstsein ihr für eine Story präsentiert hatte, konnte sie gern verzichten. Allerdings schlich ihr bei der Erinnerung an das, was sich im Aufzug abgespielt hatte, bevor sie die Flucht ergriffen hatte, ein kokettes Lächeln auf die Lippen. Die Szene hatte bis zu genau diesem Moment durchaus Potenzial gehabt, ihr eine mentale Aktivität der besonderen Art zu bescheren.

Janne seufzte und setzte sich auf, als ihr Handy zu vibrieren begann. Wie spät war es überhaupt? Die Sonne hatte sich bereits hinter der großen Linde, die direkt vor dem Haus stand, versteckt. Demzufolge musste es mindestens schon nach zwei sein, denn die Sonne erhellte ihre Wohnung im Sommer nur bis zum frühen Nachmittag.

Baby, ich mache mir ernsthaft Sorgen, wenn du nicht gleich die Tür aufmachst

Kein Paketdienst, sondern Patrick stand im Treppenflur? Ohne über weitere Folgen nachzudenken, sprang Janne auf, hastete durch die Wohnung und öffnete keuchend die Tür.

16. Kapitel

„Hi.“ Verwundert sah Janne dem Mann in die besorgt wirkenden Augen, von dem sie am wenigsten gedacht hatte, ihm zum jetzigen Zeitpunkt gegenüberzustehen.

„Auch Hi.“ Patrick ließ seinen Blick an ihrem Körper von unten nach oben gleiten. Auf der Haut um seine Augen bildeten sich Falten, als er sie zu kleinen Schlitzen verengte.

„Ich hatte gar nicht mit dir gerechnet.“ Nervös fasste Janne ihre zerzausten Haare zusammen und band sie schnell mit einem Gummi zusammen, das sie über ihr Handgelenk gestreift hatte, bevor sie sich auf der Couch eingerollt hatte.

„Lässt du mich trotzdem rein?“ Patrick trat selbstsicher einen Schritt vor.

„Klar.“ Intuitiv machte Janne ihm Platz und ließ dann hinter ihm die Tür ins Schloss fallen. Ihre Knie begannen zu zittern, ob vor Aufregung oder weil ihr nach wie vor die Kraft fehlte, konnte sie nicht eindeutig sagen.

Beide standen sich unentschlossen gegenüber. Janne war zu überrascht, dass er hier in ihrer Wohnung stand und Patrick wartete offenbar darauf, dass sie ihm sagte, wo er hingehen sollte. Mit einer entschlossenen Bewegung zog er sie in seine Arme. Fest an seine Brust gedrückt, atmete Janne seinen Duft ein – beruhigend, tröstend, kraftspendend. Sie summte genießerisch vor sich hin, woraufhin Patricks Brustkorb vor unterdrückter Belustigung zu vibrieren begann. Er tupfte ihr einen Kuss auf die Schläfe.

„Na komm. Geh zurück, wo auch immer du hergekommen bist. Du siehst aus, als kippst du gleich um.“ Während er sprach, hielt er sie noch fester.

„Vielen Dank auch“, entgegnete Janne beleidigt und schlug ihm mit der Faust halbherzig gegen den Oberarm.

„Ab mit dir. Das ist keine Bitte.“ Seinem Befehl kam sie murrend, aber dennoch freiwillig nach.

Eines Tages brachte ihn die Frau noch um den Verstand, wenn sie es nicht bereits getan hatte. Planmäßig sollte Patrick genau zu dieser Uhrzeit bei einem Kunden sitzen. Doch er hatte den Termin von Helena um eine Stunde nach hinten verlegen lassen, um sich ein kleines Zeitfenster freizuschaufeln. Die Agentur besaß dank Nele nach zwei Jahren einen ausgezeichneten Ruf, sodass er sich derartige Mätzchen ausnahmsweise herausnehmen konnte. Kunden zu versetzen gehörte sonst nie zu dem, was ihn auszeichnete. Der Job stand für ihn immer an erster Stelle. Bis ... ja, bis eines Abends eine aufreizend gekleidete junge Dame einen Großteil seiner Aufmerksamkeit für sich beansprucht hatte. Und jetzt stand er hier, in ihrer Wohnung und sorgte sich mehr um ihr Wohlergehen als um den Kunden.

Die Ränder unter ihren Augen zeugten davon, dass es ihr wirklich schlecht ging. Die Blässe ihrer Haut unterstrich diesen Eindruck zusätzlich.

„Was sagt der Arzt?“, erkundigte sich Patrick, nachdem er Janne zurück auf ihre Couch verfrachtet und eine Decke über sie ausgebreitet hatte. Er saß vor ihr auf dem niedrigen Tisch und konnte es nicht unterlassen, sie zu berühren, streichelte mit den Fingerkuppen über ihre Wange oder zeichnete mit dem Daumen Kreise auf ihrer Hand.

„Irgendein Virus. Viel trinken und ausruhen.“ Sie schloss die Augen. Als sie sie wieder öffnete, blitzte ein Ausdruck des Bedauerns auf. Patrick hätte diese Gefühlsregung verpasst, aber da er seine Aufmerksamkeit zu hundert Prozent auf Janne gerichtet hielt, entging ihm diese nicht, so kurz sie auch gewesen sein mochte. „Es tut mir leid, dass ich dich und die anderen ausgerechnet jetzt hängen lasse.“

Und da hatte er seine Bestätigung. „So einen Quatsch will ich gar nicht hören.“ Er beugte sich vor und küsste sie auf die Stirn. „In ein paar Tagen bist du wieder fit und ich kann dich in der Agentur an deine Grenzen treiben.

„Nur in der Agentur?“ Janne zog ihre Unterlippe zwischen die Zähne und sah dabei so verführerisch aus, dass Patrick sich in Erinnerung rufe musste, weshalb sie mit ihren verwuschelten Haaren vor ihm lag.

Ein unterdrücktes Knurren entfuhr ihm. „Mir ist es schon einmal gelungen, dich völlig um den Verstand zu bringen, und glaube mir, ich habe vor, genau das bald zu wiederholen.“

Eine zarte Röte zierte ihre Wangen und Patrick konnte sich ein Grinsen nicht verkneifen. Vielleicht sollte er mehr von seinen Fantasien preisgeben, damit sie wenigstens für den Moment ein wenig Farbe im Gesicht bekam.

„Bald?“ In ihren Augen begann ein Feuer zu lodern.

„Sehr bald.“ Oh ja. Er würde sie auf die *Ventus* verschleppen, auf die Ostsee hinausfahren und sie erst wieder von Bord gehen lassen, wenn sie ihn anflehen würde. „Sowie du wieder auf deinen Beinen stehen kannst, ohne dass ich Angst haben muss, dass du in der nächsten Sekunde umkippst.“ Er zwinkerte ihr zu.

„Mir geht es viel besser als heute Morgen.“ Demonstrativ setzte sie sich wieder auf, stellte ihre nackten Füße auf den Teppichboden und schob ihre Knie zwischen seine. Als wäre das nicht Folter genug, legte sie ihre Hände auch noch flach auf seine Oberschenkel.

Himmel noch mal. Patrick musste sich ermahnen, seine Finger bei sich zu behalten. In ihrem übergroßen Shirt und der eng anliegenden Leggins bot sie ein Bild, das ihn auf mehr als einen unzüchtigen Gedanken brachte. „Und damit das so bleibt, gehe ich jetzt." Entgegen seiner Ankündigung zog er sie auf seinen Schoß, um sie wenigstens auf diese Weise spüren zu können. Ihr warmer weicher Körper fest an seinen geschmiegt, ließ seine anfängliche Sorge verpuffen. Offenbar hatte sie sich wirklich nur einen dummen Virus eingefangen.

„Aber du bist gerade erst angekommen", beschwerte sie sich und strich mit ihrer Nase an seinem Hals entlang.

Wie gern hätte er sie jetzt geküsst, ihre verführerischen Lippen verwöhnt und seine Hände unter ihrem Shirt verschwinden lassen. „Ich konnte den Termin nur verschieben, nicht absagen", brachte er mit rauer Stimme hervor.

„Verstehe." Sie atmete lang gezogen aus, als müsste auch sie sich dazu zwingen, sich zu beherrschen.

Patrick umfasste ihren Kopf mit beiden Händen. „Nur für dich." Ihre Blicke verschmolzen ineinander.

„Danke."

„Für dich immer." Er lächelte und in ihren Zügen spiegelte sich das Glück wider, dass auch er empfand.

Als er eilig die Stufen hinuntereilte, klingelte sein Handy und ohne dem Display seine Aufmerksamkeit zu schenken, nahm er den Anruf entgegen.

„Gudegast", meldete er sich in einem höflich distanzierten Tonfall und blieb abrupt auf der vorletzten Stufe vor der Haustür stehen.

„Patrick mein Junge, wie schön, dass ich dich gleich erwische."

„Mom?" Ungläubig sah er auf das Handy, hielt es sich dann wieder an das Ohr und verließ mit schnellen Schritten das Haus. Seinen Termin konnte er kein weiteres Mal verschieben.

„Hast du kurz Zeit oder musst du in ein Meeting?"

„Ich habe so lange Zeit, wie ich für die Fahrt zu meinem Termin benötige. Warte eben, ich aktiviere die Freisprechanlage in meinem Wagen, dann können wir reden." Glücklicherweise hatte er direkt vor dem Haus, in dem Janne wohnte, einen Parkplatz gefunden und musste jetzt nicht ewig zu seinem Wagen laufen.

Nachdem er die Zentralverriegelung entsperrt und eingestiegen war, steckte er das Handy in die entsprechende Vorrichtung.

„Okay, Mom. Schieß los.“ Während er das sagte, fädelte er sich in den Verkehr ein und lauschte gleichzeitig den Worten seiner Mutter. Da sage noch einer, Männer wären nicht multitaskingfähig. Ein Lächeln schlich sich auf seine Lippen und gefror noch in derselben Sekunde.

„Hat dich diese nette junge Frau erreicht. Ach, ich wollte dich schon vor ein paar Tagen fragen, habe es dann aber wieder vergessen. Du weißt ja, wie schusselig ich bin.“

„Wovon genau redest du?“

„Neulich stand hier eine Frau vor unserem Haus und fragte nach dir. Sie meinte, ihr seid sehr gut miteinander bekannt.“ Sie kicherte und Patrick verdrehte genervt die Augen. Eine böse Vorahnung erfasste ihn und plötzlich wurde sein Mund so trocken wie die Wüste Gobi. „Jedenfalls wurde ihr die Handtasche gestohlen, mitsamt Handy und allem, was Frauen so mit sich herumtragen. Kannst du dir das vorstellen, Junge. Furchtbar.“

„Mom!“ Er stoppte mit wilder Entschlossenheit die Ausführungen seiner Mutter. „Wie sah sie aus?“, presste er hervor und biss so fest die Zähne zusammen, dass es schmerzte.

„Wie ich sagte, es ist schon eine Weile her. Auf jeden Fall hatte sie blonde Haare, so bis zu den Schultern und sie war sehr groß gewachsen.“

Audrey. Wer sonst könnte es gewesen sein. Ihr Bild schob sich vor sein inneres Auge und fast hatte er das vor ihm stehende Fahrzeug gerammt, das an der roten Ampel zum Stehen gekommen war.

„Verfluchte Scheiße“, schrie er und schlug mit der Hand auf das Lenkrad. Dabei hatte er vollkommen die Anwesenheit seiner Mutter vergessen, auch wenn diese nur am Telefon in Boston saß.

„Junge was ist denn?“ Ihre vorsichtig formulierte Frage, brachte Patrick dazu, kurz die Augen zu schließen, um sich zu beruhigen.

„Alles gut Mom. Nur der Verkehr. Danke dass du mir Bescheid gesagt hast. Ist sonst alles in Ordnung bei euch? Geht es Dad gut?“

„Wir vermissen dich. Aber deinem Vater und mir fehlt es an nichts.“

Das beruhigte ihn wenigstens ein bisschen. Seit seinem Weggang aus Boston bestand seine größte Sorge immer darin, dass seinen Eltern etwas zustoßen könnte und er wäre nicht schnell genug vor Ort, um zu helfen. Doch Volker hatte immer gesagt, dass es von der Westküste der USA bis zur Ostküste ebenso weit wäre wie von Hamburg nach Boston – ergo wäre es doch egal, wo er sich niederlassen würde, der Kontinent spielte da doch keine Rolle. Ein lukratives Jobangebot aus Los Angeles hätte er ja auch nicht abgeschlagen.

„Das ist gut, grüße ihn von mir und ich melde mich in den nächsten Tagen bei euch.“

„Versprochen?“

„Ja, versprochen. By Mom.“

„Pass auf dich auf, Junge.“

„Immer.“ Er grinste. Da war es wieder, dieses Gefühl, als wäre er fünf und nicht zweiunddreißig. Seine Mutter würde sich nie damit abfinden, dass ihr kleiner Junge jetzt einen gestandenen Mann abgab.

Er drückte auf den roten Knopf, beendete das Gespräch und überlegte fieberhaft, was er mit der Information über Audrey anfangen sollte. Was wollte diese Frau von ihm und weshalb gab sie sich so eine Mühe, ihn ausfindig zu machen? Doch ihm fiel partout nichts ein. Letztlich verdrängte er jeglichen Gedanken an eine verrückte Frau aus Boston und konzentrierte sich auf das bevorstehende Meeting.

Das Fernsehprogramm des Abends konnte Janne nicht fesseln und nach einem Buch stand ihr nicht der Sinn. Weil sie jedoch den ganzen Tag mehr oder weniger schlafend verbracht hatte, verspürte sie keinerlei Drang danach, ins Bett zu gehen. Also schaltete sie ihre Musikanlage an und begann ihren Wäscheschrank neu zu ordnen. Manchmal veranstaltete sie die verrücktesten Dinge zu noch verrückteren Zeiten. Janne stapelte Shirts fein säuberlich aufeinander, sortierte Unterwäsche und musterte ihre Hosen mit kritischem Blick. Einige ihrer Jeans waren an den Knien mittlerweile schon ziemlich dünn geworden und für die Arbeit nicht mehr zu gebrauchen. Entsprechend kamen sie auf den Haufen, den sie in die Altkleidersammlung geben wollte.

Als sie das Outfit von der Mottoparty in den Händen hielt, erfasste sie ein aufgeregtes Flattern. Bei der Erinnerung daran, was in der Zwischenzeit alles passiert war, schüttelte sie ungläubig den Kopf. Wie lange war dieser Freitag, der ihr Leben nachträglich auf den Kopf gestellt hatte jetzt her? Fünf Wochen? Sechs?

Ist Nele schon so lange fort?, schoss ihr die Frage in den Sinn. Irgendwie kam ihr die Zeit viel kürzer vor. Von plötzlicher Unruhe erfasst, ließ Janne die Kleidungsstücke achtlos auf den Boden fallen und schnappte sich ihr Handy.

Mit zittrigen Fingern tippte sie auf die Kalender-App und blätterte Woche um Woche zurück. Als sie bei der Markierung ankam, bei dem lediglich ein kleiner roter Punkt neben dem Datum eingetragen war, wurden ihre Knie weich. Die Erkenntnis traf sie mit der Wucht einer Abrissbirne. Sie sackte zu Boden, wie eine der aufblasbaren Figuren in einem Freizeitpark, aus der man die Luft herausgelassen hatte und starrte ungläubig auf das Display.

Wie hatte ihr das entgehen können? WIE?

Tränen rannen über ihr Gesicht und ihre Glieder begannen unkontrolliert zu zittern. Janne ignorierte beides. Ihr Gedankenkarussell begann sich wie wild zu drehen und verursachte erneuten Schwindel, sodass sie sich einfach zur Seite kippen ließ.

Minutenlang blieb sie auf dem Boden liegen, ohne sich zu regen. All die Pläne für die Zukunft lösten sich in Nichts auf, verflüchtigten sich wie Morgentau bei aufgehender Sonne. Von der Helligkeit und der Wärme, die die Sonne normalerweise ausstrahlte, war sie jedoch Lichtjahre entfernt. Tiefschwarze Nacht hüllte sie ein, zog ihren Geist und ihre Seele in den Abgrund.

~~~~~

„Helena, hat sich Janne gemeldet?" Patrick saß an seinem Schreibtisch und versuchte herauszubekommen, ob eine seiner verbliebenen Assistentinnen vielleicht in Kontakt mit der Frau stand, von der er seit dem gestrigen Abend nichts mehr gehört hatte.

„Leider nein. Soll ich versuchen, sie zu erreichen?" Sollte Helena verwundert über seine Anfrage sein, so konnte sie es geschickt verbergen. Normalerweise schickten ihm die Damen ein Memo, sobald Mitarbeiter erkrankten oder weiter ausfielen. Für die Koordination der Projekte war dieses Prozedere unerlässlich.

„Nein, lassen Sie nur. Wenn wir nichts von ihr hören, gehen wir davon aus, dass sie morgen erscheinen wird." Als Boss konnte er sich mit dieser Vorgehensweise arrangieren, als ein Teil von *WIR* frustrierte ihn die Unwissenheit maßlos.

Auf seinen Morgengruß hatte Janne nicht reagiert. Die Nachfrage am Mittag hatte sie unbeantwortet gelassen. Jetzt, am späten Nachmittag wusste Patrick weder, wie Janne die Nacht überstanden hatte, noch wie ihr bisheriger Tag verlaufen war. Ja, sie kannten sich beide mit Beziehungen nicht sonderlich gut aus. Aber dieses Verhalten war alles andere als normal, oder?

Patrick konnte sich nicht entscheiden, ob die Besorgnis oder die Wut das Rennen machte. Wahrscheinlich brodelte eine Mischung aus beidem in ihm. Auf dieses seltsame Gefühl konnte er jedoch gut und gerne verzichten.

Er beschloss, nach dem Meeting am Abend ein weiteres Mal bei ihr vorbeizufahren, auch wenn er sich dadurch wie ein Stalker verhielt. Wenn er doch nur dieses Essen mit den Geschäftsführern des neuen Fitnessstudios bereits hinter sich gebracht hätte. Aber die Abstimmungen für das Firmenlogo und die Auswahl der Werbeprodukte
~~~~~

mussten dringend über die Bühne gebracht werden. Verschieben kam diesmal nicht in Frage. Der Termin für die Eröffnung rückte unaufhaltsam näher.

Seine Konzentration für die Aufgaben, die er bis dahin noch zu erledigen hatte, wurde immer wieder unterbrochen, weil er in regelmäßigen Abständen nach seinem Handy griff. Das Ergebnis war allerdings bei jedem Blick auf das Display ernüchternd. Keine eingegangenen Nachrichten.

„Herr Jacobsen auf Leitung zwei.“ Jetzt unterbrach Helena ihn und Patrick schob genervt die Unterlagen von sich.

„Stellen Sie durch“, erklärte er schroffer als beabsichtigt. Verdammt. Helena konnte nun wirklich nichts für seine derzeitigen Probleme.

„In Ordnung“, gab sie kleinlaut zurück und schon hörte er die fröhliche Stimme seines Cousins am anderen Ende der Leitung.

Wunderbar, ein gut gelaunter Hanseat.

„Hey, wie steht es bei euch an der Küste?“, fragte Volker im lockeren Plauderton.

„Wie allgemein bekannt ist, hat die Agentur ihre Büros an der Kieler Förde, nicht am Strand“, brummte Patrick und gab sich nicht mal Mühe, seinen Unwillen zu unterdrücken.

„Oha, du bist aber pingelig heute und so supergut gelaunt. Geschäfte oder Frauen?“ Ein amüsiertes Glucksen von Volker entlockte ihm ein unwirsches Schnauben.

„Sehr witzig.“

„Wer hat dir die Suppe versalzen?“, bohrte Volker mit unverhohlener Neugier nach und schien nicht zu merken, dass er keine Lust auf ein Geplänkel hatte.

„Geht dich nichts an, ist privat.“ Am liebsten würde Patrick jetzt den Hörer auflegen, aber seine gute Kinderstube verhinderte eine derartige Entgleisung.

Volkers Lachen war kaum noch zu ertragen. Entsprechend grimmig formulierte er seine Frage, um zum Geschäftlichen zurückzukehren, schließlich hatte sein Cousin auf dem Firmenapparat angerufen. „Also: Warum rufst du an?“

„Weil ich am Wochenende nichts vorhabe, der Wettermann im Fernsehen bestes Segelwetter vorhersagt und du bestimmt einen zweiten Mann auf deiner Nussschale gebrauchen kannst.“

„Erstens: Seit wann hast du so kurzfristig für das Wochenende noch keine Pläne. Zweitens: Es soll regnen.“ Das hatte Patrick sich nur ausgedacht, weil es zu seiner aktuellen Stimmung passte und außerdem hatte er sich bekanntlich eine Menge Arbeit für das Wochenende eingeplant, aber das musste Volker ja nicht wissen. „Und drittens ist die *Ventus* ein klassisches Segelboot und keine Nussschale.“

„Danke für deine Erläuterungen. Sagst du mir nun endlich, wer oder was für deine schlechte Laune verantwortlich ist?“

Patrick presste die Lippen aufeinander und gab einen unwilligen Laut von sich. Nach einem zum gefühlt zweihundertsten Blick auf das Handy, beschloss er, dass es eventuell eine gute Entscheidung sein könnte, mit jemandem zu reden. Echte Freunde hatte er hier in der kurzen Zeit und bei seinem Arbeitspensum noch nicht gefunden und Volker war bekannt dafür, ein guter Zuhörer zu sein. Also was soll’s. Sie haben früher schon immer über Gott und die Welt und Frauen gequatscht.

„Ich habe jemanden kennengelernt“, offenbarte er sein kleines Geheimnis. Er stand auf und ging zu einem der bodentiefen Fenster hinüber. Dem faszinierenden Ausblick konnte er heute jedoch keinerlei Aufmerksamkeit schenken. Und das, obwohl der strahlendblaue Himmel und die riesigen Skandinavienfähren im Hafen ein traumhaftes Bild abgaben. Seine Prioritäten lagen bei einer einzelnen jungen Dame, die scheinbar null Gedanken an ihn verschwendete. Die aufkommende Enttäuschung unterdrückte er mit aller Macht.

„Grundsätzlich kann das ja etwas sehr Schönes sein und ist an sich noch kein Grund, durch geballte Übellaunigkeit auf seine Mitmenschen verbal einzuprügeln.“ Mit dieser Ansage brachte Volker seine von ihm selbst nicht wahrgenommene Wirkung auf sein Umfeld auf den Punkt.

Beide schwiegen für einige Sekunden.

„Tut mir leid“, gestand Patrick ein. „Aber ich habe das Gefühl, als treten wir auf der Stelle oder drehen uns im Kreis. Ach, ich weiß doch auch nicht. Ich habe keinen Plan, wie ich vorgehen soll, was von mir erwartet wird oder wie ich ihren Schutzpanzer knacken soll.“ Die Worte sprudelten nur so aus ihm heraus. „Manchmal habe ich das Gefühl, sie zieht sich in ihr Schneckenhaus zurück. Ich kenne den Hintergrund nicht und habe keine Möglichkeit, sie wieder herauszulocken. Und heute sind wir mal wieder an diesem Punkt angelangt.“

„Tja mein Lieber, ich würde mal sagen, dich hat es erwischt.“ Wider Erwarten lachte Volker nicht, sondern schlug einen ernsteren Ton an. „Und zwar mit voller Breitseite.“

„Könnte sein“, gab Patrick zu. Zum ersten Mal wurde ihm richtig bewusst, wie viel ihm Janne bedeutete, wie sehr sie ihm unter die Haut ging, und zwar von der ersten Sekunde an, wie er sich eingestehen musste.

„Was ist denn aktuell das Problem? Vielleicht hilft es ja, kein großes Fass aufzumachen, sondern sich Schritt für Schritt an die Ursache heranzutasten und einen Lösungsansatz zu finden."

„Sie hat sich für gestern und heute krankgemeldet. Gestern Nachmittag hab ich extra ein Meeting verschoben, um nach ihr sehen zu können. Seitdem habe ich nichts mehr von ihr gehört, keine Antworten auf meine Nachrichten und wenn ich anrufe, springt nur die Mailbox an."

„Moment, warte. Sie arbeitet in der Agentur?", unterbrach Volker Patricks Zusammenfassung.

„Ja", bestätigte Patrick vorsichtig.

Volker stieß einen leisen Pfiff aus, woraufhin er die Augen verdrehte. „Was ist mit deinen Regeln?"

„Hab ich über Bord geschmissen." Seine lapidar lautende Erklärung wurde von einem Schulterzucken begleitet, auch wenn dies hier keine Videokonferenz war und niemand diese Regung sehen konnte.

„Um dich steht es ja noch schlimmer, als ich vermutet habe." Volker klang beinahe fassungslos, doch Patrick überging seine Feststellung.

„Also was ist jetzt. Hast du einen Tipp für mich?", fragte er ungeduldig nach. Auf die Befindlichkeiten seines Cousins konnte er jetzt keine Rücksicht nehmen.

„Warte kurz, ich muss diese Info erst mal sacken lassen."

Patrick grummelte unwillig. Er wollte keine Analyse, sondern einen hilfreichen Tipp, und zwar, bevor sein Kopf explodierte, weil er inzwischen von mittelschweren Kopfschmerzen traktiert wurde.

„Gibt es keine Verbindungspunkte, die du schamlos ausnutzen kannst?"

„Was genau meinst du damit?" Er presste seine Faust an die Stirn und schloss die Augen, um sich besser konzentrieren zu können.

„Vielleicht kannst du eine dritte Person fragen, ob sie gehört hat, wie es deiner Herzensdame geht? Wie heißt sie überhaupt?"

„Janne hat nicht viele Kontakte, glaube ich. Außerdem ist ihr Selbstbewusstsein nicht gerade das stärkste, weswegen sie kaum zu irgendjemanden rennen wird, wenn sie Hilfe braucht."

„Wenn sie in der Agentur arbeitet, gibt es vielleicht Kollegen, die du fragen könntest."

„Emma", fiel es ihm siedend heiß ein. Schließlich haben sie nach Jannes eigenen Angaben getextet, und zwar über private Angelegenheiten.

„Deine persönliche Assistentin Emma?"

„Ja. Sie ist die Einzige, die einen Verdacht geschöpft und Janne darauf angesprochen hat."

„Na also. Die Zwei scheinen sich über mehr als Projekte und Probleme mit dem Kopierer zu unterhalten."

Patrick dachte nach. Er könne einen kurzen Abstecher im Krankenhaus einplanen. Die fünfzehn Minuten wären durchaus drin. Vielleicht wäre es tatsächlich eine Option, Emma dezent auszufragen.

„Danke, Mann. Du hast einen gut bei mir."

„Womit wir zu meinem ursprünglichen Anliegen zurückgekehrt sind. Segeln am Wochenende?"

„Erst muss ich das mit Janne klären." Ohne eine plausible Erklärung konnte er seine Aufmerksamkeit sowieso nicht vollständig auf andere Dinge lenken, was beim Segeln durchaus fatale Folgen haben würde.

„In Ordnung. Gib mir einfach Bescheid. Aber unabhängig davon sollten wir uns schleunigst mal wieder treffen. Dich hat es ja nicht ohne Grund zurück in den Norden gezogen."

„Einverstanden."

Nach Beendigung des Telefonats stand für Patrick zweierlei fest: Er musste seinen Plan in die Tat umsetzen und auf anderem Weg herausfinden, warum Janne sich so verhielt, wie sie sich verhielt. Zum anderen nahm er sich fest vor, sich öfter als bisher mit Volker zu treffen. Sie wohnten jetzt gerade eine Stunde Fahrzeit voneinander entfernt und hatten sich, wenn es hochkam, gerade drei Mal gesehen. Zu seinen Bostoner Zeiten war es nicht verwunderlich, dass der Kontakt ein wenig abgekühlt war. Auch Volkers Eltern beschwerten sich regelmäßig, dass er sich viel zu selten in Lübeck blicken ließ. Aber jetzt wollte er die familiären Verbindungen wieder enger pflegen. Deswegen war er schließlich nach Deutschland zurückgekehrt.

Zur selben Zeit steigerte sich Jannes Nervosität von Minute zu Minute. Wann war sie das letzte Mal so durch den Wind gewesen?

Den gestrigen Tag hatte sie wie im Nebel auf der Couch verbracht, das stundenlange Klingeln an der Tür und die zahlreichen Versuche von Patrick, sie zu erreichen, ignoriert.

Ja, es war unfair, aber sie hatte diesen Tag gebraucht, um wieder einigermaßen frei atmen zu können. Und ja, so benahm sie eine zwar junge, aber dennoch erwachsene Frau nicht. Janne entschuldigte ihr Verhalten mit der Ausnahmesituation, in der sie sich befand. Bei der Erkenntnis, die sie überrollt hatte, war es kaum verwunderlich, dass sie ohne Sinn und Verstand reagierte.

Noch am Nachmittag hatte sie in der Praxis angerufen und für heute einen Termin erhalten. Nun saß sie hier und wartete auf die Ergebnisse der Blutuntersuchung. Sie ahnte, was die Ärztin ihr gleich verkünden würde. Irgendwie hatte sie es im Gefühl.

Aber in diesem Moment gäbe sie alles darum, nicht als Gesprächsthema beim Treffen der Frauengruppe ihrer Mutter zu enden. Außerdem hatte sie noch so viele Dinge auf der Liste, die sie unbedingt erleben wollte.

Einmal.

Ein einziges verfluchtes Mal.

Tränen brannten ihr in den Augen und ließen ihre Sicht verschwimmen. Daher bemerkte sie auch nicht, dass eine junge Mitarbeiterin der Praxis vor ihr stand. Offenkundig versuchte sie zum wiederholten Mal, sie zum Mitkommen zu bewegen.

„Frau Perholm, bitte. Sie sind dran."

„Entschuldigung. Natürlich." Janne senkte ihren Blick und wischte verstohlen die Feuchtigkeit aus ihren Augenwinkeln.

Im Sprechzimmer angekommen, nahm sie wie angewiesen Platz.

„Es dauert nicht mehr lange. Frau Dr. Garbs wird gleich bei Ihnen sein und alles mit Ihnen besprechen. Machen Sie sich keine Sorgen."

Janne spürte eine Hand an ihrer Schulter, hielt den Kopf aber nach wie vor gesenkt.

„Danke", flüsterte sie, doch Janne war längst allein im Raum.

Wie versprochen dauerte es wirklich nicht lange, zumindest kam es ihr nicht so vor. Frau Dr. Garbs nannte Janne die Fakten und schlug dann einen milderen Ton an.

„Sie kennen den Vater des Kindes?"

„Ja." Janne verzog die Lippen zu einem aufgesetzten Lächeln.

„Wenn ich ihre Reaktion richtig deute, ahnt er nichts von Ihrem Zustand. Sind sie ein Paar?"

„Nein." Sie hatte über ihre Antwort nicht einmal im Ansatz nachgedacht, sondern einfach ausgesprochen, was ihr seit Stunden durch den Kopf ging.

Patrick mochte sie gernhaben. Vielleicht sogar ein bisschen mehr als das. Auf der anderen Seite stand für ihn die Agentur an zentraler Stelle. Ihr lag es fern, ihm die Pistole auf die Brust zu setzen und einen Entschluss von ihm zu erzwingen. Die Frage, ob er seine Entscheidung aus tiefstem Herzen oder nur aus der Situation heraus fällen würde, hätte durchaus das Potenzial, sie ihr restliches Leben lang zu verfolgen.

Mit einer der Mitarbeiterinnen an der Anmeldung vereinbarte sie einen erneuten Termin in vier Wochen. Janne sollte sich bis dahin über zusätzliche, nicht von der Krankenversicherung getragene

Untersuchungen Gedanken machen. Ein entsprechendes Informationsschreiben wurde ihr wie selbstverständlich ausgehändigt.

Himmel.

Sie wusste noch keine Stunde, dass sie schwanger war und sollte jetzt schon Entscheidungen treffen? Na gut, geahnt hatte sie es schon am letzten Abend, aber trotzdem. Ihr Kopf fühlte sich an, als hätte man sämtliche Gehirnzellen durch luftgefüllte Ballons ersetzt – aufgebläht und doch inhaltslos. Wie sollte das nur in den kommenden Monaten werden? Sie versuchte, die aufkommende Panik zu ignorieren und überlegte fieberhaft, wie sie sich ablenken konnte. Sie musste für ein paar Stunden an etwas anderes denken. Dingend, sonst würde sie unter Garantie durchdrehen.

17. Kapitel

Da Janne nach dem Verlassen der Praxis auf keinen Fall allein sein wollte, ging sie den kurzen Weg zur Klinik, in der Emma lag. Ihre Kollegin war schon immer mit dem Talent gesegnet, Heiterkeit zu verbreiten, wenn um sie herum schlechte Stimmung herrschte.

Janne betete dafür, dass sie ihre Mimik unter Kontrolle halten konnte. Obwohl sie sich nach Gesellschaft sehnte, gesprächsbereit war sie deswegen noch lange nicht.

Im Erdgeschoss der Klinik befand sich ein Kiosk, der trotz seiner geringen Ladenfläche ein großes Sortiment an Snacks, Süßigkeiten, Büchern, Zeitschriften oder Drogerieartikeln anbot. Janne entschied sich spontan, eine Packung mit dänischem Gebäck zu kaufen, um nicht mit leeren Händen zu erscheinen. Emma würde sich sowieso schon fragen, wie es angehen kann, dass sie ihr zu dieser Tageszeit einen Besuch abstatten konnte. Nun ja. Sie hatte noch genau vier Etagen Zeit, um sich eine plausible Erklärung einfallen zu lassen.

Sollte sie die Bombe platzen lassen oder eine Geschichte erfinden, die Emma ihr wahrscheinlich sowieso nicht abkaufen würde?

Wahrheit oder Lüge?

Noch zwei Etagen.

Als Janne den Eingang zur Station erreicht hatte, auf welcher sich Emmas Zimmer befand, hob sich ihr Brustkorb in einem schnellen Rhythmus. Wozu absolvierte sie eigentlich ihre regelmäßigen Laufrunden, wenn sie eine solche Anstrengung schon aus der Puste brachte? Bevor sie den nächsten Schritt tat, fasste sie den Entschluss, Emma eine Halbwahrheit aufzutischen und spontan zu entscheiden, wie viel sie letztendlich preisgeben wollte.

„Janne? Was für ein netter Zufall." Emma grinste verschmitzt, als sie einen Fuß über die Schwelle gesetzt hatte.

Wie bitte? Wieso Zufall? Janne verstand kein Wort.

„Hallo Emma. Was macht dein Arm, wie geht es deinem Bein?", versuchte sie mit ihrer Frage die Begrüßung zu überspielen.

„Soweit ganz gut. Ich bekomme immer noch Schmerzmittel, aber zum Glück habe ich dieses Gefährt hier, um auch mal aus dem Bett herauszukommen." Sie deutete auf einen Rollstuhl, der auf der anderen Seite des Bettes stand. Sah irgendwie ungemütlich aus, aber so lange er den Zweck erfüllte … Außerdem war die Nutzung ja wohl auch nur für die Übergangszeit angedacht.

„Wäre ja auch zu dumm, wenn du den lieben langen Tag nur auf der faulen Haut liegen würdest."

„Genau.“

Janne legte die Gebäckdose auf den Nachtschrank und begutachtete danach das sogenannte *Gefährt.* Sie schob ihn ein paar Mal vor und zurück und setzte sich danach auf einen der Besucherstühle.

„Was meintest du überhaupt mit Zufall?“ Sie griff den Begrüßungsspruch von Emma noch mal auf, weil ihr belustigter Unterton Janne keine Ruhe ließ.

„Es ist noch keine halbe Stunde her, als mich unser aller Boss Patrick angerufen und subtil versucht hat, herauszufinden, ob wir zwei seit gestern vielleicht miteinander gesprochen haben. Offenbar bist du aus gesundheitlichen Gründen nicht in der Agentur gewesen.“ Sie tippte sich mit dem Zeigefinger an die Lippen. „Warum nur wollte er das wissen?“

Janne spürte, wie sie rot wurde, nicht besonders intensiv, noch brannte ihre Haut nicht wie Feuer, aber trotzdem verriet sie diese Regung. Wie ärgerlich.

„Ich habe mich ganz normal abgemeldet und Helena gestern Bescheid gesagt, dass ich noch einen Tag brauche, bis ich vollkommen fit bin.“

„Aha. Und du denkst, dass das hier ein guter Ort ist, um sich zu erholen?“ Skeptisch zog Emma eine Braue nach oben.

Lass dir etwas einfallen, feuerte sie sich selbst an.

„Allein zu Hause rumzusitzen ist als Option ausgeschieden.“ Ging es noch dämlicher? Was war das denn für eine grottenschlechte Erklärung?

„Janne, was liegt dir wirklich auf dem Herzen? Versteh mich nicht falsch – ich freue mich immer, wenn ich Besuch bekomme und mir ein wenig Ablenkung zu dem ganzen Mist hier vergönnt ist. Aber du hast dich noch nie krankgemeldet. Jetzt plötzlich drei Mal innerhalb kürzester Zeit. Du siehst ein wenig blass aus und ziemlich üble Augenringe zieren dein hübsches Gesicht. Was aber ist der Grund dafür?“ Die Skepsis war mit einem Mal verschwunden und Sorge breitete sich auf Emmas Gesicht aus.

Janne mied ihren Blick und starrte stattdessen auf ihr Gipsbein.

„Es ist nichts.“ Sie sprach so leise, dass sie sich selbst kaum verstand.

Emmas Ohren hatten bei dem Sturz offenkundig keinen Schaden genommen, weswegen sie mit einem undeutbarem *hm* zu verstehen gab, dass sie ihre Aussage nicht abnahm.

„Sieht das Nichts unverschämt gut aus, nennt die Agentur sein zweites Zuhause und war am Tag meines Unfalls mit dir zusammen genau hier in diesem Zimmer?“

Janne verkniff sich eine Reaktion. Dieses Gespräch verlief so komplett anders. Emma nahm Jannes Hand und drückte sie sanft. Als hätte sie einen Knopf berührt, öffneten sich die Schleusen und Tränen rannen ungehindert über Jannes Wangen.

„Hey, ganz ruhig. Von mir erfährt niemand etwas“, versprach Emma. „Ich habe mir das schon denken können.“

Janne antwortete nicht, sondern ließ nur ein Schniefen vernehmen. Besucher sollten die Patienten aufmuntern und nicht heulend vor ihnen zusammenbrechen. Doch für diese Erkenntnis war es jetzt leider zu spät.

„Er ist der Latzhosenmann“, brach es aus Janne heraus.

Emma prustete los und hielt sich schnell eine Hand vor den Mund. „Ernsthaft?“

„Ich habe es nicht gewusst. Patrick hat es mir gestanden, als wir uns zufällig am Strand getroffen haben.“

„Dann beruht die Anziehung also auf Gegenseitigkeit?“

Offensichtlich schon, dachte Janne und nickte zustimmend.

„Wer hätte das gedacht. Während der Bürozeiten konnte Patrick allerdings sehr gut verstecken, dass er dich im Grunde ziemlich mag.“ Emma schüttelte den Kopf. „Ich fasse es nicht. Jetzt ergeben seine Fragen natürlich viel mehr Sinn.“

„Welche Fragen?“ Mit einem Ruck setzte Janne sich aufrecht hin. Ihre Stirn hatte sich mehr und mehr in Falten gelegt. Sie war so durcheinander, dass das Misstrauen Oberhand gewann und ein Zittern ihren Körper erfasste.

„Hab ich dir doch vorhin erzählt. Er wollte wissen, ob ich etwas von dir gehört habe.“ Jetzt schmunzelte sie. „Und das habe ich in der Tat.“

„Du darfst ihm nicht sagen, dass ich hier war. Bitte, Emma. Schwör es mir“, flehte Janne und unterdrückte krampfhaft die aufsteigende Verzweiflung.

„Verstehe ich nicht. Außerdem … wenn das Schicksal euch zwei im Visier hat …“

„Was willst du denn damit andeuten?“ Die kryptische Aussage gefiel Janne nicht. Natürlich nicht. Zu vieles war im Moment unklar. Sie brauchte Ruhe. Auf ein weiteres Aufwirbeln ihrer Gedanken konnte sie gut und gerne verzichten.

Doch bevor Emma ihre versteckten Hinweise erklären konnte, klopfte es an der Tür, die gleich in der nächsten Sekunde aufsprang. Beide Frauen drehten ihre Köpfe in die Richtung des Geschehens. Als Janne realisierte, wer da in der Tür stand, sackte ihr Magen um einiges nach unten. Patricks Anblick verursachte ein plötzlich auftretendes Schwindelgefühl und instinktiv suchte Janne nach einer effektiven Fluchtmöglichkeit. Ihr Blick huschte im Zimmer umher und je mehr sie realisierte, dass sie in der Falle saß, desto mehr wuchs die Panik.

Emma schien das zu spüren, denn sie umfasste wortlos Jannes Hand. Es half, ein wenig jedenfalls.

„Janne? Geht es dir schlechter? Wieso bist du in der Klinik?“ Patrick redete so schnell, dass er wahrscheinlich gar nicht merkte, wie er trotz Emmas Anwesenheit das vertraute *Du* gewählt hatte.

Ein dicker Kloß bildete sich in ihrer Kehle, schnürte ihr die Luft ab, sodass sie sich fühlte, als wäre sie unter der Wasseroberfläche gefangen.

„Ich muss dann auch mal wieder.“ Hastig stand sie auf. Der Stuhl schabte laut über den Boden, weil sie ihn so vehement zurück geschoben hatte.

„Du gehst nirgends hin.“ Patricks autoritär klingende Stimme, bewirkte genau das, was er erreichen wollte. Janne erstarrte in der Bewegung und klebte mit ihrem Blick praktisch an seinen Augen. Er wusste nicht, was sie darin lesen konnte, aber er versuchte ihr wortlos zu verstehen zu geben, dass Weglaufen keine Lösung darstellen konnte. Egal, was hier gerade schieflief.

„Leute.“ Emma griff in die angespannte Situation ein, und ließ alle Förmlichkeiten außer Acht. „Jetzt beruhigen wir uns alle mal. Dahinten steht noch ein Stuhl“, erklärte sie an Patrick gewandt, der immer noch in der Tür stand und somit den einzigen Fluchtweg versperrte.

Als er sah, dass Jannes Anspannung minimal nachließ, wich auch die Spannung aus seinem Körper und er folgte Emmas Ansage.

Die eingeplante Viertelstunde konnte er jetzt schon vergessen. Janne würde ihm nicht entwischen, bevor er seine Antworten bekam. Und wie er die Sachlage einschätzte, brauchte er unter Garantie wesentlich länger, um herauszufinden, was hier eigentlich vor sich ging. Frustriert darüber, dass diese Beziehung schon wieder seine Arbeit torpedierte, presste er die Kiefer aufeinander und schwieg. Was auch immer er mit Janne teilte, sollte keinen Einfluss auf den Job haben. Jedenfalls war das sein ursprünglicher Plan gewesen, nachdem er sich eingestanden hatte, mit Janne auch außerhalb der Agentur Zeit zu verbringen. Doch offenkundig musste er diesen noch einmal revidieren. Hatte sie denn schon einen derart großen Einfluss auf sein Handeln, dass er begann, die Belange der Agentur zu vernachlässigen? Gab es keinen vernünftigen Mittelweg? Wahrscheinlich nicht, bevor er seine Antworten bekam.

„Also ihr zwei?“ Emma wedelte zur Untermalung ihrer Frage mit ihrer unverletzten Hand zwischen den beiden hin und her. „Das finde ich irgendwie süß.“

Patrick stieß ein genervtes Schnauben aus. „Ich denke“, er legte eine kurze Pause ein und entschied sich, ebenfalls ins vertraute *Du* zu wechseln. Was sollte es jetzt noch. „Ich denke, du weißt ganz genau, dass Janne und ich uns auch privat treffen.“ Die Tatsache offen auszusprechen, war irgendwie befreiend.

„Seit ein paar Minuten, ja“, gab Emma zu und seufzte verträumt. „Du bist der Latzhosenmann.“ Emma prustete los. Patrick und Janne hingegen richteten ihre Blicke aufeinander und waren binnen Sekunden in ihrer eigenen Blase gefangen. Sie versanken in den Augen des anderen und lächelten sich verlegen an. Die Situation war bizarr und trotzdem wollte Patrick gerade an keinem anderen Ort sein.

„Hallo?“ Wie aus weiter Ferne drang Emmas Ruf an seine Ohren. Janne zuckte ertappt zusammen und drehte ihren Kopf wieder in Emmas Richtung. „Ich bin auch noch anwesend.“ Sie zog einen Schmollmund. „Also wisst ihr, das Ganze hier entpuppt sich offensichtlich als unverhofftes Date und nicht als Krankenbesuch. Ich bin wirklich enttäuscht.“ Dass dem nicht so war, zeigte ein amüsiertes Funkeln in ihren Augen.

Patrick räusperte sich. „Entschuldigung. Wie geht’s dem Arm, was macht das Bein?“

Emma starrt ihn mit gerunzelter Stirn an. „Was ist?“ Genau deswegen war sie doch hier, also war seine Frage vollkommen legitim oder hatte er in der Zwischenzeit etwas Wesentliches verpasst?

„Genau dasselbe hat Janne mich auch gefragt, als sie vor zehn Minuten so unverhofft hier aufgetaucht war.“ Emma sah aus, als wäre sie in einen Topf voller Nussnugatcreme gefallen. Das Programm, das sich ihr hier bot, war aus ihrer Sicht wahrscheinlich lustiger als jede Nachmittagssoap.

Dass er eine der Hauptrollen bekleidete, behagte Patrick allerdings weniger. Vor allem, weil er nicht wusste, welcher Part ihm in dieser Geschichte zugedacht wurde. War er der Gute oder der Böse? Kam vermutlich auf die Perspektive an. Für Emma schien er der Gute zu sein, bei Janne war er sich nicht sicher.

„Was soll man auch sonst fragen? Außer deinem Arm und deinem Bein hat der Rest des Körpers ja, allem Anschein nach, keinen Schaden genommen. Wobei?“ Janne tippte sich mit ernster Miene an die Stirn. „Bei deinem Kopf könnten die Ärzte durchaus etwas übersehen haben.“ Sie wirkte auf eine niedliche Art angesäuert.

Emma lachte. „Keinesfalls. Das Kontroll-MRT zeigt null Auffälligkeiten.“

Patrick verfolgte den kleinen Schlagabtausch mit wachsender Belustigung. Dass Janne so ihre Krallen ausfahren konnte, hatte er bisher noch nicht erlebt. Im Gegenteil. Eigentlich hielt sie sich eher zurück, was ihre Meinungsäußerung anging.

„Wie dem auch sei. Ich muss dann wirklich los. Im Gegensatz zu dir muss ich morgen wieder zur Arbeit und könnte nach den Neuigkeiten des Tages noch eine ordentliche Portion Ruhe gebrauchen.“ Kaum hatte Janne das letzte Wort ausgesprochen, weiteten sich ihre Augen. Erschrocken senkte sie den Blick und murmelte unverständlich vor sich hin.

Welche Neuigkeiten? Patrick hätte schwören können, dass sie fluchte. Auch Emma schien, ihrem Gesichtsausdruck nach zu urteilen, nicht zu wissen, was Janne andeuten wollte. Na ja, oder was ihr, ihrer Reaktion nach zu urteilen, versehentlich herausgerutscht war.

„Ich begleite dich“, schlug Patrick einer spontanen Eingebung folgend vor und stand bereits, ohne abzuwarten, was Janne von seiner Ansage hielt. Eine andere Option, als mit ihr gemeinsam die Klinik zu verlassen, würde er ihr sowieso nicht zugestehen. Er wollte Antworten, und die Chancen, diese zu bekommen, standen gerade äußerst günstig. Wer weiß, ob sie sich nicht wieder verschanzen würde. Auch wenn sie sich morgen in der Agentur sehen würden, für ein klärendes Gespräch kam dieser Ort keinesfalls infrage.

„Danke, aber ich finde den Weg auch allein.“ Fahrig fuhr sie sich mit den Fingern durch die Haare.

Was war nur mit ihr los? Patrick begann sich Sorgen zu machen und warf einen hoffnungsvollen Blick zu Emma. Doch die zuckte nur mit den Schultern. Er zog sein Handy aus der Sakkotasche, tippte eine Nachricht an Helena und bat sie, den Nachmittagstermin bei der Druckerei zu canceln. Wäre er mit einem Kunden verabredet gewesen, würde er jetzt in ernsthaften Schwierigkeiten stecken. Das Versetzen von Kunden entsprach nicht seinem Stil.

„Janne, ich begleite dich. Das ist keine Bitte. Ich denke, es ist einiges zu besprechen. Du kannst wählen, ob wir zu dir oder zu mir fahren. Meinetwegen können wir auch in ein Café gehen. Aber wir gehen zusammen.“

Emma hatte die Hände zusammen geklatscht und strahlte über das ganze Gesicht. „Du musst mich nachher unbedingt anrufen. Ich will wissen, wie es ausgegangen ist.“

Sowohl Patrick als auch Janne sahen sie an, als hätte ihr Kopf doch einen gehörigen Schlag abbekommen.

„Emma, gute Besserung und ich wäre Ihnen sehr dankbar, wenn Sie das hier“, Patrick wedelte mit der Hand in der Luft herum, „bitte für sich behalten könnten.“

„Ich dachte, wir währen beim *Du*.“ Sie formte mit ihren Lippen einen Schmollmund.

„Meinetwegen, aber *du* musst das für dich behalten." Und zwar bis ich alles geklärt habe, fügte Patrick gedanklich hinzu.

„Ich hätte auch so nichts gesagt", erwiderte sie mit einem zuckersüßen Lächeln. „Aber wer weiß, wann ich erneut die Chance bekomme, als einzige Unbeteiligte meinen Boss duzen zu dürfen."

Patrick musste lächeln, obwohl ihm angesichts der angespannten Stimmung zwischen ihm und Janne so gar nicht der Sinn danach stand.

„Seid ihr jetzt fertig, ich würde gerne gehen. Mit geht's nicht besonders gut." Jannes Einwurf wurde von den anderen beiden mit entschuldigenden Blicken quittiert.

„Tut mir leid", sagte Emma schnell. „Wir reden heute Abend. Einverstanden?"

Patrick erkannte ein feuchtes Glitzern in Jannes Augen und fragte sich, worüber die beiden Frauen sich stumm verständigten.

„Wie lange darf ich dich denn anrufen?"

„Egal. Richtig gut schlafen kann ich sowieso nur in meinem eigenen Bett."

„Verstehe. Dann bis später."

„Emma." Mit einem Nicken verabschiedete sich auch Patrick von seiner persönlichen Assistentin. Er legte Janne eine Hand auf den unteren Rücken und schob sie mit sanftem Nachdruck aus dem Zimmer. Kaum war die Tür ins Schloss gefallen, nahm er ihre Hand in seine, ignorierte ihren fragenden Blick und marschierte wortlos zum Ausgang.

„Also, wo wollen wir hinfahren? Ich habe für heute Feierabend und stehe dir voll und ganz zur Verfügung."

„Du musst nicht mehr in die Agentur?", fragte Janne verblüfft nach.

Das mit dem Feierabend war vielleicht ein bisschen übertrieben. Aber zumindest standen keine offiziellen Termine mehr an. Der Papierkram auf seinem Schreibtisch hingegen verlangte sehr wohl noch nach Aufmerksamkeit. Doch den konnte er auch erledigen, wann immer er mit Janne geklärt hatte, was es zwischen ihnen zu klären gab.

Allein die Tatsache, dass sie mit Emma ein Thema angesprochen hatte, was sie später zu Ende bringen wollten, zeigte ihm, dass irgendeine Sache sie belastete. Und er verwettete sein Segelboot darauf, dass diese *Sache* mit ihm zu tun hatte.

„Nein, muss ich nicht. Wenn du nichts dagegen hast, fahren wir zu mir." Abwartend sah er sie an und lächelte erleichtert, als sie nickte. „Na dann, lass uns aufbrechen."

Weniger als eine halbe Stunde später erreichten sie den Gebäudekomplex, in dem Patrick sich ein Appartement in der obersten Etage gekauft hatte. Nachdem er den Wagen in der Tiefgarage abgestellt und Janne zum Aufzug geführt hatte, fuhren sie in stiller Eintracht hinauf in sein eigenes Reich.

„Fühl dich wie zu Hause", sagte er, kaum dass sich die Kabinentüren hinter ihnen geschossen hatten und deutete mit einer einladenden Geste in Richtung Wohnbereich. „Kann ich dir etwas zu trinken anbieten?"

Janne trat ein paar Schritte vor und sah sich in Patricks Wohnzimmer um. Wie auch im Eingangsbereich, standen hier Möbel aus hellem Holz und an den Wänden hingen unzählige Bilder von Aufnahmen, die eindeutig von einem Schiff aus aufgenommen wurden. Was sie jedoch am meisten faszinierte, war der atemberaubende Ausblick über die Ostsee. Vom oberen Stockwerk dieses Gebäudes aus war dies auch kein Wunder. Der Himmel erstrahlte in einem satten Blau und die Segel der Kiter auf dem Wasser bildeten einen wunderbar bunten Kontrast.

„Danke, nein." Die Aufregung hier zu sein, allein mit ihm und dem stetigen Gedanken an das Baby, schnürte ihr die Kehle zu. Nie im Leben würde sie jetzt etwas herunterbekommen, egal wie lecker es auch sein möge.

„Kann ich dir sonst irgendetwas anbieten?" Sie spürte Patricks eindringlichen Blick auf sich ruhen.

„Danke, nein." Der leichte Wind bewegte die Vorhänge durch die offenstehende Tür, hinter der sich offenbar eine Dachterrasse befand. *Was für eine traumhafte Wohnung*, dachte Janne und seufzte. „Darf ich?" Sie zeigte nach draußen. Sich hier oben ein wenig den Wind um die Nase wehen zu lassen, wäre vergleichbar mit einem Abstecher an den Strand. Denn genau das würde sie jetzt normalerweise in Betracht ziehen, um ihr aufgewühltes Inneres zu beruhigen.

Janne wusste gerade nicht, was sie tun sollte: reden oder schweigen? Sollte sie sich so verhalten, als ob der Besuch bei ihrer Frauenärztin nicht ihr komplettes Leben durcheinandergewirbelt hätte? Oder sollte sie ohne Vorwarnung die Baby-Bombe einfach platzen lassen? Zeit, um sich darauf einzustellen, hatte sie schließlich auch nicht gehabt. Warum sollte es dem Papa in spe besser ergehen?

„Geh nur und mach es dir in einem der Rattansessel bequem. Ich bin gleich bei dir." Patrick sah sie nachdenklich an, schüttelte dann leicht den Kopf und verschwand in einem Nebenzimmer.

An die Brüstung gelehnt, ließ Janne den Kopf in den Nacken fallen und schloss die Augen. Wie sollte sie ihm nur beibringen, dass in ihrer ersten gemeinsamen Nacht die Verhütung versagt hatte? Ihr fiel es sowieso schon schwer, mit einem Anliegen auf andere zuzugehen, geschweige denn die Initiative zu ergreifen. Außerdem hatte sie absolut keinen Schimmer, wie er auf diese Nachricht reagieren würde. Das Thema

Kinder war in ihren bisherigen Gesprächen nicht mal ansatzweise zur Sprache gekommen. Wie auch? Ihre Beziehung, oder wie auch immer man ihr Miteinander betiteln wollte, existierte ja gerade mal ein paar Tage – die Wochen nach ihrer ersten Begegnung mal ganz außer Acht gelassen. Janne richtete ihren Blick auf den Horizont und klammerte sich an der Brüstung fest, als könnte sie so verhindern, den Halt zu verlieren. Ein untrügliches Brennen in ihren Augen signalisierte ihr, wie kurz davor sie war, die Fassung zu verlieren.

18. Kapitel

„Was ist mit dir los?“ Patricks ruhige und doch vor Anspannung vibrierende Stimme riss sie aus ihrer Überlegung.

Langsam drehte sie sich um, mied aber wohlweislich seinen Blick. Er sollte ihr die Verwirrung nicht sofort an den Augen ablesen, obwohl sie es wahrscheinlich nicht mehr lange verhindern konnte. Außerdem war er alles andere als dumm.

Patrick hatte sich umgezogen und stand jetzt in Bermudashorts und Poloshirt vor ihr. Bei diesem Anblick fiel es ihr noch schwerer, die richtigen Worte zu finden. Er sah so unfassbar gut aus und Janne wusste, dass sie kaum eine Chance hatte, diesen Mann auf Dauer an sich zu binden. Weshalb sollte er sich mit einer Frau und einem Kind belasten, wenn er doch alle Vorzüge eines bequemen Lebens genießen konnte? Er hatte einen Job, um den ihn viele beneideten, war, soweit sie es beurteilen konnte, durchweg beliebt und konnte es sich hin und wieder leisten, einfach alles hinter sich zu lassen, um auf seinem Segelboot über die Ostsee zu schippern.

Die Zweifel fraßen sich erneut durch ihre Gedanken und sie stand wirklich kurz davor, durchzudrehen.

„Janne, was ist denn in den letzten Tagen bloß los mit dir? An dem Abend, als ich bei dir gewesen bin, schien noch alles in Ordnung zu sein. Am nächsten Tag erscheinst du wieder nicht im Büro, bist nicht erreichbar und meldest dich lediglich bei Helena krank. Dann ziehst du die gleiche Nummer ein zweites Mal ab und ich treffe dich unverhofft in der Klinik an.“ Zwischen den Zeilen hörte Janne nur zu gut den Vorwurf, ihn auszuschließen, heraus. Patrick schaffte es nicht, ihn ganz zu verbergen. Vielleicht wollte er es auch nicht.

„Manchmal ändern sich die Dinge innerhalb von wenigen Augenblicken.“ Das war doch schon mal ein guter Ansatz, lobte sich Janne selbst und schöpfte Hoffnung, ihre Nervosität in Griff zu bekommen. Sie biss sich auf die Innenseite ihrer Wange und wagte einen schnellen Blick in seine Richtung.

„Welche Dinge? Baby, du musst mir schon ein bisschen mehr geben, damit ich nachvollziehen kann, was in dir vorgeht. Wie soll ich dir sonst helfen können?“ Seine sanfte Stimme trieb ihr Tränen in die Augen.

Verflucht. Diese Heulerei sollte endlich aufhören. Zur anhaltenden Panik kam jetzt auch noch eine geballte Ladung Wut dazu, weil sie ihre Emotionen nicht im Griff hatte. Als Pokerspielerin würde sie hoffnungslos versagen.

„Beim Sortieren meiner Wäsche habe ich eine Entdeckung gemacht.“

„Wäsche?“, wiederholte Patrick und sah, falls das überhaupt möglich sein konnte, noch besorgter aus. „Weshalb sollte Wäsche dich so aus der Bahn werfen?“ Seine Stirn legte sich in tiefe Falten, als versuchte er mit äußerster Anstrengung, aus dem Wenigen, was sie von sich gab, irgendwelche Rückschlüsse zu ziehen.

„Ich habe das Kostüm gefunden, dass ich anhatte, als wir uns bei der Mottoparty begegnet sind.“ Bei der Erinnerung an das erste Mal, als sie ihn gesehen hatte, entschlüpfte ihr ein ungläubiges Kichern. Sie konnte selbst kaum glauben, wozu sie an diesem Abend alles bereit gewesen war. Rückwirkend betrachtet war es außerdem kein Wunder, dass sie ihn – ausstaffiert mit Latzhose, Brille und verrückter Perücke – beim ersten Aufeinandertreffen in der Agentur nicht erkannt hatte.

Seine Züge entspannten sich und ein sexy Grinsen ließ kleine Falten an seinen Augenwinkeln entstehen. „Du hast so heiß ausgesehen, dass ich dich einfach ansprechen musste.“ Er legte eine Hand an ihre Hüften, zog sie an sich und drückte ihr einen zärtlichen Kuss auf die Lippen. Schnell, feucht und dennoch voller Liebe.

„Janne. Die Klamotten an sich bewirken ganz bestimmt nicht das für dich untypische Verhalten, dass du in letzter Zeit an den Tag gelegt hast. Also: Welche Erkenntnis hat dich so erschüttert?“

Ihr Körper begann unkontrolliert zu zittern und eine Träne nach der anderen rollte über ihre Wange.

„Baby, du machst mir echt Angst!“ Patrick wischte mit dem Daumen die feuchten Spuren aus ihrem Gesicht.

Janne entzog sich dieser zärtlichen Berührung und schmiegte sich stattdessen in seine Umarmung, drückte ihre Wange an seine Brust und krallte sich mit den Fingern an seinem Hemd fest. Dass der helle Stoff Schaden nehmen könnte, weil sie ihn gnadenlos vollheulte, nahm sie in Kauf, ohne weiter darüber nachzudenken.

„Ich habe auch Angst.“ Sie schniefte hemmungslos. „Ich habe eine verfluchte Angst davor, dass du mich hassen wirst. Aber schließlich gehören ja immer zwei dazu, oder?“

„Entweder du redest jetzt endlich Klartext oder …“ Patrick schob sie ein Stück von sich, trat einen Schritt zurück und fuhr sich frustriert mit den Fingern durch die Haare. Sah so aus, als wäre seine Geduld aufgebraucht.

Um ihn nicht zusätzlich gegen sich aufzubringen, platze Janne mit dem Super-GAU jedes One-Night-Stands heraus. „Ich bin schwanger“, flüsterte sie und hob ihren Blick.

Patrick erstarrte. Seine Augen weiteten sich und sein Mund klappte auf. Zu einer verbalen Reaktion war er offenkundig nicht in der Lage.

Der grandiose Ausblick war vergessen. Janne wünschte sich in dieser Sekunde, dass er sie halten, auffangen, trösten würde. Doch nichts dergleichen geschah. Patrick lief jetzt auf der Dachterrasse hin und her und würdigte sie keines Blickes. Sie schlang die Arme um ihren Oberkörper, als könnte sie sich so davor bewahren, auseinanderzubrechen.

„Die Übelkeit ... Das war gar kein Virus“, bemerkte er mit einer kühlen Sachlichkeit und blieb kurz vor Janne stehen.

„Nein.“ Sie schluckte, bewegte sich ansonsten keinen Millimeter vom Fleck, weil sie nicht einschätzen konnte, welche Worte er als Nächstes herausbringen würde.

„Und beim Arzt in der Klinik hast du einen Test machen lassen?“ Er durchbohrte sie mit seinem Blick.

„Ja.“

Patrick atmete lang gezogen aus.

„Scheiße. Verdammte Scheiße!“, brüllte er so laut, dass Janne zusammenzuckte. „Wir haben Kondome benutzt. Wie kann das sein?“ Dann stockte er, kniff die Augen zusammen und rieb sich über die Nasenwurzel. „Zwei, nicht drei“, flüsterte er, im Gegensatz zu seinem Ausbruch vor wenigen Sekunden.

„Wie bitte?“ Janne sah ihn an. Ihre Unterlippe zitterte und sie wirkte, als würde sie gleich zusammenbrechen.

Himmel. Er benahm sich hier wie der größte Idiot auf Erden. Janne musste kurz vor dem Durchdrehen sein, so wie er sich aufführte.

„Komm her“, bat er. In der Hoffnung, sie würde seine besänftigende Geste auch als solche verstehen, breitete er einladend seine Arme aus. Misstrauisch sah sie ihn aus verweinten Augen an. Nach der Vorstellung, die er gerade geboten hatte, konnte er ihr Zögern nur zu gut verstehen. „Entschuldige, Baby. Ich hatte nicht mit einer solchen Nachricht gerechnet.“

„Ich auch nicht, glaube mir.“ Schluchzend fiel sie ihm in die Arme und er drückte sie ganz fest an sich.

Diese ganze Misere ging voll und ganz auf sein Konto. Erst hatte er in vollem Bewusstsein seine eigenen Regeln zum Teufel gejagt und diesen One-Night-Stand initiiert. Dann hatte er vergessen, für ausreichend Schutz zu sorgen. Nicht nur für seinen eigenen. Und weshalb? Weil sein Blutalkoholspiegel jenseits der Toleranzgrenze lag, um Entscheidungen zu treffen, die dieses Szenario verhindern sollten. Das war unentschuldbar. Um dem Ganzen die Krone aufzusetzen, reagierte er jetzt wie der letzte Volltrottel.

Offenbar fand keiner der beiden die dem Anlass entsprechend richtigen Worte. Also schwiegen sie. Patrick hatte eine Hand an ihren Hinterkopf gelegt und massierte mit den Fingerspitzen sanft ihre Kopfhaut. Je länger er sie mit seinen Berührungen liebkoste, desto mehr entspannte sie sich. Also hörte er nicht auf, wartete darauf, dass das Beben ihres Körpers nachließ und die Schluchzer weniger wurden. Es dauerte eine Weile, doch dann beruhigte sie sich, äußerlich zumindest.

„Geht es dir gut? Ich meine, ist alles in Ordnung mit dir und dem Baby?“ Seine zögerlich formuliere Frage entlockte Janne einen kaum wahrnehmbaren, aber dennoch zustimmenden Laut.

„Das ist gut. Ich möchte, dass es dir an nichts fehlt. Verstehst du? Wenn du etwas brauchst, egal was, dann sagst du es mir.“

„Heißt das, du … du …“

„Dass ich mich darauf freue, Vater zu werden?“

Janne verzog gequält das Gesicht. So wie er seine Frage gestellt hatte, war das kaum verwunderlich.

„Gib mir bitte ein bisschen Zeit, um mich an den Gedanken zu gewöhnen. Familienplanung stand wahrlich nicht auf Punkt eins meiner persönlichen Agenda. Nichtsdestotrotz möchte ich dir helfen und dich unterstützen. Alles andere würde mich als absoluten Scheißkerl dastehen lassen, der ich erstens nicht bin und zweitens auch nicht gedenke zu werden.“

„Danke.“

„Du musst dich für nichts bedanken. Wie du schon gesagt hast: Es gehören immer zwei dazu. Und Samenklau wirst du schon nicht betrieben haben.“

„Blödmann“, murmelte Janne und lächelte sogar ein wenig.

Sein kleiner Witz hob das Stimmungsbarometer wie erhofft etwas an und Janne sah nicht mehr ganz so traurig aus. Wenigstens was. Ihren Gesichtsausdruck konnte er nämlich vor lauter Schuldbewusstsein kaum noch ertragen.

„Willst du jetzt eine Kleinigkeit essen oder vielleicht was trinken?“

„Hast du Orangenlimonade und Erdnüsse da?“

Patrick hob in gespieltem Entsetzen seine Brauen nach oben.

„Keine Sorge, das sind keine Schwangerschaftsgelüste, ist eher stressbedingt.“

„Ich werde sehen, was ich in den Vorratsschränken so finde.“ Er schenkte ihr ein zuversichtliches Lächeln, wandte sich ab und ging zurück in die Wohnung.

Patrick musste sich eingestehen, dass er für diese kurze Auszeit dankbar war. Er musste mit dem Gedanken, Vater zu werden, erst mal klarkommen.

Draußen auf der Dachterrasse stand Janne, allein, fröstelnd und plötzlich von der fixen Idee erfasst, dass Patrick sie nur in Sicherheit wiegen wollte. Sein Ausbruch hatte sie mächtig erschreckt. Wollte er das Baby überhaupt? Klar, er hatte seine Hilfe angeboten, aber das bedeutete doch noch gar nichts. Die Vorstellung, durch das ungeborene Baby für die nächsten Jahre aneinandergebunden zu sein, weckte zweierlei Gefühle in ihr: Freude und Sorge. Was, wenn diese einschneidende Veränderung in ihrer beider Leben das Aus für ihre Beziehung bedeuten würde? Sie hatten sich ja noch nicht mal gemeinsam in die Öffentlichkeit gewagt. Außer Emma wusste niemand, was zwischen ihnen lief.

Janne nahm sich vor, dringend mit ihren Eltern zu reden. Vielleicht half es auch, wenn sie Mareike ins Vertrauen zog. Sie würde genügend Abstand mitbringen und ihr hoffentlich den einen oder anderen Tipp geben können, ohne gleich Partei zu ergreifen. Ihre Mutter würde im Gegensatz dazu viel zu emotional reagieren. Jetzt wusste Janne wenigstens, woher sie das hatte. Und sie würde eine neue Wohnung suchen müssen.

„Ich kann sehen, wie es in deinem Kopf arbeitet." Patricks dunkle Stimme ließ sie herumfahren.

„Ich habe nur nachgedacht", rechtfertigte sie sich, was im Grunde gar nicht notwendig war. Dass ihr der Schädel brummte, konnte Patrick wahrscheinlich am ehesten nachvollziehen. Ihm ging es mit Sicherheit nicht anders.

„Was unschwer zu erkennen war." Er setzte das Tablett mit Gläsern, einer Flasche Bier, Orangenlimonade und einer Dose Erdnüssen auf den Tisch, der seitlich neben er Eingangstür stand. „Setz dich", forderte er sie auf und zeigte auf einen der einladend aussehenden Rattansessel.

Mit ihren cremefarbenen Kissen wirkten die Sitzmöbel sehr bequem. Janne vermutete, dass sie einem das Gefühl von Geborgenheit vermittelten, wenn man sich hineinsinken ließ und genau das konnte sie jetzt gebrauchen.

Sie suchte sich den Platz, von dem sie einen guten Blick über die Ostsee hatte. Selbst von hier oben konnte man erkennen, dass der Wind heute etwas zugelegt hatte und somit die Wellen höherschlugen, als in den vergangenen Tagen. Doch trotz der Höhe saßen sie im Schutz der hölzernen Balustrade, die seitlich angebracht war. Also konnte somit nicht der Wind für die Kälte verantwortlich sein, die zwischen ihnen herrschte.

„Was sollen wir nur tun? Das alles ist doch kompletter Wahnsinn.“ Janne vergrub das Gesicht in ihren Händen und atmete mehrmals tief durch. Zwar war ihr im Moment nicht übel, aber als ein wenig flau konnte man das Gefühl um ihre Magengegend schon bezeichnen.

„Trink einen Schluck und knabbere deine Nüsse. Vielleicht helfen sie ja tatsächlich.“

Ein kratzendes Geräusch auf der Tischplatte, ließ Janne aufsehen.

Patrick bugsierte die Dose ihn ihre Richtung und nickte ihr auffordernd zu. „Nimm schon. Diese sind besonders lecker.“

„Das sind ganz normale Erdnüsse.“ Janne fischte ein paar heraus und schob sie sich in den Mund. Ein salzig-würziger Geschmack breitete sich auf ihrer Zunge aus. Verblüfft hielt sie inne und sah ihn an.

Patrick lehnte sich zurück, als wollte er sagen: *Wusste ich es doch.* „Paprika“, sagte er nur und deutete zur Aufschrift auf der Dose.

„Das sind ab sofort meine Lieblingserdnüsse“, gestand Janne und nahm sich eine weitere Portion. „Sehr lecker. Danke.“

„Gerne. Erzählst du mir jetzt bitte, was in deinem Kopf vor sich geht, Gedankenlesen gehört nämlich nicht gerade zu den Disziplinen, die ich besonders gut beherrsche.

Sie nahm sich die ganze Dose, hielt sie mit der einen Hand fest und schob sich mit der anderen eine Erdnuss nach der anderen in den Mund. Wieder und wieder.

So ein Verhalten nannte man dann wohl: Zeit schinden.

Patrick sah ihr eine Weile zu, ohne sie zu drängen. In der Art, wie sie das salzige Zeug in ihren Mund stopfte, musste sie offenbar einen ganze Menge Stress kompensieren. Verstehen konnte er es. Beiläufig sah er zu der Uhr, die zusammen mit einem Thermometer auf einer alten Schiffsplanke angebracht war und an der Wand hing. Sie war ein Geschenk von Volker zum Einzug. Was er wohl zu den Neuigkeiten sagen würde? *Ihn einen Kopf kürzer machen*, war Patricks erste Überlegung. Verständlich, wenn man bedachte, dass er erst wenige Wochen die Agentur leitete. Nele hatte ihm einen in gemächlichen Gewässern schippernden Kahn überlassen und er steuerte ihn auf ein unausweichliches Unwetter zu. Und ausgerechnet er, der Steuermann, sah das Unheil als Erster kommen und war gleichzeitig derjenige, der durch sein Handeln jede Menge Unruhe stiftete. Er hatte sich einen Ausrutscher geleistet und sich auf eine seiner Mitarbeiterinnen eingelassen. Dass mehr daraus werden sollte, hatten sie zwar erst später gemeinsam entschieden, änderte aber nichts am Regelbruch. Jannes

Schwangerschaft ließ die Angelegenheit erst richtig heikel erscheinen, zumal sie erst so kurz ein Paar waren. Doch was kümmerte ihn die potenziellen Ansichten seiner Mitarbeiter, Geschäftspartner oder Freunde? Einzig und allein Jannes Meinung interessierte ihn. Also war doch der springende Punkt: Wie stellte sie sich die nächsten Wochen und Monate vor? Weiter wollte Patrick zum jetzigen Zeitpunkt gar nicht denken. Einen Schritt nach dem anderen.

„Janne. Wir bleiben hier so lange sitzen, bis wir beide wissen, wie es weitergehen soll. Du bekommst ein Baby …"

„Wir", korrigierte sie ihn heftiger, als nötig gewesen wäre. Eine tiefe Furche bildete sich zwischen ihren Augen.

„Entschuldige." Patrick fuhr sich mit den Händen über das Gesicht. „Tu mir den Gefallen und lege nicht jedes Wort auf die Goldwaage. Bitte. Aber ich muss die Tatsache erst mal verdauen."

„Meinst du ich nicht? Ich weiß auch nur ein paar Stunden länger als du, dass wir Eltern werden."

„Umso besser, dass wir beide hier sitzen und uns gemeinsam überlegen, wie die nächsten Schritte aussehen sollen."

„Willst du das Baby überhaupt?"

„Die Frage stellt sich doch gar nicht. Du bist schwanger. Ich bin nicht ganz unschuldig daran, dass du in diese Situation geraten bist."

„Situation?"

„Janne!"

„Tut mir leid."

„Wann ist denn der nächste Termin beim Arzt? Vielleicht fangen wir mit etwas Leichtem an", schlug Patrick vor.

Janne nickte zustimmend. „Ich muss in vier Wochen wieder zu Dr. Garbs." Vorsichtig sah sie zu ihm auf."

„Was ist?", fragte Patrick, weil er ahnte, dass ihr etwas auf dem Herzen lag, sie sich aber nicht traute zu fragen. Dass sie beständig auf ihrer Unterlippe herumkaute, bestätigte ihn nur in seiner Einschätzung.

„Kommst du mit? Ich meine nur, wenn du wirklich willst. Du musst nicht, ich dachte nur …", stammelte sie und wirkte dabei so verletzlich, dass Patrick kurzerhand aufstand und zu ihr ging, um den Abstand zwischen ihnen zu verringern.

Er ging vor Janne in die Hocke, legte beide Hände seitlich an ihre Oberschenkel und sah sie eindringlich an.

„Ich werde dich unterstützen, wobei auch immer du meine Hilfe benötigst. Ein Arztbesuch gehört, denke ich, dazu, also selbstverständlich werde ich dich begleiten, wenn du das möchtest." Sein Ton hatte eine Nuance an Schärfe gewonnen.

Entsprechend zurückhaltend verhielt sich Janne und presste die Lippen fest aufeinander.

Sie segelten hier nicht nur in unruhigen Gewässern, das hätte er für sie beide noch irgendwie händeln können. Nein. Sie saßen auf einem brodelnden Vulkan, dessen Oberfläche innerhalb der nächsten Minuten zu zerbersten drohte.

„Ich habe etliche Infobroschüren bekommen.“ Janne kramte in ihrer Tasche und förderte besagte Heftchen zutage. „Allein die Überschriften versetzen mich in Angst und Schrecken. Weißt du, was ich alles beachten muss, damit das Baby sich gesund entwickeln kann?“

Patrick streifte die Broschüren mit einem schnellen Blick und ließ sich dann zurücksinken, sodass er jetzt im Schneidersitz auf dem Boden saß. Janne sah irritiert zu ihm hinunter.

„Eins nach dem anderen. Lass uns doch erst mal klären, wo wir zwei stehen. Danach kümmern wir uns darum, was wir dem Baby Gutes tun können.“

„Du nimmst nicht die Beine in die Hand und versuchst, so schnell wie möglich das Weite zu suchen?“

„Noch mal zum Mitschreiben: Ich bin kein Scheißkerl und habe nicht vor, einer zu werden. Was hast du nur für eine Meinung von mir?“

„Eine gute.“

„Seltsame Art, das zu zeigen.“

„Entschuldige.“

„Ab sofort hast du ja die perfekte Ausrede für all deine merkwürdigen hormongesteuerten Anwandlungen.“ Patrick wechselte die Sitzposition ohne den Blickkontakt zu Janne zu unterbrechen. Er stützte seine Ellenbogen auf den angebeugten Knien ab und legte sein Kinn in die Handflächen. Eine ganze Weile sah er in Jannes sturmgraue Augen. Darin spiegelte sich heillose Verwirrung, aufkeimende Hoffnung und ernsthafte Sorge. Er konnte das so gut nachvollziehen. Ihm ging es ja nicht anders.

Was hatte die Leidenschaft einer einzigen Nacht nur mit ihnen angestellt? Die Luft begann auf eine ganz besondere Art zu flimmern und um sie herum verschwamm alles zu einer einzigen bedeutungslosen Nebelwolke. Weder die Agentur, noch Freunde und Geschäftspartner waren in dieser Sekunde wichtig.

Es gab nur noch Janne und ihn. Und das Baby. Als könnte sie seine bloßen Gedanken erraten, schlich sich ein scheues Lächeln auf ihre Lippen und er erwiderte es mit einem jungenhaften Grinsen.

„Ein Baby also. Du und ich.“ Er formulierte seine Worte absichtlich als Feststellung. Sie sollte nicht erneut an ihm und seinen Absichten zweifeln. Er wusste, dass sie es nicht gezielt darauf abgesehen hatte, ihn anzugreifen, dennoch taten ihm ihre Bedenken, seine Loyalität betreffend, weh.

Als sie nickte, brachte ihr wachsendes Lächeln ihr Gesicht mehr und mehr zum Strahlen.

Endlich.

„Das ist verrückt, oder?“, fragte sie ohne etwas von ihrem erleichtert wirkenden Ausdruck zu verlieren.

Jetzt war es an Patrick zu nicken. „Kann man so sagen.“ Er streckte eine Hand aus, hoffte, dass sie auf seinen Schoß kletterte, damit er sie spüren konnte. Wenn sie einander berührten, fühlte er sich mit ihr verbunden, wie noch nie zuvor mit einem anderen Menschen. „Komm her.“

Und ehe er sich versah, vergrub sie ihre Hände in seinen Haaren, rieb sie ihre Nase an seinem Hals und presste sich so fest an ihn, als wollte sie mit ihm eins werden. Wenn sich an diesem Gefühl, was ihn gerade erfasste, nichts änderte, konnten sie alles schaffen.

Irgendwie. Irgendwann.

Nein.

Hier und jetzt.

19. Kapitel

Für Patrick stand fest: Janne sollte sich nie wieder allein fühlen oder sich so weit von ihm entfernen, dass es beiden gleichermaßen verletzte. Er würde es nicht zulassen. Niemals.

„Baby, was machst du nur mit mir?“, fragte er ungläubig und sah ihr in ihre wunderschönen grauen Augen.

„Dasselbe könnte ich dich fragen.“

Plötzlich wollte er etwas ganz anderes, als reden. Ihr schien es nicht anders zu ergehen. Patrick legte eine Hand zwischen ihre Schulterblätter, presste sie dichter an sich und fixierte mit der anderen ihren Kopf. In einem explosiven und durchaus berauschenden Mix aus Begierde und Sehnsucht drückte er seine Lippen auf ihre. Die Berührung kam einer Erlösung gleich. Der Geschmack nach Himbeeren ließ ihn aufstöhnen.

„Ich liebe diesen Geschmack nach Himbeeren auf deiner Zunge“, raunte Patrick und intensivierte den Kuss.

Jannes Finger zupften an seinen Haaren, während ihren Körper gleichzeitig ein leichtes Zittern erfasste. Ihre Reaktion auf ihn ließ Patrick erahnen, wie sehr die Belastung, nicht zu wissen, wie er die Baby-News auffassen würde, von ihr abfiel.

Für ihn stand fest, dass er sie nie wieder loslassen wollte. Dieser Kuss glich einem Statement und er hoffte, sie verstand es als genau dieses.

Janne erwiderte den Kuss mit all der hemmungslosen Leidenschaft, die sie zu geben vermochte. Sie gab ihm ebenso viel, wie sie sich selbst nahm. Ja, sie verstand, was er ausdrücken wollte.

Sein Körper stand ebenso in Flammen wie ihrer. Die Hitze zwischen ihnen brachte sein Blut zum Kochen. Es brodelte, pulsierte in seinen Adern.

„Janne. Schlafzimmer. Jetzt.“ Ehe er zu Ende gesprochen hatte, war er schon aufgestanden, Janne auf seinen Armen, seine Lippen nach wie vor an ihren. Keiner der beiden war bereit, sich vom anderen zu lösen.

Auf dem Weg durch die Wohnung lagen seine Hände an ihrem Po und sie hatte die Arme um seinen Hals geschlungen. Ihre Beine waren hinter seinem Rücken überkreuzt, damit sie sich enger an ihn schmiegen konnte und ihm gefiel das, sehr sogar.

Als er anfing, ihren Hals mit Küssen zu bedecken, schnappte sie nach Luft.

„Patrick. Ich … Oh Gott, nicht aufhören“, flehte sie und ließ den Kopf zurückfallen, um ihm einen besseren Zugang zu Stellen zu ermöglichen, an denen sie seine Lippen spüren wollte.

„Hatte ich nicht vor.“ Sein rauer Unterton entlockte ihr ein zufriedenes Summen.

Sie fühlte sich unglaublich an, begehrenswert, liebreizend, sexy. Bei der Erinnerung, dass er nicht nur sie, sondern auch ihr ungeborenes Baby in den Armen hielt, verstärkten sich diese Empfindungen um ein Vielfaches. Konnte das überhaupt sein? Und wie sollte er das in Zukunft aushalten? Alles, was er gerade fühlte, war intensiver, ungezügelter, voller Hingabe. Diese Frau machte ihn fertig – auf eine positive Weise und er hatte noch lange nicht genug. Eine wachsende Sehnsucht nach mehr schlug über ihm zusammen und er fand keine Erklärung, wo diese Regung plötzlich herkam, weil sein gesamter Fokus auf Janne lag und sein rationales Denken kaum noch seine Arbeit verrichten konnte.

Einzig und allein seine Urinstinkte funktionierten, denn eines wollte er auf gar keinen Fall: Janne und dem Baby durfte nichts zustoßen. Egal wie verrückt er nach der Frau war, die sich mittlerweile genussvoll auf seinem Bett aalte, weil er jede Stelle ihrer samtweichen Haut liebkoste – die Sicherheit stand im Vordergrund und er würde nichts zulassen, dass den beiden irgendetwas oder irgendjemand schaden könnte. Niemals.

Zwei Stunden später standen beide in der Küche seiner Wohnung. Nach einer ausgiebigen Dusche hatte Janne sich nur das Nötigste angezogen und Patrick hatte sich auch nicht sonderlich viel Mühe gegeben, sich in Schale zu schmeißen. In Boxershorts und T-Shirt lehnte er am Kühlschrank und beobachtete Janne dabei, wie sie das Glas Orangensaft Schluck für Schluck leerte.

„Ich könnte stundenlang hier stehen und dich einfach nur anschauen, aber so leid es mir tut, ich muss noch mal in die Agentur.“

Bei seinen Worten verschluckte sich Janne, woraufhin sie derart heftig husten musste, dass Patrick ihr das Glas sicherheitshalber aus der Hand nahm. „Ist das dein Ernst?“, fragte sie mit kratziger Stimme, nachdem sie ihre Sprache wiedergefunden hatte.

„Ich habe mir den Nachmittag freigeschaufelt, damit wir reden können. Das bedeutet aber nicht, dass ich Feierabend habe. Meine Pflichten gegenüber der Agentur darf ich trotz allem nicht vernachlässigen.“ Er strich ihr mit einer entschuldigenden Geste über die Wange, die noch immer in einem zarten Rosa schimmerte.

„Dann ist es vermutlich besser, wenn ich mich anziehe und nach Hause fahre.“ Jannes Tonfall besaß eine neutrale Note. Sie sammelte alle Kraftreserven zusammen, um Patrick nicht zu zeigen, wie sehr sie sein Vorhaben kränkte. Mit seiner Ankündigung stellte er unmissverständlich klar, wo seine Prioritäten lagen. Doch was hatte sie erwartet? Dass er aufgrund der neuesten Nachrichten die Betrachtung der Dinge, die Art und Weise, sein Leben zu führen, infrage stellte?

„Wenn du möchtest, kannst du gern hier übernachten. Ich werde nur zwei bis drei Stunden weg sein. Mir wäre wohler bei dem Gedanken, dich hier zu wissen. So kann ich mich später selbst davon überzeugen, dass es dir gut geht."

„Danke für das Angebot, aber mir geht es gut." Janne löste sich aus seiner Umarmung und brachte so einige Zentimeter Distanz zwischen sie, was Patrick mit einem Stirnrunzeln bedachte.

„Warum nur glaube ich dir das nicht?" Die Verwirrung, die in seinem Blick lag, änderte an Jannes Entschluss, die Nacht in ihrem eigenen Bett zu verbringen, nicht das Geringste.

„Patrick. Ich bin ein großes Mädchen und komme sehr gut allein zurecht. Nichts anderes habe ich getan, bevor du mir über den Weg gelaufen bist." Dass ihre Feststellung alles andere als versöhnlich klang, bemerkte Janne just in dem Moment, in dem ihr die Worte über die Lippen kamen. Doch für diese Erkenntnis war es zu spät.

„Wenn du es so willst. Ich rufe dir ein Taxi." Patrick ging zum Esstisch hinüber und wollte schon nach dem Handy greifen, als Janne sein Vorhaben stoppte.

„Nicht nötig. Ich werde am Strand entlanglaufen. Ein wenig frische Luft wird mir guttun."

„Um diese Zeit und in deinem Zustand? Keine Chance. Dann werde ich dich eben fahren. So weiß ich wenigstens, dass du unbeschadet zu Hause angekommen bist."

„Du wolltest arbeiten, wenn ich dich daran erinnern darf. Ich bin die Strecke schon zig Mal gelaufen. Kein Problem. Es sind doch nur zwei Kilometer. Außerdem ist es noch nicht dunkel und ich werde nicht die Einzige sein, die einen Abendspaziergang unternimmt."

„Du unternimmst aber keinen Abendspaziergang, sondern flüchtest vor mir. Das ist etwas komplett anderes." Patrick verließ die Küche in Richtung Schlafzimmer. Offenkundig gefiel ihm ihr Entschluss nicht.

Doch im Gegenzug konnte auch Janne seiner Entscheidung, jetzt noch in die Agentur zu fahren und den gemeinsamen Abend unerwartet früh zu beenden, nichts abgewinnen. Mit einer gehörigen Portion Enttäuschung, folgte sie ihm. Wortlos und ohne ihn eines Blickes zu würdigen, schlüpfte sie in ihre Kleidung. Das Schweigen zwischen ihnen legte sich wie eine tonnenschwere Last über die zarte Pflanze ihrer Beziehung. Vielleicht kannten sie sich doch nicht so gut, wie sie annahmen.

„Ich mache mich auf den Weg. Wir sehen uns im Büro." Für einige Sekunden sahen sie sich stumm an, bevor Janne tief Luft holte, dann erst den Raum und anschließend die Wohnung verließ.

Dass er sie ohne ein weiteres Wort gehen ließ, schmerzte. Insgeheim hatte sie damit gerechnet, vielleicht auch ein klitzekleines bisschen darauf spekuliert, dass er sich einsichtig zeigen und bei ihr bleiben würde. Doch nichts dergleichen war geschehen.

Als Janne am Bootshafen vorbeilief, legte sich der Frust über das Ende des Abends und allmählich verflog ihre Gereiztheit. Die beruhigende Wirkung, die dieser Ort, der Strand, das Meer auf sie ausübte, legte sich über jede einzelne Zelle ihres Körpers.

Der Wind schlug die Seile an die Masten der Segler und erzeugte so ein stetiges Klappern, während die Wellen unaufhörlich gegen die Bootswände peitschten. Genau das brauchte sie jetzt – Altbekanntes, Vertrautes, Beruhigendes. Die Möwen flogen kreischend über den Hafen und erhofften sich offenbar ein paar Almosen in Form von Fischabfällen, die die Besatzung des Fischerbootes, das zu später Stunde von seinem Törn mit Touristen zurückgekehrt war, über Bord warf. Janne rang sich ein Lächeln ab, als einer der Fischer sich aufrichtete und grüßend an seine Mütze tippte. Sie schob ihre Hände tiefer in die Taschen ihrer Jacke und bog zum Strandweg ein, wo bereits unzählige Lichter den Deich säumten.

Was für ein idyllisches Bild, dachte Janne und atmete die salzige Meeresluft ein. Nach einigen hundert Metern, die sie mit Blick über das Meer hinter sich gelassen hatte, hörte sie über das Rauschen der Wellen und dem Pfeifen des Windes hinweg plötzlich jemanden ihren Namen rufen. Zuerst dachte sie an eine akustische Täuschung, doch als die Worte deutlicher an ihr Ohr drangen, blieb sie stehen und sah sich suchend um.

„Janne! Hey, komm doch zu uns." Mareike stand auf dem Deich, wedelte aufgeregt mit den Armen und kam freudestrahlend auf sie zu.

Unschlüssig, der Einladung jedoch folgend, änderte Janne die Richtung. Auf der Mitte der Rasenfläche, die den Deich bedeckte, blieb sie vor Mareike stehen.

„Für eine Bäckerin bist du ja noch ziemlich spät auf den Beinen." Janne erwiderte Mareikes herzliche Umarmung.

„Erstens bin ich Konditorin und zweitens …", sie hakte sich bei Janne ein und bugsierte sie zur Terrasse des *Strandgutes*. „Wir lassen den Abend gemütlich ausklingen. Die Gäste sind heute schon früh gegangen. Wahrscheinlich wegen des *Sturms*." Sie zeichnete imaginäre Gänsefüßchen in die Luft und lachte.

„Du meinst das laue Lüftchen?“ Jetzt grinste auch Janne. Für einen echten Sturm müsste der Wettergott schon schärfere Geschütze auffahren.

„Genau. Was machst du so spät noch hier draußen? Erneuter Ärger mit dem Boss? Ist er dir wieder zu nahe getreten?“ Mareike zwinkerte ihr verschwörerisch zu und ließ sich auf einen der Stühle plumpsen.

Mittlerweile hatten sie den Tisch erreicht, an dem Enno und Isa saßen. Die Weinflasche vor ihnen war zur Hälfte geleert und die Holzscheite im Feuerkorb glühten schwach vor sich hin. Schien fast so, als wäre der gemütliche Abend seit Längerem im Gang und neigte sich allmählich dem Ende entgegen.

„Ich komme gerade von Patrick. Frag bitte nicht. Ich muss erst mal meine Gedanken sortieren.“ Janne begrüße Enno und Isa per Handschlag und setzte sich auf den freien Platz neben Mareike.

„Schön, dich wiederzusehen“, erklärte Isa, nahm einen Schluck aus ihrem Weinglas und lehnte sich an Enno. Die beiden wirkten unglaublich harmonisch zusammen. Diese Erkenntnis versetzte Janne einen Stich und gab dem Neid auf das Glück der zwei Zündstoff. Warum war das zwischen Patrick und ihr so kompliziert? Oder empfand sie es nur so? Sie hatte keine Ahnung.

„Ich freue mich auch“, gab sie aufrichtig zurück. Ja, sie war neidisch auf das, was die beiden teilten, aber deswegen vergönnte sie es ihnen noch lange nicht. Im Gegenteil. Außerdem war das Miteinander von Enno und Isa nicht von Anfang an mit rosa Zuckerstreuseln übersät, und auf der Welle des Glücks segelten sie erst, nachdem sie mit ihren früheren Leben abgeschlossen hatten. Hinter einer strahlenden Liebe verbarg sich eben häufig auch eine Schattenseite und die hatte es oftmals in sich.

„Möchtest du auch ein Glas?“ Mit seiner überaus charmanten Art verscheuchte Enno Jannes trübe Gedanken, beugte sich vor und zauberte eine weitere Flasche unter dem Tisch hervor. „Ich hätte hier auch noch roten.“

„Danke, aber keinen Alkohol heute Abend.“ Und auch in den kommenden Monaten nicht, fügte sie stumm hinzu und wich Mareikes misstrauischem Blick aus. Diese Frau hatte ohne Zweifel einen siebenten Sinn und spürte offenbar sofort, wenn andere ihr etwas vorenthielten.

„Ah, da kommt ja Paula. Sie hilft hier ab und zu aus“, erklärte Enno und Janne erinnerte sich, dass der Name bei ihrer letzten Begegnung schon einmal gefallen war. „Heute war sie mal wieder viel zu lange im Einsatz. Man könnte fast glauben, sie hätte kein Zuhause.“ Sein offenbar witzig gemeinter Nachsatz brachte ihm eine eindeutige Geste von Isa ein, die sich mit dem Finger an die Stirn tippte. Ein wunderbarer Nebeneffekt seiner nicht ganz ernst gemeinten Einschätzung war auch, dass die Aufmerksamkeit von Janne abfiel, weil alle die Köpfe in Paulas Richtung wandten. Gott sei dank. Im Fokus der anderen zu stehen oder in ihrem aktuellen Fall zu sitzen, behagte ihr noch nie.

Die junge Frau, die auf den Vierertisch zukam, wirkte tatsächlich erschöpft und ein wenig blässlich um die Nase. Der Anblick erinnerte Janne an ihren eigenen Zustand. Augenblicklich machte sie sich ein wenig kleiner, verschränkte die Arme und lehnte sich schützend zurück.

„Wenigstens nimmt sie unsere Einladung an und lässt den Abend mit uns gemeinsam ausklingen. Oft genug ausgeschlagen hat sie es ja.“ In Isas leise gesprochenen Worte schwang eine gehörige Portion Besorgnis mit.

Janne erinnerte sich an eine ähnliche Aussage, die Isa bei ihrem Treffen vor ein paar Tagen hatte fallen lassen.

Sie versucht, ins Leben zurückzukehren.

Die Sorge um die junge Frau rührte Janne. Ein solches Schicksal zu akzeptieren, war ganz sicher nicht einfach und kostete ohne Frage eine enorme Willensstärke, für die sich Paula Jannes Respekt schon jetzt sicher sein konnte. Innerlich zog sie den Hut vor der zierlich anmutenden Person.

„Dann werde ich mal nachsehen, welche Getränke wir für unsere beiden Antialkoholiker im Haus haben.“ Enno stand auf und überließ Paula seinen Platz.

„Du wirst ganz bestimmt fündig werden, da mache ich mir gar keine Gedanken.“ Isa lachte und Enno nahm es ihr augenscheinlich nicht übel, dass sie ihn aufzog.

„Rhabarberschorle, Janne? Bei unseren Gästen ist das in dieser Saison der Renner.“

„Sehr gerne. Aber nur ein kleines Glas. Ich möchte es heute nicht allzu spät werden lassen und war eigentlich auf dem Weg nach Hause.“

„Alles klar. Paula?“, fragte er auffordernd und wartete.

„Ein großes Glas bitte. Ich habe tagsüber irgendwie viel zu wenig getrunken.“ Sie verzog entschuldigend die Lippen und Isa schüttelte nur den Kopf. „Du musst nichts sagen. Ja, ich weiß, wo die Getränke stehen, und darf mich jederzeit ungefragt selbst bedienen. Schon klar. Aber manchmal vergesse ich eben, dass mein Alarmsystem noch nicht wieder einwandfrei funktioniert und ich lange warten kann, bis sich annähernd so ein Gefühl wie Durst einstellt.“ Paula zuckte mit den Schultern.

„Schon gut. Ich mache mir eben immer gleich einen Kopf.“ Isas beschwichtigende Aussage erwiderte Paula mit einem verständnisvollen Lächeln.

„Ich weiß.“ Sie legte ihrer Freundin eine Hand auf die Schulter und drückte sie kurz.

„Und was treibt dich nun um diese Stunde nach draußen?“, fragte Paula unverhofft und sah Janne neugierig an.

„Ich ... Also an der frischen Luft kann ich am besten nachdenken. Mir geht viel im Kopf herum.“ Und schon hatte Janne wieder die volle Aufmerksamkeit auf sich gezogen. Klasse.

„Das kenne ich nur zu gut. Ich habe aber auch gelernt, dass darüber zu sprechen keine schlechte Option ist.“ Mit einem ernsten Ausdruck in den Augen wurde Janne von Paula beobachtet.

„Das mag sein“, murmelte sie verlegen und starrte auf die Finger in ihrem Schoß.

„Der Boss“, warf Mareike schlicht in die Runde, als erklärten diese zwei Worte alles. Und scheinbar war dies auch so, denn Isa und Paula nickten verständnisvoll.

Janne hob ihren Kopf ein paar Zentimeter an, atmete tief durch, als würde sie so ihre Kraftreserven auftanken, und ließ dann zum zweiten Mal an diesem Tag die Baby-Bombe platzen.

„Ich bin schwanger.“ Dieses unerwartete Geständnis ließ bei allen drei Frauen gleichzeitig die Münder aufklappen. Das sah so grotesk aus, dass Janne lauthals zu lachen begann und sich gar nicht mehr einbekam. All die Anspannung schwand mit jeder weiteren Welle der Belustigung, die sie überkam, obwohl die Tatsache an sich nicht den Funken eines Witzes besaß. Doch Janne konnte nicht an sich halten. Mit keiner Faser ihres Körpers.

„Ist was passiert?“, fragte Enno verblüfft und stellte die Gläser mit der zart-rosa Flüssigkeit vor Janne und Paula ab.

Janne wischte sich die Lachtränen aus dem Gesicht und verfiel in der nächsten Sekunde in haltloses Schluchzen.

Verfluchte Hormone!

„Unser Mauerblümchen erwartet ein Baby. Ich fass es nicht. Janne! Wie lange weißt du es schon?“ Mareike war aufgestanden, hatte sich vor Janne gehockt und ihre Hände flach auf Jannes Oberschenkel gelegt. Der leichte Druck hatte etwas Tröstliches an sich, befand Janne und sah aus tränennassen Augen in das besorgt wirkende Gesicht ihrer Freundin.

„Gerade erst erfahren. Und ja, Patrick weiß Bescheid.“ Ihr Schniefen bekam eine trotzige Note. Verdammt noch mal! Warum hatte sie sich nicht besser im Griff?

„Und dann sitzt du hier und veranstaltest mit ihm keine Kuschelorgie oder so?“, fragte Mareike beinahe flüsternd.

„Was genau bedeutet *oder so*?“ Enno rieb mit den Fingerspitzen über das Kinn.

„Enno“, kam es zeitgleich von Isa, Mareike und Paula. Ihre Entrüstung angesichts seiner abstrusen Frage war unüberhörbar. „Man wird ja wohl noch fragen dürfen.“ Er grinste vergnügt, zog Isa von ihrem Stuhl nach oben, setzte sich hin und platzierte sie auf seinem Schoß.

Der Mann erkannte offenbar den Ernst der Lage nicht. Weshalb war er bei einer Nachricht von derart unübersehbaren Ausmaßen so vergnügt?

„Wir müssen erst mal mit uns und der Neuigkeit klarkommen. Wir haben beide nicht damit gerechnet. Lange Geschichte.“ Janne trank die Rhabarberschorle in einem Zug bis zur Hälfte aus, damit sie nicht weiterreden musste.

„Verstehe. Wenn ich dir irgendwie helfen kann …“ Mareike kam aus der Hocke nach oben und sah jetzt nachdenklich auf Janne hinab.

„Danke.“ Aber wie sollte sie denn helfen? Janne hatte nicht den Hauch einer Ahnung.

„Ihr bekommt das sicher hin.“ Isas tröstende Worte gaben Janne ein wenig Zuversicht.

Ja, wahrscheinlich würden sie es irgendwie hinbekommen. Nur wie?

„Wir zwei“, Isa gab Enno einen unschuldigen Kuss auf die Wange, „haben auch so einiges hinter uns. Trotzdem darf man niemals aufgeben.“

„Da hat sie vollkommen recht“, bestätigte nun auch Paula und wusste nach ihrem gesundheitlichen Schlamassel ganz sicher, wovon sie sprach.

„Gott, ihr seid so süß.“ Auch wenn sich ihr Lächeln noch ein wenig zittrig anfühlte, meinte sie ihre Worte absolut aufrichtig.

„Das wird schon. Für alle Situationen im Leben gibt es tolle Kalendersprüche“, begann Enno, wurde aber von seiner Liebsten harsch unterbrochen.

„Enno!“

„Was? *Kommt Zeit, kommt Rat* oder warte, der ist besser: Zähle bis zehn, um dich zu beruhigen. Wenn das nicht hilft, kaufe Schokolade. Willst du Schokolade, Janne? Ich hole dir welche.“

„Enno, ehrlich, hör auf mit dem Quatsch.“ Isa hielt ihm mit der Hand den Mund zu.

Doch sein Versuch, die Stimmung etwas anzuheben, zeigte ersten Erfolg. Jannes Mundwinkel zuckten und auch Mareike und Paula kicherten verhalten in die Runde. Manchmal war es ganz gut, für einen

Moment alles nur halb so verbissen zu sehen. Was brachte es schon in Trübsal zu verfallen? *Nichts, rein gar nichts*, dachte Janne, nahm ihr Glas und prostete den anderen zu.

„Danke“, sagte sie schlicht und an niemand Bestimmten gerichtet. Dann trank sie ihre Schorle bis auf den letzten Tropfen aus. Die anderen taten es ihr gleich.

20. Kapitel

Als sie in ihrem Bett lag, zusammengerollt wie ein kleines, schutzbedürftiges Kätzchen, fragte sie sich, ob die Gefühle, die sie für Patrick hegte, ausreichen würden. Natürlich verbrachte sie gerne Zeit mit ihm, genoss seine Nähe, seine Berührungen. Doch sie hatten auf dem Weg, einander richtig kennenlernen zu können, mehrere Stufen auf einmal übersprungen. In der Entwicklung ihrer Beziehung wirkte sich diese Tatsache über kurz oder lang höchstwahrscheinlich negativ aus. Man kann das Pferd eben nicht von hinten aufzäumen.

Was, wenn Patrick sich nur genötigt fühlte, sich seiner Verantwortung zu stellen?

Sicher, im Moment glaubte er vielleicht an ein *Wir*. Aber langfristig gesehen … Niemand wusste, was aus ihnen wurde. Unumstößlich jedoch war die Tatsache, dass Janne ein Baby erwartete. Stellte sich nur die Frage, ob sie das Risiko eingehen wollte, irgendwann an dem Punkt zu stehen, dass es für sie als Paar nicht reichen wird. Welche Auswirkungen würde das auf ihr gemeinsames Kind haben?

Janne musste feststellen, dass sie zwei Optionen gleichermaßen in Erwägung zog: eine Beziehung mit Patrick oder das Leben einer alleinerziehenden Mutter. Und diese Sichtweise erschreckte sie. Letztlich brachte sie das Für-und-Wider-Abwägen auch zu nächtlicher Stunde nicht weiter. Also beschloss sie, das Wochenende abzuwarten, da Patrick sowieso arbeiten musste und in der nächsten Woche erst mal neutral zu agieren, in der Hoffnung, zwischenzeitlich Antworten auf ihre Fragen zu finden. Wenn sie selbst nicht aktiv werden würde, ergaben sich eventuell aus den Aktionen Dritter Lösungswege. Sie redete sich ein, dass das nichts damit zu tun hatte, einfach den Kopf in den Sand zu stecken und abzuwarten.

Wie hatte Enno gesagt? Kommt Zeit, kommt Rat. Und wo stand geschrieben, dass sie die tragende Rolle in der Geschichte übernehmen musste? Nirgends.

~~~~~

„Wir hatten heute einen, sagen wir mal ziemlich ungewöhnlichen Besuch.“ Volker hatte sich telefonisch bei Patrick gemeldet und überbrachte Nachrichten, die Patrick in Unruhe versetzten.

„Soll heißen?“ Seine Nackenhaare stellten sich auf, denn wenn Volker anrief, weil es in Hamburg Auffälligkeiten zu verzeichnen gab, verhieß das nichts Gutes.
~~~~~

„Eine Dame namens Audrey hat versucht, sich Zutritt zu den Räumen der Agentur zu verschaffen."

Augenblicklich wurde ihm übel und seine Finger verkrampften sich um sein Handy.

„Patrick? Wer ist sie und vor allem, was hast du mit ihr zu schaffen?" Die Besorgnis in Volkers Stimme konnte er unmöglich ignorieren. Dieser Vorfall schien nicht nur eine Bagatelle gewesen zu sein.

„Scheiße. Ich weiß nicht, was sie will oder vorhat. Bei meinen Eltern ist sie auch schon aufgetaucht. Dass sie extra hergeflogen kommt, damit hatte ich ehrlich gesagt nicht gerechnet." Patrick fragte sich, was sie im Schilde führte und hatte keinen Schimmer, welchen Plan diese Frau verfolgte.

„Eine Verflossene?"

„Ich hatte nichts mit ihr, aber sie scheint das anders zu sehen. In Boston gab es auch schon einen Zwischenfall, das liegt aber lange zurück."

„Jetzt ist sie aber da und ich kann nicht behaupten, dass sie mir sympathisch wäre." Volker klang, als wäre er zutiefst angewidert. Audrey war damals eine strahlende Schönheit gewesen, aber ihr dunkler Charakter vernichtete diesen Vorteil. Im Ganzen konnte man sie nur als eine bedauernswerte Gestalt bezeichnen.

„Hat sie herausbekommen, wo sie mich finden kann, denn das, vermute ich, ist schlussendlich ihr Ziel." Und wenn sie ihn aufspürte, würde sie über kurz oder lang auch auf Janne treffen. Bei dem Gedanken verstärkte sich seine Sorge um ein Vielfaches.

„Am Empfang hat man ihr gesagt, dass sie, um dich persönlich antreffen zu können, nach Kiel fahren muss. Daraufhin wurde sie ziemlich ungehalten und der Wachdienst hat sie aus dem Bürogebäude entfernt." Volker seufzte. „Einen derartigen Vorfall hatten wir noch nie. Aber die Jungs haben das diskret lösen können."

„Verdammt. Was will diese Verrückte?", fragte Patrick lauter als beabsichtigt.

„Das hat sie uns nicht verraten. Aber sei vorsichtig, Kumpel. Ich hatte den Eindruck, dass sie sich da in etwas verbissen hat."

„Kannst du dich an unser letztes Gespräch erinnern?"

„Wie kommst du jetzt plötzlich darauf? Dein Techtelmechtel mit der Kleinen aus dem Büro. Habt ihr euch ausgesprochen?"

„Sie ist schwanger." Die Neuigkeit auszusprechen hatte einerseits etwas Beruhigendes an sich, andererseits bereitete sie ihm aufgrund der Nachrichten aus Hamburg auch zusätzliche Sorgen.

„Von dir?" Volkers Lächeln konnte er selbst auf die Entfernung hin vernehmen. Witzbold.

„Sicher von mir, du Idiot." Auch Patrick schmunzelte.

„Wenn du etwas machst, dann gründlich. Wer hätte das gedacht."

„Audrey darf nicht in ihre Nähe kommen", gab er plötzlich wieder ernst zu verstehen, auch wenn Volker gar keinen Einfluss auf ihr Vorgehen hatte.

„Dann pass auf dein Mädchen auf. Mehr kannst du im Moment nicht tun."

„Hast du keinen besseren Rat für mich?" Er rieb sich mit der freien Hand über die Stirn, stand auf und ging mit langsamen Schritten zum Fenster hinüber. Allein in die Himmelsrichtung zu schauen, in der Jannes Wohnung lag, hatte etwas Tröstliches an sich.

„Leider nein. Informiere euren Wachdienst und halte die Augen offen."

„Volker, ganz ehrlich. Wir reden hier von einem Bürogebäude in Kiel. Der Sicherheitsdienst kommt nur nach Büroschluss, um nach dem Rechten zu sehen. Tagsüber kann hier jeder rein und raus."

„Dann briefe deine Assistentinnen am Empfang. Aber ohne Anhaltspunkte kannst du letztlich nichts tun."

„Janne gehört zu den Assistentinnen", murmelte Patrick und schloss die Augen.

„Verstehe. Bescheidene Situation. Aber vielleicht hat die gute Audrey ja gar keine Lust in die Pampa zu verreisen. Ich meine, Boston, Hamburg alles wunderbar, aber Kiel?"

Patrick wusste, dass Volker ihn nur aufheitern wollte, doch so richtig gelang ihm das nicht.

„Danke für deinen Anruf. Die Warnung ist angekommen. Ich halte dich auf dem Laufenden." Noch immer starrte Patrick nach draußen.

„Mach das. Bis dann." Volker hatte aufgelegt.

Patrick ließ die Hand mit dem Handy sinken, blieb jedoch nachdenklich am Fenster stehen. Audrey durfte keine Verbindung zwischen ihm und Janne erkennen. Das war ein unumstößlicher Fakt. Vielleicht würde ein klärendes Gespräch zwischen beiden ausreichen, damit sie wieder dorthin verschwindet, wo sie hergekommen war. Er fuhr sich mit einer Hand durch die Haare. Den einzigen Anhaltspunkt, den sie besaß, war der, dass er hier in der Agentur zu finden war. Also beschloss er, am Wochenende durchzuarbeiten und sich somit freiwillig auf den Präsentierteller zu setzen. Janne hätte dadurch am Wochenende den Freiraum, den sie offenkundig benötigte, um ihre Gedanken zu sortieren. Er hingegen könnte sich um das Problem Audrey kümmern, ohne dass die Gefahr bestand, dass sich die beiden Frauen begegneten. Für den Moment hielt er das Ganze für den perfekten Plan.

~~~~~

Die selbst auferlegte, emotionale Distanz hielt Janne am Montagmorgen mit aller Macht aufrecht. Sie hatte schließlich einen Plan. Als sie die Räume der Agentur betrat, murmelte sie ein *Guten Morgen*, das an niemand Bestimmten gerichtet war. Patricks offensichtliche Verwunderung darüber ignorierte sie. Er stand neben Helenas Schreibtisch für einige Sekunden reglos da, die Hände auf die Hüften gestützt und mit vielen Fragezeichen im Blick.

Was hatte er nach dem Ende des gestrigen Abends erwartet? Auf eine Abfuhr vor Zeugen konnte Janne nur allzu gut verzichten.

„Dir auch einen guten Morgen. Fühlst du dich besser?"

Seine Frage erschreckte sie. Nicht die Frage an sich. Nein. Aber hatte er tatsächlich vor den anderen zum vertraulichen *Du* gewechselt? Janne öffnete den Mund, schloss ihn wieder, startete einen zweiten Versuch, eine halbwegs zivilisierte Antwort zu artikulieren und versagte erneut. Vor lauter Verblüffung brachte sie keinen Ton heraus.

„Janne?" Er trat ein paar Schritte auf sie zu und blieb vor ihr stehen. Viel zu dicht, als es unter Kollegen üblich gewesen wäre.

Ihre Atemzüge beschleunigten sich und setzten abrupt aus, als Patrick eine Hand an ihre Wange legte. Liebevoll, sanft, zum Dahinschmelzen.

„Hey. Alles in Ordnung?" Seine leise gesprochenen Worte jagten ihr einen Schauer über den Rücken.

„Ja. Ja, alles bestens. Nur ein bisschen zu wenig Schlaf." Plötzlich wurde sie sich der Situation bewusst. Helena saß keine fünf Meter entfernt und Patrick scherte sich offenbar keinen Deut darum, wie vertraut sie miteinander wirkten.

„Na dann ist es ja gut." Er schenkte ihr ein Lächeln, dass die Grübeleien der letzten Nacht mühelos verscheuchte, wie eine Welle die Fußspuren im Sand. Das war doch verrückt.

Trotzdem konnte sie sich nicht sicher sein, ob er bereit war für all das, was auf sie zukommen würde. Dieses Gefühl blieb und hielt sich hartnäckig. Zog er wirklich und ernsthaft in Erwägung, sein bisheriges Leben aufzugeben, um die Verantwortung für das Baby zu übernehmen? Sollte sein momentanes Verhalten genau das widerspiegeln?

Gestern Abend musste sie gegenüber der Agentur zurückstecken. Auf Dauer konnte sie sich mit der Tatsache, die Nummer zwei zu sein, ganz bestimmt nicht arrangieren.

Janne beendete das unerwartet intime Miteinander, indem sie einen Schritt nach hinten trat.
~~~~~

„Ich bin spät dran. Durch meine Fehltage ist einiges liegen geblieben und auf meinem Schreibtisch häuft sich sicher die Arbeit.“ Ohne eine Erwiderung abzuwarten, drehte sie sich um und lief auf ihrem Platz zu. Sie spürte seinen Blick in ihrem Rücken, ebenso wie Helenas. Sie ignorierte beide. Dieser Tag würde unter Garantie nicht leicht werden. Aber zum Glück konnte sie sich mit Arbeit ablenken. Manchmal hatte es doch etwas Gutes, wenn der Schreibtisch durch die Last der unzähligen Unterlagen fast zusammenbrach. Janne hoffte nur, dass sie selbst unter der Veränderung in ihrem Leben, die über kurz oder lang ganz sicher eintreten wird, egal in welcher Form, nicht zu Boden gehen würde. Sie nahm sich fest vor, am Abend bei ihren Eltern vorbeizuschauen, schließlich gab es Neuigkeiten, die sie ihnen nicht vorenthalten wollte. Und sie würde die Hilfe ihrer Familie benötigen. Das stand so fest, wie das Amen in der Kirche. Kurz entschlossen schrieb sie ihrer Mutter eine Textnachricht und meldete sich für den frühen Abend an. Als Christine binnen Minuten antwortete und ihre Freude mit etlichen Herzchen zum Ausdruck brachte, verdrehte Janne nur die Augen.

Minuten nach seinem frustrierenden Aufeinandertreffen mit der Frau, die sein Leben gehörig durcheinandergewirbelt hatte, stand Patrick am Fenster seines Büros und sah in die Ferne. Der innere Konflikt, ob er Janne zu sich rufen sollte, um herauszufinden, was diese Distanziertheit zu bedeuten hatte oder es besser wäre, sie für den Moment in Ruhe zu lassen, forderte seine ganze Konzentration. Ein schneller Blick auf seine Uhr verdeutlichte ihm, dass er im Grunde nicht genügend Zeit hatte, sich Janne und dem, was auch immer zwischen ihnen stand, zu widmen. Um neun Uhr hatte er einen Termin mit einem potenziellen Kunden und sollte sich eigentlich darauf vorbereiten. Dementsprechend wenig Zeit hatte er für Überlegungen, ein privates Gespräch betreffend, von dem er noch nicht einmal wusste, wie es verlaufen würde. Die Ungewissheit nagte an seinem Ego.

Er beschloss, sie am Mittag zum Essen auszuführen, in der Hoffnung, das, was sie womöglich belastete, beseitigen zu können. Sie bekamen ein Baby, überraschend, aber so war es nun mal. Nach ihrem Geständnis, dem gleichfalls aufschlussreichen wie auch leidenschaftlichen Abend und einem mehr als unterkühlten Ende, hatte er eine ganze Nacht gehabt, um sich mit dem Gedanken anzufreunden.

Ja, es hatte ihn eiskalt erwischt. Ja, er wusste noch nicht genau, was er mit der Information anfangen sollte. Nein, er würde sich auf keinen Fall vor der Verantwortung drücken. Niemals.

Die Frage, ob seine Gefühle für Janne ausreichten, um die Mutter seines ungeborenen Kindes zu heiraten, damit sie auch vor dem Gesetz eine Familie wurden, konnte er zum jetzigen Zeitpunkt noch nicht zweifelsfrei beantworten. Und genau das war der springende Punkt, um den sich seine Gedanken unaufhörlich drehten.

Was zur Hölle sollte er tun und was genau erwartete Janne von ihm? Er hatte keinen Plan.

Vermutlich tat es beiden gut, wenn jeder für sich erst mal versuchte, den Knoten in seinem Kopf zu lösen. Also besser doch kein gemeinsames Mittagessen. Patrick verwarf die Idee ebenso schnell, wie sie entstanden war.

„Patrick", Helena klopfte an die offenstehende Tür und trat ein. „Darf ich Sie kurz stören? Es geht um das Baby."

„Wie bitte?" Aufgrund seines schroffen Tonfalls wich Helena ein paar Schritte zurück und starrte ihn erschrocken an. Verdammt, er sollte sich besser unter Kontrolle haben. Niemandem war geholfen, wenn er aus der Haut fuhr. Dieser Fehler war ihm in der Vergangenheit viel zu häufig unterlaufen.

„Das Baby von Oliver und Nele. Wir sollten den beiden eine kleine Aufmerksamkeit zur Geburt schicken, schließlich ist der neue Erdenbürger schon fast zwei Wochen alt." Helena sah ihn abwartend an. Offenbar hatte sie keine Ahnung, wie er auf ihren Vorschlag reagieren würde.

Selbstbeherrschung, mahnte er sich in stummer Anklage und senkte die Stimme, damit seine Interimsassistentin nicht das Handtuch warf, bevor die erste Woche herum war.

„Entschuldigung. Natürlich." Patrick hoffte, dass Helena nicht bemerkt hatte, dass sie ihn auf dem falschen Fuß erwischt hatte. „Nele hat ihren Mann bei der Entbindung fast vor die Tür setzen lassen. So etwas bringt auch nur sie fertig." Bei dem Gedanken schlich sich die Andeutung eines Lächelns auf seine Lippen, das Helena sofort erwiderte.

„Na ja, wenn der werdende Vater alle im Kreißsaal verrückt macht und die werdende Mutter beruhigend auf ihn einwirken muss, sodass die Geburt selbst fast in den Hintergrund gerät, hat das schon ein bisschen was von verkehrter Welt. Was bei seiner Vorgeschichte aber auch nur zu verständlich ist."

Die Geschichte der beiden hatte es wirklich in sich. Oliver hatte seine erste Frau bei der Geburt seiner Tochter verloren und durch seine Ängste fast die Chance, mit Nele einen Neustart zu wagen, verspielt.

„Organisieren Sie, was immer Sie für nötig erachten. Ich lege auf das übliche Budget, dass die Agentur in solchen Fällen zur Verfügung stellt noch fünfzig Euro aus meiner persönlichen Brieftasche drauf."

„Das ist sehr nett. Dann besorge ich ein Geschenk und lasse die Glückwunschkarte unter den Mitarbeitern herumgehen. Einverstanden?" Helenas Gesicht hatte sich innerhalb des kurzen Gesprächs immer mehr erhellt, was Patrick als gutes Zeichen wertete. Offenkundig ließ sie sich von seinen anfangs barschen Äußerungen nicht so leicht verschrecken.

„Klingt gut. Erledigen Sie das möglichst zeitnah. Wir hätten das schon längst erledigen sollen."

„War eben viel los in den letzten Tagen."

„Sie wissen gar nicht, wie recht Sie damit haben, Helena." Patrick nickte ihr zu und widmete sich endlich seinen Aufgaben. Zu tun gab es schließlich mehr als genug.

Bevor Janne sich in die Arbeit stürzen konnte, fehlte ihr noch ein entscheidendes Detail auf ihrem Schreibtisch: ein großer Becher Kaffee. Sie schob ihren Stuhl zurück, stand auf und überquerte den Flur mit wenigen Schritten. Glücklicherweise blieb ihr eine Begegnung mit Patrick erspart. Helenas neugierigen Blicken konnte sie jedoch nicht ausweichen. Keine Minute nach ihr schlüpfte sie durch die angelehnte Tür hindurch, lehnte sich mit der Hüfte an die Arbeitsplatte der Küchenzeile und musterte Janne mit funkelnden Augen.

„Sag mir bitte, dass ich mich nicht verhört habe." Helena hielt die aneinander gedrückten Handflächen vor ihren Mund gelegt und grinste.

„Ich weiß nicht, was du gehört haben willst", maulte Janne und beschäftigte sich betont angestrengt mit der Zubereitung des Kaffees. Aus den Augenwinkeln registrierte sie, wie Helenas Brauen nach oben schossen.

„Süße, dafür dass dich Patrick über Wochen nur getriezt hat, war er vor wenigen Minuten lammfromm und über die Maßen besorgt. Also? Was ist zwischen euch passiert?"

„Was soll denn deiner Meinung nach passiert sein?" Freiwillig würde Janne nicht herumposaunen, was sich zwischen ihr und Patrick abspielte. Entsprechend reagierte sie nur auf Helenas Vermutungen, ergriff jedoch nicht die Initiative.

„Auch wenn es mir schwerfällt, das zu glauben, weil ihr euch immer wie Hund und Katze aufführt, aber man könnte glatt vermuten, ihr hättet was miteinander. Wenn ich es mir recht überlege …" Sie tippte sich mit dem Zeigefinger an die Lippen. „Seine Reaktionen, wenn du dich krankgemeldet hattest, dass er dich zu Außenterminen mitgenommen hat und dann eure Begegnung heute Morgen. Der Ausdruck in seinem Gesicht passte so gar nicht zu dem eines Chefs, wenn eine seiner Mitarbeiterinnen nach Krankheitstagen wieder im Büro erscheint. Statt erfreut zu sein, war er vielmehr liebevoll und besorgt. Außerdem hat er dich geduzt. Patrick duzt niemanden."

Janne schob den Wasserbehälter in die Maschine, drückte den Startknopf und schwieg.

„Komm schon. Sein Verhalten dir gegenüber hat sich komplett gewandelt. Das kommt doch nicht von ungefähr." In Helenas Stimme lang ein Hauch Verzweiflung.

Janne beging den Fehler und hob ihren Kopf. Als ihre Blicke sich trafen, begannen ihre Wangen zu glühen und Helena quietsche vergnügt auf.

„Ich wusste es! Ich wusste es!" Sie klatsche einmal in die Hände und grinste wie ein Honigkuchenpferd.

„Psst. Sei still", mahnte Janne und grinste nun ebenso wie ihre Kollegin.

„Seit wann läuft das schon zwischen euch?"

„Kein Kommentar." Der enttäuschte Ausdruck in Helenas Augen ließ Jannes Schutzmauern bröckeln. „Eine Weile", gab sie flüsternd von sich.

Helena starrte sie mit offenem Mund an. „Eine Weile?" Man konnte ihr förmlich ansehen, wie sich die Rädchen in ihrem Kopf drehten. „Ihr ward schon zusammen, als Emma ihren Unfall hatte? Hat er dich deswegen mitgenommen und nicht einen von uns?"

Janne zuckte mit den Schultern.

„Jetzt verstehe ich auch, warum du den Mut aufgebracht hast, dich vor uns zu stellen, als er ausgeflippt ist, weil er uns nicht erreichen konnte." Helena schüttelte den Kopf. „Das ist verrückt, oder?"

Wie verrückt es wirklich war, behielt Janne für sich. Sie befand, dass Helena mit genug Informationen versorgt war, zumindest für den Moment.

„Ein bisschen", antwortete sie deshalb nur, nahm den fertigen Kaffee aus der Maschine und umklammerte den Becher mit beiden Händen.

„Oh Gott." Plötzlich wurde Helena ernst.

„Was?" Janne verspannte sich und hatte keine Ahnung, was im Kopf ihrer Kollegin vor sich ging.

„Brit wird durchdrehen." Für ein paar Sekunden sahen sich beide wortlos an, dann kicherten sie ungehalten los und verließen gemeinsam die Teeküche.

Der weitere Tag plätscherte relativ unspektakulär vor sich hin und mittlerweile hatte die Sonne ihren Zenit weit überschritten. Janne saß an ihrem Schreibtisch, den Bleistift zwischen den Lippen, wie immer, wenn sie nachdachte, und den Blick unfokussiert in die Ferne gerichtet. Nur unterbewusst nahm sie das gigantische Kreuzfahrtschiff wahr, das eben aus dem Hafen auslief. Bis zum jetzigen Zeitpunkt hatte sie Patrick kaum zu Gesicht bekommen. Das würde sich wahrscheinlich auch nicht mehr ändern und sie fragte sich, ob sie das überhaupt wollte. Er jagte einem Termin nach dem anderen hinterher und wirkte auf sie, als versuchte er sich ebenso mit Arbeit abzulenken, wie sie selbst.

Dass er ihr allerdings einen aufmunternden Blick geschenkt hatte, nachdem sie ihm vor dem Mittag Unterlagen für ein Meeting außer Haus auf seinen Schreibtisch gelegt hatte, und das, während er augenscheinlich hoch konzentriert ein Telefonat führte, erfüllte sie auch jetzt noch mit einem tröstlichen Gefühl.

Was war das nur mit ihnen? Sie hatte nicht den Hauch einer Ahnung.

„Ich mache Schluss für heute“, sagte sie zu Brit, die immer noch Dokumente bearbeitete.

„Ist gut. Du solltest am ersten Tag auch keine Überstunden machen. Um die Nase herum wirkst du immer noch ein bisschen blass.“ Ihre Kollegin lehnte sich auf ihrem Stuhl zurück und musterte Janne mit zusammengekniffenen Augen.

„Aber wenigstens hatte ich heute keine unplanmäßigen Zwischenstopps auf der Toilette zu verzeichnen“, erwiderte Janne leichthin und hoffte, einem weiteren Verhör zu entgehen.

„Nein. Zum Glück nicht. Und, hast du noch was vor?“

„Ich fahre zu meinen Eltern. Da ist mal wieder ein Anstandsbesuch fällig.“ Sie schnappte sich ihre Tasche, schloss den Schreibtisch ab und ließ einen abschließenden Blick durch das Büro schweifen.

„Oh. Na dann. Lass dich nicht ärgern.“ Helena wusste um das angespannte Verhältnis zu ihren Eltern und hatte sich in diversen Mittagspausen schon die eine oder andere Story anhören dürfen.

„Vielleicht ärgere ich sie heute mal.“ Janne zwinkerte Brit zu, die sie mit leicht geöffneten Lippen ansah und offenbar nach passenden Worten zur Erwiderung suchte. „Nur so zur Abwechslung.“

Jetzt prustete Brit los. „Ist klar. Dann einen schönen Abend.“

„Dir auch. Bis morgen.“

Mit einem überraschend beschwingten Gang marschierte Janne zu den Aufzügen. Wenn der Abend bei ihren Eltern ähnlich komplikationslos verlief, wie der Tag in der Agentur, brauchte sie sich keine Gedanken machen. Doch wie heißt es so schön? Erstens kommt es anders und zweitens, als man denkt. Aber auf keinen Fall wollte sie sich von der Bedeutung dieser Phrase nicht verunsichern lassen.

Das wird schon werden, sprach sie sich selbst Mut zu und ließ den Bürotag hinter sich.

Bei ihren Eltern angekommen, zog Janne sogleich der Duft nach Kirschmarmelade in die Nase. Wahrscheinlich hatte ihr Vater den Baum im Garten geplündert und ihre Mutter nun den ganzen Nachmittag über unzählige Gläser mit dem süßen Aufstrich gefüllt.

Kaum hatte sie die Tür hinter sich geschlossen, zog sie ihre Schuhe aus, schlüpfte in die Besucherpuschen und entschied sich, den direkten Weg in die Küche einzuschlagen.

„Hallo, ich bin´s“, rief sie und umrundete die große Bodenvase, die seit jeher im Eingangsbereich stand. Dass sie bei den vielen Kabbeleien, die sie und ihr Bruder veranstaltet hatten, nie Schaden genommen hatte, glich einem Wunder.

„Küche“, hörte sie ihre Mutter von Geschirrgeklapper begleitet rufen.

Bingo. Dann lag sie mit ihrer Vermutung also richtig und musste unwillkürlich schmunzeln. Es gab eben Dinge, die änderten sich nie. Schon in Jannes Kindheit stand Christine tagelang in der Küche und verarbeitete jegliches Obst, das ihr Vater im Garten geerntet hatte.

Schnellen Schrittes marschierte sie in die Küche und stoppte erst, als sie unmittelbar vor dem Herd ankam.

„Das riecht himmlisch.“ Janne schnupperte übertrieben auffällig am großen Kochtopf, in dem die rote, dickflüssige Masse vor sich hin blubberte.

„Stimmt.“ Christine tupfte ihrer Tochter einen schnellen Begrüßungskuss auf die Wange. „Hallo mein Kind. Was macht dein Magen?“

„Hallo Mama. Ganz gut so weit. Ist Papa auch da?“, fragte Janne, nachdem sie es sich auf der Eckbank gemütlich gemacht hatte.

„Muss jeden Moment reinkommen. Du hast es mit deiner kryptischen Ankündigung ja sehr spannend gemacht. Wärst du zwölf und nicht vierundzwanzig, würde ich behaupten, du hast etwas ausgefressen.“ Christine lachte über ihren eigenen Witz und rührte weiter die Marmelade.

„Hm. Ausgefressen ist für das, was ich euch erzählen möchte, nicht der richtige Ausdruck.“ Sie zog die Nase kraus und wich dem Blick ihrer Mutter aus. Bei Christines Talent, ihrer Tochter bereits an der Nasenspitze anzusehen, wenn sie etwas verheimlichte, schien dies Janne eine gute Strategie zu sein.

„Jetzt mach es doch nicht so spannend. Hast du jemanden kennengelernt? Ich frage mich ja schon seit Längerem, wann dir endlich der Richtige über den Weg läuft. Du musst mal ein bisschen auf die Menschen zugehen. Vergrabe dich nicht immer, geh' unter die Leute, fahr in den Urlaub …

„Mama, bitte. Du weißt genau, dass das nichts für mich ist. Außerdem habe ich Freunde." Sie dachte an den gestrigen Abend. Dass die Entscheidung, sich Mareikes spontaner Entführung nicht zu widersetzen und eine knappe Stunde im *Strandgut* verbracht zu haben, die richtige gewesen war, stand außer Frage. In der gemütlichen Runde hatte sie sich wohlgefühlt.

„Ach ja und wen bitte?" Christine unterbrach für einen Moment die Marmeladenrührerei und sah über die Schulter, um Janne mit einem kritischen Blick zu mustern.

„Die Mädels in der Agentur oder Mareike vom Café. Kommt es darauf an, wie viele es sind?"

„Nein, aber du igelst dich zu sehr ein. Wie willst du da einen Mann fürs Leben finden."

„Was, wenn ich das gar nicht will." Trotzig reckte Janne das Kinn.

„Rede keinen Unsinn. Jede junge Frau in deinem Alter sucht nach dem großen Glück und der Harmonie einer Familie."

„Kann schon sein, aber ich halte nichts von Traumschlössern und rosaroten Wolken."

„Nein, du liebst die Einsamkeit langer Strandläufe. Dein Traumprinz kommt wahrscheinlich nicht auf einem weißen Schimmel daher, sondern segelt mit einem imposanten Dreimaster über das Meer direkt auf dich zu."

„Was für ein Dreimaster?" Claus Perholm hatte unbemerkt die Küche betreten, zog sich seine Schippermütze vom Kopf und steckte sie in die hintere Hosentasche.

„Hallo Papa."

„Janne, mein Mädchen. Wie kommt es, dass du uns mitten in der Woche besuchst?" Er ging zum Kühlschrank, nahm ein Bier heraus und setzte sich auf einen der Stühle, die der Eckbank gegenüber standen.

„Frag lieber, was sie uns beichten möchte." Christine lenkte ohne viel Federlesen das Thema auf den noch nicht näher bekannten Grund von Jannes Anwesenheit.

„Na gut. Was ist los, Kleines?" Er schmunzelte und wie immer, wenn er das tat, bildeten sich Fältchen an seinen Schläfen.

Kleines. So hatte ihr Vater sie schon lange nicht mehr genannt. Und dass er es gerade jetzt tat, ließ sie Kraft aus diesem einen Wort schöpfen.

„Ich bekomme ein Baby“, platzte Janne mit der Neuigkeit heraus und wagte es kaum, dem Blick ihres Vaters auszuweichen.

Innerhalb eines Wimpernschlages erlosch all die Leichtigkeit aus seinem Gesichtsausdruck und betretenes Schweigen breitete sich in der Wohnküche der Perholms aus. Dass ihre Eltern sich stumm verständigten, vertrieb Jannes Nervosität keinen Millimeter. Ungewissheit ist bei Weitem schlimmer als jedes noch so niederschmetterndes Urteil.

Christine wandte sich ab, rührte mit stoischer Kontinuität weiter Marmelade, während Claus wie versteinert dasaß. Normalerweise haute ihn so schnell nichts um.

„Jetzt sagt schon was!“, flehte Janne und stand kurz davor, die Fassung zu verlieren. Ihre Hände waren feucht und die Muskulatur ihres gesamten Körpers angespannter als je zuvor. Mühsam kämpfte sie darum, die aufsteigenden Tränen zurückzuhalten. Von Verzweiflung erfüllt, formte sie mit zitternden Lippen ein stummes *Bitte Papa.*

Ihr Vater holte tief Luft und ließ sie kurz darauf geräuschvoll entweichen. „Was sollen deine Mutter und ich denn dazu sagen“, fragte Claus mit einer gespenstischen Ruhe in der Stimme, die Janne ihm in dieser Situation nicht zugetraut hatte. „Mädchen. Du hast, und korrigiere mich gerne, wenn ich mich irre, erst ein einziges Mal einen Jungen mit nach Hause gebracht. Da warst du allerdings noch in der Grundschule und hast Zöpfe getragen.“ Er seufzte schwer, dann fuhr er mit leise gesprochenen Worten fort. „Du hast nie von einer Beziehung erzählt, die dir wichtig genug gewesen wäre, um uns den jungen Mann vorzustellen. Und jetzt bist du schwanger?“

„Papa, ich …“ Janne wusste nichts darauf zu sagen. Für ihre Eltern war das mindestens ein ebenso großer Schock, wie für sie selbst. Kein Zweifel.

„Geht es dir gut. Ich meine, ist mit dem Baby alles in Ordnung? Bist du schon bei einem Arzt gewesen?“ Claus sprach mit so sanfter Stimme, dass Janne aufschluchzte.

„Soweit man es zum jetzigen Zeitpunkt sagen kann, verläuft alles normal.“

„Ach Kind.“ Christine hatte den Herd abgeschaltet, sich umgewandt und Marmelade Marmelade sein lassen. Offenkundig hatte sie sich in der Zwischenzeit gesammelt, denn in ihren Augen konnte Janne vom anfänglichen Schock nichts mehr erkennen. „Weiß der Vater Bescheid?“ Sie setzte sich zu Janne auf die Bank und legte ihre Hand tröstend auf die ihrer Tochter.

Janne brachte nur ein Nicken zustande, bevor sich nun doch die erste Träne einen Weg über ihre Wange suchte.

„Nicht weinen mein Schatz. Es wird alles gut werden.“ Als Christine sie an ihre Seite zog, brachen alle Dämme. „Lass alles erst mal raus, Kind und danach wird sich schon ein Weg finden. Es gibt immer einen Weg.“

Die verständnisvolle Seite ihrer Mutter war genau das, was Janne gebrauchen konnte und doch nicht erwartet hatte. Sah ganz so aus, als wüsste Christine zweifelsohne, dass der Moment nicht dazu da war, um sich selbst in Szene zu setzen.

„Erzähl uns ein bisschen was von dem jungen Mann, der uns zu Großeltern werden lässt“, begann Claus das Verhör, das sie früher oder später hinter sich bringen musste.

Also warum nicht früher?

Janne putzte sich die Nase, richtete sich wieder auf und schenkte ihrer Mutter ein zaghaftes Lächeln. „Patrick und ich haben und auf der Mottoparty am Strand kennengelernt.“

„Auf der Nele ihren Abschied gefeiert hat?“ Christine kannte Jannes ehemalige Chefin von wenigen Besuchen in der Agentur.

„Genau.“ Um nicht ins Detail gehen zu müssen, kürzte Janne die Geschichte auf ein Minimum. „Jedenfalls wusste er nicht, wer ich bin und ich nicht, dass er ein paar Tage später als Neles Nachfolger in der Agentur in Erscheinung treten würde.“

„Du bekommst ein Baby von deinem Chef?“ Christines Stimme verrutschte.

„Das ist doch jetzt vollkommen irrelevant“, warf Claus ein und verstrubbelte mit der Hand seine Haare. So ganz egal schien es ihm dann doch nicht zu sein.

Janne für ihren Teil überging sowohl die Frage ihrer Mutter, da sie rein rhetorischer Natur war, als auch die Geste ihres Vaters. Was hätte sie auch groß sagen sollen. An der Tatsache an sich hätte es ja eh nichts geändert.

„Wir sind uns außerhalb der Agentur zufällig über den Weg gelaufen und haben festgestellt, dass die Zuneigung, die wir füreinander empfinden, für mehr reicht, als einen netten Partyabend.“

„Und wo liegt das Problem? Denn wenn es keines gäbe“, ihr Vater lächelte milde, „würdest du hier nicht wie ein Häufchen Elend sitzen.“

„Ich bin mir eben nicht zu hundert Prozent sicher. Woher soll ich wissen, dass meine Schwangerschaft Patrick nicht zu etwas nötigt, das er niemals in Erwägung gezogen hätte?“

„Gesetzt den Fall, dass sich seine Gefühle für dich ändern, weil du ein Kind erwartest, das wohlgemerkt von ihm ist, ist er noch nicht reif genug, sich der Verantwortung zu stellen. Und außerdem hat er dich dann auch nicht verdient."

Janne entwich überraschend ein Kichern. „Hast du das in einem Roman gelesen?"

„Nicht frech werden junge Dame. Egal wie alt du bist, du wirst immer unser Kind bleiben", mahnte Claus mit einem liebevollen Unterton.

„Er ist zweiunddreißig." Hitze kroch ihr aufgrund der Aufregung in die Wangen, weil sie sich nicht sicher sein konnte, ob ihre Eltern diese Information auch noch schlucken würden. Für einen Abend hatte sie eigentlich für genügend Gesprächsstoff gesorgt. Aber jetzt konnte sie ihre Worte nicht mehr zurücknehmen.

„Du bist erst vierundzwanzig!" Christine hatte sich eine Hand auf die Brust gelegt. „Sehr verantwortungsbewusst scheint der Herr dann nicht zu sein. Von jugendlichem Leichtsinn kann dann wohl kaum noch die Rede sein."

„Mama", protestierte Janne. „Wir haben beide einen Fehler gemacht."

„Jetzt hör mir mal gut zu, Janne." Claus stand plötzlich und zeigte mit dem Finger auf seine Tochter. „Erwähne den Ausdruck *Fehler* niemals wieder in Verbindung mit deinem ungeborenen Kind."

Der ernste Ausdruck in Claus Augen ließ Janne schlucken. Einen solchen Ausbruch hätte sie von ihrem Vater nicht erwartet.

„Erwähne ihn generell nicht im Zusammenhang mit deinem Kind. Freut euch gefälligst über das Glück, das euch das Leben beschert hat. Und eins noch: Ich will den Vater meines Enkelkindes am kommenden Sonntag an unserem Mittagstisch sehen." Dann setzte er seine Schippermütze auf und stapfte aus der Küche.

Janne sah ihm mit offenem Mund hinterher.

21. Kapitel

Patrick saß im Heckbereich der *Ventus*, eine Plastikgabel in der einen und eine Pappbox mit gebratenen Nudeln und Hühnchen in der anderen Hand. Das Segelboot bewegte sich im Einklang mit den unaufhörlich gegen den Rumpf schwappenden Wellen. Weil sich der Wind am heutigen Abend kühler anfühlte als an den vorangegangenen Tagen, hatte er sich einen Hoodie übergezogen. Auch wenn er tagsüber im Anzug, mit Hemd und Krawatte, ein stattliches Erscheinungsbild abgab, so konnte er sich im legeren Outfit ebenso sehen lassen.

Gerade hatte er eine weitere Portion Nudeln aufgehäuft, als sein Handy eine eingehende Nachricht meldete. Die Hoffnung, Janne würde sich melden, erlosch, kaum hatte er den Blick auf das Display gerichtet. Nach der seltsamen Begegnung am Morgen wollte er ihr einen Freiraum einräumen, damit sie, was auch immer sie beschäftigte, auf die Reihe bekam. Natürlich musste sie sich mit der unumstößlichen Wirklichkeit auseinandersetzen. Himmel noch mal! Ihm ging es da kaum anders. Aber war es nicht sinnvoller, sich gegenseitig die benötigte Kraft zu geben, sich zu helfen und zu schauen, wie sie die nächsten Monate meistern konnten? Bis zum jetzigen Zeitpunkt hatte Patrick das Thema Familie nie ernsthaft als erstrebenswert erachtet. Sein Leben war gut, so wie es war. Doch Janne hatte sich unerwartet in sein Herz geschlichen und seltsamerweise hatte er nichts dagegen einzuwenden. Der Gedanke, für sie und das Baby verantwortlich zu sein, ihnen den Himmel auf Erden zu bereiten, machte ihn auf eine verrückte Art und Weise glücklich. Von Angst war seltsamerweise weit und breit nichts zu spüren.

Erneut ging eine Nachricht auf dem Handy ein. Und wieder warf Patrick einen flüchtigen Blick darauf. Er sollte sich endlich ein zweites anschaffen, dessen Nummer ausschließlich Freunde und Familie erhalten sollten. Gleich morgen würde er seinen Plan in die Tat umsetzen, dann konnte er nach Feierabend das geschäftliche Handy einfach abschalten und wirklich einmal den Feierabend genießen. Warum nur hatte er diese Option bisher nie in Erwägung gezogen?

„Ist es erlaubt, an Bord zu kommen?“

Beim Klang von Jannes Stimme sprang Patrick erschrocken auf. Er war so in Gedanken versunken, dass er sie nicht hatte kommen hören. Mit dem Essen in der Hand, viel zu vielen Nudeln im Mund und höchstwahrscheinlich tellergroßen Augen kam er sich selten dämlich vor. Sein Herz stellte erst seine Arbeit ein, nur um anschließend mit doppelter Geschwindigkeit weiterzuschlagen.

„Janne!“ Er stellte hastig die Box mit den restlichen Nudeln ab, wobei es ihm schlichtweg egal war, ob sie dabei umkippte oder nicht. Vollkommen überrumpelt starrte er vom Boot aus zu Janne hinüber, bevor er sich seiner Manieren besann. Mit ausgestrecktem Arm reichte er ihr die Hand, damit sie sicher auf die *Ventus* gelangen konnte. „Was für eine Frage! Natürlich darfst du an Bord kommen. Ich freue mich, dass du hier bist.“

Mit einem großen Schritt übersprang sie die Lücke zwischen Steg und Boot und landete prompt in Patricks Armen. Sofort überlagerte sein unverwechselbarer, ureigener Duft das bis zu diesem Moment vorherrschende Aroma des Meeres und Janne wollte in dieser Sekunde nirgends anders sein.

Auf dem Weg von ihren Eltern nach Hause hatte sie die plötzliche Sehnsucht nach Patrick nicht mehr ausgehalten. Wie war sie nur auf die blödsinnige Idee gekommen, eine gesunde Distanz würde ihr dazu verhelfen, Antworten auf ihre vielen Fragen zu bekommen? Rückwirkend betrachtet ist man eben immer schlauer.

„Was machst du hier.“ Verwundert schüttelte Patrick den Kopf, als könnte er nicht glauben, dass Janne tatsächlich hier stand. Ohne auch nur die erste Silbe einer möglichen Antwort abzuwarten, umfasste er ihr Gesicht mit beiden Händen und küsste sie. Er küsste sie liebevoll, verlangend, sehnsüchtig und gierig. Er berührte ihre Lippen, ihre Wangen, ihre Augenlider, ihre Stirn, bis Janne vor purer Ergriffenheit zu zittern begann.

„Patrick, wir müssen reden.“ Sie brachte die Worte kaum heraus, rang nach Atem und lachte gleichzeitig.

„Tut mir leid. Ich wollte dich nicht so überfallen. Aber nach den letzten Tagen habe ich das einfach gebraucht.“

Sein Geständnis wärmte ihr Herz. Konnte es sein, dass sie ihn mit ihrem Verhalten vor den Kopf gestoßen hatte? Aber er war doch immer so selbstbewusst, so unerschütterlich, wie ein Fels in der Brandung.

„Ich habe mich unmöglich benommen.“ Vor Verlegenheit kroch ihr die Hitze in die Wangen.

„Du bist in der vorteilhaften Lage, alles was du anstellst mit deinen Hormonen zu entschuldigen, die offenbar verrückt spielen.“ Aufgrund seiner Aussage handelte sich Patrick einen scherzhaften Knuffer gegen seine feste Brust ein.

„Wir sollten wirklich miteinander reden, sonst schaffen wir es nie eine gemeinsame Basis zu finden“, gab Janne mit nun ernster Miene zu verstehen.

„Möchtest du das denn, Janne? Eine gemeinsame Basis?“ Patrick sah sie aus ebenfalls ernsten Augen an. „Bisher hatte ich den Eindruck, deine Meinung ändert sich schneller als das Wetter im April.“

„Entschuldige, ich bin nicht fair gewesen.“

„Nein, in manchen Situationen nicht. Aber vielleicht habe auch ich meine Fehler. Also los, lass uns hinsetzen und reden.“ Bei dem Wort *reden* verzog er in gespieltem Entsetzen den Mund.

„*Lass uns reden*, hat einen faden Beigeschmack.“

„Da in unserem Fall offenbar andere Regeln gelten, ist das vollkommen irrelevant.“

Patrick verteilte mehrere Kissen auf dem mit Holz verkleideten Boden der *Ventus*. Im Schutz der Bordwände konnte ihnen der Wind nichts anhaben. „Mach es dir bequem. Ich hole uns noch etwas zu trinken. Bin gleich zurück.“ Mit nur wenigen Schritten erreichte er den Eingang zum Inneren seines Segelbootes. Als er im vorderen Raum angekommen war, blieb er stehen, legte den Kopf in den Nacken und zwang sich, ruhig zu bleiben. Er spürte, dass von diesem Gespräch vieles abhängen würde, mehr als er eben bereit gewesen war zuzugeben. Doch er konnte Janne nicht ewig warten lassen. Das wäre erstens unhöflich und zweitens sehnte er sich nach ihrer Nähe. Also griff er nach Gläsern, einer Flasche Wasser und Erdnüssen. Mit einem Lächeln auf den Lippen kehrte er nach oben zurück.

Janne hatte sich in der Zwischenzeit auf dem Boden niedergelassen und lehnte mit geschlossenen Augen an der Bordwand. Wie sie so dasaß, sah sie unglaublich zufrieden aus. Für ein paar Sekunden verharrte Patrick auf der letzten Stufe und genoss diesen Anblick. Er wollte, dass sie sich um nichts sorgte und es lag an ihm, ihr die Angst vor der Zukunft zu nehmen.

„Du beobachtest mich.“ Ein Lächeln legte sich auf ihre Lippen und ganz allmählich öffnete sie die Augen.

„Erwischt. Aber zu meiner Verteidigung muss ich sagen, dass mir der entspannte Ausdruck auf deinem Gesicht deutlich besser gefällt als die Unruhe in deinen Augen.“ Er zuckte mit den Schultern, ließ sich neben Janne nieder und reichte ihr ein Glas.

„Du hast Erdnüsse mitgebracht?“ Janne umging die Aussage und deutete mit dem Finger auf die Dose, die Patrick nach wie vor in der Hand hielt.

„Habe ich.“

„Danke.“

Als Patrick Janne die salzige Knabberei reichte, berührten sich ihre Finger und Patrick hielt die Dose einen Moment länger als nötig fest.

„Nicht dafür."

„Das meinte ich nicht", hauchte Janne kaum hörbar.

„Ich weiß." Er musterte Janne eindringlich, bevor er ebenfalls den Kopf zurücksinken ließ und zum bewölkten Himmel hinaufsah. „Du darfst immer zu mir kommen, egal ob ich mich gerade im Büro, zu Hause oder auf dem Boot aufhalte."

Das laute, kratzende Geräusch, das das Abziehen des Deckels verursachte, passte so gar nicht zur gedämpften Stimmung, die auf dem Boot herrschte.

„Ich bin bei meinen Eltern gewesen und habe ihnen von dem Baby erzählt", begann Janne und schob sich die ersten Nüsse in den Mund.

„Wie haben sie reagiert?" Patrick gab seine lässige Haltung auf und atmete lang gezogen aus. Dieser Schritt hatte Janne mit Sicherheit einiges an Überwindung gekostet.

„Überrascht, sprachlos, schockiert", fasste sie kurz und knapp zusammen und verzog das Gesicht.

„Geht es auch ein bisschen genauer?" Wenn sie wirklich miteinander reden wollten, konnten sie sich nicht nur einzelne Brocken hinwerfen.

„Überrascht, weil ich mitten in der Woche vorbeigekommen bin."

„Machst du das sonst nicht?"

„Eher selten", gab sie ohne weitere Erklärung zu verstehen und Patrick beschloss, den Punkt erst mal so stehen zu lassen.

„Warum sprachlos?", hakte er nach, obwohl er sich die Antwort denken konnte.

„Das Baby", flüsterte sie und gab einen erstickten Laut von sich.

Es musste sie unglaublich viel Überwindung gekostet haben, zu ihm gekommen zu sein. Janne zitterte, hatte den Blick abgewandt und starrte mit geweiteten Augen über das Wasser zum Horizont. Was ging nur in ihrem Kopf vor, fragte sich Patrick nicht zum ersten Mal. Ihr Gedankenkarussell musste sich doch wie verrückt drehen. Genau wie seines.

„Komm her." Er legte eine Hand an ihre Knie, drehte sie zu sich und zog ihre Beine über seine, sodass sie sich an ihn kuscheln konnte. Ohne zu zögern, schmiegte sie ihre Wange an seine Brust. Seine andere Hand umfasste ihren Hinterkopf, drückte sie sanft an sich, wollte ihr signalisieren, dass er sie halten würde – immer und zu jeder Zeit.

„Ich habe noch nie einen Mann mit nach Hause gebracht, ihnen von keinem Freund erzählt." Ihre Finger krallten sich in den Stoff seines Hoodies. „In den Augen meiner Eltern lebe ich ein Einsiedlerleben. Vielleicht haben sie damit auch recht. Keine Ahnung."

Patrick beschloss, sie nicht zu unterbrechen, bis sie sich alles von der Seele geredet hatte. Sie waren an einem Punkt angelangt, an dem sie sich durch weiteres Schweigen nur Steine in den Weg gelegt hätten. Also zuhören und weiter festhalten. Sie brauchte diesen Halt genau wie er ihre Nähe.

„An dem Abend der Mottoparty habe ich mir vorgenommen, mal etwas zu wagen, mich nicht zu verstecken. Und dann kamst du und der Rest ist Geschichte. Wer konnte denn ahnen, welche Auswirkungen es haben würde, wenn ich ein mal den Schritt wagte, den viele andere Mädchen jedes Wochenende tun?“ Erneut begann ihr Körper zu beben. „Ich bin auf das alles nicht im Geringsten vorbereitet, habe keine Ahnung wohin mich das führt und kann meine Eltern verstehen, dass sie von der Nachricht überrumpelt wurden. Aber das bin ich auch. Ich wollte doch für einen Abend …“ Ihre Stimme brach.

„Soll ich mal für eine Weile weiterreden?“, bot Patrick an, schließlich sollte das hier keine einseitige Unterhaltung werden.

Janne nickte an seiner Brust und er tupfte ihr einen Kuss auf das Haar. Sie sollte wissen, dass er bei ihr war, nicht nur körperlich.

„Weißt du, ich habe mir Vorwürfe gemacht, dass ich nicht die Finger von dir lassen konnte. Doch das war nicht mein einziger Fehler. Ich bin mit dir härter umgesprungen, als mit den anderen. Ich habe dir die Konsequenzen aufgedrückt, die allein ich hätte ziehen müssen. Ich habe meine Position ausgenutzt und das war einfach nur unfair dir gegenüber. Dass ich dir so lange die Wahrheit vorenthalten habe, verstärkt mein Fehlverhalten nur noch mehr. Aber weißt du was? Ich möchte gerade nirgends anders sein und vor allem, Janne, mit niemand anderem hier sitzen.“

Langsam hob sie den Blick, um ihn ansehen zu können. Ihre Augen glänzten hoffnungsvoll. „Ehrlich?“

„Ehrlich. Du machst mich glücklich, und das Baby“, er legte seine Hand auf ihren Bauch und spreizte die Finger, „macht es perfekt. Manchmal sind die Dinge im Leben, die man am wenigsten erwartet, die besten.“ Und dann küsste er sie, zärtlich und voller Hingabe. Dieser Kuss war ein Versprechen, ein Statement. Diese Frau gehörte zu ihm und er würde sie mit allen Mitteln, die ihm zur Verfügung standen, beschützen.

Janne schnappte nach Luft, als sie ihre Lippen voneinander lösten. „Ich …“ Sie brach ab, öffnete erneut den Mund, doch es folgte kein weiteres Wort.

„Was, Baby? Sprich es einfach aus. Ich schwöre dir, ich laufe nicht davon.“ Patrick konnte ein frustriertes Seufzen nicht unterdrücken.

„Offenbar habe ich dich immer noch nicht überzeugt." Seine Stimme nahm einen resignierten Ton an, für den er sich selbst in den Hintern hätte treten können. Auf keinen Fall wollte er ihre Unsicherheit schüren, nur weil er unfähig war, ihr klarzumachen, wie ernst er es meinte.

„Ich möchte nicht, dass du dich verpflichtet fühlst, nur weil wir …"

Er gab einen knurrenden Laut von sich und unterbrach ihr Gestammel, indem er ihren Mund mit seinem verschloss. Diesen Unsinn wollte er sich nicht länger anhören. Als er ihre süßen Lippen liebkoste, ihr Atem sich mit seinem vermischte und sich ihre Körper eng aneinanderschmiegten, fasste er einen Entschluss. Jetzt oder nie!

Kurzentschlossen löste er sich von ihr. Verdattert sah sie ihn an und hatte offensichtlich Mühe, ins hier und jetzt zurückzukehren. Ohne sie aus den Augen zu lassen, schob er sanft, aber nachdrücklich ihre Beine auseinander und kniete sich dazwischen. Ganz behutsam nahm er ihre Hände in seine. Noch immer fixierte er ihren Blick, in dem nichts als Verwirrung zu lesen war. Und was tat er? Grinsen. Er konnte einfach nicht anders. Er grinste wie ein kleiner Junge, dem plötzlich etwas ganz Tolles eingefallen war.

„Janne Perholm. Du hast mit der Kraft eines Orkans mein Leben gehörig durcheinandergewirbelt. Aber anders als die raue Naturgewalt, hast du keinen bleibenden Schaden angerichtet. Im Gegenteil."

Patrick beobachtete, wie Janne mühsam schluckte, um Fassung rang und augenscheinlich nicht wusste, wie ihr geschah. Um sie nicht unnötig zu quälen, redete er nahtlos weiter. „Baby, du hast meine Prioritäten geordnet und dafür liebe ich dich. Verlass mich nie und verbringe den Rest deines Lebens mit mir."

Ein ungehaltenes Schluchzen unterbrach ihn, aber er ließ sich nicht aus dem Konzept bringen. Mit fester Stimme setzte er noch mal nach, untermauerte seinen Antrag.

„Heirate mich, Janne und mache mich zum glücklichsten Mann des Universums." Abwartend hatte er seinen Kopf zu Seite geneigt. Die Zeit lief. Es gab nur zwei Antwortmöglichkeiten. Eine Fifty-Fifty-Chance.

Tränen rannen über das schöne Gesicht der Frau, die, sollte sie seinen Antrag annehmen, bald seinen Namen tragen würde. Doch noch hatte sie nichts gesagt. Wie auch? Sie hatte sich eine Hand vor den Mund gepresst und die Augen weit aufgerissen.

„Baby, du bist dran." Patricks Stimme begann verdächtig zu wackeln. Auch er hatte seine Emotionen kaum noch unter Kontrolle. „Sag was, Janne und lass mich nicht zappeln, auch wenn ich es verdient habe." Seine geflüsterten Worte brachten sie dazu, sich aufzurichten. Was hatte sie vor? Sein Magen legte einen Salto hin. Was für ein bescheidenes

Gefühl. Doch es legte sich just in dem Moment, als ihre Hände seine Wangen berührten und ihre Tränen versiegten. Mit einem Mal schien Janne sich vollkommen sicher zu sein. Nur leider konnte Patrick ihre Miene nicht deuten. Wieder rumorte es in seinem Magen.

Sie knieten beide auf dem Boden der *Ventus* und noch immer schaukelte das Boot mit den Wellen im Einklang. Ganz langsam legte Patrick seine Hände an ihre Hüften, strich mit den Daumen sanft über ihren Bauch, als sich endlich ihre Lippen teilten und er die Worte hörte, für die er alles gegeben hätte.

„Ich liebe dich auch." Sie küsste seinen Mundwinkel und sah ihm dann nachdenklich in die Augen. Wartete. Worauf?

Patrick konnte kaum atmen. „Janne? Ein Wort. Bitte!", flehte er kaum hörbar.

Dann legten sich ihre Lippen auf seinen anderen Mundwinkel, ganz kurz nur, bevor die erlösenden zwei Buchstaben seine Anspannung in einer Welle der Erleichterung wegspülten.

„Ja." Sie lachte befreit auf. „Ja, ich heirate dich."

Erleichtert ließ Patrick sich auf seine Fersen zurücksinken und zog die zukünftige Frau Gudegast mit sich. Sie kletterte rittlings auf seine Oberschenkel und konnte gar nicht aufhören zu lächeln. Ihm ging es nicht anders.

„Ich liebe dich. Gott, ich bin so verrückt nach dir." Und dann küsste er sie, stürmisch und zügellos. Er knabberte an ihrer Unterlippe, tupfte unzählige Küsse auf die weiche Haut ihres Halses, wanderte mit seinen Händen an jede Stelle, die er aus seiner Position heraus erreichen konnte. Er begehrte sie und ließ keinen Zweifel daran aufkommen.

„Auch wenn es die Stimmung zerstört, aber ich muss dir etwas sagen." Janne blickte ihn mit einem entschuldigenden Ausdruck im Gesicht an.

Patrick gab ein unwilliges Brummen von sich, hob seine Frau, wie er sie ab sofort gedanklich bezeichnete, von seinem Schoß und legte sich lang ausgestreckt auf die Kissen. Mit einer einladenden Geste bedeutete er ihr, sich zu ihm zu legen. Keine drei Sekunden später hatte sie sich an ihn gekuschelt, ein Bein über seines geschwungen und benutzte seine breite Brust als Kopfkissen. Ihm war es nur recht.

„Also was musst du mir beichten? Bekommen wir Drillinge?" Er drehte seinen Kopf so, dass er sie ansehen konnte, und zog belustigt die Brauen nach oben.

„Ich habe nichts von beichten gesagt, und nein, bis zum nächsten Ultraschalltermin bleibt es bei einem Baby."

„Heißt das, es könnten sich durchaus mehrere kleine Gudegastkinder in deinem Bauch gemütlich gemacht haben?“ Sein belustigter Ausdruck wechselte zu einem ehrlich schockierten.

„Wer weiß?“

„Janne!“

„Nein, höchstwahrscheinlich nicht.“ Sie kicherte und er gab ein beruhigtes Brummen von sich.

„Also, was wolltest du loswerden?“

„Du darfst mich am Sonntag zum Essen zu meinen Eltern begleiten.“ Unsicher, wie er auf ihre Aussage reagieren würde, krallte sie vor lauter Anspannung ihre Finger in den Stoff seines Hoodies.

„Sehr gerne. Sag ihnen, dass ich mich freue, sie kennenzulernen.“

Abrupt setzte Janne sich auf. „Wie jetzt? Einfach so? Ich meine, du erfindest keine fadenscheinigen Ausreden oder so?“

„Ich habe dich gefragt, ob du meine Frau werden willst und du hast ja gesagt. Ist es da nicht üblich, dass der Schwiegersohn in spe bei den Eltern seiner Braut zu einem Anstandsbesuch antanzt.“

„Keine Ahnung. Ich bin noch nie verheiratet gewesen.“ Janne zuckte mit den Schultern.

„Ich auch nicht, aber ich denke, das ist die übliche Vorgehensweise.“

„Okay“, gab sie schlicht von sich und entspannte sich allmählich wieder. „Ich werde heiraten.“ Als sie das sagte, strampelte sie übermütig mit den Beinen.

„Soll ich dir was verraten?“ Patrick drückte ihr einen schnellen Kuss auf die Nasenspitze und fixierte ihre zappelnden Beine, indem er sich einfach auf Janne legte. „Ich auch, und du machst mich verdammt noch mal unfassbar glücklich.“ Er stützte sich auf seine Unterarme, um Janne besser ansehen zu können.

„Patrick?“

„Hm?“

„Manchmal habe ich Angst, dass jemand kommt und mich aus diesem Traum aufweckt.“

Kurz zuckte er zusammen, als sich bei ihren Worten das Bild einer Bostoner Schönheit vor sein inneres Auge schob. Mit aller Macht verdrängte er jeglichen Gedanken an Audrey.

„Keine Sorge. Das wird nicht passieren und für den Fall, dass jemand verrückt genug ist, es zu versuchen, werde ich ihn mit allem, was mir zur Verfügung steht, verjagen.“

„Wie ein Superheld?“, fragte sie hoffnungsvoll. Ihre Wangen glühten und ein bezaubernder Glanz breitete sich in ihren Augen aus.

„Wie ein geborener nordischer Krieger.“ Patrick nickte entschlossen. Sie hatte ja nicht den blassesten Schimmer, wie ernst er seine Ankündigung meinte. Und das war auch gut so. Er wollte jegliche Bedrohung von Janne fernhalten, selbst wenn sich diese nur per moderner Kommunikationsmittel in ihren Radius schlich.

„Nordischer Krieger. Alles klar.“ Ihr leises Glucksen war ansteckend und schon bald schaukelte das Boot nicht mehr nur allein durch die Kraft der Wellen.

22. Kapitel

Auf dem Boot zu übernachten kam nicht in Frage. Weder Patrick noch Janne waren darauf vorbereitet, weswegen sie den spontanen Entschluss fassten, die Nacht in seinem Appartement zu verbringen. Sich voneinander trennen zu müssen, hätten beide nicht fertiggebracht.

Jannes genuscheltes „Guten Morgen“ zauberte Lachfältchen um Patricks Augenwinkel. Die Gesichter einander zugewandt lagen sie dicht beieinander auf der Seite, die Finger der einen Hand miteinander verschränkt und immer noch ergriffen von den Ereignissen des letzten Abends.

„Guten Morgen.“ Bei seiner Erwiderung schloss Janne die Augen.

„Ich könnte mich daran gewöhnen, neben dir aufzuwachen.“ Kaum hatte ihr schlaftrunkenes Hirn das Geständnis losgelassen, senkte Janne verlegen den Blick.

Patrick seufzte und fast hatte sie den Eindruck, es klang ein wenig enttäuscht.

„Glaubst du nicht, wir sind über den Punkt hinweg, dass wir unsere Gedanken und Gefühle voreinander verstecken müssen?“ Mit ernster Miene legte er einen Finger unter ihr Kinn, woraufhin Janne sich seinem sanften Druck ergab und zu ihm aufsah.

Das hier war ihr Mann, der sie aus klaren, grünen Augen ansah, der Vater ihres ungeborenen Babys. Überwältigt von ihren eigenen Gefühlen erschauderte sie.

„Wir werden heiraten.“ Sie blinzelte, als müsste sie sich selbst versichern, dass alles kein Traum gewesen war. Patrick hatte sie tatsächlich gefragt und sie hatte *Ja* gesagt.

„Stimmt, irgendetwas war da.“ Er schmunzelte.

Mit gespielter Empörung knuffte sie ihn gegen die Brust. „Du bist ein Blödmann.“

„Langsam gewöhne ich mich an die liebevolle Bezeichnung.“ Sein Brustkorb bebte vor unterdrücktem Lachen und seine Finger strichen in gemächlichen Kreisen ihrem Rücken entlang.

„Ich bin glücklich.“ Plötzlich wurde ihr ganz warm im Bauch und die Haut kribbelte unter seinen Berührungen.

„Das bin ich auch. Sehr sogar. Du hast mein Leben durcheinandergewirbelt und das auf eine ganz positive Weise.“ Sein Blick hielt ihren noch immer gefangen.

„Liebe mich, Patrick.“

Ganz langsam, als hätte er alle Zeit der Welt, bewegte er sich auf Janne zu. Mit der gleichen Ruhe schob er ein Bein zwischen ihre, drehte sie auf den Rücken und stützte sich mit den Unterarmen neben ihrem Kopf ab. „Das tue ich bereits.“ Grüne Augen sahen in graue und für einen Moment rührte sich keiner der beiden auch nur einen Millimeter.

„Ich will es fühlen“, hauchte sie und hob den Kopf an, um seine Lippen mit ihren zu berühren.

Ohne ein weiteres Wort intensivierte er ihren Kuss, drückte sie zurück in die Kissen und brachte ihre Körper dazu, im Einklang zu erbeben.

Nach dem Frühstück beschlossen sie, getrennt zur Agentur zu fahren. Patrick setzte Janne vor ihrer Wohnung ab, damit sie sich umziehen und nicht in derselben Kleidung wie am Vortag im Büro erscheinen musste. Außerdem wollte sie unbedingt mit ihrem eigenen Wagen fahren. Vielleicht schob sie das Argument auch nur vor, weil sie eine Stunde für sich brauchte, aber Patrick verzichtete darauf, nachzufragen. Lange würden sie ihr kleines Geheimnis sowieso nicht mehr für sich behalten wollen und der kleine Krümel hatte es erdient, dass man ihm Aufmerksamkeit schenkte.

Der kleine Krümel. Patrick wollte unbedingt beim nächsten Kontrolltermin dabei sein und musste Janne noch fragen, wann dieser genau geplant war. Er wollte um nichts auf der Welt verpassen, wie sich das Baby entwickelte und immer wissen, ob es ihm gut ging. Janne hatte ihm neben ihrem Ja-Wort das größte Geschenk gemacht, das eine Frau ihrem Mann bereiten konnte. Gleich heute Abend musste er mit seinen Eltern telefonieren, am besten per Video-Chat und Janne an seiner Seite.

Janne kam nur fünf Minuten zu spät in die Agentur. Mit roten Wangen und schnellen Schritten eilte sie auf den Empfangsbereich zu, kaum dass sich die Aufzugtüren geschlossen hatten.

„Guten Morgen, tut mir leid, der Verkehr …“

Patrick konnte sich ein Auflachen gerade noch verkneifen. Janne hätte ihm wahrscheinlich, nein, ganz sicher sogar, den Hals umgedreht. Und siehe da – schon bekam er seine Bestätigung, weil sein belustigter Gesichtsausdruck ihn wohl doch verraten hatte. Ihre Augen blitzten kurz auf und ihre Lippen waren fast weiß, so fest, wie sie sie aufeinanderpresste. Er konnte das Wort *Blödmann* förmlich auf ihrer Stirn aufleuchten sehen.

„Janne, kein Stress. Komm erst mal in Ruhe an.“ Helena schenkte ihr einen beruhigenden Blick. Ich gehe mit Patrick gerade die Termine für diese Woche durch. Danach können wir uns die Listen der möglichen Locations vornehmen, die wir in die engere Wahl für das Steenhuus-Projekt aufnehmen.“

„In Ordnung. Dann bis gleich." Bevor Janne an ihren Schreibtisch ging, sah sie Patrick noch für einen Moment an. Er zwinkerte ihr zu und hoffte, dass sie sich endlich wieder entspannte. Zum Glück senkten sich ihre Schultern und im Gegenzug bewegten sich ihre Mundwinkel nach oben.

Da Patrick hinter Helena stand und sie ihn dadurch nicht sehen konnte, formte er mit seinen Lippen ein stummes *Ich liebe dich.* Jetzt war es um ihre verkrampfte Haltung endgültig geschehen. Janne schlenderte praktisch über den Gang, woraufhin Helena sich umdrehte und Patrick kritisch musterte. Doch er tat vollkommen unbeteiligt und konzentrierte sich wieder auf die Übersicht, die Helena auf ihrem Rechner aufgerufen hatte.

„Ich habe es gemerkt", gab sie beiläufig von sich und tippte in rasender Geschwindigkeit, die Adresse für ein Geschäftsessen ein, die Patrick ihr kurz zuvor gereicht hatte.

„Wovon genau reden Sie, Helena?" Auf einmal hatte er einen Kloß im Hals und wusste nicht, wie er ihn loswerden sollte.

„Janne ist noch schlechter im Verbergen von Geheimnissen", sagte sie nur und beendete das Tastaturgeklapper. „Ihre plötzliche Fürsorge Janne gegenüber war schon ziemlich eindeutig. Aber zwei Frauen allein in einer Teeküche …" Sie ließ den Satz offen und lächelte vergnügt.

„Verstehe. Wer weiß noch davon?" Eine kleine Vorwarnung hätte sicher nicht geschadet, dachte Patrick, konnte Janne aber nicht böse sein. In der letzten Zeit war einfach viel zu viel passiert.

„Ich denke niemand." Eine kurze Pause entstand. „Sie passen gut zusammen, wenn ich mir die Bemerkung erlauben darf."

„Dürfen Sie, aber jetzt machen wir lieber weiter, sonst hält man uns noch für Tratschtanten." Seine Mundwinkel zuckten. Er fühlte sich so glücklich wie schon lange nicht mehr.

„Geht klar, Boss." Fast wie auf Knopfdruck wechselten beide in den Arbeitsmodus und stimmten in Rekordgeschwindigkeit die restlichen Termine ab. Das Lächeln behielten beide die ganze Zeit über auf den Lippen.

Auf der Rückkehr vom Mittagessen mit der Besitzerin einer kleinen, aber sehr edlen Schokoladenmanufaktur parkte Patrick seinen Wagen unmittelbar vor dem Eingang zum Bürogebäude. Kurz vor halb zwei. Er hatte vermutet, dass das Gespräch länger dauern würde, doch bei Lachs und Bandnudeln konnten sie die Eckpunkte ihrer Zusammenarbeit relativ schnell festlegen. Entsprechend gut gelaunt, stieg Patrick aus, umrundete den Wagen und lief gerade über den Gehweg, als eine

Stimme an sein Ohr drang, die ihm einen eiskalten Schauer über den Rücken jagte. Seine gute Laune verflog wie Rauchschwaden im Wind.

„Endlich, wo hast du dich nur versteckt?“ Eine aufgemotzte Rothaarige kam auf Stöckelschuhen auf den Eingang zum Bürogebäude der Agentur zu.

Audrey.

Sie machte glatt Anstalten ihn mit ihren übertrieben geschminkten Lippen zu küssen, als sie sich gegenüberstanden. Was für ein Albtraum. Hoffentlich war Janne bereits von ihrer Pause zurück im Büro und bekam von der Vorstellung hier nichts mit. Gott bewahre und er müsste ihr diesen Wahnsinn erklären.

„Hey. Ganz langsam.“ Überhaupt nicht langsam zog Patrick Audreys Arme von seinen Schultern, bevor sie sich mit ihren Händen in seinem Nacken festkrallen konnte. „Was willst du hier?“, fragte er übertrieben hart und zeigte seine Abscheu nur allzu deutlich.

„Du bist so schnell aus Boston verschwunden.“

Wie bitte? Er war seit über einem Jahr nicht mehr in Boston.

Ihr war dieser Umstand scheinbar entfallen, denn sie zog einen Schmollmund und erhoffte sich offenbar, dass sie ihn damit weichklopfen konnte. Doch jegliche Regung ihrerseits perlte an ihm ab wie Wassertropfen an einer Fensterscheibe.

„Das ist über ein Jahr her“, stellte er zur Sicherheit klar und stemmte die Hände auf die Hüften. „Also noch mal: Was willst du hier?“ Patrick gab sich nicht mal Mühe, seinen Widerwillen ihre Person betreffend zu kaschieren. Wozu auch. Er legte keinen gesteigerten Wert auf ihre Anwesenheit.

„Ich habe dich so vermisst. Zum Glück hat deine Mutter das erkannt und mir deine Nummer gegeben.“ Ihren Versuch, mit den Fingern sein Gesicht zu berühren, unterband er schon im Ansatz und umklammerte ihr Handgelenk vielleicht ein wenig zu fest, um sie davon abzuhalten. Ihm war es egal.

„Davon habe ich gehört und sie hätte es besser nicht getan. Audrey, wir haben nichts, aber auch gar nichts miteinander zu tun, also verschwinde und hör auf, mir hinterherzujagen.“

„Aber …“

Er konnte ihr ansehen, dass sie sich bemühte, Tränen unter ihren langen Wimpern hervorzupressen. Sie wirkte wie ein trotziges Kleinkind. Fehlte nur noch, dass sie mit dem Fuß aufstampfte. Doch dann erinnerte er sich an die Show, die sie laut Aussage von Volker in der Hamburger Filiale abgezogen hatte und automatisch klang sein Ton härter.

„Nein! Nichts aber. Du bist krank, wenn du denkst, ich käme zurück nach Boston, schlimmer noch zu dir. Wir kennen uns ja kaum." Mit einem Ruck ließ er sie los, sodass die leicht ins Taumeln geriet. Erstaunlicherweise hatte sie sich schnell wieder im Griff. Kurz fragte er sich, wie die Frauen das mit diesen mörderisch hohen Absätzen hinbekamen.

„Gib uns ein bisschen Zeit, Liebling, dann wirst du erkennen, dass ich die Frau bin, mit der du dein Leben verbringen willst."

Liebling? Fast hätte er den Lachs durch die Speiseröhre wieder nach draußen befördert. Ihm wurde übel, was seine Wut steigerte.

„Danke, die habe ich schon gefunden – du bist es jedenfalls nicht", gab er barsch zurück und entfernte sich ein paar Schritte. Es wurde Zeit, diese Farce hier zu beenden.

„Du bist verheiratet?" Ein durchtriebenes Lächeln huschte über ihr Gesicht und verhieß nichts Gutes. Audrey war ein Biest allererster Güte.

„Nein, aber so gut wie, also lass mich in Ruhe." Kaum hatte er zu Ende gesprochen, kam Helena um die Ecke geschlendert. Neben ihr ging Janne. Tolles Timing, Ladys. „Verdammt noch mal", fluchte er durch seine zusammengepressten Zähne.

„Das ist sie, oder?" Audreys Lächeln nahm einen hämischen Zug an und Patrick ahnte, dass das nichts Gutes zu bedeuten hatte. Offenbar hatte ihn seine besorgte Miene verraten. Er wusste es nicht und kam auch nicht mehr dazu, es herauszufinden, denn plötzlich überschlugen sich die Ereignisse.

Mit entschlossenem Schritt ging Audrey auf die Frauen los. Und ehe er sich versah, flogen Taschen, wedelten Arme durch die Luft und waren schrille Schreie zu hören. Doch kaum hatte er sich den Frauen auf wenige Schritte genährt, blieb er wie angewurzelt stehen, denn so schnell wie der Tumult losgebrochen war, endete er auch schon wieder.

„Janne, Baby, alles in Ordnung mit dir?" Das Beben seiner Stimme war unüberhörbar. Ihn kümmerte es nicht. Entscheidend war nur, dass seine Frau und vor allem das Baby heil aus dem Angriff herausgekommen waren.

„Mir geht es gut." Dass sie am ganzen Körper zitterte, wunderte ihn kaum.

„Das Baby?", raunte er besorgt und warf Helena einen schnellen Blick zu, doch sie schien ganz auf Audrey konzentriert.

Janne folgte seinem Blick und formte mit den Lippen ein stummes: „Dem Baby ist nichts passiert."

„Patrick?", mahnte Helena nachdrücklich. „Es wäre nett, wenn Sie Ihr Handy zücken würden und den Notruf wählen. Die Raubkatze hier zu bändigen ist gar nicht so leicht und ich hatte nur einen Muffin zum Mittag." Helenas trockener Humor ließ ihn kurz und hart auflachen. Diese Frau war ein Unikat.

Er schlang schützend einen Arm um Janne. Auf keinen Fall wollte er sie in die Reichweite der verrückten Furie lassen, die sich unter Helenas Klammergriff wie ein tollwütiger Fuchs auf dem Boden wand.

„Gudegast, es gab einen Zwischenfall am Haupteingang des *Pier-Bürokomplexes …*"

Janne schaltete ab und versuchte, die Kontrolle über ihren Körper zurückzuerlangen. Wer war diese Verrückte? Einen Wimpernschlag zuvor hatte sie noch mit Helena gelacht und kaum waren sie um die Ecke gebogen, sprang ihnen diese Irre in den Weg. Sie war sich sicher, dass sie ihr nie begegnet war und auch Helena erweckte nicht den Eindruck, als wären sie sich jemals über den Weg gelaufen.

Erst als die Polizei eintraf, klärte sich ihr Blick und sie nahm Bruchstücke von dem wahr, was hier gerade ablief. Wie durch Watte hörte sie, wie Patrick die Situation zu erklären versuchte. Das Geschrei der Rothaarigen, das nach wie vor über den Gehweg hallte, tat ihr in den Ohren weh. Tröstlich bei all diesem Durcheinander war, dass Patrick sie für keine Sekunde losgelassen hatte.

„Hey, alles in Ordnung? … Janne?" Helenas eindringliche Stimme und ihre Berührung am Oberarm, rissen sie aus ihrem gedanklichen Nebel.

„Was … Ähm … Ja, mir geht es gut. Ich hab nur einen tierischen Schreck bekommen." Janne versuchte, durchzuatmen. Sie wischte sich die Haare aus dem Gesicht und versuchte, ihre verkrampften Gesichtsmuskeln zu entspannen.

„Lasst uns reingehen, die Polizei wird sich später noch bei uns melden." Patrick sprach leise, legte eine Hand zwischen Jannes Schulterblätter und dirigierte sie zum Eingang. Helena setzte eine zufriedene Miene auf und folgte den beiden.

Als sich die Türen des Aufzuges schlossen, wich auch der angespannte Ausdruck aus Patricks Gesicht und er lehnte sich an die verspiegelte Wand.

„Helena, in Ihnen stecken ja wahre Superkräfte." Im ersten Moment schien Patrick noch belustigt zu sein, doch mit dem nächsten Atemzug wurde er schlagartig ernst. „Das war sehr mutig von Ihnen. Danke."

„Judo-Leistungssport in meiner Jugend. Das jahrelange Training musste ja mal für irgendwas gut sein."

„Du hast Leistungssport betrieben? Wusste ich ja gar nicht", sagte Janne verwundert.

„Offenbar weiß ich auch so einiges nicht.“ Helena deutete mit einer Kopfbewegung auf Jannes Hand, die schützend auf ihrem Unterbauch lag. Sah ganz so aus, als hätte sie von der geflüsterten Unterhaltung doch etwas aufgeschnappt.

„Ja, also.“ Janne räusperte sich und sah Patrick fragend an.

„Sie scheinen neben überraschenden Superkräften auch ein Talent für das Aufspüren von Neuigkeiten zu haben.“ Patrick sah Helena mit einem amüsierten Funkeln in den Augen an, bevor er seine Aufmerksamkeit Janne zuwandte. „Wir wissen es auch erst seit Kurzem.“ Dann strich er ihr in einer liebevollen Geste mit dem Handrücken über die Wange und gab ihr einen Kuss auf die Stirn.

„Wow. Ich meine, herzlichen Glückwunsch. Sie legen ja ein ordentliches Tempo vor.“

Patrick bedachte sie mit hochgezogenen Brauen. Janne hingegen musste sich ein Lachen verkneifen. „Entschuldigung, ich meine … ach egal. Deswegen die Übelkeit“, stellte sie fest und zog Janne in eine freundschaftliche Umarmung. „Alles gut bei dir, geht es dir besser?“, fragte sie dicht an ihrem Ohr.

Janne nickte bestätigend. „Uns geht es gut.“

„Wie genial.“ Helena quietschte vergnügt. „Ein Bürobaby. Ich werd verrückt.“

Patrick und Janne verdrehten die Augen, konnten sich aber ein Grinsen nicht verkneifen. Was für ein verrückter Tag, dachte Janne und schmiegte sich wieder an Patricks Seite. So ganz fest stand sie immer noch nicht auf ihren Beinen.

Oben angekommen lotste Patrick sowohl Janne als auch Helena ohne Umwege in sein Büro, was Brit mit einem verwunderten Ausdruck kommentarlos zur Kenntnis nahm.

„Um keine Fragen aufkommen zu lassen, möchte ich kurz zwei Worte zu dem Vorfall eben loswerden.“ Patrick deutete auf die Sitzgruppe, streifte sich das Jackett ab und krempelte die Hemdsärmel bis zu den Ellenbogen auf. „Ich bin in Boston aufgewachsen, habe dort studiert und über Kommilitonen Audrey kennengelernt. Schon damals hat sie ein mehr als seltsames Verhalten an den Tag gelegt.“

Janne hing an seinen Lippen, genau wie Helena. Dass er sich so ausführlich erklärte, zeigte, wie unangenehm ihm der Zwischenfall vor kaum weniger als zwanzig Minuten gewesen war.

„In Audreys Oberstübchen scheint ein wenig Unordnung zu herrschen. Jedenfalls hat sie offenkundig Schwierigkeiten mit dem Unterschied zwischen Realität und Fiktion. Wir haben in unserem gesamten Leben kaum mehr als ein paar Sätze gewechselt, geschweige denn sind wir uns körperlich nähergekommen.“ Patrick schenkte Janne einen entschuldigenden Blick, obwohl es offenbar gar nichts zu entschuldigen gab. Trotzdem schien ihm die Situation unangenehm zu sein. Helena hielt sich mit Äußerungen zurück und lauschte einfach nur seinen Worten.

„Vor ein paar Wochen fing sie an, meine Eltern anzurufen und sich meine Telefonnummer zu beschaffen. Das Ganze endete mit einem Auftritt in der Hamburger Filiale, der ähnlich spektakulär abgelaufen sein musste, wie der vor wenigen Minuten. Es tut mir sehr leid, dass Sie da mit hineingezogen wurden, Helena und ich bin Ihnen wirklich dankbar für Ihr umsichtiges Handeln.“ Dann wandte er sich an Janne. „Wenn dir oder dem Baby etwas passiert wäre …“ Er stockte in seinen Ausführungen. Seine Gesichtsfarbe hatte mittlerweile einen blassen Farbton angenommen, der äußerlich zeigte, was in ihm vorging.

„Uns ist aber nichts passiert.“ Sie war aufgestanden und hielt ihm ihre Hand hin, die er sofort ergriff. „Ich hätte niemals zugelassen, dass dem Krümel etwas passiert, aber Helena war einfach schneller.“ Der Versuch, die bedrückte Stimmung aufzulockern gelang. Patricks Mundwinkel zogen sich allmählich nach oben und Helena schnaubte spöttisch.

„Als wenn du die Verrückte hättest aufhalten können.“ Helena stand nun ebenfalls und stupste Janne mit der Schulter an.

„Ich kann mich nur noch mal entschuldigen. Die Polizisten haben mir gesagt, dass Audrey einem Arzt vorgestellt wird und wir unsere Aussagen in den nächsten Tagen nachholen können.“

„Gut. Heute hätte ich da auch keine Zeit mehr für, ich habe um achtzehn Uhr ein Date.“ Helena zuckte unbekümmert mit den Schultern und Janne schüttelte amüsiert den Kopf.

„Du bist unverbesserlich.“

„Ich weiß.“ Sie winkte beiläufig ab.

„Gut. Wo wir das jetzt geklärt haben. Ab an die Arbeit die Damen. Wir sind schließlich nicht zum Kaffeekränzchen hier verabredet.“ Patrick verschränkte die Arme vor der Brust. Die Privatperson hatte sich zurückgezogen und der Boss trat wieder in Erscheinung. Janne und Helena verließen das Büro, um genau das zu tun, weswegen sie hier waren. Die Arbeit auf ihren Schreibtischen erledigte sich schließlich nicht von allein.

Nachdem sie Brit mit einer kurzen, knappen Erklärung in Kenntnis gesetzt hatten, was vorgefallen war, war diese erst entsetzt. Letztlich beruhigte sie sich aber sogleich wieder, weil Janne und Helena in einem Stück vor ihr standen.

Patrick hatte gehofft, dass der Rest des Tages ruhiger verlaufen würde. Aufregung hatten sie schließlich genug gehabt. Nach einem Telefonat mit der Polizeidienststelle hatte er in Erfahrung gebracht, dass Audrey sich in ärztlicher Behandlung befand und so schnell nicht wieder allein in der Gegend herumspazieren würde. Fürs Erste beruhigte ihn diese Aussage. Mittelfristig musste jedoch eine Lösung gefunden werden. Er wollte diese Frau weder in seiner noch in Jannes Nähe wissen.

Bekanntermaßen kommt es aber erstens anders und zweitens, als man denkt.

23. Kapitel

„Was ist das für eine Lieferung?“ Am späten Nachmittag deutete Patrick auf eine Europalette, die seitlich neben dem Eingang abgestellt war.

„Das sind die Infobroschüren vom Tourismusverband.“ Brit kam sofort zu ihm herüber und stellte sich, natürlich wieder mal viel zu dicht, an seine Seite.

„Und weshalb stehen die hier bei uns?“ Schritt für Schritt brachte er Abstand zwischen sich und seine Assistentin. Aus den Augenwinkeln vernahm er, wie Jannes Blick auf ihm ruhte. Natürlich wusste sie, dass er nicht an Brit interessiert war. Das Thema hatten sie längst geklärt. Trotzdem war es für sie sicher nicht leicht, ihn in solch einer Situation beobachten zu müssen. Sie konnte die Szene von ihrem Schreibtisch aus kaum ignorieren.

„Weil wir sie verpacken und an die Empfänger verschicken.“ Brits kokettes Lächeln erwiderte er mit einem neutralen Gesichtsausdruck. Sie konnte ruhig spüren, dass ihre Avancen bei ihm ins Leere liefen.

„Stimmt. Die Zusatzvereinbarung. Ist mir völlig entfallen.“ Kaum hatte Patrick seine Erkenntnis laut ausgesprochen, standen schon Helena und Janne bereit, um mit der Arbeit zu beginnen. Schien fast so, als hätten die Damen den besseren Überblick.

„Am besten wir tragen die einzelnen Bündel in den großen Konferenzraum, da stört es niemanden, wenn wir uns ausbreiten. Das nächste Meeting ist erst in zwei Tagen, bis dahin sind wir längst fertig.“ Helenas Vorschlag wurde mit zustimmendem Gemurmel der anderen beiden beantwortet und Janne begann bereits, die Schutzfolie mit Hilfe einer Schere zu entfernen.

„In Ordnung.“ Patrick schaute zwischen der Palette und Janne hin und her, woraufhin sie fragend eine Augenbraue hochzog.

Brit hingegen wuchtete schon das erste der zusammengeschnürten Pakete von ganz oben in Helenas Arme. „Himmel sind die schwer“, gab sie überrascht von sich, schnaufte und ging leicht in die Knie. „Wenn wir hiermit fertig sind, können wir uns das Sportprogramm nach Feierabend sparen.“ Die beiden kicherten, aber Patricks Miene verdüsterte sich zunehmend.

„Janne, Helena und Brit schaffen das sicher allein, ich brauche dich in meinem Büro.“

Kaum hatte er ausgesprochen, stoppte jegliche Geschäftigkeit im Raum und drei Augenpaare sahen ihn verdutzt an.

„Aber zu dritt sind wir viel schneller fertig“, maulte Brit und zog einen Schmollmund aller erster Güte. Als würde sie ein Geistesblitz treffen, hielt sie in der Bewegung inne und starrte Janne mit weit geöffneten Augen an.

Die schaute allerdings schnell weg und fand die Linien auf dem Teppichboden plötzlich besonders interessant.

Patrick räusperte sich, seines Versprechers durchaus bewusst und Janne richtete ihre Konzentration auf das Geschehen um sie herum. „Mag sein, aber …“ Er war sich nicht sicher, wie er die folgenden Informationen am geschicktesten verpacken sollte und wechselte einen schnellen Blick mit Janne. Doch sie zuckte nur mit den Schultern und wurde zunehmend blasser. Diese Situation war nicht vorhersehbar und Zeit, um sich abzusprechen, hatten sie noch nicht gefunden. Das war jetzt allerdings egal. Helena wusste eh schon Bescheid und Patrick konnte es auf keinen Fall zulassen, dass Janne sich körperlich überanstrengte. Irgendwann musste die Katze aus dem Sack, also weshalb nicht jetzt?

„Aber?“, hakte Brit nach, während Helena dichter an Janne herantrat und ihr eine Hand auf den Unterarm legte.

„Janne ist schwanger und sollte dementsprechend nicht schwer tragen.“

Jetzt war es raus.

Patrick schenkte Janne einen entschuldigenden Blick. Selbst wenn sie es hatte kommen sehen – er hatte sie ebenso überrumpelt wie die anderen beiden. Natürlich schien Helena aufgrund ihres Wissensvorsprungs weniger schockiert als Brit. Für sie kam wahrscheinlich nur der Zeitpunkt überraschend.

„Du bekommst ein Baby?“ Ungläubig stierte Brit Janne an, als wäre ihr auf einmal eine zweite Nase gewachsen.

Allerdings hatte Janne offenbar große Mühe zu schlucken. Mehrmals setzte sie zu sprechen an, bis ein *Ja* erklang, wobei ihre Antwort mit unerwartet fester Stimme zu vernehmen war. Ihr Blick huschte zu Patrick hinüber. Als sie seinen fand, breitete sich ein scheues Lächeln auf ihren Lippen aus. „Ja, wir bekommen ein Baby“, flüsterte sie jetzt und betonte das *wir* besonders. Dann tat Janne etwas, das Patrick ihr vor ein paar Tagen nicht zugetraut hätte. Sie kam auf ihn zu und nahm seine Hand in ihre. Hier. In der Agentur, vor den Kollegen. Das Gefühl, das sich in dieser Sekunde in ihm breitmachte, war unvergleichlich, fantastisch, einfach großartig.

„Ja, wir bekommen ein Baby.“ Kaum hatte er die Worte ausgesprochen, lagen seine Lippen auf ihren. Oder ihre auf seinen? Vollkommen egal, wer ihn initiiert hatte. Dieser Kuss ließ keine weiteren Fragen offen.

Brit gab ein entsetztes Keuchen von sich. „Das glaube ich jetzt nicht“, presste sie mühsam hervor. Das Paket mit den Infobroschüren hatte sie zwischenzeitlich zu Boden fallen lassen und stand vollkommen perplex mitten im Raum.

Die Tatsache, dass Helena beide mit einem verklärten Blick ansah und sich ganz offensichtlich für ihren Chef und ihre Kollegin freute, konnte Brit gar nicht falsch deuten.

„Du hast das gewusst?“, fauchte sie Helena an, die mit einem breiten Grinsen im Gesicht nickte. „Und hast mir nichts gesagt?“

„Ich denke, dass es mir nicht zusteht, etwas weiterzugeben, was mir im Vertrauen erzählt wurde.“ Helena sah zu Janne und streckte ihren Daumen nach oben. „Herzlichen Glückwunsch noch mal.“

Janne formte ein stummes *Danke* und schmiegte sich an Patricks Seite. Sein Herz zog sich angesichts der emotionalen Hochspannung zusammen. Konnte Glück einem Schmerzen bereiten? Wahrscheinlich schon, schließlich gab es ja so etwas wie wohltuenden Schmerz, oder?

„Da wir das jetzt geklärt haben“, er räusperte sich erneut, drückte Janne einen Kuss aufs Haar und schob sie dann ein paar Zentimeter von sich. „Können wir dann weitermachen? Die Arbeit erledig sich schließlich nicht von selbst.“ Dass er seine Worte nicht ganz so ernst meinte, wie es vielleicht klang, bewies das Leuchten in seinen Augen, das dem von Janne in nichts nachstand.

Brit hatte sich bereits ein neues Paket geschnappt und stapfte übertrieben fest mit ihren Pumps über den Teppichboden zum Konferenzraum. Wahrscheinlich brauchte sie erst mal eine Auszeit, um die Neuigkeiten zu verdauen, und körperliche Arbeit eignete sich immer noch am besten zum Abreagieren.

„Sie bekommt sich schon wieder ein.“ Auch Helena nahm sich ein Paket von der Palette und folgte Brit, allerdings ohne melodramatische Anwandlungen.

Janne atmete hörbar aus.

„Geht es dir gut?“, erkundigte sich Patrick leise und begann damit, die Schutzfolie zusammenzuknüllen.

„Ja, alles gut. Aber die kleinen Pakete kann ich wirklich tragen“, begann sie, wurde jedoch schnell von Patrick unterbrochen.

„Nein, kannst du nicht. Dir ging es in den letzten Tagen nicht gut und du musst dich schonen. Tut mir leid, aber ich befinde mich jetzt in doppelter Rolle im Beschützermodus: als Chef und werdender Vater.“ Er ignorierte, dass Janne offensichtlich ein Lachen zu unterdrücken versuchte und sich deswegen auf ihre Unterlippe biss. „Und ich gedenke meine Rolle gewissenhaft auszuführen“, setzte er mit entschlossener Miene hinzu.

„Verstehe.“ Mehr konnte Janne nicht erwidern und kicherte ungehalten los. Doch das Lachen blieb ihr schnell im Hals stecken, als Patrick mit zwei Schritten auf sie zukam, in den Arm nahm und ihr einen Kuss auf die Lippen drückte, der ihr schier die Luft raubte.

„Ich hoffe, das wird jetzt nicht den ganzen Tag so laufen.“ Helena schmunzelte vor sich hin und hielt sich offenbar angestrengt davon ab, den beiden in die Augen zu sehen.

Patricks Augen weiteten sich. „Keine Sorge, wir haben nicht vor, Ihnen hier täglich eine Show zu liefern.“

Alle drei lachten, nur von Brit war weit und breit nichts zu sehen.

„Sie bekommt sich schon wieder ein“, verkündete Helena leichthin. „Sie hat mit der offiziellen Änderung Ihres Beziehungsstatus ebenso wenig gerechnet, wie ich. Mein Glück war nur, dass ich vorab die Informationen häppchenweise aufgetischt bekommen habe und nicht als Gesamtpaket.“ Mit einem frechen Zwinkern nahm sie ein weiteres Paket und lief den Flur entlang, zurück zum Konferenzraum.

„Wo sie recht hat …“ Janne zuckte mit den Schultern und ließ sich von Patrick in sein Büro führen. Dass sie die Tür offen ließen, sollte den anderen beiden zeigen, dass immer noch der Grundsatz galt: Job ist Job und was man in der Freizeit macht, steht auf einem anderen Papier.

Den geplanten Anruf bei seinen Eltern hatte Patrick verschoben. Die Aufregung am gestrigen Tag hatte nicht nur ihm gereicht. Nach Feierabend waren Janne und er gemeinsam nach Hause gefahren. Und wenn er von zu Hause sprach, meinte er sein Appartement. Ohne ein Wort des Widerspruchs hatte Janne seinem Vorschlag, dass sie bei ihm übernachten sollte, zugestimmt. Sie hatten sich Essen bestellt und noch während der Vorspann des Filmes lief, den wohlgemerkt Janne ausgesucht hatte, war sie bereits eingeschlafen. Unter ihren Augen zeichneten sich dunkle Schatten ab und die tiefen Furchen auf ihrer Stirn verschwanden auch im Schlaf nicht gänzlich.

Patrick betrachtete sie, während sie sich im Land der Träume befand. Der Film interessierte ihn so viel wie angeschwemmter Seetang am Strand. Ihre unruhigen Bewegungen waren aber leider ein untrügliches Zeichen dafür, dass sie auch dort keine Ruhe fand. Seufzend erhob er sich, streckte sich nach der Fernbedienung und schaltete den Fernseher ab. Als er sich umdrehte, stieß er mit dem Bein gegen den Couchtisch. Das Geklapper der Gläser schien Janne nicht im Geringsten zu stören.

Ihre Lider blieben geschlossen und der Brustkorb bewegte sich im Einklang mit ihrer Atmung.

Vorsichtig legte er eine Hand unter ihre Knie, die andere schob er unter ihre Schultern. Sacht hob er sie hoch, wobei sich Janne augenblicklich an ihn kuschelte. Während er sie durch seine Wohnung zum Schlafzimmer trug, ertappte er sich dabei, wie ihm der Gedanke gefiel, wenn Janne bei ihm einziehen würde. Ihre Wohnung war toll, keine Frage. Hier im großräumigen Appartement hatten sie jedoch mehr Spielraum für Veränderungen und dem baldigen Einzug eines Babys. Was waren schon ein paar Monate?

Im Schlafzimmer angekommen, drückte er mit dem Ellenbogen auf einen Schalter direkt neben der Tür. Das Licht der Nachttischlampe verwandelte den eben noch dunklen Raum in einen warmen, Ruhe ausstrahlenden Ort. Behutsam legte er Janne aufs Bett, befreite sie von Bluse und Rock und deckte sie mit der dünnen Sommerdecke zu. Zu keinem Zeitpunkt hatte sie den Anschein erweckt, wach zu sein. Gleich morgen früh wollte er ihr den Vorschlag unterbreiten, ihre Sachen hierher holen zu lassen. Ein nervöses Kribbeln breitete sich in seinem Bauch aus. Wer hätte vor seinem Umzug nach Kiel für möglich gehalten, dass er in naher Zukunft heiraten und ein Kind bekommen würde? Er definitiv nicht.

Durch die angelehnte Tür drang ein schmaler Lichtstreifen ins Zimmer. Janne blinzelte mehrmals, um sich zu orientieren. Sie lag in Patricks Bett. Allein. Auf der anderen Seite des Bettes lag ordentlich zusammengefaltet ein Shirt, das sie sich, ohne weiter darüber nachzudenken, schnappte und sich überstreifte. Gott, sie war so unendlich müde gewesen. Kein Wunder, dass sie eingeschlafen war, sobald sie es sich mit Patrick auf der Couch gemütlich gemacht und die Füße hochgelegt hatte. Bei dem Gedanken daran, dass er sie ins Bett gebracht und ausgezogen hatte, fühlte sie sich geborgen und umsorgt zugleich.

Patrick und sie würden heiraten. Wahnsinn!

Schnell legte sie sich eine Hand auf den Mund, um ihren vor Entzücken aufkommenden Jauchzer zu unterdrücken. Eilig krabbelte sie aus dem Bett, tappte barfuß über den Flur bis hin zur Treppe.

Von unten waren gedämpfte Stimmen zu hören. Hatte Patrick Besuch und wenn ja, von wem? Janne wurde ein wenig mulmig zu Mute. Sie sah an sich hinab. Das Shirt bedeckte knapp ihre Oberschenkel und ihre Haare hatten sicher sämtlichen Halt verloren. Auf keinen Fall wollte sie sich so präsentieren, zumal sie noch nicht mal wusste vor wem. Wenn sie die ersten Stufen nach unten ging, konnte sie einen Blick ins offene Wohnzimmer werfen und schauen, mit wem Patrick sprach. Danach konnte sie immer noch entscheiden, ob sie hier oben ausharrte, bis die Luft rein war oder sich wieder anzog und zu den anderen ging. Aber konnte sie das so einfach? Sie wischte den Gedanken beiseite und beschloss, dass die Zeit sich zu verstecken vorbei war. Was sollte ihr mit Patrick an ihrer Seite schon geschehen?

Ganz sachte trat sie auf die erste Stufe und klammerte sich dabei am Geländer fest. Nächste Stufe. Ihr Blickfeld vergrößerte sich langsam und ihr Herz begann zu rasen. Als sie ihren Hals reckte, um besser sehen zu können, wäre sie fast von der Stufe abgerutscht. Verdammt. Als sie jedoch sah, was im Wohnzimmer vor sich ging, entschlüpfte ihr ein überraschter Ton und sie schaffte es nicht, ihre Hand schnell genug auf ihren Mund zu pressen.

„Janne. Du bist wach?“ Patrick hatte seinen Kopf herumgerissen und grinste sie spitzbübisch an. „Komm runter. Ich will dich meiner Mutter vorstellen.“

Ihre Wangen brannten vor Verlegenheit. „Soll ich mir nicht besser etwas überziehen“, brachte sie mit heiserer Stimme hervor. Was wusste sie denn, wie viel seine Mutter von ihrem Gespräch mitbekam.

„Ach was. Sie sieht höchstens deinen Kopf, allenfalls noch deine Schultern.“ Er bekam sich fast nicht mehr ein vor Lachen.

„Blödmann“, formte sie mit den Lippen und streckte ihm die Zunge raus, ehe sie den Fokus der Kamera betrat. Schnell setzte sie sich hin, damit nichts von ihrem Aufzug eingefangen wurde.

„Schickes Shirt, Baby.“ Patrick drückte ihr einen Kuss auf die Wange. „Mom, das ist Janne.“

Unbeholfen winkte Janne dem Laptop zu, auf dessen Bildschirm Patricks Mutter zu sehen war. „Hi, ich freue mich, Sie kennenzulernen, Mrs Gudegast.“

„Ich freue mich auch sehr, Liebes. Und lass dieses Mrs. Ich bin Carola. Geht es dir gut? Ich habe gerade erfahren, dass ihr mich zur Großmutter machen wollt.“ Sie bekam den typischen Ausdruck im Gesicht, den alle Großmütter bekamen, wenn von Nachwuchs die Rede war. Janne kannte ihn von ihrer Mutter, sie hatte ähnlich verklärt geschaut, nachdem sich der erste Schock gelegt hatte. Carola schien dieses Stadium bereits hinter sich zu haben.

„Na ja.“ Unschlüssig, weil sie keinen blassen Schimmer hatte, was Patrick bereits alles preisgegeben hatte, drehte sie ihren Kopf in seine Richtung.

„Wir telefonieren schon eine Dreiviertelstunde, also weiß sie so ziemlich alles." Er zwinkerte ihr zu und zog sie dichter an sich.

„Oh, na dann. Ja, uns geht es bestens." Die Nervosität ließ allmählich nach.

„Und mein Sohn hat seinen Anstand ausgegraben und hat dir einen Antrag gemacht." Sie amüsierte sich königlich, während Patrick neben ihr sein Gesicht zu einer grimmigen Miene verzog.

„Ehrlich, Mom."

„Lass mir meinen Spaß. Das ist die Strafe dafür, dass du das Land verlassen hast, um tausende Meilen entfernt mit einem Boot über einen See zu schippern. Das hättest du hier auch haben können."

„Hätte ich mich nicht aus dem Staub gemacht und wäre euren Fängen entkommen, würde Janne jetzt nicht neben mir sitzen." Er hob in einer unmissverständlichen Geste einen Zeigefinger und grinste wie ein kleiner Lausbub. „Außerdem könntest du Dads Kreditkarte nicht dazu missbrauchen, einen Babyladen nach dem anderen leer zu kaufen." In einer verschwörerisch anmutenden Bewegung neigte er sich zu Janne. „Sie verfällt in einen Kaufrausch, sobald die Läden öffnen, glaube mir."

Janne konnte nicht mehr an sich halten und prustete los. Die beiden waren derart süß miteinander und sie genoss das Geplänkel der beiden so sehr, dass sie ihre Scheu komplett ablegte.

„Carola, ich bin sehr froh, dass Patrick den Job hier übernommen hat. Sicher er hätte überall eine Anstellung bekommen, aber wie du schon sagst, dann wären wir uns nie begegnet."

„Liebes, was für eine Anstellung? Ihm gehört der Laden zur Hälfte. Ist doch so, Patrick, du und Volker habt dieses Werbedings gemeinsam aufgebaut, oder?" Fragend sah Carola ihren Sohn an.

Er schloss die Lider und ließ das Kinn aufs Brustbein fallen. „Danke Mom." Das war einer der letzten Punkte, die er Janne noch nicht eröffnet hatte.

„Patrick? Du bist der zweite Oberboss?" Dass es noch jemanden neben Volker gab, wurde immer wieder gemunkelt, doch wer, blieb ein großes Geheimnis. Bis jetzt.

„Schuldig im Sinne der Anklage." Vorsichtig öffnete er ein Auge, dann das andere und drehte den Kopf so, dass er Janne ansehen konnte.

Sie ließ sich in die Kissen zurücksinken. „Ich … Also … Wow!"

„By Mom, grüß Dad und wir telefonieren die Tage." Carola wirkte angesichts seiner abrupten Verabschiedung entrüstet, winkte dann aber belustigt ab, als ahnte sie, dass Patrick jetzt Zeit mit Janne allein verbringen wollte.

„By mein Junge, Janne hat mich gefreut, dich kennenzulernen. Beim nächsten Mal ist Paul auch dabei. Er wird sich ärgern, dass der nicht rechtzeitig nach Hause gekommen ist und ich alle wunderbaren News als Erste erfahren habe.“

Patrick verdrehte die Augen. Kaum hatte Janne sich höflich verabschiedet, drückte er auch schon den roten Button und beendete den Video-Chat.

„Das war nicht nett.“

„Hm.“ Mehr als dieses Brummen steuerte er nicht zu der Unterhaltung bei, sondern sah sie an, als wollte er abschätzen, was ihn gleich erwartete.

Janne entschied, ihn ein bisschen zappeln zu lassen, schließlich hatte er sie auch geneckt. Ihr nicht gleich zu sagen, dass er nur eine Videounterhaltung führte und sie somit im Ungewissen ließ, war gemein. Er kannte ihre schnell aufkommende Unsicherheit genau.

„Sag was“, bat er nach einem Moment der Stille und nahm ihre Hand in seine.

„Du hast mir verschwiegen, dass du wusstest, wer ich bin, und zwar von Anfang an“, begann Janne aufzuzählen. Purer Ernst vertrieb die Unbeschwertheit, die bis eben noch die Oberhand besaß. „Eine Frau namens Audrey fällt über Helena und mich her, ohne dass wir wussten, wie uns geschieht. Und du besitzt die Hälfte der Agentur, wenn ich das auf die Schnelle richtig interpretiert habe.“

„Hast du“, warf er leise ein und sah sie aus seinen moosgrünen Augen an, in denen sie wieder und wieder versinken konnte.

Janne versuchte mehr schlecht als recht, sich von ihnen loszureißen. Sie holte tief Luft und ließ den Atem langsam wieder entweichen. Sie fixierte ihre miteinander verwobenen Finger. „Wer bist du Patrick?“, fragte die in einem Flüsterton, der das Zittern ihrer Stimme kaschieren sollte. „Ich mache mir gerade große Sorgen, dass ich nicht weiß, in wen ich mich verliebt habe.“ Langsam hob sie den Kopf.

Patrick schluckte. Sein Blick war wachsam. Aber seine gesamte Körperhaltung strahlte eine wilde Entschlossenheit aus, die Janne die Zuversicht vermittelte, die sie so dringend benötigte. Was auch immer er ihr jetzt sagen würde, es wäre die Wahrheit.

„Ich bin genau, der, den du kennengelernt hast. Ich liebe dich. Ich will das mit uns. Ich will unsere eigene kleine Familie. Ich freue mich auf den Krümel.“ Er zog ihre Hände an seine Lippen und küsste jeden einzelnen Knöchel ihrer Hand. „Es gibt keine weiteren Geheimnisse und ich habe die, die du aufgeführt hast, auch nicht verschwiegen, um dich zu übervorteilen. Das lag ganz sicher nicht in meiner Absicht. Den ersten

Punkt haben wir am Strand schon aus der Welt geschafft. Zu Punkt zwei kann ich nur sagen, dass ich Audrey unterschätzt habe, leider. Ich will ihr aber keine Macht einräumen, Einfluss auf unser Leben zu haben. Ich empfinde für sie lediglich so viel Mitgefühl, wie es für jeden anderen Menschen, den ich kaum kenne, auch übriggehabt hätte."

„Und der letzte Punkt? Warum hast du nie etwas gesagt?" Ihren letzten Worten haftete etwas Bitteres an. Woher das kam, konnte Janne sich selbst nicht richtig erklären. Vielleicht lag es an der unterschwellig immer noch vorhandenen Sorge, ihm doch etwas aufzuzwingen, was er als Person und in seiner Position gar nicht wollte. Ach, sie wusste es selbst nicht genau.

„Weil es schlichtweg unwichtig gewesen war. Oder ändert sich unser *Wir*, nur weil ich mit Volker auf der gleichen Stufe in der Hierarchie stehe?" Abwartend sah Patrick sie an.

„Nein."

„Siehst du. Bitte steigere dich da nicht in etwas rein, das es gar nicht gibt." Dann zogen sich seine Mundwinkel langsam nach oben. Janne spürte, dass die beängstigende Spannung, die sich zwischen ihnen aufgebaut hatte, mit jeder weiteren Sekunde, die verging, in sich zusammenfiel.

„Kann ich meine Stimmung auf die Hormone schieben?"

„Du hast praktisch einen Freifahrtsschein, solange du in den nächsten Tagen deine Sachen packst und zu mir ziehst. Ich möchte dich wenigstens in der unmittelbaren Nähe wissen, auch wenn du wegen irgendetwas Unbedeutendem sauer auf mich bist oder mich verfluchst, weil ich schuld daran bin, wenn du bald deine eigenen Füße nicht mehr sehen kannst."

Janne schnappte sich eines der Kissen, die auf der Couch lagen und schlug Patrick damit gegen die Schulter.

„Aua. Hätte ich auch nur im Ansatz geahnt, dass du zu Gewalt neigst …"

„Für mich waren die Punkte nicht unbedeutend."

„Nein, waren sie nicht. Ich verspreche dir, in Zukunft nichts zurückzuhalten."

„Okay."

„Okay." Patrick legte das Kissen beiseite und sah sie wieder mit diesem eindringlichen Blick an, dem sie sich nicht entziehen konnte. „Zieh bei mir ein. Ich möchte dich wirklich in jeder freien Minute bei mir haben. Ich liebe dich, Baby."

Als Janne nickte, schenkte ihr Patrick ein Grinsen allererster Güte.

„Sag es“, bat er und zog sie auf seinen Schoß. „Ich will dieses eine Wort von dir hören.“

Sie kicherte und legte beide Hände an seine Wangen. „Ja.“

„Hmm. Ich liebe dieses Wort.“

„Und ich liebe dich.“

Was folgte, war ein heißer, verführerischer, leidenschaftlicher Kuss, der keine Fragen offenließ, wie sie die verbleibende Nacht einläuten würden. Schlafen wurde überbewertet. Außerdem war es der Oberboss, der ihr gerade das Shirt über den Kopf gezogen und achtlos auf den Boden fallen gelassen hatte, dachte Janne. Sollten sie also morgen Früh verschlafen, wer sollte ihnen da Schwierigkeiten machen?

Als Patrick seine Hände auf Wanderschaft schickte, konnte sie ihre Überlegungen nicht weiter ausführen. Die Berührungen legten sämtliche Gehirnaktivitäten lahm. Ab jetzt fühlte sie nur noch. Intensiver als je zuvor. Und das war besser als jegliche Gedanken an …

Oh Gott.

Ihr Kopf fiel in den Nacken, weil Patrick mit seiner Zunge einen besonders empfindlichen Punkt berührt hatte. Welche Gedanken spukten noch gleich in ihrem Kopf herum? Egal. Sie hatte sie längst vergessen.

24. Kapitel

„Ich bin mit Brit gestern Abend noch spontan um die Häuser gezogen. Nach einigen Cocktails wurde sie langsam zugänglicher“, flüsterte Helena Janne zu, nachdem sie mit Patrick im Büro angekommen war.

Sie hatten sich kaum mehr als eine Viertelstunde verspätet, also alles im Rahmen.

„Jedenfalls hat sie sich recht bald von dem Schock erholt und einen Kerl aufgerissen, der nicht mal annähernd so ausgesehen hatte wie dein Zukünftiger.“

Janne spürte, wie ihr die erdrückende Last von den Schultern fiel und sie freier atmen konnte. Stress mit den Kollegen zu haben, behagte ihr nicht, insbesondere, wenn man so eng zusammenarbeitete. „Danke. Du hast in den letzten Tagen so viel für mich getan. Ich weiß gar nicht, womit ich das verdient habe“, gestand Janne gerührt und umarmte Helena.

„Das ist doch Quatsch und hat mit *Verdienen* rein gar nichts zu tun. Jeder, der euch sieht, kann erkennen, was ihr füreinander empfindet. Und die, die es nicht feststellen, sind blinde Ignoranten. Mach dir keine unnötigen Gedanken.“ Helena löste sich aus Jannes Armen.

„Das ist alles so verrückt. Ich bin heute Morgen aufgewacht, lag eine ganze Weile wach und habe versucht, herauszufinden, ob ich träume oder alles wirklich passiert.“

„Realer kann es gar nicht werden, Süße und all das Glück hat genau die zwei Richtigen erwischt.“

„Langsam glaube ich auch daran.“ Sie drückte kurz Helenas Hand und ging zu ihrem Schreibtisch hinüber. Brit saß nicht an ihrem Platz, sondern war irgendwo im Haus unterwegs. Aber allein der Gedanke, dass sich dank Helena die Wogen glätteten, beruhigte sie ungemein.

An ihrem Schreibtisch angekommen, ließ sie sich auf den Stuhl fallen, zog ihr Handy aus der Tasche und scrollte in der Kontaktliste weiter nach unten, als gut für ihr schlechtes Gewissen war.

> *wollte mich nur mal eben gemeldet haben, geht es dir besser? wann darfst du nach Hause?*

Janne schrieb eine Textnachricht an Emma. Noch länger konnte sie es nicht aufschieben. Als sie nach ihrem Kurzbesuch vor ein paar Tagen wie versprochen angerufen hatte, hatte Emma das Zimmer voller Besuch. Der Moment war also vollkommen unpassend, um ihr von all den Neuigkeiten zu erzählen. Vielleicht sollte sie bei ihr vorbeifahren und sich Zeit für ein ausführliches Gespräch unter Frauen nehmen.

das ist lieb von dir, konntest du alles was zwischen dir und Patrick stand, aus dem Weg räumen? ich mache mir ein bisschen Sorgen um euch, ihr habt so bedrückt ausgesehen, als ihr die Klinik verlassen habt

alles ist gut, mehr als gut, aber das erzähle ich dir persönlich :D

ich brenne darauf, ALLES zu erfahren, schön, dass es dir besser geht

heute Nachmittag schon etwas vor?

pfff, nur Physiotherapie

dann komme ich, gleich nachdem ich hier fertig bin

perfekt kann es kaum erwarten

Tatsächlich konnte Janne sogar ein paar Minuten früher Schluss machen und Patrick hatte sie auf der Tour zu einem Kunden mitgenommen. Sie hatte ganz vergessen, dass sie heute Morgen gemeinsam zur Agentur gefahren waren und sie gänzlich ohne Wagen unterwegs war. Lag wahrscheinlich an der Schwangerschaftsdemenz, stellte sie amüsiert fest.

Emmas Laune konnte besser nicht sein. Sie hatte heute körperlich mehr leisten können als an den Tagen zuvor. Der Transfer vom Bett in den Rollstuhl klappte ihren Angaben nach reibungslos und das *Essen ohne Verluste zu ihrem Mund zu befördern*, stellte auch keine Herausforderung mehr dar. Alles in allem arrangierte sie sich langsam, aber stetig mit ihrer Situation.

Aufgrund der vielen Neuigkeiten bekam sie sich irgendwann mitten in Jannes Erzählungen gar nicht wieder ein. Erfreutes Aufjuchzen wechselte sich mit mädchenhaften Quietschlauten ab.

Für Janne war die ausführliche Schilderung der Ereignisse eine gute Methode, um das Erlebte auf gesunde Weise zu verarbeiten.

„Und was passiert jetzt mit dieser Audrey?", fragte Emma, nachdem Jannes Redefluss ein Ende gefunden hatte. Sie hatte das Kopfteil ihres

Bettes nach oben gefahren und knabberte an den dänischen Butterkeksen, die Janne ihr erneut mitgebracht hatte.

„Auf dem Weg hierher hat Patrick einen Anruf von seinem Anwalt bekommen. Zunächst bleibt sie in der Klinik, in die man sie eingeliefert hatte. Zu meiner Beruhigung auf der geschlossenen Abteilung. Wegen ihrer psychischen Verfassung und vor allem aufgrund ihres Aufenthaltsstatus wurde das wohl so veranlasst. Frag mich bitte keine Einzelheiten. Für mich ist nur wichtig, dass sie mir nicht wieder plötzlich vor die Füße springt."

„Kann ich gut verstehen. Und wie soll es weitergehen? Ich meine, sie kann da ja wahrscheinlich nicht ewig in Deutschland bleiben."

„Die zuständigen Ärzte haben ein Gutachten für das Gericht erstellt. Darin heißt es, dass sie auf ärztliches Anraten hin nach Abschluss der Behandlung zurück in die Staaten fliegen soll – gewohnte Umgebung, familiäres Umfeld und so weiter. Dort soll sie sich auch vor Ort austherapieren lassen." Jetzt nahm sich auch Janne einen Keks. Den Blutzuckerspiegel anzuheben, konnte nicht verkehrt sein. Irgendwie hatte sie dieser Tag geschlaucht. Vielleicht lag es auch am fehlenden Schlaf, dass sie sich so müde fühlte.

„Hm, klingt ja doch alles ziemlich gut durchdacht und es scheint, als hätte euer Anwalt alles im Griff."

„Sieht ganz so aus. Außerdem gibt es noch einen zusätzlichen Gerichtsbeschluss, der Patrick und mir einen gewissen Grad an Sicherheit bescheren soll. Der Anwalt hat erwirkt, dass Audrey sich weder ihm noch mir auf eine Distanz von 100 Metern nähern darf. Des Weiteren wurde jegliche Form der Kontaktaufnahme untersagt. Ich kann dir gar nicht sagen, wie erleichtert ich bin."

Plötzlich begann Emmas Körper zu beben und sie wurde von einem wahren Lachflash überrollt. Fragend sah Janne zu ihr hinüber, bekam jedoch nur ein Kopfschütteln zur Antwort. Schien, als müsste sich Emma erst mal beruhigen, bevor sie wieder sprechen konnte.

„Wenn man bedenkt …" Sie japste nach Luft und wischte sich die Tränen von der Wange. „Wenn man bedenkt", sprach sie etwas gefasster weiter, „dass du unser ruhiges, unscheinbares Küken gewesen bist, mischst du den Laden gerade ziemlich auf."

Janne versuchte, eine möglichst böse Miene aufzusetzen. Doch ihre Mundwinkel zuckten verdächtig. „Nicht witzig", brachte sie schmollend hervor. Dann konnte auch sie sich nicht mehr zurückhalten und fiel in Emmas Lachen ein.

„Aber so was von!“ Sie klatschten sich ab, wie zwei Teenager, die von ihren unkontrollierbaren Hormonen gesteuert wurden und sich nicht anders, als furchtbar albern aufführen konnten.

Bis zu einem gewissen Grad traf das bei Janne ja auch zu, redete sie sich ein. Emmas Verhalten hingegen konnte man nur mit der tagelangen Einnahme von hoch dosierten Schmerzmitteln entschuldigen.

Janne fühlte sich rundherum glücklich und zufrieden. Den Zwischenfall mit Audrey mal ausgenommen – aber konnte das Leben, so wie es im Moment war, noch besser werden?

Konnte es.

Am Freitagnachmittag fuhr Patrick, äußerlich ruhig und gelassen, auf der Küstenstraße Richtung Rysförde. In seinem Kopf jedoch purzelten seine Gedanken nur so durcheinander. Ja, diese Woche hatte ihm den letzten Nerv geraubt. Ja, diese Aktion war eine Flucht vor dem Alltag. Ja, sie ließ ihn wie ein Weichei dastehen. Aber er wollte seine kostbare Zeit nicht mit dem Gedanken an eine durchgeknallte Amerikanerin verschwenden, sondern jede freie Minute an der Seite der Frau verbringen, die er liebte. Verdammt noch mal ja, er liebte sie und konnte sich nichts Schöneres vorstellen, als mit ihr in den Sonnenuntergang zu segeln und genau das hatte er vor.

„Wann verrätst du mir endlich, wohin wir fahren?“ Janne hatte es sich auf dem Beifahrersitz gemütlich gemacht, die Beine ausgestreckt und den Kopf entspannt zur Seite gedreht.

„Sei nicht so ungeduldig, Baby.“ Patrick stupste ihr mit seinem Zeigefinger neckend an die Nasenspitze. „Außerdem wird es dir gleich wie Schuppen von den Augen fallen.“

Und genau das tat es. Just in dem Moment, als er auf den Parkplatz des Bootshafens einfuhr, weiteten sich Jannes Augen voller Vorfreude und ein vergnügtes Quietschen entschlüpfte ihren süßen Lippen.

„Du nimmst mich mit auf einen Segeltörn? Ehrlich?“ Sie klatschte in die Hände und bekam ganz rote Wangen. Gleichzeitig richtete sie sich kerzengerade auf. Aufgeregt wie sie war, umklammerte sie mit beiden Händen den Gurt, der sich über ihrem Brustkorb spannte und grinste von einem Ohr zum anderen.

Der Anblick war einfach zauberhaft. Ihre ehrlich zur Schau gestellte Freude ließ sein Herz ein paar Takte schneller schlagen. „Ehrlich.“ Patrick stellte den Motor aus, schnallte sich ab und beugte sich zu Janne, ohne sie dabei aus den Augen zu lassen. „Ich möchte an diesem Wochenende mit dir allein sein. Kein Telefon, keine

Überraschungsbesuche. Nichts. Nur wir zwei und der der Krümel." Sacht streichelte er über Jannes Bauch.

„Das ist traumhaft", hauchte sie und legte ihre Hand über seine. Dass er das Baby immer Krümel nannte, fand sie auf eine ganz besondere Weise niedlich.

„Das hoffe ich doch. Und am Sonntagabend treffen wir uns mit deinen Eltern zum Essen im *Strandgut*. Ist alles schon arrangiert." Er zwinkerte ihr zu und lachte über ihren verblüfften Gesichtsausdruck.

„Du hast mit meinen Eltern gesprochen? Wann?" Das Rot ihrer Wangen verstärkte sich um ein bis zwei Nuancen.

„Heute Vormittag. Ich habe deiner Mutter erklärt, dass du mal ein wenig ausspannen musst und wir den geplanten Lunch in ein Kennenlerndinner umwandeln. Selbstverständlich habe ich deine Eltern eingeladen und den Tisch bereits reserviert."

„Selbstverständlich", murmelte Janne und schüttelte den Kopf. „Du bist immer für eine Überraschung gut, Herr Gudegast."

„Immer wieder gerne, Frau Gudegast."

Jetzt lächelte Janne versonnen. Dann hob sie einen Zeigefinger und sah ihn streng an. „Nicht so voreilig mein Lieber. Noch bin ich nicht deine Frau."

„Aber du hast ja gesagt, das ist fast dasselbe." Kaum hatte er ausgesprochen, lagen seine Lippen schon auf ihren.

„Lass uns auf dein Boot gehen", sagte sie, kaum hatten sie sich voneinander gelöst.

„Nichts lieber als das." Er tupfte ihr noch einen schnellen Kuss auf die Lippen, stieg aus und lud sich das Gepäck auf die Schultern. Auch Janne war zwischenzeitlich ausgestiegen und wartete neben dem Wagen. Hand in Hand spazierten sie über den Bootssteg hinüber zur *Ventus*. Noch stand die Sonne hoch am Himmel. Aber in wenigen Stunden, wenn sie erst mal ein paar Seemeilen hinter sich gebracht hatten, würde er den schönsten Sonnenuntergang seines Lebens genießen können, allein dadurch, dass Janne ihm Gesellschaft leistete.

„Kannst du dich noch an die Begegnung erinnern, als du mich hier überrascht hast." Sie deutete Richtung Hafeneinfahrt und drückte gleichzeitig seine Hand ein wenig fester.

„Ich erinnere mich an jede Minute mit dir. An diesem Abend ist es mir irrsinnig schwergefallen, die Finger von dir zu lassen." Der Moment, als sie sich umgedreht hatte und gegangen war, stand ihm noch so deutlich vor Augen, als wäre es gerade eben passiert.

„Ist mir aufgefallen." Da war er wieder, dieser schüchterne Ausdruck in ihrem Blick.

„Dich gehen zu lassen …“ Sie legte einen Finger auf seine Lippen und sah ihn aus ihren wunderschönen, grauen Augen an.

„Es ist gut so, wie es jetzt ist. Wer weiß, wozu dieser Abend gut gewesen war.“ Damit hatte sie absolut recht.

Manche Dinge mussten sich entwickeln, um zu etwas Besonderem zu werden. Und jede einzelne Stufe, die sie erklimmen mussten, damit sie das Ziel erreichen konnten, war es wert gewesen.

„Ja, wer weiß.“ Patrick zog sie fester an seine Seite und drückte ihr einen Kuss auf die Stirn. Der Duft nach Rosen kitzelte seine Sinne und er atmete noch einmal tief ein, gönnte sich eine zusätzliche Dosis Janne.

Auf der *Ventus* angekommen, wies Patrick auf die drei Stufen, die ins Innere des Segelbootes führten. „Küche, Bad, Wohn- und Schlafbereich.“

Janne inspizierte jeden einzelnen Winkel und war mehr als überrascht, wie viel Raum dieses von außen betrachtet kleine Boot zu bieten hatte.

„Schau dich in Ruhe um, ich mache den Kahn fertig zum Auslaufen.“ Er stellte das Gepäck auf eine der seitlich angebrachten Bänke.

„Kahn? Das ist ein Traum.“ Sie strahlte mit der Sonne, die durch die drei Bullaugen die Kajüte in ein warmes Licht tauchte, um die Wette.

„Ein Traum ist, dass du diese Leidenschaft mit mir teilen möchtest. So viel Glück habe ich gar nicht verdient.“ Er stahl sich noch einen Kuss und bewegte sich dann leichtfüßig zur Spitze des Segelbootes.

„Wo wollen wir überhaupt hinfahren? Hast du ein Ziel?“, fragte Janne und lugte über das Deck hinweg Richtung Bug, wo Patrick konzentriert mit Seilen und Tauen hantierte.

Lächelnd drehte er sich um, die grünen Augen funkelten vor lauter Vorfreude und der Wind zerzauste sein kurzes Haar. Am liebsten hätte Janne dieses Bild konserviert, doch ihr Handy lag irgendwo in den Tiefen ihrer Tasche und die stand im Inneren der *Ventus*.

„Ich segele mit dir an einen Ort, wo alles andere nebensächlich erscheint, es wird nur dich und mich und den Krümel geben. Um uns herum nichts als Wasser, Wind und Wellen.“

„Klingt nach einem Plan.“

„Baby ich sage dir, das ist der beste Plan, den es für die nächsten zwei Tage geben kann.“

Und das war er tatsächlich. Patrick las Janne jeden Wunsch von den Augen ab, umsorgte sie. Liebte sie. Nie hätte sie sich vorstellen können, dass eine Steigerung zu ihren vielen Strandbesuchen möglich gewesen wäre. Hatte sie bisher gedacht, die Läufe entlang der Dünen hätten ihr zu innerer Ruhe verholfen und ihr ein Gefühl von Zufriedenheit verschafft? Fehlanzeige. Die Fahrt mit der *Ventus* toppte alles bisher

Erlebte. Auch die anfängliche Sorge, die Übelkeit würde erneut von ihr Besitz ergreifen, war unbegründet. Scheinbar gefiel dem Krümel das Schippern auf dem Meer ebenso wie seinen Eltern. Sprächen nicht alle Fakten dafür, dass sie auf dem Meer unterwegs waren, hätte sie unter Eid geschworen, im Himmel zu sein. Es fühlte sich fantastisch an.

Bis in die letzte Zelle entspannt, von der Sonne gebräunt und mit jeder Menge neuer Energie liefen sie am Sonntagnachmittag in den Hafen von Rysförde ein.

Da ihnen noch fast zwei Stunden blieben, bis sie sich mit Jannes Eltern treffen würden, beschlossen sie, noch ins Appartement zu fahren.

„Ich brauche dringend eine Dusche." Janne zog sich ihre Sneakers aus und schlüpfte schon auf dem Weg ins Bad aus ihrer Jeans.

„Willst du vorher noch was zu trinken?" Den Griff der Kühlschranktür in der Hand, überlegte Patrick, ob ihm der Sinn mehr nach einem kühlen Softdrink oder eher einem Kaffee stand. Er entschied sich, den Kaffeeautomaten zu bemühen.

„Nein, später vielleicht", rief sie über ihre Schulter hinweg und verschwand hinter einem Mauervorsprung.

Während der Kaffee in seine Lieblingstasse lief, ein Geschenk von Bostoner Freunden mit Motiven diverser Sehenswürdigkeiten der Stadt, stand er am Rahmen der Terrassentür gelehnt und ließ seinen Blick zum Horizont schweifen.

Das Telefongespräch mit Christine ging ihm durch den Kopf. Sie hatte eine freundliche Stimme, hielt die Unterhaltung aber verständlicherweise kurz und knapp. Über eine förmliche Begrüßung, die zeitliche Absprache des Essens und den gegenseitigen Wünschen für das Wochenende waren sie nicht hinausgekommen. Was hatte er erwartet, wenn er überraschend den Kontakt suchte? Er war der Unbekannte. Der Fremde. Der, der ihre Tochter in der ersten Nacht ihres Kennenlernens geschwängert und ihr binnen kürzester Zeit einen Antrag gemacht hatte. Mittlerweile wohnte sie sogar schon bei ihm. All das, ohne ihren Eltern jemals vorher begegnet zu sein. Dazu kam noch der Altersunterschied von acht Jahren. Im Grunde nicht viel, aber immerhin … Allmählich breitete sich ein mulmiges Gefühl in ihm aus, ähnlich wie vor wichtigen Prüfungen. Welchen Eindruck würde er hinterlassen? Welchen hatte er bereits hinterlassen? Verdammt. War nicht entscheidend, dass Janne und er gut miteinander auskamen? Aber sie waren ihre Eltern, besaßen ganz sicher Einfluss auf ihr Handeln. Oh Mann. Ein Essen in solch einer Konstellation kannte er bisher nur aus der Theorie.

„Du siehst aus, als wärst du bei Windstärke zehn allein auf hoher See. Geht es dir nicht gut. Du bist ganz blass?“ Liebevoll legte Janne eine Hand an seine Wange. Er zuckte reflexartig zusammen. „Patrick?“, fragte sie, nun eine Spur besorgter.

Er war so tief in Gedanken versunken, dass er gar nicht gemerkt hatte, dass sie, in ein riesiges Badetuch gehüllt, aus dem Bad gekommen war.

„Hey, Baby. Es geht mir gut.“ Ein lang gezogener Atemzug half ihm, seine Gefühle unter Kontrolle zu bekommen. „Jetzt geht es mir gut.“

„Nervös?“ Sie fuhr mit ihrer Hand über seinen Kopf bis hinunter zum Haaransatz und ließ sie dort liegen.

Was für feine Antennen sie doch hatte. Er verzog den Mund zu einem schiefen Lächeln. „Vielleicht ein bisschen.“

„Meine Eltern sind nur neugierig und eventuell ist meiner Mutter das Wort Zurückhaltung fremd, aber keinesfalls sind sie feindselig oder gar verbohrt“, versuchte Janne zu beschwichtigen.

„Na dann …“ Das klang vermutlich ironisch, war aber gar nicht so gemeint.

„Du wirst es überleben.“

„Mit dir an meiner Seite ganz sicher.“

„Ich liebe dich, vergiss das nicht“, hauchte sie. Entschlossenheit stand in ihrem Blick geschrieben. Groß und deutlich.

Er schaute sie an, vergewisserte sich, dass ihm seine Sinne keinen Streich spielten.

„Werde ich nicht.“ Er legte beide Hände an ihre Taille und vergrub sein Gesicht in ihren frisch gewaschenen Haaren. Rosenduft. „Hmm. Ich liebe diesen Duft. Und Janne?“

„Ja?“

Er schmunzelte. „Ich liebe dich. Lauf mir nie wieder davon.“

„Habe ich nicht vor.“

„Gut. Und jetzt lass uns etwas Angemessenes anziehen, deine Eltern warten.“

Im Restaurant angekommen, wurden sie von Isa in Empfang genommen.

„Gudegast. Ich hatte telefonisch einen Tisch für vier Personen reserviert.“

Isa machte sich eine Notiz in einem Büchlein. Als sie Janne erblickte, stutzte sie kurz. Patrick wandte sich zum Gastraum um. Sofort nutzte sie die Gelegenheit und formte hinter seinem Rücken die stumme Frage: „Das ist er? Oh mein Gott!“

Janne nickte als Antwort. Ihr gesamter Körper kribbelte vor Aufregung. Patrick hingegen schien wieder die Ruhe selbst zu sein. Er hatte den Anflug von Unsicherheit im Griff.

Isa räusperte sich und fing sich relativ schnell wieder. „Wenn ich Sie zu Ihrem Tisch bringen darf."

Patrick lächelte unverbindlich, während Janne einen aufkommenden Schluckauf zu vermeiden versuchte. Bis sie bei ihren Plätzen angekommen waren, hielt sie die Luft an. Entsprechend heiß wurden ihre Wangen.

„Alles in Ordnung mit dir?", fragte Isa und legte eine Hand auf Jannes Unterarm.

„Ihr kennt euch?" Patrick sah verwundert von einem zum anderen.

„Mareike vom Café ist eine gemeinsame Freundin. Man sieht sich hin und wieder", erklärte Isa.

„Ich dachte nur, ich bekomme einen Schluckauf." Janne hatte wieder alles unter Kontrolle. „Patrick, das ist Isa. Isa, Patrick." Sie wedelte mit der Hand zwischen beiden hin und her.

„Wenn das so ist." Patrick reichte Isa die Hand. „Patrick."

„Der werdende Vater", ergänzte Isa und in seinen Augen setzte ein einzigartiges Leuchten ein, das seinen ganzen Stolz widerspiegelte.

Janne schmolz dahin. „Genau der."

„Oh! Ihr trefft euch mit deinen Eltern?" Isa legte sich eine Hand auf die Brust.

„Genau", antworteten Patrick und Janne unisono.

„Also dann, ich wünsche euch einen angenehmen Abend." Kaum hatte Isa zu Ende gesprochen, ging die Tür erneut auf.

Claus und Christine traten ein und sahen sich suchend um. Isa trat den Rückzug an und Patrick atmete tief durch. Er hatte kaum Zeit, sich zu wappnen, da standen die beiden schon an ihrem Tisch.

„Mama, Papa, darf ich euch Patrick vorstellen."

„Ich freue mich sehr, sie endlich persönlich kennenzulernen", sagte Patrick zu Christine und deutete eine Verbeugung an. „Herr Perholm." Die Männer schüttelten sich die Hände.

„Jetzt lasst uns hier nicht so steif herumstehen", bat Janne. Sie hatte sich bei Patrick eingehakt, mehr Halt suchend als anschmiegsam.

Er rieb ihr aufmunternd über den Rücken. „Bitte, setzen Sie sich."

Der Tisch stand seitlich an einem der Sprossenfenster mit freier Sicht auf die Dünen – eine traumhafte Aussicht. Mit Strandhafer bewachsene Hügel, dunkelblaues Meer, auf dem Schaumkronen tanzten und einige wenige Schönwetterwolken am Himmel gaben ein malerisches Bild ab.

„In diesem Restaurant bin ich noch nie gewesen. Janne hat mir erzählt, dass Sie sich hier bei einer Party kennengelernt haben." Claus legte eine Hand auf die seiner Frau, um sie zu stoppen. Irritiert sah sie zu ihm hinüber.

„Als Erstes. Ich bin Claus und als älterer von uns beiden obliegt es mir, dir das Du anzubieten."

Ehe Patrick antworten konnte, hob Jannes Vater eine Hand, winkte Isa zu sich und orderte eine Flasche Weißwein. Hausmarke. Und für Janne ein Zitronenwasser.

„Zur Feier des Tages müssen wir ja etwas zum Anstoßen haben." Er zwinkerte seiner Tochter zu, der die Erleichterung ins Gesicht geschrieben stand.

„Die Rechnung des Abends geht aber auf mich. Schließlich haben wir euch eingeladen." Unter dem Tisch suchte Patrick Jannes Hand, fand sie und ließ sie für die nächsten Minuten nicht mehr los.

„Einverstanden. Siehst du, Christine, der Junge ist anständig und weiß, was sich gehört. Du brauchst dir also keine unnützen Gedanken mehr machen. Unser Mädchen hat einen guten Geschmack."

Janne hätte ihren Vater küssen können. Ihre Augen begannen verräterisch zu brennen, doch sie blinzelte die aufkommenden Tränen weg.

Im Verlauf des Abends entspannte sich die Atmosphäre immer weiter. Patrick erzählte von Boston und seinen Plänen mit der Agentur. Schnell hatte er begriffen, dass man seiner Schwiegermutter in spe in puncto Hochzeit erst mal nicht widersprach. Für Details war heute Abend sowieso nicht der richtige Zeitpunkt und das letzte Wort würde aus seiner Sicht niemand anders als die Braut haben. Ihr vertraute er blind.

„Ich kann ihnen das Menü für vier Personen empfehlen. Der Dorsch wird uns immer fangfrisch geliefert und am selben Tag verarbeitet."

„Klingt doch gut. Was meint ihr?" Patrick sah fragend in die Runde. Alle nickten zustimmend. „Ja dann. Den Dorsch mit Brokkoli und Käsehaube und noch eine weitere Flasche Wein bitte."

Das Gespräch kam den ganzen Abend nicht ins Stocken, was Patrick und Janne immer mehr entspannen ließ. Natürlich erzählte Christine, was sie alles tat, wen sie alles kannte und ließ ihren Mann nur selten zu Wort kommen. Doch Patrick hörte ihr höflich zu. In Konversation war er geübt. Gelegenheit für ein Gespräch mit ihrem Vater würde sich schon noch ergeben. Es war schließlich ihr erster gemeinsamer Abend.

Während sie sich die Nachspeise schmecken ließen, Vanilleeis mit heißen Himbeeren, beschrieb Janne ihre Erlebnisse vom Segeltörn mit einer solchen Euphorie, dass Patrick ihr zwischendurch und ohne groß darüber nachzudenken, einen Kuss auf den Mund tupfte. Ihre Wangen färbten sich wunderbar rot und das schüchterne Lächeln, das sie ihm schenkte, hatte eine berauschende Wirkung auf ihn. In diesem Moment drohte er vor Glück zu zerplatzen.

Ein aufgeregtes Getuschel an der Bar lenkte ihre Aufmerksamkeit zum Ort des Geschehens und selbst Christine verzichtete auf einen ihrer vielen Kommentare zu Jannes Erzählungen. Patrick war beeindruckt. Sie hatte tatsächlich zu allem etwas beizusteuern. Jetzt wunderte es ihn überhaupt nicht mehr, dass Janne eine anfangs so stille und zurückhaltende Person war. Vermutlich hatte sie in ihrer Kindheit und Jugend kaum die Chance bekommen, sich richtig entfalten zu können. Geprägt vom Leben, dachte er und unterdrückte das missmutige Gefühl, das sich in ihm ausbreiten wollte. Dafür war im jetzigen Moment kein Platz. Janne war eine so starke Person, die ihr Herz auf der Zunge trug, wenn man ihr den Freiraum dafür ließ. Aber selbst am heutigen Abend wurde sie immer wieder unterbrochen, weil Christine ihr ins Wort gefallen war und eine eigene Geschichte zu erzählen hatte.

„Ist das nicht Maya, die Nichte von Mareike? Die, die so überstürzt nach Berlin gezogen war, ein halbes Jahr vor dem Schulabschluss?“, wurde Janne von Christine gefragt.

„Sie hat sich kaum verändert. Wie lange ist das her? Zwei Jahre?“ Janne überlegte und nestelte an ihrer Serviette herum. „Mareike stand damals über mehrere Tage hin komplett neben sich.“

„Was war da dran an den Gerüchten? Du bist doch auf derselben Schule gewesen, Janne“, bohrte Christine nach.

„Das war alles nach meiner Zeit. Ich kenne sie kaum.“ Dass Janne die Erwartung auf die Enthüllung von Insiderkenntnissen dämpfte, gefiel ihrer Mutter offenkundig nicht. Sie sah aus, als frustrierte sie dieser Umstand ungemein. Fast hätte Patrick laut aufgelacht.

„Lasst uns den Abend ein anderes Mal fortführen“, schlug Claus vor und prostete Patrick zu. Die beiden Männer waren längst auf Bier umgestiegen. „Es ist spät.“

Nach einer kurzen, aber herzlichen Verabschiedung, beschlossen Patrick und Janne, den Abend mit einem Spaziergang am Strand ausklingen zu lassen. Sie Sonne spendete noch ein wenig Licht und es war angenehm warm.

„An dem Samstagmorgen, du weißt schon, nach der Party. Da bin ich auf dem Weg zu meiner Wohnung auch hier langgegangen. Damals habe ich gedacht, jeder kann mir ansehen, woher ich komme und wie ich die Nacht verbracht habe.“

„Schade, dass ich keinen Blick mehr auf dich erhaschen konnte. Wahrscheinlich hast du unglaublich heiß ausgesehen."

Janne ließ sich im Schneidersitz in den Sand sinken. Patrick tat es ihr gleich.

„Zerzaust und übernächtigt", präzisierte sie und lehnte sich an seine Schulter.

„Zum Anbeißen", korrigierte er sie mit einem frechen Grinsen.

„Ich hatte gedacht, ich kann nie wieder herkommen, ohne mich schämen zu müssen, für das, was ich getan hatte." Sie ließ den Kopf hängen und legte beide Hände vor ihr Gesicht.

„Wir. Was wir getan haben. Ich für meinen Teil habe jede Sekunde genossen. Du hast mich auf eine Weise verzaubert, wie noch keine andere Frau zuvor." Patrick legte eine Hand an ihr Kinn und hob ihren Kopf ein wenig an. Zuerst zog er eine, dann die andere Hand nach unten, damit er sie küssen konnte. Innig, gefühlvoll, süß. Als er sich von ihr löste, seufzte sie aus tiefstem Herzen.

„Der Strand war schon immer ein besonderer Ort für mich. Unterhalb der Dünen habe ich viel Zeit verbracht. Ich habe Kraft getankt und Mut gesammelt. Der Sand unter meinen Füßen, das Rauschen der Wellen, der Wind, der den Kopf durchpustet …"

„Baby, was willst du mir sagen? Sprich es einfach aus. Von mir bekommst du alles, was du möchtest. Nur rede mit mir", bat Patrick mit sanfter Stimme.

„Ich …" Sie nahm eine Handvoll Sand und ließ ihn in auf ihre nackten Füße rieseln. „Ich wünsche mir eine Hochzeit am Strand", wisperte sie kaum hörbar.

„Ein maritimes Motto? Einladungen und Tischkarten in blau-weiß gehalten, ein Baldachin mit üppigem Blumenschmuck und transparenten Tüchern, Tischdekoration aus Seesternen und kleinen Treibholzstückchen, eine Hochzeitstorte passend zum Meer mit Muscheln, kleinen Seilen die ein Herz formen und Schiffsplanken mit unseren Namen darauf, natürlich alles aus Marzipan?", sinnierte Patrick mit geschlossenen Augen vor sich hin. Er hatte sich auf den Rücken fallen lassen und die Arme hinter dem Kopf verschränkt. „Und zu vorgerückter Stunde ein Feuerwerk, abgeschossen von einem Ponton auf offener See, das den gesamten Himmel zum Leuchten bringt?" Abrupt setzte er sich wieder auf. „Was hältst du davon?", fragte er atemlos und vollkommen ergriffen von dem Szenario, das er gerade kreiert hatte.

Janne saß mit offenen Mund da und starrte ihren Zukünftigen sprachlos an. Ihr Herz raste wie verrückt. Sie war zu keiner Regung imstande.

„Was ist? Du hast dich auf den Inhaber einer Werbeagentur eingelassen.“ Seine Augen funkelten vergnügt. Ihr jeden Wunsch von den Augen abzulesen würde zum erklärten Ziel seines restlichen Lebens werden.

Ein ungläubiges Keuchen entfuhr Janne und diesmal misslang ihr der Versuch, aufkommende Tränen wegzublinzeln. „Ich weiß nicht, was ich sagen soll. Das klingt traumhaft. Meinst du, du würdest das arrangieren können, genau so, wie du es beschrieben hast?“ Janne schniefte, lachte und schüttelte ungläubig den Kopf. Alles gleichzeitig.

„Für dich, Baby, setze ich alle Hebel in Bewegung, um genau diesen zauberhaften Ausdruck in deinem Gesicht sehen zu können.“ Er berührte mit seinen Lippen ihre Wangen, ihre Stirn, tupfte sanfte Küsse auf ihre tränenfeuchten Augen und ließ schlussendlich ihre Münder miteinander verschmelzen.

„Wir werden eine Familie. Du. Ich. Und der Krümel.“ Sie musste diese Tatsache einfach laut aussprechen, um sie begreifen zu können.

„So sieht ganz danach aus.“ Er zwinkerte ihr zu, stand auf, und klopfte sich den Sand von der Hose. „Frau Gudegast.“ Mit ausgestrecktem Arm reichte er Janne die Hand und zog sie schwungvoll in seine Arme. „Lass uns nach Hause gehen“, raunte er in ihr Ohr. „Ich will dir zeigen, wie sehr ich dich liebe. Lass uns diese *eine* Nacht wiederholen.“

Ihr Nicken reichte ihm als Antwort. Sie schlenderten über den Strand, am Bootshafen entlang bis hin zum Appartement. Ihrem gemeinsamen Zuhause. Als sie die Tür hinter sich geschlossen hatten, stand unwiderruflich fest: Sie würden diese Nacht miteinander verbringen und noch viele weitere folgen lassen.

Buchempfehlung
des Klarant Verlages

Von der Autorin Emily Frederiksson ist im Klarant Verlag bereits folgender Ostsee-Liebesroman erschienen:

„Aussicht auf Meer“
Taschenbuch ISBN: 978-3-95573-840-2
eBook ISBN: 978-3-95573-841-9

An der Ostsee fühlt Isa sich frei, spürt die Weite. Fernab vom familiengeführten Fünf-Sterne-Hotel in Hamburg kann sie durchatmen. Am Strand, beim Rauschen der Wellen, schmiedet sie Pläne, will endlich ihren sehnlichsten Wunsch wahr werden lassen. Doch ihr Vater diktiert ihr Leben und zwängt sie in eine Rolle, die sie hasst. Eines Tages stolpert sie im wahrsten Sinne des Wortes über Enno. Ihm hat das Schicksal übel mitgespielt, ihn auf die Verliererseite des Lebens gedrängt. Umgeben von Dünen und der salzigen Luft des Meeres bröckelt ganz langsam der Panzer, den er um sein Herz errichtet hat. Für beide eröffnet sich durch diese zufällige Begegnung plötzlich die Chance auf ein neues Leben. Aber ihr Glück droht zu zerbrechen, denn Isas Vater ist nicht gewillt, sie in eine wundervolle Zukunft aufbrechen zu lassen...